每一个元素都让人神往

那一幅幅无与伦比的画面，成为笔者生命中抹不去的色彩

每当夜幕降临，灵魂总会与西藏随风飘动的风马共舞

带你领略西藏的千山万水

一个风景的西藏，更是一个人文的西藏

看见西藏

བོད་ལྗོངས་མཇལ་ཁ།

杜 平◎著

河北大学出版社
·保定·

出 版 人：刘相美
责任编辑：邓一鸣
田 阳
装帧设计：王占梅
责任校对：兰彩红
责任印制：常 凯

图书在版编目（CIP）数据

看见西藏 / 杜平著. -- 保定：河北大学出版社，2024.8
ISBN 978-7-5666-2049-1

Ⅰ. ①看… Ⅱ. ①杜… Ⅲ. ①游记－作品集－中国－当代 Ⅳ. ①I267.4

中国版本图书馆CIP数据核字(2022)第121107号

看见西藏
KANJIAN XIZANG

出版发行：河北大学出版社
地址：河北省保定市七一东路2666号 邮编：071000
电话：0312-5073019 0312-5073029
网址：www.hbdxcbs.com
邮箱：hbdxcbs818@163.com
经 销：全国新华书店
印 刷：保定市正大印刷有限公司
幅面尺寸：185 mm×260 mm
字 数：580 千字
印 张：28.25
版 次：2024 年 8 月第 1 版
印 次：2024 年 8 月第 1 次印刷
书 号：ISBN 978-7-5666-2049-1
定 价：98.00 元

如发现印装质量问题，影响阅读，请与本社联系。
电话：0312-5073023

自序

2020年初，正当我和家人喜迎春节之际，新冠疫情来袭。突如其来的疫情，阻断了原本计划与西藏的一场约会。期待中的白雪皑皑和银装素裹，将是怎样的分外妖娆。无奈与遗憾是生活中的常态，我们只能接受和面对。虽然“闭关”在家，失去了“自由”的呼吸和行走，却有了大段的时间，可以待在家中，潜下心来，整理几年来看见西藏的那些文字和照片。

2016年10月，第二次从西藏回来后，我开始在博客上记录自己看见的西藏，至于整理成书，当时根本没有想过。

第五次从西藏回来后，同美集团董事长康敬学，北京幸福影视公司总经理、制片人朵梅，河北大学艺术学院程辉，原保定市旅游局副局长、老大姐马保茹，摄影师佟忠生，画家康辉，自由媒体人吴建立等友人，看到我拍自西藏的部分图片和描写西藏风景的文字，给予了充分肯定，并建议我把它们整理出来。

于是，等到2019年第六次从西藏回来，这本书便有了开始。

这世间所有的相遇，都是久别重逢。西藏，一旦喜欢上，就像被放蛊“中毒”，唯有走进西藏，认认真真地去看，才是解药，而每一次回到拉萨、看见西藏，都像回到了另一个家。

除了南极、北极，地球上还有一个极，那就是青藏高原。看见西藏——在这里，离天很近，离人很远；在这里，路越走越远，越走越高，人心却会越走越近；在这里，你不仅能看见大美的风光，看见古老的文明，还能看见无边无际的沧桑，更能看见心灵的安宁与纯净，从此，灵魂不再四处游荡、无处安放。

随着看见西藏次数的增多，从最初旖旎的风光——俊美的雪山、壮阔的草原、深邃的湖泊，到传说故事、历史文化、宗教信仰以及切身感受，看见的越多，认识的越多，越是感觉自己对于西藏的了解还差得很远很远，以至于修改了和出版社编辑最初商定的书名“用心走西藏”——真心觉得自己用心不够，因此，数年当中“看见西藏”也是写写停停，甚至有过不可能完成和放弃的念头。

对于书名和内容以及后来的选题申报，自己内心有过种种的犹豫、不满、放弃和纠结，河北大学出版社的邓一鸣先生是非常了解的，他既不安慰我，也不催促我，每一次相约饺子馆，谈论“看见西藏”，他只是说三年、五年完成都行，只要能记录下自己走过的这段路，也算是对自己的西藏之行做一个总结。这应当算是他的一种鼓励吧，也正是有了这样的鼓励，我才有耐心写下去。初稿完成后，邓老师提出了很多建设性的意见。他总是不客气地说：文字方面还需要更进一步。他的严谨与“苛刻”，我都一一记在心中，努力将不可能变成可能。其实，每一个人只要用心，都可以创造属于自己的“不可能”。

西藏对于我们来说，就是一部宏大的历史巨著，要想看见西藏，只有走进西藏，可是，去西藏真的不是一场说走就走的旅行，它不仅是空气稀薄地带，而且面积实在太大了——这是一块东西跨越 2000 公里、南北绵亘约 1000 公里的广袤地区，120 多万平方公里的土地，约占全国陆地总面积的八分之一。这里在唐宋时期称吐蕃，元明时期称乌思藏，清初期称卫藏，后来定名为西藏，中华人民共和国成立后，于 1965 年正式成立西藏自治区。从 2016 到 2023 年，我九次进藏，也只是走了拉萨、林芝、山南、日喀则、阿里、那曲、昌都的一部分地区。

从拉萨，一路向南，一路向西，到山南，到阿里，追逐西藏的大美风光，探访西藏历史和文化的发源，到藏南寻访仓央嘉措的传奇，到巍峨的珠峰探营，到玛旁雍错看湖，到冈仁波齐转山，到札达土林和古格王朝遗址倾听远古的呼唤，到藏北感受无人区的广袤与苍茫，以及重走唐蕃古道……西藏的千山万水已不再只是地图上的一个个地理坐标，而成为一个个情感的记事结，那里的山山水水和着酥油、藏香和煨桑的味道，融入了生命。

在本书中，我不仅记录了眼睛所看见的西藏，更有用心走西藏所获得的难忘经历和点滴感想，以及对于西藏历史文化的初步认知，那个住在心里的西藏，已成为生命中“从来不需要想起，永远也不会忘记”的地方。因为，我曾经气喘吁吁、步履维艰、目眩头晕地站在那里，走在那里，在离天最近的地方，领略西藏的千山万水，看见西藏纯粹的美和悠久的历史文化。

近年来，介绍西藏的书很多，有关进藏路线的介绍也数不胜数，诸如川藏南线、川藏北线、青藏线、新藏线、滇藏线、丙察察线、唐蕃古道等。所有喜欢西藏的人，都会走过几条进藏的线路，说起这些线路上的风景都会如数家珍， 因此，在本书中，我没有刻意选择那些标志性的线路和事件，没有仅仅停留在描绘所看见的一幅幅浓郁的藏地风情之中，至于去探寻西藏的古老历史和文化，我既没有那样的雄心壮志，也缺少那样的能力，我能做到的只是将看见和听到的西藏平实地记录下来。而在这个记录的过程中，我觉得把西藏的风光与历史文化交织在一起，是一件有意义的事情。因此，在本书带你走进西藏，领略西藏的千山万水、大美风光时，我只想告诉你：一个风景的西藏，还是一个人文的西藏。

就比如，在西藏浩瀚的历史长河中，语言、文字、历史、经济、文化艺术、生产生活和民俗风情，甚至壮丽的雪山湖泊，都是承载着信仰的，每一处高山、河流、湖泊、森林、房屋，都会挂满随风飘扬的五彩经幡；每一处神山圣湖和寺院，都会有转山转水转佛塔的信众，他们执着地认为，今生的苦行，就是为来世幸福而修行。因此，看见西藏，一路上看见最多的，就是那些与大美风光、历史文化、日常生活、建筑装饰交融在一起的一处处壮美的神山圣湖，一面面迎风飘舞的经幡和风马旗，一块块在石头上刻画经文的玛尼石，一幅幅保存了千百年的精美壁画，一条条跟随着灵魂找到的转山转湖之路，一个个矗立在高原的古堡遗址，以及一座座美丽神圣的喇嘛庙——大昭寺、哲蚌寺、噶丹寺、色拉寺、扎什伦布寺、桑耶寺、萨迦寺、白居寺、科迦寺、托林寺、孜珠寺……遍地虔诚，这里是藏族人灵魂、信仰的殿堂。

在西藏的发展变迁中，不论是历史还是经济、文化艺术和习俗，都是基于信仰传播开来的，在前往山南、日喀则、阿里等藏地高原的路上，那些有着千百年历史仍不失往日色彩的栩栩如生的古老壁画以及精美的唐卡，让人惊叹不已。站在这片空气稀薄的地带，可以看见这些文化艺术宝藏，实乃三生有幸。眼前的一切美丽与震撼、历史与文化，几乎都与信仰如影相随。因此，如果不能够理解西藏人的信仰，就不会懂得他们灵与肉的生死轮回，就无法明白他们生与死的喜来悲往，也就无法寻觅藏地历史文化发展的痕迹与脉络。离开了西藏历史与文化的根基，也就缺失了一份有血有肉的记忆，只有蓝天白云、雪山碧水的西藏记忆，不能不说是一种遗憾。

2019 年末，新冠疫情让整个世界一下子停了下来，原本喧嚣的尘世终于安静了。在为不幸逝去的生命惋惜、祈祷的同时，人们开始反思：这些年我们是不是走得太快了，以至于我们的灵魂追不上脚步；我们在富裕和忙碌中为什么变得越来越迷茫；我们无度的欲望和索取到底污染了多少大自然的环境；我们为什么没有把更多的时间留给生命中本应该最值得珍惜的人和事。无数人开始重新审视生命是什么。人们终于明白：自由、健康、亲人和简单的快乐，才是我们生命之中最重要、最根本的东西。

很多人在问：大疫过后最想干什么？“我最想的就是平平常常地上一天班，平平淡淡地过一个周末，重新体验一下这么重要这么值得珍惜的每一天的平常生活。”摘掉口罩，自由地呼吸新鲜空气，自由地行走在这个世界上，应该是人类经历了这场疫情后的共同心愿。而我最想做的事情就是背起行囊，挎上相机，带上这本《看见西藏》，再一次回到拉萨，走在那片神奇的土地上，哪怕气喘吁吁、头昏脑涨。

于是，在 2020 年这个特殊的年份里，当疫情缓解之后，为了进一步丰富《看见西藏》的内容，我迫不及待地背起行囊，和一帮热爱西藏的兄弟姐妹，又一次回到拉萨，走进高高的阿里高原，鼓起勇气走完了冈仁波齐那条向往已久的转山路，穿行于藏北高原，在空气稀薄地带，追寻西藏古老的历史文明之根。

又一次站在阿里高原看见西藏，面对神秘的神山圣湖和信仰，仅仅有感叹和赞美是不够的。我一直认为，如果到阿里、山南之南、藏北等地，单单为了看风景，还是不要去为好——缺氧、失眠、紫外线强烈的照射，感觉挺不好受的，你必须有人文情怀，甚至有一点儿浪漫，因为这种情怀可以变成承载我们灵魂的歌声——“是谁带来远古的呼唤，是谁留下千年的祈盼，难道说还有无言的歌，还是那久久不能忘怀的眷恋”。这种浪漫的人文情怀是有灵性的，这灵性带着在城市中迷茫的我们，或许能够找到阔别已久的家，西藏神秘又旷达的存在，或许能让世俗的我们找到安放灵魂的殿堂。

西藏，一旦来过，就无法忘记。当我们又一次回到阿里高原，再一次在圣湖玛旁雍错边把心洗净，在冈仁波齐神山旁把魂唤醒，湖光山色，一眼望去，刹那间感觉蓝天、白云、碧水中有了一颗安静的心，刹那间感觉余生再不会为今天忧也不会为明天愁。

“西藏，是一个值得你沉沦值得你动情的地方。”西藏的魅力，在于高远，在于广袤，在于空气稀薄，在于人迹罕至，在于悠久的历史和古老的文化，在于遍地虔诚。对于到过西藏的人来说，一万个人就有一万个西藏。当有一天，你感觉自己的灵魂追赶不上脚步的时候，就到西藏看看，这里会告诉你很多放慢脚步的理由。你会和很多人一样，发现这里的确像极了想象中的天堂，充满了美丽与神秘的色彩，让人心生敬畏，令人心醉神迷。你会迷恋它的高远、纯净、神秘、古老和信仰，甚至忘记了回家。

可是，纵有千万般喜欢，终究是要离开的，但，“有时候，离开是另一种爱的方式”，带不走的西藏，可以永远留在记忆里。

目录

01 看见西藏

在看见西藏以前，我和大多数人一样，对于西藏所有的认知，仅仅停留在 50 元人民币背面的图案布达拉宫，以及雅鲁藏布江、珠穆朗玛峰等众所周知的风光图片以及松赞干布、文成公主和仓央嘉措等人物名称上。

一直有一个梦想，就是有一天，走进雪域高原，亲眼看一看美丽的天上西藏。

这一天，终于来了。

2016 年 8 月，立秋刚过，几场雨下来，天气变得异常湿热，在首都机场送别飞往大洋彼岸旅行的年近八十的父母等家人后，回到家中，偌大的房间变得空荡荡。打开手机查看航班，航迹显示飞机已经飞出国境。强烈的孤独感油然袭来。

深夜，画家康辉先生的朋友、河北电视台制片人黄海玲听说我想去西藏，就把我拉进一个叫“西藏之行”的河北摄影群里。大家正在群里热议从 318 国道进藏的路线，并约定尽快成行。多年前就已住进心底的西藏，又一次从灵魂深处跳了出来，我内心分明听到了它的呼唤。

一年前，几个朋友相邀自驾去西藏，我因为工作原因无法同行，他们在川藏线沿途拍摄的风景，让我的眼睛领略到这片土地的纯美。于是我下了决心，今生今世无论如何也要去一趟这个充满神秘色彩的地方，夜里竟然梦游了布达拉宫、大昭寺、那木错、雅鲁藏布江。

但，我清楚地知道：进藏，并不是一次说走就走的旅行，它的高度、距离、文化、历史、语言、饮食，特别是缺氧和高反，在真正了解、认识和适应之前，对于多数人来说都是遥不可及的。人们需要的不仅仅是对西藏的向往、对西藏的情怀，还需要一点儿挑战自我的决心和勇气。

1999 年夏和 2007 年夏，我曾经两度从位于黄土高原的金城兰州出发，到达青藏高原的西宁、青海湖和塔尔寺，但都因为高原反应退了回来，而一直未能实现从青藏线进藏的愿望。2015 年受在西藏工作的朋友邀请，好不容易购得进藏的车票，但临行前身体突感不适，再一次与西藏遗憾错过。

看见西藏，在 2016 年之前，始终是一个梦想，一直那样的高远和神秘，总是只差一步。也许是机缘仍然未到，但我心里始终相信，这片圣洁之地总会有那么一天，让我顺其自然地与之相见。

很多说走就走的旅行，好像具有偶然性，其实都是必然结果，因为，在心里，为了这次旅行，已经准备了多年。去西藏的路，很高，很远，很累，但有些路，明知艰辛，你还是要走，因为只有这样，此生才不会留有遗憾。

时间匆忙，我立刻在网络上查询进藏的攻略——规划路线，向去过西藏的朋友们打听进藏的经验和注意事项，最后选择坐火车去实现第一次进藏的目标——这样既可以保存体力，也可以有一个渐渐适应的过程，从海拔 20 多米的家乡，到海拔 1500 多米的兰州、2200 多米的西宁、3100 多米的青海湖、5200 多米的唐古拉山口，再降至海拔 4500 多米的那曲和 3600 多米的拉萨， 以适应高反，沿途还可以欣赏青藏高原的风光。

第一次坐着火车去西藏，决定突然，没有做出发前的必要准备——既没有喝红景天之类的抗缺氧药物，也没有准备葡萄糖之类作为能量补充，无知者无畏，真的把西藏当成了说去就去的地方。

当行驶在那条前往西藏的天路之上，途经黄河、黄土高原、青藏高原、青海湖，感觉就像一幅幅画卷在眼前展现，距离自己的梦想之地也越来越近，套用一句煽情的话：西藏，这座人间天堂，为了你等了千年，我来了。

北京到拉萨的铁路里程为 3757 公里，途经石家庄、太原、中卫、兰州、西宁、德令哈、格尔木、那曲，需要行驶近 40 个小时——一段漫漫的旅途。

黄土高原上的兰州，于我来说有着特别的情感，这是一个我和父母、兄弟姐妹们一起生活过 9 年的地方，黄河、中山桥、白塔山、五泉山、滨河路、小西湖、光华街、二十八中，一直记忆犹新，时常出现在眼前。

沿途经过的地方，我曾经走过很多次，此时感到万分亲切。万事皆有缘，似乎当初我在兰州和青海的那些经历，都是为今天的西藏之行进行的铺垫和准备，一切都是最好的安排。

记得在二十八中上中学时，学校距离兰州小西湖长途车站特别近，每天骑车上下学，总会看见一些穿着长袍的男女，皮肤黝黑。很多老人弯着腰，手里摇着当时不知道叫什么的物件，说着我们听不懂的话。路过他们身边，会闻到一股很特别的气味，感觉很好奇，便停

兰州黄河铁桥

下车来打听，才知道他们是来自藏区的藏族人，现在唯一记住的是他们逢人就会双手合十说一句：扎西德勒。班主任岳云生老师告诉我们，那是藏族人的一句问候语，表示吉祥如意；老人们手里拿的是转经轮；那特别的气味是酥油的气味。这是我对于藏区和藏族人最初的印象，扎西德勒和浓浓的酥油味，也就在那时留在了我的记忆中。

火车通过格尔木域内的楚玛尔河，到达海拔 4547 米的沱沱河站。半夜，车过海拔 5068 米的唐古拉站，车上很多人开始出现高原反应——头痛、心悸、恶心……此刻，我意识到自己已经真的走上雪域高原上的西藏了。

在晨曦的第一缕曙光中，车窗外的青藏高原忽然就展现在眼前，五光十色，光彩夺目，如今才真正明白了“那是一条神奇的天路，带我们走进人间天堂”这一句歌词的意思。从看见西藏的第一眼开始，我就被这个充满神奇的地方所吸引，一路上人在画中，竟然找不到一个词语来形容看见的美丽景色。

“坐上了火车去拉萨，去看那神奇的布达拉，去看那最美的格桑花呀，盛开在雪山下。”有一点儿兴奋，满脑子都是关于西藏的歌。清晨，月亮依然高挂在天空，依稀呈现出一张俯视大地的笑脸。车轮滚滚向前，离拉萨不远了。

在海拔 4513 米的那曲站下车走动，人生第一次站在这样的高度，瞭望远处的雪山、草原和河流时，忽然感到脚下有些晃动，人感觉有点飘，那一刻，我知道高反来袭了，可已经无路可退，只能一路向前，随着列车奔向拉萨。

火车抵达海拔 3650 米的拉萨。走出车站，第一个感觉就是脚像踩在棉花上，深一脚浅一脚，轻飘飘的，似乎没了根基，只有刚到拉萨的兴奋心情还在支撑着自己，四处张望着陌生的一切。

到宾馆安顿好行李，尽力调整心态，不去想高反的事。但高反还是毫不客气地袭来——心跳从平时每分钟 60 下到了 100 多下，头晕，浑身无力，呼吸急促，不想说话，血压飙升到 95—140 mm Hg，只有血氧量还算正常，于是躺倒在床上，不想再动一下。没有想到看见西藏的第一天，立刻让我明白了到西藏旅行是“眼睛上天堂，身体下地狱”这句话的含义——看来进藏高反是逃不掉的。

在拉萨开建筑公司的朋友杨总给买来葡萄糖、红景天和氧气罐，并很有经验地立即带我走出宾馆，开车绕着布达拉宫转了大半圈，然后来到色拉寺。室外空气中的含氧量似乎高了很多，轻风拂面，顿感呼吸舒畅了一些，高反的症状也有所减轻。

说来也巧，这一天正好是藏历七月十五，第一次到拉萨就赶上了色拉寺中藏传佛教的“辩经”会，于是，坐在庭院的树荫下，静静听了一会儿，虽然听不明白，但从僧人们特有的动作和手势中，可感觉到它的特别。听着看着，不知何时开始，高反已经明显减轻，走路、参观、拍照、说话也渐渐地趋于正常。于是，这次期盼了很久的西藏之行，就从色拉寺的正殿门口，正式开始了。

刚到拉萨，因缺氧引发不适，胃口变得很差，谢绝了朋友邀请吃藏餐的安排，稀饭、青稞馒头、咸菜、青菜果腹——来到拉萨后的第一餐竟然如此简单，这是来时绝对没有想到的。担心着凉感冒，不敢洗澡，便早早躺下。半夜醒来，头有些晕，喝了葡萄糖和红景天，似乎起到了安慰剂的作用，感觉好了很多。到拉萨的第一夜失眠了，辗转反侧，索性早早起床，站在凉台上眺望玛布日山（也称红山）上雄伟的布达拉宫，期盼着尽快走进这座神奇雄伟的宫殿。

看见西藏，其实对我来说，首先要看的就是素有“日光城”美誉的拉萨。生活中最常见到的 50 元人民币背面的图案，正是位于拉萨的布达拉宫，而大昭寺因与松赞干布、文成公主以及拉萨地名来历密切相关而久负盛名，自然也成为抵达拉萨后第一时间想前往的圣地。

到拉萨后的第一个早晨，让人感受到明媚与清澈，与每一位初次来到拉萨的人一样，第一眼就会去眺望巍峨的布达拉宫，以及大昭寺上空缭绕的藏香烟雾，因为，这是拉萨的标志，那些宫殿里曾住过大唐王朝的文成公主和金成公主，这些也是很久以来我对于西藏最基本的认识。

1 世纪前后，青藏高原出现了大大小小的氏族部落。经过多年的征战，集结成若干个部落联盟，其中以山南雅砻河谷的雅砻部落联盟、阿里地区的象雄王国和雅鲁藏布江以北的苏毗部落联盟最为强大。这时，拉萨河的藏语名“吉曲”已经出现，拉萨所在地则被人称为“吉雪沃塘”，意为“吉曲河下游的肥沃坝子”。

阳光普照下的拉萨城

约 6 世纪末 7 世纪初，崛起于山南一带的雅砻部落，势力扩张到拉萨北部，松赞干布的父亲囊日松赞占领了拉萨地区。松赞干布继位后，征服其他各部，在 633 年建立了吐蕃王朝。为了巩固和发展新建立起来的政权，避开雅砻部落贵族势力的干政，他决定将政治中心从山南移到拉萨。当时的拉萨还是一片沼泽荒芜之地，松赞干布迁都以后，造宫堡，修河道，建寺院，打造了拉萨的城市雏形。松赞干布之后的历代赞普进一步扩建拉萨，使之日趋完善，到清乾隆在西藏实施摄政制度时期，逐渐形成以布达拉宫为中心，辐射大昭寺、八廓街、罗布林卡周围，面积 3 平方公里的拉萨城。

据记载，在建大昭寺期间，由白羊背土填湖，藏语中“羊”发音“惹”，“土地”为“萨”，于是，为纪念白羊背土填湖的功劳就把寺院叫作“惹萨”。由于大昭寺是西藏最早的建筑之一，人们便以“惹萨”作为以大昭寺为中心的城市名称。汉唐时，史书一般把“惹萨”译为“逻些”。

唐贞观十五年（641 年），唐太宗将文成公主远嫁西藏和亲，成为吐蕃赞普松赞干布的王后。由文成公主从长安带来的释迦牟尼十二岁等身佛像，供奉于大昭寺内，佛教逐渐在吐蕃兴盛，人们开始把这个城市视作圣地。“拉”在藏语中为“佛”的发音，作为佛的土地，“拉萨”的名字就是此时出现并沿用至今的，“先有大昭寺，后有拉萨城”的说法也就这样形成了。

闻名于世的布达拉宫始建于 7 世纪吐蕃王朝松赞干布时期，距今已有近 1400 年的历史，坐落在拉萨西北的玛布日山上。相传它一共有 999 间房屋，建筑面积约 13 万平方米，由宫殿、林卡、城堡三部分组成，是一座规模宏大的典型的藏式宫堡建筑群。它还保留有汉族建筑雕花梁柱和尼泊尔、印度等国特色的一些建筑，是世界十大土木建筑之一。它不仅是中国，也是世界上最宏伟的宗教建筑之一，堪称藏式古代建筑的千古典范、藏族文化艺术的瑰宝。

布达拉宫，最初是松赞干布为巩固从山南迁至拉萨的吐蕃政权，在玛布日山上兴建的王宫，清顺治二年（1645 年）后，经重建、扩建，成为西藏历代宗教领袖达赖喇嘛的冬春居所，也是西藏政教合一的统治中心。1961 年，布达拉宫被公布为第一批全国重点文物保护单位，1994 年被列为世界文化遗产。

布达拉，梵语的意思是佛教圣地。藏地历来非常敬重松赞干布，他不仅被视为观音菩萨的化身，而且与后来的吐蕃赞普赤松德赞和赤祖德赞并称“吐蕃三大法王”。在藏地信仰藏传佛教的人民心中，玛布日山是观世音菩萨居住的地方。藏语“布达拉”音译有普陀之意，因此，玛布日山也被称为“第二普陀山”。

布达拉宫分为白宫和红宫两部分，红宫居中，白宫横贯两翼。这里群楼重叠，迂回曲折，宫墙红白相间，宫顶金碧辉煌，同山体融合在一起，整座宫殿具有鲜明的藏式城堡风格，高高耸立，巍峨壮观，具有强烈的视觉冲击力和艺术感染力。

布达拉宫内部有宫殿、佛像、唐卡、壁画彩绘、历届达赖喇嘛灵塔和佛塔，以及极其珍贵的经书、文物等，还收藏了无数的无价珍宝，堪称一座藏传佛教的艺术殿堂和宝库。布达拉宫也是雪域高原上独一无二的人类文化遗产，藏语称其为“赞姆林坚吉”，意思是价值抵得上半个世界。

布达拉宫大多数建筑距今有 350 多年的历史，少数建筑有 1300 多年的历史，因此，为减少对布达拉宫的影响，目前每日限制游客人数，参观者需要提前预约审批，所以，人们都极为珍视这样的机会。

上午，按照约定的时间，我早早来到布达拉宫广场，初次与拉萨的晨光相遇，便感受到它耀眼的光芒。

我随着朝拜和参观的人群，通过严格的安检，沿着石级攀爬而上，经过近 200 米的拔升，第一次体验到在高原上，每向上攀爬一段都会气喘吁吁、满头大汗。我爬上红宫前的平台，竟然看到有人已经虚脱，躺倒在地上接受工作人员的急救。

布达拉宫内部严禁拍照，所以，只能身临其境，用眼睛感受和抚摸那些穿越时空的岁月，用心记住那些极其珍贵的宝藏。

走进金碧辉煌的布达拉宫，自然会想到文成公主，这里留下了汉藏和亲的历史见证。1300 年前，藏王松赞干布下令在逻些城（今拉萨）玛布日山上的布达拉宫专门修建宫殿，迎娶大唐王朝的文成公主，并封她为“赞后”。松赞干布派使臣禄东赞向唐太宗求婚和亲、文成公主进藏一路遇到的艰难险阻以及抵达拉萨时受到欢迎的场面，也被生动地描绘在了布达拉宫的壁画上。

如今我们看见的布达拉宫，主要是 17 世纪以后修复、扩建的。

布达拉宫红、白两色的主体建筑浑然一体，其功能主要分两大部分：一是生活起居和政治活动的地方，二是宗教活动场所和灵塔祀殿。

第一部分功能主要集中在白宫。白宫始建于 1645 年，历时 8 年，以松赞干布时原有的观音堂为中心，向东向西修建起一片巨大的寺宇。整个寺宇的墙面被涂成白色，远远望去，分外醒目，人们称之为“白宫”或“雪城”。

白宫高七层，位于第四层中央的措钦厦（东大殿）面积 717 平方米，由 38 根大柱支撑，是布达拉宫中最大的殿堂，历代达赖喇嘛在此举行坐床、新政大典等重大宗教和政治活动。第五、六两层是摄政办公和生活用房。最高的第七层是历届达赖喇嘛的冬宫，这里采光面积很大，从早到晚阳光灿烂，俗称“日光殿”，殿内陈设豪华，金盆玉碗、珠光宝气，显示出主人高贵的身份。厅内最引人注目的是四壁挂满的唐卡，色泽鲜艳，栩栩如生。宫殿外，有一个宽大的阳台，从这里可以俯视整个拉萨城：远处是起伏连绵的群山，美丽的拉萨河宛如一条缎带从天边飘来；近处是片片田垄阡陌、绿树村舍，还有古老的大昭寺金碧辉煌的屋顶。

第二部分主要集中在布达拉宫的核心部分——红宫。红宫建于 1690 年，位于布达拉宫的中心位置。当时，清康熙帝特意从内地派了 100 余名汉、满、蒙工匠进藏，参与扩建布达拉宫这一浩大的工程。

红宫的主体建筑是达赖喇嘛的灵塔殿和各类佛殿，共有五世、七世、八世、九世、十三世等 8 座存放各世达赖喇嘛法体的灵塔。其中以五世达赖喇嘛灵塔为最大、最华丽。塔身高 14.85 米，用金皮包裹，镶珠嵌玉，据说共用

雄伟的布达拉宫

黄金 11 万余两，珍珠、宝石、珊瑚、琥珀、玛瑙等 18 677 颗，灵塔中还供奉着释迦牟尼的手指舍利和藏传佛教格鲁派创始人宗喀巴大师的牙舍利。

红宫中的最大殿堂司西平措（西大殿）是五世达赖喇嘛灵塔殿的享堂，面积 725 平方米，殿内设有达赖喇嘛宝座，宝座正中上方高悬乾隆所赐“涌莲初地”匾额。殿中还存有清康熙帝赠送的大型锦帐一对，是布达拉宫的珍宝之一。在大殿的壁画中，以 1652 年五世达赖喇嘛去京城觐见清顺治皇帝的壁画最为著名。

红宫最高的殿堂殊胜三界殿的经书架上，摆放着清雍正皇帝赐予七世达赖喇嘛的北京版《丹珠尔》经书，极为珍贵。

红宫中的曲吉竹普（法王洞）和帕巴拉康（圣者殿）等部分建筑相传是吐蕃时期遗存的布达拉宫最早的建筑物，其中，法王洞处在布达拉宫的中央位置，它的下面就是玛布日山的山尖，这里曾经是松赞干布的静修之所，供奉着松赞干布、文成公主、赤尊公主以及禄东赞等大臣们的塑像。

布达拉宫作为西藏“政教合一”政权中心时期，收藏、保存了极为丰富的历史文物和工艺品，堪称西藏历史文化艺术的博物馆，其中，布达拉宫内部绘有大量色泽鲜艳、人物形象栩栩如生的壁画，构成一座巨大的绘画艺术宫殿，堪称布达拉宫一绝。宗教题材是壁画的主要内容。藏传佛教发展的历史，西藏妇孺皆知的“猴

被称为“白宫”或“雪城”的布达拉宫主体建筑

● 白宫外侧

子变人”的传说，五世达赖喇嘛生平，文成公主进藏的过程，西藏古代建筑形象和大量佛像、金刚，都能在布达拉宫的壁画上找到。

布达拉宫各座殿堂中还珍藏有近百座佛塔和上万尊塑像，以及大量的唐卡、佛经等艺术珍品和珍贵文物。此外，表明历史上西藏地方政府与中央政府关系，明、清两代皇帝封赐达赖喇嘛的金册、金印、玉印、诰命等，也珍藏在宫中，这些文物也是中国多民族统一国家的历史见证。布达拉宫中还有许多华美精致的卡垫、华盖、法器、幔帐、锦缎、金银器皿、瓷器、石器等，令人眼花缭乱，叹为观止。

在布达拉宫整个宏伟宫殿的近千间房屋中，7 世纪留下的唯一一间房屋，引起我特别的关注，它被称为“典加竹普”（观音佛堂）。据说这里就是当年松赞干布和文成公主举行结婚庆典的地方，房内保存有松赞干布和文成公主的塑像。因为这是布达拉宫内现存最古老的房子，所以显得特别珍贵。

穿行在布达拉宫浩瀚的宝藏和历史长河中，不知不觉度过了 3 个多小时，带着无数惊叹和迷惑以及那些尘封往事走出红宫，拉萨城、龙王潭和远处的雪山尽收眼底。

依依不舍走下玛布日山，人潮如海，满目虔诚，很多藏族人手握经轮，口念六字箴言，围绕布达拉宫或快或慢一圈圈地走着。宫墙外还有一些人磕着等身长头，顶礼膜拜，虽然我们不知道他们在祈祷什么，也听不懂他们在念叨什么，但依然被他们日复一日转经朝圣的执着所折服。你可以亲身感受到，布达拉宫在他们心中是至高无上、神圣不可冒犯的圣殿。我们随着人群走着，但只是路人。

我跟随前来朝觐的人群，沿着布达拉宫前的北京大街，穿过古老的八廓街，来到藏族人心中的另一处圣地——大昭寺。

“没有到大昭寺就等于没去过拉萨。”坐落在拉萨市中心的大昭寺，建于 647 年，距今已有 1300 多年的历史，在藏传佛教信众的心中拥有至高无上的地位，他们认为这里是世界的中心。在大昭寺正门前的广场上，终日香火缭绕，万盏酥油灯长明，信徒们和朝圣者们虔诚地在门前的青石地板上叩拜。天长日久，石板上留下了等身长头的深深印痕。

大昭寺在拉萨人心目中的地位之高，不仅是地理位置层面的，更是精神家园和社会生活层面的，因此，大昭寺不仅是西藏人民心目中的金色圣殿，也是每一个到拉萨的人必到之处。

大昭寺，在藏语中称“觉康”或“祖拉康”，意为供奉佛祖释迦牟尼的殿堂，“觉”为释迦牟尼像专用尊称，“康”为殿堂舍宇。文成公主远嫁吐蕃王松赞干布入藏时，所携带的释迦牟尼等身像就被供奉在大昭寺内，供佛教信众顶礼膜拜，直至今日。

据《西藏王统记》记载，在松赞干布修建大昭寺时，最初选址在卧塘湖，但几次被水淹，后由白山羊背沙土填湖建寺才终得以成。为了让后人牢记白羊的功绩，人们在大昭寺的门口塑了两只白羊。最初，大昭寺被称为“惹萨”，也是因为藏语中“羊”发音为“惹”，“土地”发音为“萨”，意思是白羊驮土修建的地方，后改称“觉康”，所以，在拉萨就有了“先有大昭寺，后有拉萨城”的说法。其实，拉萨最早叫“惹萨”，后来因为在这里修建的佛殿里面供奉了佛祖等身像，来自四面八方的朝圣信徒认为这个地方是神圣的佛地，所以改称“拉萨”，因为，在藏语里“拉”有佛的意思，拉萨即为佛地、圣地之意。而大昭寺名称的最终确定，则与始于 15 世纪的“传昭大法会”密切相关。

大昭寺是西藏现存最辉煌的吐蕃时期的建筑之一，也是西藏最早的土木结构建筑。据史料记载，在修建大昭寺时，吐蕃从唐朝请来许多木工、书匠，如今在寺院的墙壁上，还绘有当年各民族工匠在沼泽上排水填石、架木垒墙的情景。从主殿看，梁架、斗拱都是汉族古典建筑中的老式造型，柱头、檐部的装饰则受到印度和尼泊尔文化的影响，因此，大昭寺的建筑以藏式为主，又融合了汉族的建筑风格和印度、尼泊尔的建筑特色，是多民族文化艺术的结晶。这样的建筑风格，也从另一个侧面展现出吐蕃王朝的统治者在发展与大唐等周边政权关系上，具有超凡的能力和水平。

大昭寺的布局方位与汉地一般的佛教寺院不同，其主殿坐东面西，殿高四层，两侧列有配殿，以金黄色的琉璃瓦盖顶，布局结构上再现了佛教中曼陀罗坛城的宇宙理想模式，在第四层的平台建筑有四个对称的金顶。大昭寺整个建筑金顶、斗拱为典型的汉族风格，碉楼、

大昭寺内大殿一角

雕梁则是西藏样式，主殿二、三层檐下排列着成行的 103 个木雕伏兽和人面狮身雕塑，寺内正殿有木柱 20 根，柱斗、拱架的浮雕精美。四边走廊和殿四壁满布壁画，绘有历史人物和神话故事，长达千余米，描绘文成公主跋涉万水千山嫁到吐蕃的《文成公主进藏图》和《大昭寺修建图》格外引人关注。另外，唐玄奘师徒四人历经千辛万苦从西天取经凯旋，以及以释迦牟尼从降生、创立佛教到涅槃全过程为题材的大型壁画色彩鲜艳，形象逼真。

大昭寺占地 25 100 余平方米，共建有 20 个殿堂，寺院内的佛殿主要有释迦牟尼佛殿、文殊菩萨殿、观音菩萨殿、宗喀巴大师殿、松赞干布殿、文成公主殿、班旦拉姆（格鲁派的护法神）殿、神羊热姆杰姆殿、藏王殿等，两侧配殿专门供奉着松赞干布和文成公主、尺尊公主等人的塑像。此外，大昭寺还保存有大量的珍贵文物，有 300 多尊佛像、各种精美珍贵的木雕、2600 多平方米的壁画，以及大量的典籍档案、匾额、碑刻、唐卡、供器、乐器等，其中尤以文成公主带到西藏的释迦牟尼等身像最为珍贵。

特别值得一提的是，进入大昭寺前面的广场，映入眼帘的两块石碑特别醒目。南边一

先有大昭寺，后有拉萨城

块便是著名的唐蕃会盟碑（也称甥舅盟碑）。为了巩固汉藏民族友好，821 年，唐朝和吐蕃互派使节，先在唐京师长安（今陕西西安）盟誓，次年又在吐蕃逻些东郊重盟。吐蕃赞普赤德祖赞迎娶了唐朝金城公主，唐长庆三年（823 年）刻立唐蕃会盟碑，于大昭寺前巍然矗立。藏语称其为“祖拉康多仁”，即“大昭寺前之碑”。此碑高 3.42 米，宽 0.82 米，厚 0.35 米，用汉、藏两种文字刻写，两体文义相同，均为盟约。同一内容的石碑还立于长安和青海省湟中县境内的贡木墨如。唐蕃会盟碑两侧的“唐柳”据说为文成公主手植，所以也被当地人称为“公主柳”。

9 世纪，唐朝与吐蕃王朝达成和好协议，以求达到“彼此不为寇敌，不举兵革”“务令百姓安泰，所思如一”和“永崇甥舅之好”之目的。唐蕃会盟碑之所以又称甥舅盟碑，是因为继吐蕃赞普松赞干布迎娶文成公主之后，继任者赤德祖赞又娶了大唐皇朝的金城公主，所以便与大唐皇帝有了外甥、舅舅的关系。当时的赞普赤德祖赞为表示两国人民世代友好之心，立此碑于大昭寺前。碑文朴实无华，言辞恳切。现碑身已有风化，但大多数碑文仍清晰可辨。

唐蕃会盟碑

经藏学家王尧先生翻译，碑文汉文为：“……圣神赞普弃宗弄赞与唐主太宗文武圣皇帝和叶社稷如一，于贞观之岁，迎娶文成公主至赞普牙帐，此后，圣神赞普弃隶缩赞与唐主三郎开元圣文神武皇帝重协社稷如一，更续姻好。景龙之岁，复迎娶金城公主降嫁赞普之衙，成此舅甥之喜庆矣。……圣神赞普可黎可足陛下所知者聪明睿哲，如天神化现；所为者，悉合诸天，恩施内外，威震四方，基业宏固，号令遍行，乃与唐主文武孝德皇帝舅甥和叶社稷如一统，情谊绵长，结此千秋万世福乐大和盟约……”

进入大昭寺，随着觐见的人群来到“觉康”佛殿。这是大昭寺的主体，也是大昭寺的精华所在，位于正中心的释迦牟尼佛殿则是大昭寺的核心，也是朝圣者最向往的地方。殿内主供文成公主从长安携来的释迦牟尼十二岁等身像。其珍贵之处不仅在于佛像具有重要的历史价值和文物价值，更在于相传佛像和 2500 多年前的释迦牟尼本人没有区别。

拉萨市区的转经道也都是以大昭寺的“觉康”佛殿为中心进行的。沿着千佛廊绕“觉康”佛殿转一圈“囊廓”方为圆满——这便是拉萨内、中、外三条转经道中的“内圈”。顺时针围绕大昭寺转一圈为“中圈”，即“帕廓”，也就是古老而热闹的八廓街——藏族人称为“圣路”。转经道的地面用手工打磨的石块铺成，道路两边保留着老式藏房建筑，街心有一个巨型香炉，昼夜弥漫着藏香的气味。从每天清晨开始，转经道上各式各样的信徒，不论男女老少，为了他们的信仰，按顺时针方向沿着这条环形路走起来，川流不息，直到夜幕降临。而围绕大昭寺、药王山、布达拉宫、小昭寺转一圈为“外圈”，也称为“林廓”。这从内到外的三个环形，便是藏民们行转经仪式的路线。“廓”在藏语中有“旋转”之意。

大昭寺的门前，春夏秋冬，斗转星移，日复一日，月复一月，年复一年，每天磕着长头前来朝拜和转经的佛教信徒络绎不绝，每一个藏族人一生都要到大昭寺朝圣，他们从藏地不同的地方，磕着等身长头，来到圣城拉萨。

磕等身长头是藏传佛教信徒最虔诚的礼佛方式。藏传佛教认为：磕头朝圣的信徒五体投地，是为“身”敬；同时口中不断念咒，是为“语”敬；心中不断想念着佛，是为“意”敬。信奉者认为磕长头是“身”“语”“意”三者统一的修行方式，功德殊胜。

如果仔细观察，你会发现，藏族人磕等身长头首先会立正，一边口中念诵六字箴言“唵嘛呢叭咪吽”，一边双手合十，高举过头，向前一步；然后双手合十移至胸前，再向前一步；迈第三步时，双手自胸前移开，掌心朝下，双手向前直伸，膝盖先着地，然后全身匍匐，五体投地，额头轻叩地面；每伏身一次，以手画地为记号，起身后走到记号处重新开始，如此周而复始。

在西藏，人们对于磕长头者非常敬重。你会经常看见，有许多人主动向他们布施，以此表达心中的敬意。

大昭寺里面有一根很特别的柱子，上面供奉着许多信徒的牙齿，称为“牙柱”，它具有特别重要的意义。由于朝拜的路途遥远、艰辛，很多信徒或累或病，会在朝拜的路上离世，他们的同伴则会将他们的一颗牙齿带到大昭寺，镶嵌在释迦牟尼殿前的柱子缝隙里，表示逝者已经到过这个神圣的地方，以此帮助逝者完成一生的心愿。按照藏传佛教信徒的说法，如果能在磕长头朝拜的路上逝去，则是最好的超度，这是一种信仰的力量——有信仰的人，一路上再苦再累，心里都是纯净和幸福的。

走出大殿，来到金碧辉煌、气势恢宏的大昭寺金顶平台上，首先映入眼帘的是由法轮和鹿组成的极具西藏特色的代表性标志。鹿在西藏代表了吉祥，“代表着和谐和神之净土”。在这里，整个大昭寺广场尽收眼底，远处是雄伟的布达拉宫，近处是“公主柳”和唐蕃会盟碑，而围绕着大昭寺的八廓街上，则到处洋溢着藏族人的生活气息。

在平台上还可以清楚地看见，藏族人遵循着自己的信仰，围着八廓街虔诚地朝拜。萨特曾经说过：“世界上有两种东西是亘古不变的，一个是高悬在我们头顶上的日月星辰，一个是深藏在每个人心底的高贵信仰。”的的确确，西藏历史文化一直以来承载、伴随着宗教信仰，在青藏高原传播至今。

大昭寺金顶上由法轮和鹿组成的标志在西藏极具代表性

● 金碧辉煌的大昭寺

02 林芝印象

林芝，藏语古称“工布”，位于西藏东南部、雅鲁藏布江中下游，素有“西藏江南”的美誉。林芝是藏文“尼池”或“娘池”一词音译而来，藏语意为“娘氏家庭的宝座”或“太阳的宝座”。西藏和平解放后，测量队根据当地的物产，把该地称作“林芝”。

从拉萨去往林芝，单程近430公里，在拉林高速公路通车前，有七八个小时的车程。在西藏，为了保证交通安全，一般公路限速在每小时30—60公里。途中需要翻越318国道上海拔5013米的米拉山口，这里也被西藏人民称为“人”“神”的分水岭，他们认为翻过米拉山就可以到达林芝——这里是神住的地方。

米拉山位于拉萨市到松赞干布的出生地墨竹工卡县与林芝工布江达县的分界上，它在拉萨与林芝市之间形成一道天然屏障，挡住了印度洋吹向拉萨的暖湿气流，使得东南部林芝地区温暖潮湿，植被茂盛，米拉山以北地区则气候干燥寒冷。

海拔5013米的米拉山口，几乎是所有第一次进藏的人必去的地方，这里也成为川藏南线318国道上的一个重要标志。

2016年8月，站在米拉山口，似乎阳光就照在头顶。首先映入眼帘的是长长的经幡和众多经幡围绕着的玛尼堆，山风劲吹，蓝天白云下，五彩经幡在大地与苍穹之间飘荡摇曳，连地接天，将人们虔诚的愿望传达到上苍。一直以来，我就梦想站上海拔5000米挑战一下自己，现在终于实现了。在“知天命”的年龄，能站在海拔5000米的高度，此刻，我明白人

米拉山口

生的转折点似乎就在这里，看待人生的高度和角度的方式也将从此发生改变。

当第一次站在一览众山小的高山之巅，江河、湖泊、草原甚至白云都在你脚下时，我明白了什么是“山高人为峰”，明白了任何人到了自己力所能及的高度后，接下来要做的事就是安全下山——人生也是如此，你不可能永远立于高山之上。

很多人都在说，一生必须去一次的地方就是西藏，就是川藏公路南线即318国道。当你站在米拉山口——一个人生中的新高度时，真的会感觉太值得了，在这里一切都变得那么高远，那么纯净和简单，那一刻，不敢说为自己骄傲，但心里的确感到一些激动。

可能翻越米拉山口时有些兴奋，逗留时间较长，体能消耗过大，我的血氧含量迅速下降到80%，加上当时正在修建拉林高速，下山的路况比较差，路非常颠簸，高反再一次到来——头晕、头疼、耳鸣、恶心甚至想呕吐等症状接踵而来，吸氧、喝葡萄糖、含西洋参片都无济于事。随着高度的下降，到海拔4000米左右时，状况开始好转，到冰湖措木及日时已经行动自如了——看来下降高度是一个克服高反的很好办法。海拔4000米以下应该是相对安全、舒适的高度。

拉萨到米林的高速公路通车后，只需4个小时就可以通达林芝的八一镇。可是实话实说，对于旅人来讲，到西藏，亲自翻越米拉山口这个“人神分水岭”才更有意义——第一次站在这里，会有一种特别的感受。

翻过米拉山口后，向东南一路下坡，到达工布江达，一路上，渐渐绿意盎然。从尼洋河的发源地经过，潺潺流水一路相伴，变成滔滔江河，漫山遍野的阔叶乔木郁郁葱葱，宛如江南，直到海拔2900米的八一镇。

到林芝地区看见的第一个美景，就是素有“冰湖”之称的措木及日，这里是比日神山国家森林公园的核心区，以冷杉和金竹为主的原始森林保护完好，是天然的氧吧，湖水则幽蓝清澈。传说措木及日湖是观音菩萨的一滴眼泪形成的，措木及日藏语的意思便是“观音菩萨的眼泪”——果然是神仙居住的地方。

措木及日湖距离八一镇只有20多公里，我们很快到达了目的地。大概是因为一路的风景美不胜收，此时，高反似乎已经被抛到九霄云外了。

八一镇原名“拉日嘎”，是林芝地区政治、经济、文化中心，位于尼洋河畔。松茸等多种食用菌是此地的特产，晚饭自然是当地有名的松茸石锅鸡，补足了这几天身体消耗的能量。黄昏，来到美丽的尼洋河畔，四周森林秀丽葱茏，山光水色十分明媚。

尼洋河发源于米拉山西侧的错木梁拉，由西向东流，途经八一镇，在林芝的则们附近汇入雅鲁藏布江，是雅鲁藏布江流域的五大支流之一。藏语称河为“曲”，称湖为“错”，因此，藏族人称尼洋河为尼洋曲；尼洋河是林芝工布地区的“母亲河”，所以又称“娘曲”。

尼洋河两岸植被完好，风光旖旎，景色迷人。尼洋河之美美在水色，高山融雪造就了这条清澈的河流，在高原上缓缓流淌，据当地人讲，不管你什么时候看到它，它总是那么平静、清澈、翠绿、洁白，那么美丽。

藏族人崇拜大自然，他们祖祖辈辈用神话

措木及日湖

故事、曼妙歌舞膜拜大山，赞美江河，他们形容西藏江河时常用一个词——飞花碎玉，而当你站在尼洋河畔时，便能感悟到“飞花碎玉”一词的美妙。

第二天一早，沿江而上，首先经过的是位于雅鲁藏布江北侧的西藏苯教神山之一苯日神山。在西藏众多的神山中，苯日神山没有一座十分突出的山峰，而是由一组山峦攒聚在一起，总是云雾笼罩。据说，不论你何时到此，几乎都无法看到它的“真面目”，相传，苯教祖师辛饶弥沃就在这里修行并得道。苯教是西藏的原始自然宗教，在佛教传入西藏之前广为流传。

在西藏，有“羊年转湖，马年转山”的说法，每逢藏历马年的八月份，信徒们会在这里举行“马年大转经”活动。同时，在藏民心中山与水都是有生命、有灵性、有属相的，传说苯日神山属猴，所以，每到猴年，有许多信徒千里迢迢赶到这里叩长头、转山。绕苯日神山一周约有 35 公里的路程，步行需一天一夜。

“天上有一条银河，地上有一条天河。”被称为“天河”的雅鲁藏布江像一条银色的巨龙，是中国最长的高原河流，从海拔 5300 米以上的喜马拉雅山脉中段北坡冰雪山脉发源，自西向东奔流于世界屋脊青藏高原南部，绕过喜马拉雅山脉最东端的南迦巴瓦峰转向南流，最后在巴昔卡附近流出边境，改称布拉马普特拉河，经印度、孟加拉国注入孟加拉湾。它在中国境内全长 2057 公里，流域面积居全国第五位。

雅鲁藏布江，在古代藏文文献中被称为“央

● 南迦巴瓦峰下的雅鲁藏布江谷地有“西藏的小瑞士”之称

恰布藏布”，意为从最高顶峰上流下来的水。它的源流有三支：北支发源于冈底斯山脉，叫马容藏布；中支叫切马容冬，因常年水量较大，被认为是雅鲁藏布江的主要河源；南支发源于喜马拉雅山脉，叫库比藏布。三条支流汇合后至里孜一段为河流上游，统称马泉河；流到拉萨的曲水县（曲水藏语意为河流交汇之邦），以及山南（藏文称之为雅砻）一带，才被叫作雅鲁藏布。

从冈底斯山脉的冈仁波齐神山，经札达、日喀则、山南、林芝，最后到墨脱、察隅，这条被西藏人民称为“母亲河”的雅鲁藏布，从上游雪山溶化的涓涓细流，到中游在高原的怀抱中静静流淌，再到下游浪花飞溅、汹涌澎湃，像极了人的一生，跌宕起伏，奔流到海。

位于林芝境内的雅鲁藏布江大峡谷大拐弯处，南北两侧壁立高耸的分别是海拔 7782 米的南迦巴瓦峰和海拔 7294 米的加拉白垒峰，巍峨挺拔，直入云端。山顶终年积雪，峰岭上冰川悬垂，云雾缭绕，景象壮丽，气象万千。

南迦巴瓦峰与加拉白垒峰间的雅鲁藏布江大峡谷，最深处达 6009 米，其深度远远超过深 2133 米的美国科罗拉多大峡谷和深 3400 米的秘鲁科尔卡峡谷，所有来到林芝的人都以能一睹雅鲁藏布江大峡谷大拐弯处汹涌澎湃的江水和最美雪山的真容为一生的幸运和荣耀。

我们到达这里时，据当地人讲，因雨季时间比往年长，雨量也大，这一带总是云雾缭绕，南迦巴瓦雪峰已有两个多月不曾露面，加拉白垒雪峰更是有 4 个月不曾露脸。一路上小雨不

● 林芝境内的雅鲁藏布江大峡谷大拐弯处

断，云雾始终没有散开的意思，众人不免有一丝担心和失望。

但，天公作美，当我们到达大峡谷时，云雾开始随风快速飘动，加拉白垒峰竟然揭开了神秘的面纱，露出了她高耸俊俏的面容，也就不到 10 分钟的时间，很多人甚至没有发现，她就又掩藏到云雾之中了。虽然仅仅露了一面，她惊艳迷人的容貌，已经足以让人赞叹不已。

对面的南迦巴瓦峰，是林芝地区最高的山峰，也是西藏最古老的宗教“雍仲苯教”的圣地，有“西藏众山之父”之称，雅鲁藏布大峡谷绕着它转了一个马蹄形的大弯，随后转向南，奔向印度洋方向。

南迦巴瓦峰巨大的三角形峰体终年积雪，云雾缭绕，同样从不轻易露出真面目。南迦巴瓦在藏语中有多种解释，一为“雷电如火燃烧”，一为“直刺天空的长矛”，另一为“天上掉下来的石头”。在我眼中，它更像“直刺天空的长矛”，而它对面的加拉白垒峰则像一个害羞的少女，终年不轻易露出自己美丽的容颜。

随着温度的升高和风力的加大，云雾渐渐散开，有着“中国最美的雪峰”之称的南迦巴瓦峰，在奔腾不息的雅鲁藏布江畔，露出巍峨挺拔的身姿，展现在众人眼前，如同一幅壮美、秀丽的画卷，远远超出了“东方瑞士”的称号，无比激动人心。

当地人说两座雪山在雨季里同时展现，是十分难得的幸运和福气，有很多人为看它一眼，在此等了一周、半月甚至更久，也没能看见。

离开雅鲁藏布江大峡谷，简单路餐后，我

加拉白垒雪峰

们继续向林芝地区的米林县南伊沟进发。

南伊沟距米林县城约20公里，纵深40多公里，群山环抱，是林芝地区无数美丽的沟谷之一。南伊沟生态保护完好，雨量丰沛，气候湿润，动植物资源丰富，平均海拔2500米，有“中国绿色峰级的森林浴场”和“地球上最高的绿色秘境”之美誉。

南伊沟有着古老的历史传说，独特的珞巴风情、茂密的原始森林、俊秀的南伊曲水更是充满了魅惑，这里不仅有“西藏小江南”之誉，还有“藏地药王谷”之称。传说藏药始祖宇妥·云丹贡布曾在此地炼丹并行医授徒，这里是神秘藏医药文化的重要发源地。

南伊沟还是中国人口极少的少数民族珞巴族的最大聚居地，在中国境内的珞巴族目前总人口不足5000人。西藏和平解放前，珞巴族过着刀耕火种、结绳记事的原始部落生活，至今珞巴村庄的建筑多数是木制的，加之这里风景、习俗独特，南伊沟又被誉为神秘的“世外桃源”。

这里也是中国最南端的“天边牧场”，最近几年因发展旅游经济逐渐对外开放，但仍保持了其独特、原始的自然环境。

南伊沟总是一阵晴一阵雨，典型的雨林气候。这里有着茂密的原始森林、清澈透明的河流、静静的天边牧场、醉人的清新空气，沟谷两侧林木参天，青冈、云杉、桦树、柏木翠绿幽深，淡黄色的松萝从高大的树杈枝丫间垂下，有如仙女的帷幔。林间草木繁茂，野花摇曳，红色、黄色，娇艳欲滴，妩媚动人。湍急的南

秘境南伊沟

伊曲水在谷间轰然鸣响，翻腾的浪花晶莹剔透、洁白如玉，诉说着南伊沟的古老与美丽。

南伊沟有许多西藏特有物种，如高大的米林云杉王、米林杜鹃、米林杨、红柄柳、米林乌头等，其中一种名为松萝的寄生植物有较高的药用价值。这也是对南伊沟环境的肯定。因为，松萝对环境的要求很高，空气中有一点点污染就不能存活，它是最好的环境检测器，所以，有松萝的地方，标志着这里有极好的生态环境。

南伊沟旖旎的秀丽风光，比起林芝的其他地方一点儿都不逊色，甚至可以与瑞士因特拉肯、美国黄石河谷的自然风光比肩，其自然风光与环境绝不是用“西藏小江南”就可以全部形容的。

大雨突至，我们只好带着依依不舍的心情离开南伊沟，返回八一镇。

在返回拉萨的途中，我们慕名前往位于林芝地区的工布江达县。出八一镇行驶 60 多公里，到达一个地图上很难找到的小镇巴河镇，巴河镇的公路出口右转有通向巴松错的路标，离开川藏线 318 国道，走了大约 40 多公里，便进入了巴松错。巴河上游高峡深谷里的巴松错，又名措高湖。巴松错在藏语中的意思是“绿色的水”，也有“美丽的姑娘”一说。

巴松错静静地镶嵌在满目苍翠的雪山下，清澈碧蓝的湖水展现在面前，令人惊艳。湖四周山花烂漫，雪峰阵列倒映湖中，时有沙鸥、白鹤浮游湖面，湖水透明，可见游鱼如织，情趣盎然，景色宜人至极。

湖中距岸边大约 100 米的那座秀丽的扎西岛，更是一处绝美的人间仙境。岛上有唐代的建筑措宗贡巴寺，这是西藏有名的红教宁玛派寺庙，建于唐代末年，距今已有 1100 多年的历史。寺院大殿内主供的是莲花生大士和千手观音。寺院内有一株桃树和松树连理的“桃抱松”树，桃树与青松相拥，造型极其别致。

当地关于巴松错的传说有很多，沿顺时针方向转岛，可以看到格萨尔王战马留下的蹄印、格萨尔王挥剑于石头上留下的剑痕、曾经的水葬台，还有“字母树”树叶上天然形成的藏文字母，以及莲花生洗脸的神泉——传说格萨尔王的师父便是莲花生大士。湖的对岸是一座形似宝座的雪山，传说是格萨尔王的宝座。湖西岸则有格萨尔王射箭处，据说在每年的藏历四月十五那天，在碧蓝湖水下面的湖底中心线会长出一条长长的白色带子，当地人盛传那是献给格萨尔王的一条巨大的白色哈达。

扎西岛似一个空心岛，岛与湖底似乎并不相连，而是漂浮在湖水上。虽说是个传说，可在岛上随便找一处地方跺跺脚，回声中真似有空心的感觉，走在扎西岛上真可谓步步有神奇，这也为美丽巴松错增添了几分神秘色彩。

生活在工布江达县域内的藏民，被人们习惯地称为“藏族工布人”，意为生活在凹地里的人，他们有自己的服饰、独特的建筑、特殊的节日，甚至语言都与其他地区有所不同。漫步在巴松错湖边，在淳朴的工布藏族村落结巴村中，随处可见工布人善良的笑容。

有 80 多户农家的结巴村，算是当地比较大的村子了，村里的男女都喜穿“果秀”——毛料长袍，头戴黑白两色的毡帽。妇女喜戴头饰，腰间佩银链，独具特色。随意走进一户人家，你就会受到他们的热情款待，屋内有火塘、石锅、铜锅等，火塘既可做饭又可取暖。他们点的灯是吊在空中的高山松，烧的柴是青冈木树枝——屋顶已被熏成了黑色，吃的是放养的藏香猪、薄石板上烙制的麦饼、松茸烧鸡、巴河鱼、青稞面，喝的是自酿的青稞酒，在这里任何一家面山的房间，只要抬一抬眼皮，就能看到碧水和雪山，这是多么奢侈的幸福。

登上巴松错边上的一处小山，耳边回荡着在藏地很有名气的阿佳组合演唱的《遇见你，巴松错》：“千山万水，只遇见了你，沿着唐蕃古道，别过秀巴古堡，千百万年，你都遇见了谁，穿过时间的缝隙，流过大地的脉搏，我遇见了你，巴松错，我最美的情郎，巴松错，你遇见了我，你最美的姑娘，每一次相遇，都是久别重逢，每一世爱恋，都是命中注定的缘……看见你一湖碧波。”这是一首动听又饱含深情的歌曲。

巴松错是林芝的一张名片，它的美丽风光和传说故事给了我们一个大大的意外，也让我们在这里耽搁了太多的时间，直到午后才回到 318 国道，沿着尼洋河北上，返回 400 多公里外的拉萨。

西藏除了缺氧什么都不缺。从林芝一路颠簸回到拉萨，当再次翻越海拔 5013 米的米拉山口时，因缺氧造成的高反症状竟然没有再出现——看来身体已经开始适应高原的环境了。

而要看林芝传说中那“三生三世，十里桃花”的绮丽风光，只能等到来年的 4 月了。

巴松错

MAK

03 玛吉阿米与仓央嘉措

在拉萨，久负盛名的“玛吉阿米”餐吧，是一座土黄色两层小楼，坐落在拉萨八廓街的东南角。几乎每一个来到拉萨的人，都知道有关这座黄色小楼的故事，这座小楼也成为八廓街上一个有着特殊意义的地标式建筑。

在西藏，自吐蕃王国开始，人们就把以大昭寺为中心的“帕廓”一带称为“拉萨”（佛地）。“帕廓”，现在被称为“八廓街”，早先这里只是一条单一围绕大昭寺、被称为“帕廓”的转经道，后逐渐扩展为围绕大昭寺的大片街区，这里至今比较完整地保存了拉萨古城的传统面貌和居住方式。

现在的八廓街是由东街、西街、南街和廓北街组成的多边形街道环。大概只是音译上的一种误读，藏语中这里原来被称为“帕廓”，“帕”是核心的意思，“廓”是旋转的意思，合起来就是环绕大昭寺旋转的意思，也就是说，这条路是围绕大昭寺这一核心旋转的道路，所以相对于“林廓”（外转）和大昭寺内的“囊廓”（内转）转经道而言，这条八廓街被称为“中圈转经道”，因此，“帕廓”应是八廓街更为符合历史说法的称呼。

几乎每一个到拉萨朝圣转经的人，每一个到拉萨旅行的人，总要到八廓街转上一圈两圈甚至更多圈，因为，在人们眼里，八廓街围绕的地方是圣地拉萨的中心，如果没有到过大昭寺、八廓街，就等于没有到过拉萨。

在这里，你可以看见朝拜者在大昭寺门口磕着五体投地的等身长头，还可以看见更多的人每天围绕着大昭寺转经。很多僧人和佛教信徒徒步千里，其中不乏三步一叩、倾其所有来到这里朝拜的人。

转经道上的僧人和信徒们虔诚地诵着六字箴言，一圈又一圈地沿着八廓街的转经道，或徒步，或磕着等身长头。这样的场面，绝对会令所有见到的人为之感动。

如今的八廓街既是拉萨的转经道，也发展成一条繁华的商业街区，摊铺上经营的商品大多是本地土产，有驰名藏区的西藏壁毯、唐卡、藏刀、木碗、玛瑙、佛珠和珍贵的绿松石、蜜蜡、天珠、骨饰等，街上也有大大小小的奶茶店。在八廓街上，通过人、市场和商品，能够看到活生生的西藏风情，宗教、文化、民俗、饮食在这里交织在一起，集中展现在你的眼前。

至于是否购买那些特别贵的“宝物”，纯粹看个人的眼力、喜好和运气了，不过逛八廓街顺便买上几件具有藏族特色的小物件，比如九宫牌、金刚结、藏装、毡帽等，却是保留对于西藏记忆必须要做的事。

黄昏时分，在八廓街上走累了，便和当地的藏人一起，坐在道路两旁的高大木椅上，休息、聊天、听音乐，静静地望着天边的云朵和转经的人群发呆，什么也不用想，时光仿佛停止，感到眼前所看见的西藏，看见的拉萨，看见的八廓街，就是人生中最轻松最惬意最舒心的地方。

在街上坐久了，自然会想吃些什么。说到舌尖上的拉萨，首先会想到那座坐落在八廓街的东南角、带有浓郁藏式风格的黄色小土楼，想到久闻大名的“玛吉阿米”。

最早知道玛吉阿米这个名字，是在2010年冬。听到《最好不相见》这首歌曲时，内心的情感被词曲所打动，上网一查，才知道歌词是由仓央嘉措的《十诫诗》改编而成的。

八廓街一角

极具藏族特色的九宫牌、金刚结

“最好不相见，便可不相恋……但曾相见便相知，相见何如不见时。安得与君相诀绝，免教生死作相思。”记得这首歌曲响起时，那一刻似乎读懂了诗人的心思，细细聆听，你能够感受到他所要表达的“生命是一场修行”的深刻含义，这种感悟也通过歌曲恰如其分地深入内心，产生共鸣，滋润心田。

也就是从这一年开始，知道了西藏文学史上有一位仓央嘉措，他不仅是一位宗教精神领袖，还是一位才华横溢的浪漫主义诗人。

相传仓央嘉措为了寻找救世“度母”，跋山涉水走遍藏地。有一天，他出访回到拉萨，在“帕廓”路上的一个小酒馆休息，门外一个如月亮般娇美的少女掀帘张望。“在那东方山顶，升起皎洁月亮，玛吉阿米的面容，渐渐浮现在心上。”仓央嘉措这一动人诗篇《在那东山顶上》，从那一天后流传至今，而“玛吉阿米”的名字也在我第一次进藏以后，便会时常浮现在脑海。

到拉萨前，就曾听到过有关仓央嘉措与玛吉阿米的传说，“玛吉阿米”这个名字也的确与仓央嘉措——这位住在雪域高原上最大的王的诗歌《在那东山顶上》的流传有着密切联系。

仓央嘉措，门巴族，西藏历史上著名的

八廓街上的传说“玛吉阿米”

宗教政治人物和诗人。据史料记载，清康熙二十二年（1683 年）仓央嘉措生于西藏南部门隅乌坚林村。这位一度住进布达拉宫的“雪域最大的王”，在宗教事务、生活、政治方面都遭到限制。这样的生活，必然使仓央嘉措内心抑郁，加之他有过 14 年的尘世生活经历，对大自然的热爱和对自由的渴望与生俱来，这一切可能是激发他写下许多“情诗”的原因，这反映出仓央嘉措对于自由和世俗生活的向往。

在西藏，流行着 60 多首以仓央嘉措的名义书写的诗歌，它们深入人心，脍炙人口，有的以口头形式流传，有的以手抄本传世，流传最广泛、最经典的是拉萨藏文木刻版的《仓央嘉措情歌》。这些诗歌还有英语、法语、日语、俄语、印地语等文字译本 10 余种。在西藏，人们对他有这样的评价：“他以世间法让俗人看到了出世法中广大的精神世界，净化了人的心灵，他用最真诚的慈悲让俗人感受到了佛法并不是高不可及，他的特立独行让我们领受到了真正的教义。”“曾虑多情损梵行，入山又恐别倾城。世间安得双全法，不负如来不负卿。”他的诗歌已经超越僧俗、民族、时空、国界，成为宝贵的文化遗产。

因为这些情诗的存在，很多人对“玛吉阿米”一词产生了很大的误解，把“玛吉阿米”当成了传说中仓央嘉措曾经的爱人，因为《仓央嘉措情歌》的流行，以及有关他世俗爱情故事的传说效应，竟然使得世界各地众多情侣来到西藏，来到拉萨，把这座被称为“玛吉阿米”的小黄楼，当成了见证爱情的浪漫之所。

相传仓央嘉措在被选入布达拉宫之前，有一位美貌、聪明的意中人，叫达娃卓玛，他们相爱至深。仓央嘉措进入布达拉宫后，厌倦深宫内单调而刻板且充斥争权夺利的生活，时时怀念着民间多彩的习俗，思恋着美丽的情人，便经常微服夜出，与情人相会，追求浪漫的爱情生活。有一天，天降大雪，清早起来，摄政王铁棒喇嘛发现雪地上有人外出的脚印，便顺着脚印寻觅，最后找到了仓央嘉措，铁棒喇嘛用严刑处治了仓央嘉措的贴身侍从，还派人把他的情人驱逐出拉萨，放逐远方，并采取严厉措施禁闭仓央嘉措。从此，仓央嘉措再也没见过达娃卓玛。

关于仓央嘉措爱情故事的传说，在藏地还有很多版本，不论故事有怎样的开始，最后都以悲剧告终。仓央嘉措和“玛吉阿米”的传说，在拉萨一个寒冬的雪夜里，雪地上的一串脚印，结束了所有爱的梦幻，神圣的布达拉宫里，只能住着雪域高原最大的王，这样决绝的凄美，的确让更多的人相信传说是真的，毕竟“因为爱情”是人类共同的渴望。

就像“住进布达拉宫，我是雪域最大的王。流浪在拉萨街头，我是世间最美的情郎”这首流传广泛的诗歌，并不是仓央嘉措写的，而是由其他人改写的一样，就算是人们把美好想象当作真实，冠给了仓央嘉措这位世间最美的情郎吧。原诗应该是：“住在布达拉宫，我是持明仓央嘉措；走在拉萨的街头，我是浪子宕桑旺波。”

其实，对于这些诗歌史学界一直存有争议，我个人也倾向于其中一部分诗歌并非仓央嘉措本人所作，而是有人借用了他的名义。至于为何要借用仓央嘉措之名这样做，同样有很多种说法，比如以情诗“构陷”他沉迷男女

瑪吉阿米
Ame
瑪吉阿米
MAKYE AME
在那东方高高的山尖
每当升起那明月皎颜
玛吉阿米醉人的笑脸
浮现在我心田
仓央嘉措

玛吉阿米餐厅内一角

之情就是其中一说。但不论怎样，我始终以为，作为宗教领袖，那座至高无上的“须弥山”，在仓央嘉措的心中应该也是至高无上的：“那一年，我磕长头匍匐在山路，不为觐见，只为贴着你的温暖。那一世，我转山转水转佛塔，不为修来生，只为途中与你相见。”在这广为流传的诗句中，我想在仓央嘉措的心中，所要表达的一定是指靠近佛光普照的温暖和与佛菩萨的相见，而绝非什么男女私情，至于“世间安得双全法，不负如来不负卿”，只能说，即便年少时曾有过红尘恋歌，他也知道对于他来说，根本没有“双全法”，他也不可能化作“世间最美的情郎”，他只能选择放下红尘，独尊“如来”，在神圣的布达拉宫，仓央嘉措只能是雪域高原所有藏传佛教信徒心中至高无上的人。

但传说就是传说，校友洛桑告诉我“玛吉阿米”一词在藏语里正确的读法应是“玛吉阿妈”，这一词原本来自藏地有关“未嫁娘”的美丽故事，意为圣洁的母亲、纯净的仙女，也可引申为美丽的梦。在这里“阿妈”就是妈妈的意思 。玛吉，藏语音译里“玛”是个否定词 ，“吉”是生的意思，也就是说，这个词直译过来的大意就是：不是生你的妈妈……我恍然大悟，原来“玛吉阿米”一词，不仅仅是用来形容自己的情人或爱人，更表达出藏族男人对女人的尊敬，情人、爱人在他们的眼里，与生养自己的妈妈的地位一样神圣。

相传仓央嘉措与“爱人”幽会的地方，正是如今玛吉阿米餐吧所在的这个土黄色小楼，当然，这只是流传在西藏的一个美丽的传说。

1997 年，生于安多藏区的泽郎王清，从家乡来到拉萨，在古老的八廓街东南角，发现了这座有着百年历史的土黄色二层小楼，并被这座建筑背后动人的传说故事所吸引，他发现了商机，于是在这里创办了玛吉阿米餐吧。

由于八廓街独特的地理位置，以及玛吉阿米本身浓郁的文化特色，很快吸引了来自世界各地的游人，以“玛吉阿米”命名的这个餐吧，也随之成为闻名遐迩的地方。

这个以西藏风味为主的餐吧，不论是陈设、餐具还是食物、菜肴，都带着浓郁的藏式风格，餐吧的招牌饮食有草原生烤羊排、酸萝卜炒牛肉、藏式烤天然蘑菇、酸奶人参果八宝沙拉、青稞鲜酿、酥油茶等。

玛吉阿米楼顶的平台是俯瞰八廓街的绝佳地点，时常会有一对小伙子和姑娘，坐在这座黄色房子的平台上，弹唱着仓央嘉措写的“情歌”：“那一刻，我升起风马，不为祈福，只为守候你的到来……那一世，转山转水转佛塔，不为修来世，只为途中与你相见。”委婉动听，余音绕梁。

淡季这里不需要排队等候，于是，每一次来，我都会在楼上平台选一张窗前可以俯瞰八廓街的桌子坐下来，点上喜欢的特色藏餐，然后从书架上众多的留言本中随意拿两本，边听边看边吃，感受玛吉阿米和仓央嘉措独有的味道和故事。

留言本中有一段话给我留下深刻的印象：“心心念念的西藏，我终于来了。来了，便不想走，期待，人生圆满时，再次入藏 。”这句留言，说出了很多人的心声，每一个到过西藏的人，都会说还会再来，似乎人们在这片洁白的雪域高原上，在这片纯净的蓝天下，放下了所有的负累，找到了安放自己灵魂的天堂。

记得多年前，第一次说想去西藏的时候，信奉藏传佛教的妹妹对我说：“你最好不要去，因为去了，怕你喜欢上那里，怕你不想回来。”

的确，第一次进藏，就感觉到它像一块吸铁石，深深地吸引了我，令我魂牵梦绕，心动不已。在这里，时间变短，心跳加快，不仅仅是因为这片高原上空气稀薄，有壮丽的河山、纯净的蓝天、洁白的云彩、秀美的湖泊、丰润的草原、美丽的喇嘛庙、质朴的面容，更是因为这里似乎有一种纯净灵魂的魔力。

有些地方也许你真的不该来、不该见，来西藏真的会“中毒”，“最好不相见，便可不相恋……但曾相见便相知”，仓央嘉措的诗就表达了这样一种心绪，可没有办法，既然已经来了，坐在平台上，凝视着天边诱人的晚霞，想到电影《非诚勿扰》里的一句经典台词：“一辈子很短，我愿意和你将错就错。”

每一个来到玛吉阿米的人，心中都应该存有一份纯真、一份质朴、一份善念，每个人都怀揣着一个浪漫的梦，这个梦，隐藏在每一个生命的灵魂深处，它会时常跳出来，拥抱我们。

和很多来西藏的人一样，去玛吉阿米坐坐，不仅仅是为了拍摄和欣赏这里的美景，品尝这里的美味佳肴，更主要是用心感受这里的简单、纯净、质朴，在这空气稀薄的高原上，迎接缺氧对身体的考验，唤醒自己灵魂深处的爱、纯真与美好。

其实，哪怕只是看一眼布达拉宫的雄伟，听一听雅鲁藏布江的澎湃涛声，望一望碧蓝的天空、洁白的雪山和清澈的湖水；哪怕只是喝上一碗酥油茶、一口青稞酒，也会心满意足，因为，来这里，一直是我心中挥之不去的梦想。

● 夜幕降临，转经道上络绎不绝的人群

走出玛吉阿米，已是繁星满天，灯火阑珊，满眼风马旗，大家学着藏人的样子走在八廓街上，用脚步丈量从八廓街的玛吉阿米到驻地之间的距离。这一夜，只为再一次感触拉萨之夜迷人的风情；这一刻，只为西藏一梦成真。“玛吉阿米”的名字，从此驻在心间，留给我们最美好、最温暖的回忆。

04

拉萨，一座你来过就会记住的城

9月的连阴雨让气温骤降，天凉好个秋，待在阴冷的家里，想念起西藏的阳光。

距2016年8月第一次看见西藏，仅仅过去一个多月的时间，便急迫地选择在国庆节的前一天，第二次来到西藏，回到拉萨。

有位朋友开玩笑说，你这是“中毒”了，“病”得不轻，但我知道，拉萨的阳光确实温暖人心，太阳不仅能带来热量，还能指引方向，而人生最幸福的事便是——有方向，走在阳光灿烂的路上。

第一次从西藏回来，写过这样一段话：“西藏是一个能够把与它有缘人的魂魄轻易勾住的地方，来一次，不由分说就会让你属于它，就会让你无法忘记它。如果说在中国的大地上，还有一个想再一次去旅行的地方，于我来说，那一定是大美西藏。”

带着如此急迫的心情回到拉萨，源于一直听说秋天无论雨量、风速、阳光、湿度，都最适合前往珠穆朗玛峰大本营、冈仁波齐和古格王朝遗址；源于阿里的古象雄历史文化是西藏文明的根脉之一。那颗被西藏像磁铁般吸引住的心，无法停住。

与第一次从西藏回来时不同，第二次进藏时很少向别人提及，人变得很安静，以至于第二次西藏归来，也没有了第一次时那种无法按捺的喜悦和兴奋，除了因为身体上的疲倦、调整“醉氧”状态、忙于工作和处理生活琐事外，更多的是因为有了对西藏更深入的了解——“西藏以西是西藏”，我需要安静，去回忆、梳理和沉淀在阿里高原那些天的经历，为再一次进藏做好准备。

如今，虽然有了青藏铁路，有了飞机，但对绝大多数人来说，去西藏依然是件大事，而去珠峰大本营、阿里这些海拔在4500米以上的地区，就更不是一件小事了。

仗着有过一次进藏的经验和一颗被强烈吸引着的心，竟然迅速做出了第二次出发的决定，并在很短的时间内，准备了出行的简单装备，以及抗高反、消炎等常用药品和必备的户外服装、食品。

虽然不是第一次上高原，但西藏以西的路途很漫长，这次毕竟是第一次在海拔4500米以上的地区吃住行，而且要活动一周以上的时间。这与第一次到西藏截然不同——第一次也上到过海拔4500米甚至5000米以上的地方，但时间都很短，最长不过十几个小时，而且每天都会回到海拔3000—3600米的地方住宿休息，而阿里高原则不同——西藏以西的路途必须格外重视。

绝对不要在网上看太多的进藏攻略，那些东西没有多大的用途，还容易产生误导，因为，每个人进藏的时间、物质与身体条件等情况各有不同，最好的方法是通过各种渠道向老藏们了解情况，他们会给出一个比较客观且适合你的行动方案。另外，除了物质准备，抗高反的心理准备也很重要，对于这一点，在第二次进藏返回后，我有了更加深刻的认识，心得颇多。

吸取第一次进藏在火车上两天两夜没有休息好，加之一路上看见西藏景色过于兴奋，一到拉萨的宾馆就因高反躺倒在床上的教训，也为了节省在路上的时间，这次进藏选择了西藏航空直飞，然后在拉萨调整两天——这样可以更好地适应高反。

从北京机场到拉萨贡嘎的4个半小时，几乎是半梦半醒的状态，很幸运一路没有遇上气流，睁开眼，舷窗外已是西藏特有的蓝天、白云、雪山，偷偷拍了张照片，被藏姐微笑着“告诫”下不为例，赶紧赔上一脸抱歉式的微笑，系好安全带，听着飞机起落架放下的响声。

如果第一次进藏只能说到过拉萨，那么这一次和以后的每一次，真的可以说是回到西藏、回到拉萨、回到“阳光之城”了。

拿起行装连拖带背出了机场，竟然没有太多疲惫和不适的感觉。秋天的拉萨很温暖。朋友杨总接机，按照西藏迎接客人的最高礼仪，一条洁白的哈达系在脖子上，代表了吉祥和祝福。

一夜安睡，没有第一次进藏时夜晚的失眠难耐，心跳过速、血压升高、头疼头晕一个也没有来，只是醒来时有一点儿口渴——适应得如此之快出乎意料。难道是喝了半个月的正宗红景天，以及睡前一支50%葡萄糖和一支诺迪康的功效？不得而知，但肯定与休息好有直接的关系。我们住在平原的人，到了西藏高反不可避免，而休息的好坏直接决定着高反的强弱。

第二天早上醒来，打开窗，布达拉宫近在眼前。空气异常清新，略带着一丝的寒意——竟不知夜里何时下了一场小雨。布达拉宫背后的山顶上甚至降下了白白的雪花——这就是西藏的天气，云卷云舒，雨雪说来就来，说走就走。

早饭，青稞饼、酥油茶。之后和很多到拉萨的人一样，来到位于拉萨市城关区扎基东路的扎基寺——这里是拉萨香火最旺的寺庙之一。在拉萨常会听到“扎基寺周一求平安，周三求财，周五求健康，周末别无所求”的说法，扎基寺也便被认作西藏唯一的财神庙，所以，每周三来此朝拜的人会比平日多出很多。

扎基寺里供奉的“财神”在藏语里称作“扎基拉姆”，传说扎基拉姆是拉萨城的护法神“吉祥天母”的世间化身，本在汉地，后随一位赴汉地的色拉寺大师来到拉萨；也有说是随文成公主进藏的，后被供奉在扎基寺。

在西藏大大小小的寺院，有上香、供灯、敬献哈达、供酥油的，但只有在扎基寺才能见到来人都会敬上一瓶浓烈的白酒。据藏族朋友介绍，这位“财神”格外喜好喝酒，但是，有关扎基寺的文字资料上基本没有介绍，据说，实际上最初这个寺庙是专门为外来人求平安而设，但外来人中大多是生意人，在扎基寺敬神后特别灵验，于是，这里逐渐成为大家所称的财神庙，香火越来越旺，也因此格外具有烟火气息。

我们到达这里时，敬献哈达和白酒的人从大殿一直排到寺庙大门外好远，我们排了很久的队才走进大殿。扎基拉姆女神像（财神）位于寺庙偏殿中的一个佛龛之中，手持酒瓶——看来这位世间护法神真的与众生仍有尘缘。佛龛前，两名僧人打开信徒和游人们递上的酒瓶，把白酒倒进硕大的酒缸里。在拉萨做虫草生意的朋友老毕说，他每隔一段时间就会来拜拜扎基拉姆，她能给自己带来好运气。

离开扎基寺，又一次走在那条熟悉的八廓街的青石板道上。从清政府驻藏大臣衙门府邸走出，再一次看见玛吉阿米时，风停雨住，阴云散尽，拉萨温暖的阳光，洒在每一个人的脸上，温暖在每一个人的心田。

午后回到旅社，结合朋友的建议，开始研

国庆节时的布达拉宫广场

扎基寺

究西行路线——因为路途中的天气、路况、高反程度、汽车限速等不确定的因素很多，行程可能随时修改，必须做到心中有数再出发。

第一天：拉萨—羊湖—卡若拉冰川—江孜—日喀则。第二天：日喀则—拉孜—定日—珠峰大本营。第三天：珠峰大本营—岗嘎—佩枯错—萨嘎。第四天：萨嘎—仲巴—帕羊—霍尔—吉乌寺。第五天：吉乌寺—普兰。第六天：普兰—塔尔钦（冈仁波齐）—门士—噶尔—札达。第七天：札达—古格—霍尔—帕羊—仲巴。第八天：仲巴—萨嘎—桑桑—拉孜—日喀则。第九天：日喀则—扎什伦布寺—拉萨。途经海拔：羊湖 4441 米、卡若拉冰川 5400 米、江孜 4200 米、日喀则 3860 米、定日 4300 米、加乌拉山口 5210 米、珠峰大本营 5200 米、绒布寺 5154 米、佩枯错 4590 米、萨嘎 4502 米、帕羊 4600 米、塔尔钦 4700 米、冈仁波齐 6656 米、玛旁雍错 4588 米、马攸木拉山口 5211 米、嘎拉山口 4778 米、 愧拉山口 5089 米、突击拉山口 4920 米、札达 3700 米、古格 3889 米。仔细研究完，有了一些感性的认识，心里踏实了很多——毕竟对自己来说这是一块未知的土地。

从拉萨到珠峰大本营，再到札达古格遗址，往返近 3000 公里的路程，有些出乎意料的遥远。虽然，有些研究属于纸上谈兵，但还是尽

● 清政府驻藏大臣衙门旧址

量在地图上找到了这些坐标点，了然于心，因为，不想做一个去了哪些地方，看见哪些高山、湖泊，连名字都记不住的行者。接下来的行走，就是让它们变成一个个情感的记事结，而不再只是地图上的地理坐标。

查看了一下气象预报，有关日喀则、定日近三日的天气状况，分析着如果幸运，到定日的时间应该没有风雨，能看见珠峰——毕竟这是西行中重要的一站。在你的一生中，可以面对面一睹世界屋脊——海拔 8848 米的珠穆朗玛峰的雄姿，也许只有这一次，如果可以看见那如生命之火般飘过的“珠峰旗云”，看见“日照金山”的灿烂辉煌，那就是太幸运的事了，所以，一定要认真对待，对有关的天文地理知识尽量做到心中有数。

想去日喀则、珠峰、阿里地区及亚东等边境口岸，没有边防证无法前往。傍晚，拉萨的朋友告知，车辆、氧气瓶和司机兼向导已确定，边防证也审批下来了，万事俱备。就这样，“回到拉萨，回到了布达拉宫，在雅鲁藏布江把我的心洗清，在雪山之巅把我的魂唤醒……”郑钧演唱的歌曲再次回响在耳旁。

10 月 1 日，专程来到布达拉宫广场，祝亲人和朋友们国庆佳节快乐吉祥。

第二次到拉萨，多了几分从容，在拉萨调整适应海拔的第二天，从睡梦中醒来已是早上 9 点。由于地理的原因，拉萨天黑晚，亮得也晚，因此，除了转经的人，你几乎不会见到早起的人，很多人都会很慵懒地睡到阳光明媚时，店铺也会在 10 点左右才陆续开门营业，为此，拉萨宾馆的早餐一般会持续供应到 10 点。很享受这样舒缓的生活节奏，你不用急着一早起床，赶着去干这干那。

一缕刺眼的阳光从没有拉严实的窗帘细缝里透进来，刚好照在脸上，舒服极了。起床，窗外雨后湛蓝的天空中，飘着雪白的云朵。

开车出拉萨城，经贡嘎机场，沿雅鲁藏布江南岸的 307 国道东行，视野逐渐开阔，城市的繁华与喧闹，随着车子的前行被拉得越来越远。江的对岸是戈壁和峰峦叠嶂，江边成片的乔木与灌木上的叶子已经发黄。

10 月，西藏秋意正浓，那一抹迷人的“藏黄”散发着诱人的光芒，在雅鲁藏布江两岸美到了极致——果然名不虚传。一路有田园风光和雅鲁藏布江秋天特有的景色相伴。出贡嘎没多久，便到了雅江观景台——一个小小的土坡，有石阶，有亭子，有藏民赶着成群的牛羊，“海阔天空”的石碑上挂满经幡。这里成为观赏雅鲁藏布江的一个绝佳地点。

这一段的雅鲁藏布江，江面宽阔，水流如丝带般平缓，没有了奔腾咆哮的波澜壮阔，在蓝天的映衬下，江水显得尤为清澈碧蓝。江两岸各种树木已经开始变黄，美得令人窒息，江水中的倒影，在落日时分更具独特的魅力。

前面不远就是山南市的首府泽当。由于时间原因，只能途中折返拉萨。虽然此行只是初识山南，但它已经给我留下了深刻的印象。我知道，山南是我一定要专程前来探访的地方，这也算是我和山南的一个约定。

拉萨，如今隔山隔水并不遥远，不要让西藏行只停留在梦里——缺氧不可怕，怕的是没有实现梦想的行动和决心。卸下心灵所有的负累，回到拉萨，回到布达拉宫，回到八廓街，用心来静静地感受这座阳光之城带给你的静谧祥和，你会觉得这雪域高原可以把心洗净，把魂唤醒，这里值得动情，值得再来。

于是，在从阿里高原返回家的第二年 3 月，中国北方还是料峭春寒时，我便第三次迫不及待地来到西藏，回到拉萨。

每一次看见西藏、看见拉萨，就像久别重逢。

在拉萨的人，他们的眼神每天早上几乎都是从高耸在玛布日山之上的布达拉宫，来判断这一天的阴晴冷暖，然后走出家门，随着煨桑炉飘出的浓郁醇香，从各处静谧的街道走向大

八廓街上晒太阳的老人

昭寺、八廓街，执着地用身体和脚步丈量尘世与神圣间的距离，日复一日，年复一年。拉萨也就从这一刻开始了一天的旋转，直至夜幕降临，整座圣城重回静谧——每一天在桑叶香中开始，又在桑叶香中结束。此刻，人们的眼神又会回到玛布日山上，在睡觉前，望一眼那座璀璨夺目的布达拉宫。

拉萨，在藏民的心中是圣城，也是“日光之城”，全年日照3000小时以上，经常是晚上还下着雨雪，早上就已阳光普照。因为太阳升起比较晚，在拉萨，10点左右街道上的店铺才陆陆续续开门营业，走在老城八廓街的任何一个角落，晒着暖暖的阳光，到处弥漫着安详与宁静，一切都让人感觉到与世无争。

第一次到西藏时，与很多人的感觉一样，以为只要看见布达拉宫、大昭寺、小昭寺、色拉寺、哲蚌寺、扎基寺、罗布林卡，就算到过拉萨了。直到第三次来时才明白，这些地方固然是一张张折射西藏传统文化的名片，拉萨的魅力与生机、拉萨的风情与迷人气息，更多的要走进拉萨的街巷中去体味。

安详宁静的八廓街街巷

拉萨古老的八廓街，同拉萨的那些名片一样，同西藏的大多数城镇、乡村一样，街道两侧的屋顶上，极具藏族特色的风马旗格外醒目。

风马，藏语为“隆达”，也称为经幡、禄马、呢嘛旗、祈祷幡等，“隆”在藏语中是风的意思，“达”是马的意思，因小旗上画有风马一匹，寓意把祷文借风马传播各处，故人们更喜欢称其为“风马旗”。风马旗的颜色和经幡一样，分白、黄、红、绿、蓝五种，藏地的人们认为，在灵气聚集之处，比如神山、圣湖、森林等处，挂撒印有敬畏神灵和祈求护佑等愿望的风马，让风吹送，可把愿望向上苍神灵传达，挂撒风马也就成为藏族人民的一种祈福方式。在藏地各山口、湖畔、河边、路口、寺庙、民舍等地，随处可以看见风马随风飘扬，这一面面方形、角形、条形的风马上，印满经文、佛像、吉祥物图形，在大地与苍穹之间飘荡摇曳，构成了一种连地接天的气象。

校友洛桑（藏语意为心地善良、聪明）从华北电力大学管理专业毕业后，来到国家电网西藏分公司工作，这一次我到拉萨，洛桑亲自为我们做起了业余向导和翻译。转完八廓街后还有时间，于是在洛桑的引导下，第一次走进在拉萨很有名气的光明港琼甜茶馆。这个甜茶馆与别的地方不同，就像北京大栅栏和成都府河边的老茶馆，游客极少，几乎清一色的藏族人，结束转经的藏族男女老少，会聚于此，喝一杯甜茶，吃一碗藏面，然后打牌聊天。

甜茶馆里的陈设很简单，有些看似 20 世纪六七十年代的物件。在餐厅的一角，随便找了位子坐下，学着藏族人的样子把零钱放在桌子上，问服务员阿佳要一壶用青稞酥油泡制的甜茶，点一碗清素的青稞藏面，与身边的藏族夫妇聊天，逗他们的孩子玩儿。他们用生硬的汉语加比画，和我们说着拉萨的故事。

服务员来回为大家加着茶，客人们任由服务员自己在桌上的零钱中收钱找钱——一件小小的事，体现了这座圣城里充满的诚实与信任。你周围的男女老少，每一个人的眼里都显得那么安静、温暖、和善，脸上也充满了快乐的笑容。

不知不觉已经坐了半天，午后，连拉萨的阳光似乎都带着奶茶香，让那些淹没在大街小巷里的时光也变得美好。极其喜欢这样的生活节奏，以至于竟然没有一点点时光流逝的遗憾。

拉萨老城，没有过多的繁华与热闹，没有高档的商场与奢华的饭店，每一条巷道里的安详之气，绝对值得你坐下来，泡一杯酥油茶，静静地用心去体味。这就是拉萨，充满让你来了就难以忘怀的味道，这味道是拉萨独有的魅力，也是拉萨独有的风情和气息。这就是拉萨，一个你来过就不想走的地方。

● 八廓街上清晨围绕大昭寺转经的信众

拉萨这座“阳光之城”，随着现代化的脚步，已经越来越像一个复合型的大都市，车辆穿梭，人潮涌动，街头的麦当劳里售卖着汉堡、薯条、炸鸡和汽水，面包新语开放式厨房里制作着味道甜香的辣松面包、芝士蛋糕、抹茶蛋糕和印度咖喱饼，星巴克店里摆放着标准口味的浓郁牛奶咖啡以及经过改良的新式甜茶。夜晚霓虹耀眼，恍如北京东城燕莎或是 CBD 核心区，只有屹立在玛布日山上的布达拉宫和街道上随处可见的身着藏装、手摇经筒、念诵着六字箴言的人和大昭寺、八廓街上虔诚地磕着等身长头的人，以及空气中弥漫的浓郁的藏香气味，会把你的思绪拉回雪域高原。

人生最好的旅行，就是在一个陌生的地方，能够感受到一种久违的感动。拉萨，就是一座可以让你为之感动的城。

拉萨，是藏语“佛居住的土地”的音译，亦可译为“佛地”或“圣城”。走在充满浓郁的藏香气味和奶茶味道的街道上，总是会想起“住进布达拉宫我是持明仓央嘉措，走在拉萨的街头我是浪子宕桑旺波”的著名诗句，而每一次要离开这里时，我都会与许多人一样，想着有一天会再一次回到拉萨。拉萨，“想你时你在天边，想你时你在眼前，想你时你在脑海，想你时你在心田”。

拉萨，一座你来过就会记住的城。

● 光明港琼甜茶馆—— 拉萨的地标之一

飘扬的风马旗

05 冰川与古堡

带着期盼已久的执念，终于踏上去阿里古格王朝遗址、往返3000多公里的遥远路途。

10月的圣城拉萨，一如既往，早上的阳光就已非常灼热，让人无法直视，湛蓝如洗的天空上飘着洁白的云，总是会让人心生愉悦——好天气总会伴随着好心情。

汽车驶过拉萨河，在通往贡嘎机场的高速口下道，沿雅鲁藏布江南岸的307省道，驶向300多公里外的后藏中心日喀则。因途中要翻越几座高山，加上限速行驶缓慢，所以，需要5个半小时左右才能到达。

出发前，在地图上寻找到处于海拔3850米的这座西藏历史重镇，把它作为前往珠穆朗玛峰大本营，以及沿喜马拉雅山脉和冈底斯山脉狭长地带向西，探访平均海拔4500米以上阿里地区西端札达古格遗址的最后一个适应海拔和补充物资之地。

选择走比较难行的307省道前往日喀则，而非著名的318国道，主要是因为在这条路上可以翻越海拔5030米的岗巴拉山，再次与美丽的"圣湖"羊卓雍错相见，特别是可以首次邂逅冰川，并途经藏语意为"胜利顶峰"的千年古城江孜。

秋天的雅鲁藏布江，中上游水流平稳，两岸风景如画，令人陶醉。经过曲水县不久，海拔越来越高，车在山路上蜿蜒行驶，白云近在咫尺。

抵达岗巴拉山垭口，又一次看见羊卓雍错时，心情仍然有些激动。在蓝天白云的衬托下，站在山顶俯瞰羊湖，会感觉到一种绝美，而秋天的羊湖与夏天时比，显得更加平静、碧绿和迷人，难怪羊卓雍错藏语亦有"碧玉湖"之意。

沿盘山路而下，来到海拔4441米的湖畔，在海拔7191米的乃钦康桑雪山映衬下，湖水在碧绿与蔚蓝之间变化，显得越发的宁静、神秘和动人，如梦如幻，这种没有任何污染的湖水，现在只能在西藏高原看到了。

一路上走走停停，看着远处湖边吃草的牛羊，思绪也从秋日的羊湖飞扬到雪山冰峰之上，不知不觉中，美丽的羊湖离开了我们依依不舍的视线。

中午到达浪卡子县，一行人用"营养餐"填饱肚子，继续前行。西藏的天气，十里不同天，时晴时雨，此时，明媚的天空阴沉下来，飘起了小雨，距离乃钦康桑雪山卡若拉冰川越来越近，气温也一下子降了许多。

一直对冰雪有着极其特别的情感。下雪的日子，总是喜欢到雪地里走一走，喜欢听踩雪时发出的响声，喜欢看身后雪地里留下的一行脚印，加上当年对电影《红河谷》里那座晶莹洁白的卡若拉冰川留下的深刻印象，对第一次与冰川邂逅有着特别美好的期盼。

在西藏有很多耳熟能详的冰川，比如普若岗日冰川、40冰川、来古冰川、卡若拉冰川等，因很多前往珠峰大本营和阿里高原的人，都会选择路经卡若拉冰川的307国道，所以，卡若拉冰川在普通进藏人的心中，似乎名气更大一些。

卡若拉冰川，位于距离江孜县城71公里、浪卡子县城30公里交界处的卡若拉山口一侧的乃钦康桑雪山南坡，它还是年楚河的源头之一，在藏语中意为"最美的天堂在心里"。

很快到达海拔5036米的卡若拉山口，卡若拉冰川就在眼前，沿着冰舌仰头望向顶峰，它显得格外宏伟壮丽，让人有一些心潮澎湃的感觉。冰川上部为一坡度较缓的冰帽，下部为两个呈悬冰川形式的冰舌，冰舌前沿海拔5233米，整个冰川面积大约为9.5平方公里。冰川上半部在阳光的照耀下，如同一幅巨型唐卡挂在山壁上，熠熠生辉。巨大的冰川从山顶云端缥缈处，一直延伸到离公路只有百米的地方，晶莹幽蓝中带着凉飕飕的寒意。

20世纪末拍摄的电影《红河谷》中有一个镜头，永久定格在我脑海中：入侵者英国少校罗克曼率探险队经过冰川附近，在打探卡若拉冰川的名称时，极其傲慢，对相遇的马帮鸣枪示威，结果引发雪崩，马帮和探险队被冰雪吞没。众所周知，当时为了追求电影的逼真效果，竟然爆破了一块冰川，给冰川留下了永远的伤疤，这件事在当时曾经引起舆论的关注。

也正是由于先后有电影《红河谷》《江孜之战》《云水谣》曾在此拍摄外景，使得卡若拉冰川的名气在西藏的三大内陆现代冰川中特别大，因此，很多到西藏的旅行者会在去日喀则的途中，选择绕道来这里一睹冰川的壮丽。

电影《云水谣》的录音师、国家一级录音师郑春雨叔叔，是我父亲中小学时期的同学，两人多年来私交甚好。他因这部电影荣获第26届中国电影金鸡奖最佳录音奖，片尾那场震撼人心的冰川雪崩画面和音效，给我留下了特别难忘的记忆，我当年就特别佩服他——为了追求电影录音效果的逼真，冒着高反的危险，亲

羊卓雍错

自前往西藏高原，等到了一场真正的雪崩。

走向冰川，映入眼帘的是冰舌下的佛塔和到处随风飘舞的经幡。

在藏区，信仰佛教的藏民认为，五色经幡是帮助念经的一种方式。五色经幡的颜色排列及所象征的意义是：蓝色代表蓝天，白色代表白云，红色代表火焰，绿色代表江河，黄色代表大地，像大自然中天地不容颠倒一样，这五种颜色也不能错位。每当风吹动一次，代表诵经一次、祈祷一次，所以，所有有风吹过的地方都会挂满经幡，河边、湖边、垭口、树丛、山涧、雪山脚下，随处可见，而且越是海拔高处就越是少不了。

抬头望去，白雪覆盖着眼前延绵的山脉，这片冰雪世界顶峰的上空，风在起舞，云在翻滚，蓝天时隐时现，每往前走一步，呼吸中的凉意就增加一层，心跳频率就会加剧一分，据当地人讲，这是你的心率与卡若拉冰雪女神连通了，她给了你温暖、力量和勇气。

可是，当我端起相机，准备拍摄壮丽的冰川时，才发现镜头里拉近的冰川，已不是当年电影里那般如白玉砌成、晶莹剔透。再定睛仔细看去，发现冰川近三分之一已成为裸露着冷黑肌体的缓坡，整个冰川也变得白一层灰一层，只有上半部分和突兀的峰尖还覆盖着厚厚的白色冰雪。

如此的冰川景象，真叫人措手不及，心也从起初的激动与震撼，一下变得低落和失望。我急忙问身边的人们：“这是卡若拉冰川吗？”他们点头说，这就是养育年楚河的卡若拉，这就是丰润雅鲁藏布江的卡若拉，这就是电影《红河谷》《云水谣》里那晶莹剔透的卡若拉。此刻，我有些不敢相信自己的眼睛。同行的西藏朋友讲，2000年以前，冰川晶莹的冰舌还一直伸到谷底，透着幽幽的蓝光。

冰川脚下的公路虽然让交通变得便捷，但公路上汽车排出的尾气和车轮扬起的灰尘，随风飘散到冰川附近，长此以往，使得原本洁白的冰川整体已呈黑白分明的形态，只是上半部分还能看出冰川原有的风貌，加之气候变暖的影响，如今，冰川已经退到整个山体三分之一的位置，卡若拉冰川似乎已不再是“心里最美的天堂”，她正在慢慢消融。

冰川形成的过程非常缓慢，要经历数百上千年，而人类活动使得全球气候变暖，自然环境遭到破坏，冰川也在悄无声息中融化着，逐步消退。此刻，我真正体会到当地藏族人对此的伤心和担忧，冰川对很多人也许并不意味着什么，但对藏族人来说冰川是他们心中的神，是生命的源泉。

当年公路的设计和建设者也许根本没有想到人类活动和汽车尾气对于冰川所产生的负面后果，加上气候变暖的影响，这样下去，数十年后，卡若拉冰川还存在吗？

看着几个来此朝拜的藏族人，面对冰川匍匐着磕长头——那是他们心中的神，于是，我抬头再一次仔细望着有些灰头土脸的卡若拉冰川，想到也许它会在不久的将来消失，一种莫名的忧伤涌上了心头。

青藏高原的雪山、冰川矗立在世界第三极，它们寂静如神明般凝视着尘世，哺育着长江、黄河、雅鲁藏布江，惠泽民族的生长。冰川之上，清冽的风刺着肌肤，让自己静默下来沉思。我扪心自问：你也

卡若拉冰川

如同电影里那个当年入侵西藏的英国人吗？你们来干什么，旅行、探险、游玩、观光还是破坏，难道漫长旅途，只是为了来这里观看一场即将悄无声息的落幕吗？

大自然对于人类是慷慨的，但它的慷慨也是有限度的，当有一天大自然真的被人类无休止的欲望伤害，当有一天雪山冰川消逝了的时候，人类该怎么办？大自然离得开人类，但我们离不开大自然。保护自然、保护人类赖以生存的冰川，刻不容缓。

带着失落的心情和歉意，我决定放弃继续向海拔 5233 米冰舌前沿攀登的计划。

离开冰川前，在凛冽的冷风中，一个藏族女孩，黝黑的脸颊两团晕红，她把黑黑的手举到额前，遮住冰川刺眼的反光，眼睛里有祈求还有一点儿狡黠地望着我，让我想起《红河谷》里那个率真、野性、多情和悲壮的藏族少女丹珠。我再一次往卡若拉冰川方向看去，白塔高耸，经幡飘扬，“电影拍摄点”的字样显得那样的不和谐，卡若拉冰雪女神高高在上的眼睛似乎是忧伤的、凄凉的，她注视着每一辆过往的车辆，注视着每一个到此一游的人，沉默无语，冰川躯体上布满深深浅浅的沟，静静流淌的涓涓细流如同一道道泪痕。

在挂满经幡的卡若拉冰川脚下拍一张“到此一游”，不再打扰寂静的冰川，也许是最好的选择，于是我迅速席地而坐，合影留念，并特别嘱咐摄影师不要把那个“电影拍摄点”的字样照进镜头。

卡若拉冰川之行，注定成为此次西藏旅途中的失落与忧伤。此时此刻，我对来西藏之前在网上看过的一篇文章《放过西藏》有了更深刻的解读，那些想来西藏高原，想来圣洁的冰川“洗涤心灵，净化灵魂”的人们，还是算了吧——冰川不是心理医生，治不了人类的精神疾病，吃药都解决不了的问题，来西藏高原、来冰川也不会有任何作用，冰川脚下除了气短就是冷飕飕的感觉，因此，还是放过冰川吧，不要再来惊扰它的寂静和安宁，保护好它，也就是保护好人类赖以生存的江河湖水的源泉。

与一同前来的几位家乡的朋友就此告别——他们因出现高反状况将返回拉萨。告别时，天空竟然飘起了雪花。上车，继续西行，没有离开其他地方时依依不舍的感觉，没有回头再多看一眼虽然壮丽却已失去光华的卡若拉冰川，因为，真的不忍心再看到冰川灰白相间的肌肤，只有在心里祈求上苍，让它永远不要消失，让它早些恢复往日洁白艳丽的容颜。

离开卡若拉冰川，天空渐渐放晴，温暖的阳光又从云层里透出，心情也随着蓝天的出现而转晴，很快，美丽的千年古城江孜映入眼帘，“为了你，这座古城等了千年”的诗句跃然于心。

江孜县，地处冈底斯山与喜马拉雅山之间，地势南北高、中西部低，平均海拔 4000 米，县府驻江孜镇——一个有着 1000 多年历史的古城。

一直以来，江孜是到日喀则、珠峰、亚东口岸和阿里地区的必经之地，具有重要的交通枢纽地位，其境内的年楚河由日喀则市康马涅如藏布江和江孜龙马河汇聚而成，最后汇入雅鲁藏布江。

最早知道江孜县，同样是从 1996 年上映的电影《红河谷》中，看到的那座矗立在古城中央高山峭壁上的宗山古堡，当“2014 中国最美丽县”排名榜出炉，江孜县凭借“雪域古堡”美名位列榜单第五位时，这座古城又吸引到我的目光。

和绝大多数来江孜古城的人一样，我聆听着英雄的故事，直奔江孜县中心可以俯瞰江孜全城、海拔 4020 米的江孜宗山城堡。整个古堡群错落有致地雄踞山顶，在年楚河平原中央显得非常雄伟峻峭，它也成为江孜的地标性建筑。

“宗”，在过去的西藏是行政单位，相当于县，所以这个城堡实际上是当时的县府所在地。江孜宗山抗英遗址 1961 年被列为国家重点文物保护单位，现在修缮一新的城堡已成为江孜抗英纪念地。

据史料记载，从 18 世纪开始，英国政府便企图将西藏纳入殖民版图。1888 年，英国发动了第一次对西藏的武装侵略。在未能获得实际利益的情况下，英军于 1903 年 12 月再度从亚东入境，并于 1904 年进攻江孜。江孜军民不畏强暴，用石头、长矛、大刀、土枪、土炮等武器，同配有大炮、重机枪的英军展开了殊死搏斗。1904 年 7 月 6 日，英军对宗山古堡发起进攻，驻守宗山古堡的军民用火药枪、抛石还击英军，打退英军的多次进攻，坚持了三天三夜，最终，在英军的猛烈炮火进攻下，弹尽粮绝，被英军包围的勇士们宁死不屈，壮烈牺牲。江孜保卫战，是西藏近代史上抗击外国侵

江孜古堡

略者规模最大、最为惨烈的战斗，江孜军民用鲜血和生命谱写了一段英勇悲壮、可歌可泣的爱国主义篇章，因此，江孜亦被称为英雄城。

电影《红河谷》比较真实地再现了这段历史，这部电影的许多场景就是在宗山古城堡实地拍摄的。影片中，狡猾的英军上校利用藏族人的善良和诚信，欺骗他们在谈判时将子弹退膛，突然命令大炮发动袭击；藏族军民在古堡上与英军浴血奋战，宁死不屈；美丽的藏族少女丹珠，在英军炮火轰炸古堡时，拿起一枚炮弹含笑与敌人同归于尽的悲壮场面，至今历历在目。

如今的宗山古堡之上，炮台沉睡，硝烟早已散尽，但100多年前的抗英历史，却深深地镌刻在古堡的遗迹上。站在矗立着“江孜宗山英雄纪念碑”的宗山广场上，沐浴着西藏温暖的阳光，仰望巍峨耸立的宗山古堡，庄严肃穆，气势雄伟，在享受今天的和平阳光时，还依稀能感受到这座古城当年的硝烟和英雄壮烈之魂。

这一天的江孜，风轻云淡，阳光明媚，树叶透着西藏特有的黄色，微风吹过，散落一地的秋意。

漫步江孜县城，极富民族和地域特色的藏式建筑特别引人注目，整座古城弥漫着质朴、祥和、安静和幸福的生活气息。

江孜手工地毯知名度特别高，因此，街道两侧卖地毯、挂毯的商铺很多。江孜地毯采用藏北纯羊毛纱手工织成，织法十分别致，独特的藏式穿杆和扣法，使其结构紧密精致，经久耐用，色泽鲜艳，图案新颖，有着浓郁的民族风格和色彩。过去，江孜地毯还是西藏地方官员的主要贡品，如今来江孜的人一般都会选购一块，留作纪念。

下午，太阳落山前，很多藏族人会去寺院转经轮、转佛塔，顺着手拿摇动经轮的人群行走的方向远远望去，眼前出现了一座依山而建的寺院，这就是西藏著名的白居寺。

跟随前来朝拜的人群走进白居寺，只见这是一座塔寺结合的典型的藏传佛教寺院建筑，寺庙三面环山，四周山梁上以夯土砌以红色的围墙，塔中有寺，寺中有塔，寺塔浑然天成，相得益彰，雄伟壮观。

白居寺始建于明宣德二年（1427年），由江孜法王饶丹贡桑帕和一世班禅克珠杰历时10年修建而成。白居寺藏语称“班廓曲德”，意为“吉祥轮大乐寺”，它兼容了藏传佛教中的萨迦派、格鲁派及噶

白居寺

举派三个教派，多个教派共处一个寺庙的情况在西藏其他寺院中实属罕见。

白居寺中的白塔共 9 层，高 42.4 米，内藏各类佛像，总计 10 万余尊佛像和近千幅精美的壁画，故又称“十万佛塔”，亦称“十万见闻解脱大塔”，是迄今西藏地区保存完好、最为雄伟华美的建筑珍品之一，是白居寺的标志，白居寺就是因为这座由近百间佛堂依次重叠而建、造型独具的佛塔才格外具有魅力，该塔与整个白居寺为 13—15 世纪后藏地区寺塔辉映的典范。1996 年，白居寺被国务院列为全国重点文物保护单位。

走进寺院大门，仰望这座红、白、黄相间的佛塔，金色的大顶在蓝天的映衬下显得格外壮观，与静静地屹立在山顶的宗山城堡遥相呼应，让人忍不住地一再观望。每一次观望，都有不一样的体验和感受。

此时，转塔的藏民已是络绎不绝，朝拜者每转一圈，都会在塔前磕着长头，让人再次感受到藏地的那一句“遍地虔诚”。

进入塔身，顺时针旋转而上，塔内佛堂、佛龛以及精美壁画让人目不暇接，令人赞叹。特别是每一层佛堂中的精美壁画，深深地吸引着眼球，这些13世纪中叶风格的壁画，画法细腻娴熟，色彩艳丽、精彩美妙的彩绘，不仅在讲述一个个的佛教故事，也让人感到西藏宗教绘画艺术的深厚底蕴。

在西藏千百年的发展变迁中，不论是历史、经济还是文化艺术等，都是基于宗教信仰传播开来的。在白居寺“十万佛塔”中，那些有着数百年历史的一幅幅栩栩如生、仍不失往日色彩的古老壁画，不仅让人惊叹不已，对于了解西藏的宗教文化历史更有着不可多得的参考价值。登上十万佛塔的最高处，整个江孜古城尽收眼底，城外，年楚河静静地流淌，滋润着这一方美丽富饶的土地。

“一方水土养一方人”。生活在江孜古城的藏族农牧民，世代以放牧和屯田为生，是年楚河之水养育了一代又一代勤劳质朴的江孜人，随着旅游、交通、通信、商贸的发展，新的生产和生活方式及理念也改变着这里的人们，他们的手工地毯已开始悄然在网上销往各地，但不论怎样改变，这里都永远保留着屯田种植、放牧、手工制作和拜佛转经的传统。

驱车赶到城外一片辽阔的田野旁，眼前，三五成群的农牧民在整理着刚刚收割完青稞的土地，牛羊暮归，远处村庄已慢慢升腾起缕缕炊烟，与位于山巅的古堡交织在一起，仿佛一幅不加任何修饰的水墨画，没有嘈杂，没有杂念，没有交通拥挤，没有空气污染，让人沉浸在难以表达的享受之中。

佛塔内的精美壁画

佛塔上极具藏族建筑风格的佛堂、佛龛

不知不觉，已是夕阳西下，只好匆匆与古城江孜告别，此刻，落日下的宗山城堡格外辉煌。

抵达海拔 3860 米、距今已有 600 多年历史的西藏第二大城市日喀则市，已是夜幕降临。按照行程计划，要在这里宿营，经过一夜的调整，然后前往海拔 5200 米的珠峰大本营。

在高原上奔波了一整天，略感疲惫，无心欣赏这座城市的美丽夜景，找客栈住下。卸车时一件“不幸”的事发生了——从拉萨出发时准备好的以防不测的医用氧气瓶，神差鬼使般地倒地，氧气瓶的出气口折断，无法使用。一种莫名的不安涌上心头。

可既然来了，不论前路有多么艰苦，明天只能迎接挑战，向珠峰大本营挺进，些许的犹豫都会动摇前进的信心。晚上，同行的年轻人开始头疼，我赶紧嘱咐小伙子吃了头痛散，简单洗漱，躺在床上，为明天的行程养精蓄锐，在对圣湖、冰川、古寺和千年古堡的无穷回味中安然入睡——期待明天最美的风景与故事。

宗山城堡远眺

06

珠穆朗玛探营

很久以来我于西藏的了解，仅仅限于布达拉宫和喜马拉雅山脉的世界第一高峰珠穆朗玛峰。

珠穆朗玛峰是世界最高大的山系喜马拉雅山脉的主峰，位于中国和尼泊尔边境地区，海拔8848.86米，是世界第一高峰，它的北坡在中国境内，南坡在尼泊尔境内。

“珠穆朗玛”为藏语的音译，藏语中“珠穆”意为女神，“朗玛”是母象的意思，整体意思为“大地之母”，因此，又意译为圣母峰。在珠穆朗玛峰的附近还坐落有洛子、卓奥友、马卡鲁、希夏邦马等4座8000米级的山峰。

珠穆朗玛峰所在的喜马拉雅山脉原是一片海洋，在漫长的地质年代，从陆地上冲刷来大量的碎石和泥沙，堆积在喜马拉雅山地区，形成巨厚的沉积岩层。由于强烈的造山运动，使得喜马拉雅山地区受东西挤压而猛烈抬升，直至如今，喜马拉雅山地区仍处在不断上升之中。

我对于珠穆朗玛峰的印象，最早来自1975年9月邮电部发行的“中国登山队再次登上珠穆朗玛峰”邮票一套三枚。这套邮票是为纪念1975年5月27日，中国登山队女队员潘多和8名男队员索南罗布、罗则、侯生福、桑珠、大平措、贡嘎巴桑、次仁多吉、阿布钦，自中国登山队1960年首次从北坡登上珠峰后再次登顶珠峰而发行的。在世界登山史上，这曾是一个男女混合集体登上世界最高峰人数最多的世界纪录。

珠穆朗玛峰

记得当年学校组织观看中国登山队攀登珠峰的纪录片，影片中珠穆朗玛峰山体呈巨型金字塔状，威武雄壮，昂首天外。黄昏时分，珠峰旗云从日照金山的峰顶飘过，当登山队员登顶后展开五星红旗时，影院里沸腾了，掌声和欢呼声经久不息——那是一个充满激情和理想的时代。也正是从那时起，亲自到北纬 27°59′15.85″、东经 86°55′39.51″ 的地方，目睹珠峰雄姿的梦想一直在心中，这一梦就是 40 年。

西藏是一个可以圆梦的地方，这里有雄伟的布达拉宫，有巍峨的珠穆朗玛，有令人神往的神山圣湖，有别具一格的寺庙建筑，有历史悠久的文化艺术，有纯净质朴的民风。

但是，西藏之旅，不只是简单的旅行，还是对自我身心的一次挑战，因为，来西藏、来珠穆朗玛的路，很高很远。人们要对抗高反，要争夺稀薄的空气，要翻越千山万水，要面对许多未知，高处不胜寒，很多人的西藏行，也因此只能长久停留在梦中，不曾实现。

对于珠穆朗玛的向往，还有一个原因，来自华北电力大学计算机 1994 级的校友罗静。她不仅是首登南迦帕尔巴特峰、乔戈里峰、干城章嘉峰、迦舒布鲁姆Ⅱ峰、道拉吉里峰、马卡鲁峰的中国女性，还是中国首位成功登顶 13 座半海拔 8000 米以上级雪山之巅的民间女性登山者。这是她的骄傲，也是华北电力大学的骄傲。在得知她于 2015 年 5 月 15 日登顶世界第一高

● 2015 年 5 月 15 日，华北电力大学校友罗静登顶珠峰

峰珠穆朗玛峰后，作为一个华电人，对于去珠峰大本营，到世界屋脊珠穆朗玛探营，与珠峰面对面的愿望变得更加强烈。

终于在2016年国庆节期间将把梦想变为现实。抵达日喀则后，心里有一些兴奋，加上从平原到海拔4000米左右高原的人本来睡觉就有些困难，凌晨4点多就醒了。反正也睡不着，干脆起床，查看起行程路线和定日地区的天气预报，为探访珠峰做最后的准备。

从日喀则出发，走318国道，前往定日县境内的珠峰大本营，约370公里，由于限速，全程需要近9个小时。首先到达距日喀则市150公里的拉孜。拉孜平均海拔4050米，318国道与前往阿里地区和新疆叶城的219国道在此交会，南来北往的车辆都会经过这里，因此，这里具有重要的交通枢纽地位。

在拉孜与定日之间，有一个标志性的山口——海拔5248米的嘉措拉山口，这里既是著名的318国道最高点，也是进入珠穆朗玛峰国家级自然保护区的临界点。如果运气好，天气优良，可以在嘉措拉山口遥望我国边境上绵延2400多公里、巍峨宏大、气势磅礴、平均海拔超过6000米的世界上最雄伟的山脉喜马拉雅山脉，这里也是第一个可以用双眼看见珠穆朗玛峰的地方，不过想看清楚，需要万分的幸运。

从嘉措拉山口到海拔4301米的定日县协格尔镇85公里，在此购买珠峰景区门票，然后通过定日的鲁鲁检查站，进入珠穆朗玛峰景区。最后的100多公里曾经是崎岖颠簸的沙石路，如今新铺的柏油路可以不再多绕行70多公里到定日老县城的岗嘎镇，而是直接通过5198米的加乌拉山口前往珠峰大本营，这使得前往珠峰大本营少了很多的艰辛。

加乌拉山口是世界上唯一可以直接观赏4座8000米级雪峰的平台。最有名的画面就是从左向右排列：世界第五高峰、海拔8463米的马卡鲁峰，距离珠峰仅3公里的世界第四高峰、海拔8516米的洛子峰，世界第一高峰、海拔8848.86米的珠穆朗玛峰，世界第六高峰、海拔8201米的卓奥友峰。如果天气特别晴好，还有可能看见靠西边的世界第十四高峰、海拔8027米的希夏邦马峰。因此，加乌拉山口是必须上的，翻越加乌拉山，很快就可以抵达珠峰大本营。

这是一条将铭刻于心的天路。

对这段路线进行反复查看。毕竟此次进藏，探访珠峰大本营是最重要的行程，一生中，可以面对面一睹世界第一高峰的雄姿，也许就这一次，所以，一定要认真对待，对有关的天文地理知识，尽量做到心中有数。

再一次仔细核对边防证上面的信息，因为这关乎是否能够顺利通过每一道关口；再一次查看定日和扎西宗乡的天气预报——多云间晴，温度 −1°C—10°C——难得的好天气，但西藏的天气阴晴雨雪变化不定，珠峰峰顶能否露面是个未知数，只能祝我们好运了。

天不亮就起床，早餐没有食欲，只有那杯青稞奶茶特别的可口。收拾行装，抬起摔坏的氧气瓶装车时，心中增添了一分悲壮感，第一次上海拔5200多米的地方，说心里一点儿不担心，那绝对不是实话。

按计划7点准时出发，这时的日喀则，天还是漆黑的，街道上只有前往珠峰大本营的人们和车辆，在不约而同地出城，奔向同一个方向。

在日喀则公安交通检查站领完限速卡，出城驶上318国道，到拉孜县150公里的路程限速4小时到达——慢节奏，这是西藏特色，只要心理上适应了，也会感觉慢一点儿没什么不好，可以欣赏沿途的风景。

天色渐亮，云层很低，重峦叠嶂，沿高原谷地前进，谷地很宽，道路平坦笔直，两侧的山势缓和，山坡上已有成群的牛羊，道路两边都是青稞田，田里堆着一堆堆的麦秸，山顶已有积雪，地上有一层薄薄的寒霜。中午到达拉孜县，自拉孜至定日县协格尔镇85公里，拿到的限速卡规定不得早于下午2点到达，这段路途中将翻越海拔5248米的嘉措拉山口。

在拉孜一家四川人开的小饭店，点了四川名菜鱼香肉丝、麻婆豆腐和一盘味道比较正宗的泡菜，就着半生不熟的米饭，匆匆咽下。在青藏高原，再好吃的饭都不能吃饱，否则，你的胃会膨胀，非常的难受，甚至引发恶心呕吐，对此，我在第一次进藏时有过深刻的教训。

继续赶路，出城不到10公里开始爬坡，随着之字形盘山公路的上升，发动机发出低沉的声音，能让人感觉到海拔在攀爬中陡然升高。先是通过318国道5000公里纪念碑处，路边的汽车停了一溜，人们在争先恐后地和纪念碑合影留念，于是也下车去凑了个热闹——主要是为了让发动机休息一下，散一散热。

顺便在兜售各种极具藏族风情小物件的地摊上，买了块所谓的“珠峰化石“，以及一串装饰非常漂亮的牛骨珠子，留作纪念。来回也就100多米的距离，但是明显感到有些气短，步履变得沉重。

由于高原上气压低，对于汽油的燃点有很大的影响，加上油的质量问题，车辆盘旋向上时，汽车的油门踩下去会感觉无力，要一直踩住，匀速攀爬，不能有半点儿的松懈。路上时常会看见经验不足的司机由于控制不好，导致车辆熄火。

继续向上行驶了大约20公里，抵达嘉措拉山口。嘉措拉山口，也称定日界，去过西藏的很多人都会告诉你，要把嘉措拉山和珠穆朗玛峰联系在一起，因为，凡是打算前往世界第一峰北坡者，必经之路就是嘉措拉山，因此，嘉措拉山口也就成为通向珠峰北坡的门户。

我们到达山口时，小雪刚停，地面有些潮湿，云层很厚很低，远处山顶上还在飘着雪花，风特别大，从云缝中钻出来的阳光一缕缕射向山口，带着高原独有的光芒。这里是进入珠穆朗玛国家公园的山口，巨大的山门竖立在公路上。站在山门下，眼前是无数条迎风漫天飞舞的五彩经幡和触手可及的白云，在身后，则是一条盘旋而上、直入云霄的山路。

海拔5000米以上植被稀少，山地粗粝坚硬，站在这里，视野的上半部是纯净的蓝白色，下半部是单调的赭红和灰黄，除了灰色山路上前来探访珠峰的人群，几乎看不见生命的痕迹，站立在这里，人有一些喘，有一些晕，还有一些冷。

当我们向前看，第一次亲眼看见喜马拉雅山脉群峰耸立的壮观景色，而且依稀看到我们这个星球上的最高点珠穆朗玛峰时，所有的不适顷刻间化为兴奋，拍照，留念，通过扯满经幡的山门，继续向地球之巅挺进。

● 珠峰路沿途风光

由于在嘉措拉山口逗留的时间比较长，到协格尔镇时，已是下午 3 点。这里有定日县旅游管理处和旅游售票服务中心，在此购买珠峰自然保护区和珠峰大本营门票，每人 180 元，以及进山车辆的环保费，每个车轮 100 元——小车 400 元，大车 600 元。验票，进入珠穆朗玛国家公园大门，从这里才算真正进入珠穆朗玛峰国家级自然保护区。

出检查站，也就离开了 318 国道，不远处一块巨石上面镌刻着“珠穆朗玛国家公园”几个大字，从这里开始了最后 113 公里的 “珠峰路”。车沿之字形道路回转盘旋，海拔也在不断上升，这一段路比上嘉措拉山的路还要陡峭一些，用了很长时间，汽车终于爬上海拔 5198 米的加乌拉山口。

由于离喜马拉雅山脉越来越近，天气虽然很好，但从珠峰方向吹来的风逐渐加大，气温明显下降，人体开始感觉到寒意。赶紧换上登山用的厚羽绒服——在高原防止受凉感冒是头等大事。

走到山口的世界上唯一可以观赏到 4 座海拔 8000 米以上雪峰的观景平台，被眼前的画面震撼了：群峰扑面而来，湛蓝的天空下群峰林立，数不清的雪山罗列前方，放眼望去，沿着远方的天际线是一条绵延数公里的冰雪世界，4 座海拔 8000 米以上和 10 余座海拔 7000 米以上的雪峰在云层里若隐若现。

这里的风景绝对是世界级的：世界第一高峰珠穆朗玛峰居中，高耸云天，群山拱卫；洛子峰于珠峰左侧不远处如一个卫士默默守护，稍不

加乌拉山口

注意，很容易把它误认为珠峰的一部分；马卡鲁峰和卓奥友峰一左一右远远矗立。此景气势磅礴，浑然大气，非辛苦跋涉者而不可见——这是第一次看见，也可能是最后一次看见。

已是下午 4 点多，虽然流云密布，但高原上的光线依旧强烈。顶着寒风，站在山口往下看，是一个开阔的高原谷地，两侧的山岩扭曲，体现出冰川运动时期地壳强烈挤压变形的地貌特征，卵石遍布，满目苍凉。

从加乌拉山口往下走，一条弯弯曲曲、如回形针般的盘旋山路，一共有 108 道弯、像一条彩带飘舞在山腰，为山谷带来了一丝生机，成为一道亮丽的风景线，这就是那条被誉为“中国最艺术的公路”，它带着我们飘向了向往已久的珠峰大本营。

盘旋下山，通过离珠峰最近的乡镇扎西宗乡，我们离珠峰越来越近。下午 6 点抵达世界上最高的寺庙——海拔 5150 米的绒布寺，此时的天空湛蓝，风和日丽，云彩从头顶飘过，似乎上天特别眷顾今天来珠峰探营的人们。

绒布寺距离珠峰大本营约 8 公里，是观赏珠峰的最佳位置之一，在这里已经可以清晰地看见珠穆朗玛峰的身影。当绒布寺的白塔进入眼底的那一刻，看见珠穆朗玛峰的梦想已经成真，从这一刻，双眼始终再没有离开前方，因为，那里是魂牵梦萦的珠穆朗玛女神。

抵达绒布寺前方 4 公里的大本营停车场后，急切地走到人群前，排队通过边防检查，进入海拔 5200 米的珠峰大本营。不过，要完全看见珠峰的身影，必须步行一段距离，穿过一个融雪形成的水潭，爬上一座土石坡，这最后的一段路，走起来似乎非常远，非常吃力，五步一停，深呼吸，虽然气喘，但还是稳稳地上去了。眼前一大片石头滩，珠峰大本营完全不是想象中的样子，但，在这里你可以面对面一睹世界第一高峰珠穆朗玛峰的雄姿，抬头，海拔 8848.86 米的珠穆朗玛峰就在眼前，那巨大的金字塔形山体，刚健稳固，挺拔俊秀，气势恢宏，姿态高傲。

这一天，翻越万水千山，只为与你相见；这一刻，似乎已分不清哪里是地，哪里是山，哪里是雪，哪里是云，哪里是天，只为迷失在这冰雪世界里，感受着珠峰的无穷魅力；这一瞬，心被融化，眼眶湿润——看见珠穆朗玛，从此不再是梦。在一堆玛尼石旁静静地坐下来，仔细审视着眼前的珠峰，似乎要把她身上的每一道曲线铭记于心，此刻，世界安静得只能听见自己的心跳。

太阳缓缓西下，阳光变得温柔起来，风带走多余的水汽，这也是为什么非要在此时赶到珠峰脚下的重要原因之一，因为，这时天气和光线最适合欣赏雪峰和摄影，这时犹如生命一般随风飘过的珠峰旗云最容易出现，这时西边的太阳会照耀在峰顶，日照金山的辉煌会让珠峰变得更加漂亮。

几个藏族同胞在土坡前方的鹅卵石上，手举哈达匍匐跪拜珠峰，珠峰不仅是藏语中的神女，更是他们心中的山神，此刻那一句“遍地虔诚”再次跃上心头，据说那些鹅卵石都是来拜山的藏民一块儿一块儿带上来的，他们认为

珠峰路 108 道弯

这可以给他们带来幸运和安康。

随着身边一对情侣发出一声“beautiful”，传说中的珠峰旗云缓慢地随风飘过顶峰，太漂亮了，非常幸运，很多专程来珠峰看旗云的人，很多时候等一周甚至更长的时间也只能遗憾而归。其实，世界上的事情，很多都是机缘巧合，特意去追寻，往往不见得实现，特别是西藏的美，除了运气，还需要你耐心地等待和捕捉，它的美会留给用心走西藏的人。

这样的好天气绝对不能错过，继续等待。端起相机，戴着手套的手指已经冻得有些发抖，头也开始微微的疼痛。第一次来西藏的小赵鼻子出血了，劝他撤退，可他在鼻孔里塞上纸，说一定要继续等待日落时分。

十分幸运，我们终于等到了日照金山，随着太阳的西落，奇景逐渐展现在眼前，珠峰顶峰在落日光芒的照射下，发出诱人的金黄色彩，那一刻，所有的人发出了惊叹，耳边快门声响成一片。

离开珠峰大本营，走到标有海拔5200米的珠峰大本营纪念碑前，从这里可以一直望见珠穆朗玛顶峰，转身离开时，真的有些恋恋不舍，一步一回头。

经过由雪水融化聚积成的水潭时，发现它正好对着珠峰，水面静静的，没有一丝波澜，珠峰挺拔俊美的身姿，倒映在清澈的潭水中，水中的珠峰着实令人感到惊艳，显现出更加迷人的韵味，让人久久不愿离开。此时，缺氧致使大脑反应有些迟钝，站在水潭边发呆，足足看了10分钟，这时的珠峰脚下气温已经接近零

珠峰大本营

度，我却忘记了寒冷——这就是珠穆朗玛的魅力，这就是西藏让人着迷的地方，这就是来西藏无须理由的理由，只需一眼，此生便魂牵梦绕。

低头望着水中的珠峰，抬头看着屹立于天际的珠峰，竟然想起了远方的亲人们，思乡之情油然而生，真的想和他们分享这一时刻。

返回停车场，向导小冯告诉我们，今天的珠峰特别美，我们太幸运了，连出租帐篷、棉衣、被褥和卖食品的藏民们都从帐篷里跑出来，拿着手机一直在拍照，他们说已经有很久没有见到如此美丽的珠峰落日了。听到此，心中大悦——老天眷顾。

经过绒布寺，我们又一次停了下来，这里聚集了很多摄影爱好者，依然在拍摄暮色中的珠峰，而那些准备在此过夜的人，大多是为了等待看见夜晚珠峰上空的满天繁星，以及第二天早晨的日出。我们因同伴的鼻血还没有完全止住，加上要赶往遥远的阿里，只好放弃在绒布寺过夜的计划，决定连夜下山，赶到新定日宿营。

在绒布寺的白塔下与珠穆朗玛告别。万分幸运，蓝天之下，能如此近距离接近她，看见传说中的祥云飘过挺拔俊美的珠峰，看到日照金山的壮丽，她毫无保留地把最绝美的万千景象展现给我们，让我们欣赏到她无与伦比的雄姿和美丽，真是上天的恩赐。

为了这一天，盼望了很久很久，有这样的蓝天、这样的祥云、这样多姿多彩的光影，足矣！回头再望一眼美不胜收的珠峰，珠穆朗玛从此永驻心间。

日照金山

此刻，一个穿着红色僧袍在转塔的老人出现在眼前，白塔四周随风舞动的五彩经幡，以及与白塔相对而视、矗立天际的世界之巅，天地人之间，一切看起来是那么的安静与祥和。其实，我们来到珠穆朗玛峰下的每一个人，激动过后，注定只是带着满满记忆回家的匆匆过客，这里永远属于这位在此守护绒布寺的长者，永远属于那些长年来拜山的藏民，因为，珠穆朗玛是住在他们心中的神，珠峰是他们一辈子都会仰望的地方。

一般情况向导和司机都不愿意走夜路下山，很感谢我们的向导和司机师傅，没有拒绝我们这个多少有些危险且疲劳的计划，好在现在的加乌拉山路好走了很多，天黑，也看不见山高路险，眼前只有满天的繁星，伴着我们在夜色中返回新定日县城。

深夜 12 点才到达县城，入住路边一家藏民开的小旅店，房间里只有三张床，几乎连行李都放不下，只能凑合了，反正也睡不了多久。

店里的阿佳，热情地用高压锅给我们煮了一锅西红柿鸡蛋挂面。我们就着榨菜和火腿肠吃完。真的是累极了，连刷牙洗脸都顾不上，便一头倒在床上。第一次在 4300 米以上的地方休息，穿着衣服，棉被上搭着毛毯，依然感到有些寒冷。听着窗外阵阵的山风，不知不觉中进入半梦半醒的状态，梦中竟然数起了珠穆朗玛上空的满天繁星。

绒布寺

07

初见阿里——从定日到塔尔钦

去珠峰大本营奔波了整整一天，很高很远，的确是累了，在定日一直睡到早晨8点多，好在前往阿里高原的第一段路程不是很紧张。

由于修路限行，原来计划定日老县城岗嘎—佩枯错—希夏邦马大本营—萨嘎的行程，只好更改为定日—拉孜—桑桑—萨嘎，在萨嘎休息一夜，然后是萨嘎—仲巴—帕羊—塔尔钦，看上去都是一些很生疏、奇特的地名，但每一个地名都与大自然相关，寓意非常美好，就像藏族人的名字。

因为天气、限行等不可预见的情况改变行程，在西藏旅行中是家常便饭。这并没有影响我们的心情，因为，在西藏，走到哪里，你都会感到高原风光无限好，而且西藏的美，越往西越纯粹，越能与灵魂碰撞，正像有人问为什么非要去高海拔寒冷干燥的阿里，所有去过和准备去的人都会告诉你：无阿里不西藏。因为，这个曾经被叫作象雄的地方是西藏文化与历史的根脉。

早餐，阿佳准备得挺丰盛——稀粥、鸡蛋、包子、酥油茶，每人20元，在珠峰地区，这可真的不算贵。酥油茶比起日喀则和拉萨的味道更加浓郁。

一路走来，每天必喝饮品一定是酥油茶，因为它是非常适合高寒地区的一种饮品，有提神醒脑、生津止渴、补充能量的作用。西藏人之所以喝酥油茶，还在于它有去油腻和润肠之功效，特别是具有一定的抗高反作用。“一方水土养一方人”，刚开始喝的时候，可能会有人对它的味道不太习惯，一旦习惯了，就会每天都离不开它。

从定日县城到萨嘎途经拉孜、桑桑等地，全程500多公里，由于限速，预计需要行驶10个多小时。

上午9点从定日出发，先走318国道到拉孜，从珠峰返回的车辆大部分将从拉孜返回日喀则和拉萨，而我们将从拉孜的查务乡转219国道到萨嘎，一路向西，踏上前往阿里南线的艰辛旅途。后来才发现，这一路上所要克服的艰难远超原来的想象。

再一次翻越海拔5248米的嘉措拉山口，站在山顶，向喜马拉雅山脉方向眺望，云遮挡了看向远方的视线——此生不知道是否还有机会再见珠峰。

拉孜，藏语意为“光明最先照耀之金顶”，海拔4010米。从这里开始，将在往返于喜马拉雅山脉和冈底斯山脉之间的219国道行驶。这条平均海拔在4500米以上的高原天路，横亘在冈底斯山脉和喜马拉雅山脉之间，往北看是冈底斯山脉的皑皑白雪，南边便是巍峨的喜马拉雅山脉，一路向西，直通向天边，在那里，冈仁波齐神山、纳木那尼雪峰、玛旁雍错圣湖和拉昂错鬼湖，以及札达土林和古格王朝遗址，在等着我们前去探寻。

在拉孜，最有名的特产是手工打造的藏刀，这里的“孜龙藏刀”以刀刃锋利、图案雕刻精细、工艺复杂闻名，至今已有1000多年的历史。在路边的商铺里欣赏了半天，有些爱不释手，但是，即便喜欢，也不能买，因为在内地这种藏刀属于管制刀具。

山高路远，急着赶路，没有在拉孜县城久留，直接通过检查站，翻过海拔4778米的查吾拉山，继续西行，赶往萨嘎。这是前往阿里的一段令人崩溃的路程，300多公里的路程，每小时限速40—60公里，要翻越6座高海拔大山——昂拉山海拔4517米、帮拉山海拔4710米、噶拉山海拔4778米、结拉山海拔4905米、索比亚拉山海拔5025米、愧拉山海拔5089米——一座比一座高。

在高原上开车时间一长，特别容易犯困，所以，要不停地聊天或者听歌，或者喝咖啡提神——我们单车而行，不能出半点儿差错。

在小镇桑桑匆匆吃完午饭，继续赶路。

山路明显开始拔升，一路盘旋而上，翻越一座座山口。云朵有时飘在头顶，有时飘在山间。进入空气稀薄地带，一路颠簸，昏昏欲睡。翻越愧拉山垭口，这里一片荒芜，过了山顶，山路急速下降，一直到雅鲁藏布江大桥，过了检查站。抵达萨嘎时已是黄昏时分。

落日的余晖把萨嘎县城照耀得一片辉煌，来自喜马拉雅山脉和冈底斯山脉的山风，把一座座藏式民居房顶上的五彩经幡吹得哗哗作响，和拉萨、日喀则等大城市一样，此时的街道上同样弥漫着煨桑炉里飘出的藏香味。入住共济酒店，一座三层的小黄楼，不禁让人想起拉萨八廓街上的玛吉阿米。

萨嘎，藏语意为“可爱的地方”，位于日喀则的西北部，地处雅鲁藏布江上游。萨嘎县平均海拔4600米以上，气候高寒，北有冈底斯山，南有喜马拉雅山，中间夹有强拉山等众多高山，219国道横贯全县东西。这里是通往阿里塔尔钦、普兰的门户。

县城不是很大，只有两条主要街道，街道上有百货商店、银行、医院、小饭庄。总算发现了一个邮局，可以把珠峰明信片发出了。

晚餐找了家藏餐小店，品尝完非常有特色

● 穿行在喜马拉雅山脉和冈底斯山脉之间的空气稀薄地带

的藏包子和砂锅松茸汤，来到县城中心广场。这里和内地的夜晚差不多，藏族同胞们正在广场上和着极富藏族韵味的音乐节拍，跳着舞步简单、节奏感特别强、动作优美大方的“街舞”。他们跳的舞与在其他地方看见的锅庄舞不一样。一打听才知道，这种舞是根据萨嘎特有的一种叫作“甲谐”的民间舞蹈改编而成的。

西藏是歌的世界、舞的海洋，早已名扬天下。原来只是知道西藏的民间舞蹈锅庄舞，藏语意为“圆圈歌舞”，而日喀则地区的藏族人更是能歌善舞。春节晚会上来自定日牧民表演的就是甲谐舞，舞步有力整齐，歌声和谐悦耳，曾留下深刻的印象。今日一见萨嘎的“街舞”，果然名不虚传，有些游人也被感染，纷纷加入其中，似乎忘记了高海拔地区为防高反不能轻易蹦跳的告诫。这里真的是一个可爱的地方，从那些舞者的脸上，你可以看出西藏人的朴实和豪放。

回到客栈已经是晚上10点多，没敢洗澡，只是简单洗漱，倒也不觉得有什么关系，主要是为防止在高原上受凉感冒。这里的条件比定日强了很多，关键是有热水。喝葡萄糖、高原安，强迫自己睡个好觉，为明天前往塔尔钦的神山圣湖储备体力和能量。

萨嘎县城海拔在4600米以上，比定日又抬升了300多米，随着海拔的升高，晚上睡觉真的有点困难，入睡难，即使入睡，时间也会很短，半夜总是会因发憋而醒来，只好半躺着大口呼吸。一同前来的小伙子小赵头一直在疼，鼻血时断时续地流着。这是一位勇敢的年轻人，第一次到西藏，就上到这样的高度，一路上一直在和身体的不适抗争着。好不容易挨到天蒙蒙亮，我们起床收拾行囊，吃完早饭，买了几罐氧气备用，便匆匆告别萨嘎，出发了。途中会经过仲巴县帕羊镇，抵达塔尔钦，全程近600公里，道路继续在海拔4500米以上的高原上向西伸展。

不到早晨8点，驶出萨嘎县检查站，路上车很少，限速从每小时40公里变为60公里。车的左侧依旧是喜马拉雅山脉，右侧是冈底斯山脉，路两边是广阔的戈壁和草原，成群的牛羊在悠闲地吃着草，时常会遇见牛群和羊群穿路而过。在西藏高原只有车停下来让牛羊通过的份儿。

沿途景色优美，有温柔的河谷、圣洁的雪山、草滩湿地和成群的牛羊，这是一段如诗如画的旅途，一路的风光，让人可以随时随地停下来，驻足观望。

翻越海拔4920米的突击拉山，没有人迹，只有风扫过空空荡荡的大地，和藏区众多的垭口一样，越上垭口，映入眼帘的是经幡飘扬，此时，已行至仲巴县境内。

从仲巴开始，土地沙化现象严重，路的两侧排列着一座座金色的沙丘，一直延伸到雪山脚下。雅鲁藏布江上游马泉河的一角，无人区的荒凉呈现在视野中，路面上总会浮着不少黄沙，开车时要格外小心，稍不留神就会打滑。沿途随风飘舞的五色经幡与土黄色的大地形成鲜明的对比，给这段漫长的行程添了少许生机。

在西藏，越往西行，就越是地广人稀，沿途很少遇见人和车的踪迹。这条路好似一直通向远方的天边。在这条路上行驶，偶尔遇见人和车，甚至看见放牧的人，司机都会主动鸣笛打声招呼——由于驾驶时间太长，有时真的会

通往阿里的道路两侧土地沙化现象严重

打盹儿，车都会跑偏。路虽不宽，但只要不遇到雨雪天或者交通事故，绝对不会堵车。

中午抵达仲巴县帕羊镇。仲巴，藏语意为“野牛之地”，在日喀则的最西端、喜马拉雅山以北、马泉河两岸。帕羊镇是仲巴县政府驻地。帕羊，藏语为“中间宽广”之意。

帕羊是一个极具西藏西部风格的小镇，镇边上有一大片牧场，牛羊悠游于草原和皑皑雪山之间。小镇街道上干净、松散地排列着整齐的民居，来往于小巷之间的人的穿着极富藏族韵味。

自从到日喀则后，特别是到拉孜、萨嘎以西的地方，穿藏式服饰的人就多了起来。藏族服饰既简朴又奢华，平常日子着装朴素，秋冬之际多穿大羊皮袄——保暖、耐磨、耐脏，夏季多穿“得通”——凉爽适宜，轻巧方便，西藏天气多变，温差较大，热了一只胳膊可以从衣袖里伸出来，冷了又可以穿上，非常的方便。在喜庆的节日里西藏人喜欢盛装打扮，佩戴漂亮的饰物，以衬托节日的隆重气氛。

藏装五颜六色的服饰特别好看，与我们的服饰有很大的差别，一切都会让你感到新奇，所以会特别关注。

这里的藏族妇女，辫子上喜欢别上珊瑚、珍珠、翡翠、象牙、绿松石、蜜蜡等贵重的宝石，非常引人注目。她们佩戴的项链、戒指、耳环、手镯等饰物，多为金银制品，腰带右侧佩挂精致银钩，左侧佩日月形银制品。而男子喜佩腰刀，戴戒指、天珠、动物骨头等饰品的人居多。

我们来时正好赶上国庆期间，满街的漂亮服饰非常夺人眼球，很多来旅行的女游侠也会买几件漂亮的藏装，“伪装”成藏族妇女，拍照留影。

离开帕羊，就将进入广袤无垠的阿里高原，这段路也是整个西藏西部219省道上最高的地段。一般去阿里地区的人，都会在帕羊停留——加油、吃饭，稍作休整，我们也不例外。

挥别仲巴帕羊，等待我们的是日喀则与阿里的分水岭、海拔5211米的马攸木拉山口。沿着山路缓慢地盘旋而上，很快到达马攸木拉边检站，海拔4900米。下车接受严格检查——边防证、身份证、限速卡一样也不能少。这里是通往阿里地区的咽喉。

出了检查站，继续沿山路缓缓地爬坡，公路两边，与寒冷相伴的不是萧条与寂寥，而是顽强与生机，成群的牦牛低着头，将略微发黄的牧草一口一口地往嘴里送，从容淡定，悠然自得。

马攸木拉山垭口，“海拔5211米”的标识牌赫然而立，上面依然有扯满的经幡随风飘扬。虽然要在稀薄的空气中争夺氧气，但还是停车，对这一高度表示尊敬。站在垭口，视野开阔无比，远方喜马拉雅山脉连绵横亘在眼前，一眼便可扫过去，或许只有几十公里。风变得更硬了，空气也更加稀薄和干燥，让我们领略到阿里高原的干寒。

一路走来，西藏的山的名字中，很多都有一个“拉”字——唐古拉山、嘉措拉山、加吾拉山、愧拉山、突击拉山、马攸木拉山等。在藏语中，“拉”有大山、山脉的意思，还有神意的存在或者神佛化身的意思。在藏民的心目中，每一座山都是有神灵的。

马攸木拉山，缓缓地上来，缓缓地下去，它北接冈底斯山脉，南连喜马拉雅山脉，就好像在两大山脉之间的宽广谷地上筑起了一道坎，雅鲁藏布江的最西端就止步在这道坎上。这道坎的东边是宽阔的马泉河谷地，西边则是玛旁雍错等内流湖谷地，再往西，就是象泉河谷地。

马攸木，藏语音译的意思是“母亲的恩惠”，雅鲁藏布江是藏族同胞的母亲河，它哺育了藏族儿女，孕育了高原文明，把它的发源地命名为“带来母亲恩惠的神山”，马攸木拉山最恰当不过了。

以马攸木拉山口分界，山口以东隶属日喀则市的仲巴县帕羊乡，山口以西隶属阿里地区普兰县的霍尔乡，两地相距200多公里，人们一般称此地区为马攸木拉地区。霍尔乡就位于神山冈仁波齐峰东南、圣湖玛旁雍错的东岸边。

下了马攸木拉山，沿着笔直的公路继续向西，进入阿里地区的普兰县。在距离普兰县霍尔乡大约80公里的地方，路左边有一个叫公珠错的湖泊，湖边湿地里时常会出现黑颈鹤、藏野驴和黄羊，这一段路上，沙滩、草地、雪山、湖泊经常会同时出现在眼前，在天尽头的雪峰和蓝天白云蔚为壮观。

第一次看见西藏时，与很多人一样，一直以为西藏的风情就是蓝天白云、神山圣湖、庙宇经幡，这次到了西藏西部后才发现，桑桑、帕羊、霍尔等许许多多毫不起眼的小镇，更加具有西藏的味道，每到一个镇都会感到，它们虽然低调，却无声无息地展现着高原千里路途上顽强的生命力；虽然氧气稀薄，人烟稀少，却代表着西藏高原的原生态人文情怀。没有了这些小镇，哪会有这条通往阿里高原的天路。

最美的风景，总是会突然展现在眼前，经过近9个小时的长途跋涉，向导喊了一句："快看！冈仁波齐！"放眼望去，那座终年积雪的神山冈仁波齐的峰顶，已经出现在右前方，而左边一望无边的圣湖玛旁雍错，也离我们的视线越来越近。

当到达219国道1314公里里程碑时，我们也不能免俗，拍照留念 。这里每年都会有很多追梦冈仁波齐神山的旅人和有情人，在此以神山为背景合影留念，让神山见证，今生今世来此追梦，一生一世相爱永久。只是路碑被一些人涂鸦涂得有点难堪——也只能原谅这些人了，估计是在高原大脑缺氧晕了头，据说路政管理部门也没有很好的办法。如今路碑已经换成"3888—3889"，让那个很多人期盼见到的"1314"永远成了历史记忆。

终于到了向往已久的神山圣湖旁，湖畔挂满了大大小小的经幡，刻满经文和图案的尼玛石随处可见。首先映入眼帘的是几位转湖的藏族男女，三步一扣，他们在沙砾石铺的湖边上每一次匐地，都发出巨大的沙沙声，在一望无际的深蓝中，在空旷高远的雪山前，显得那么令人震撼，那么令人动容，那么令人折服，他们的眼睛里，似乎对身边经过的任何人都视若无物，虔诚的神情，从容的节奏，丝毫不乱——伏地，跪拜，起身；再伏地，再跪拜，再起身，然后有人取下身上的金银首饰，念念有词地抛入湖中。感动于他们的从容和虔诚，从他们纯净的眼中，你能看出他们来自内心神圣的信仰。

眼睛是心灵的窗户，西藏人的眼睛特别明亮，亮得有时让你与他们直视时，不由得心灵发颤，无论是男人、女人，孩子、老人，他们黝黑的脸庞、明亮的眼睛和洁白的牙齿，在高原的阳光下闪闪发光，就像雪山一样纯净。

对于冈仁波齐的认识，最早来自几张有关藏族人转山的照片，照片拍摄得很凝重，凸显神山的威严，通过视觉效果，传达给我转山的艰辛以及转山者的坚韧与执着。

在通往拉萨的川藏公路、青藏公路和通往冈仁波齐神山的道路上，经常能看到虔诚的磕长头的男女老少，有一个人独身的，也有三五个人结伴的，他们手上戴着叫作"恰克新"的木板护套，胸前挂着一块厚厚的帆布大围裙，满脸灰尘，沿着公路，三步一叩，向着他们心目中的圣地迈进。

每当在西藏看见这一幕时，总会觉得，与金碧辉煌的布达拉宫，美丽的羊卓雍错和纳木错，高耸入云、巍峨挺拔的珠峰相比，那些在路上三步一叩、五体投地，前往朝圣地的藏族人，更能够让你的心灵感到无比震撼，久久无法释怀。

冈底斯山脉如一条巨龙横卧在阿里广阔的高原上，冈仁波齐峰和喜马拉雅山脉的纳木那尼峰，屹立在阿里地区的普兰县巴嘎乡域内。两座山峰遥遥相对，近在咫尺，中间夹拥着圣湖玛旁雍错和鬼湖拉昂错，形成"两山夹两湖"的壮丽奇观。这里素有"阿里之巅"的誉称。

冈仁波齐峰海拔6656米，藏语意为"神灵之山"。冈仁波齐与梅里雪山、阿尼玛卿山、

● “神山”冈仁波齐

尕朵觉沃并称藏传佛教四大神山，它巨大的金字塔型山形，耸立在阿里高原上，它也是中国最美的十大雪山之一。阿里地区的四大河——马泉河、狮泉河、象泉河、孔雀河，也正是从冈仁波齐峰四方流下。

在梵语中，冈仁波齐被称为“吉罗娑山”。相传雍仲苯教就发源于冈仁波齐；印度教认为冈仁波齐是世界的中心，传说印度教主神湿婆神就住在此处，“湿婆的天堂”被奉为印度教的第一神山；藏传佛教则认为冈仁波齐是胜乐金刚的住所，代表着无量幸福。因此，冈仁波齐成为原始苯教信徒、印度教信徒和藏传佛教信徒的朝圣地，有着“神山之王”的称号。

笃信藏传佛教的人坚信，来冈仁波齐转山朝圣，能尽涤今生的罪孽，增添无穷的功德。因此，每年都有许多西藏本地、内地以及印度、尼泊尔的信徒，前来朝圣转山。传说冈仁波齐神山属马，因此，在藏历马年到冈仁波齐转山，被认为是人生之大幸事，功德无量。藏族人更是以独有的磕长头方式，俯仰于天地之间，向圣地跋涉。转山一圈距离约为 52 公里，最高处为海拔 5630 米的卓玛拉山垭口。转山路途异常的艰难。

冈仁波齐神山最神秘之处，还在于山的向阳面不知缘何终年冰雪不化，白雪皑皑，在阳光照耀下闪耀着奇异的光芒，夺人眼目，而神山的阴面，常年积雪较少，即使被白雪覆盖，太阳一出，随即融化，与大自然常规刚好相反。

几个世纪以来，虽然冈仁波齐峰一直是朝圣者和探险家心目中的神往之地，但是绝对禁止任何人登上这座神山，只可以围绕它仰视和叩拜。冈仁波齐峰上空常常白云缭绕，人们很难见到它的真容，这也愈发让它显得神秘莫测，当地人认为如果来此能看到神山峰顶，那是件非常殊胜、有福气的事情。

蓝天白云之下，站在玛旁雍错湖畔，远远地看着冈仁波齐山峰，它的四壁非常对称，呈圆冠金字塔状，并可以清晰地看见冈仁波齐最著名的标志：由峰顶垂直而下的巨大冰槽与一横向岩层构成的佛教万字格——佛教中精神力量的标志，意为佛法永存，代表着吉祥与护佑。

冈仁波齐特殊的山形与周围的山峰迥然不同，极具视觉和心灵震撼力，让人充满惊叹和虔诚。此时的感觉，正如印度人萨古鲁所说："如果你能真正和冈仁波齐峰在一起，哪怕只有一小会儿，生命就发生了永远的改变，那是一个超越了所有人类想象的现象。"

相传藏传佛教噶举派第二代祖师米拉日巴尊者与苯教大师那若本琼，为争夺冈底斯山的控制权在此斗法。根据《米拉日巴传》记载，米拉日巴前往冈仁波齐山苦修，路遇苯教大师那若本琼，那若本琼大师认为冈仁波齐是苯教神山，米拉日巴不能在神山上修炼。米拉日巴则认为冈仁波齐是佛祖预言过的神山。最后两人商议：以斗法论胜败，胜者上山修炼，败者离开神山。

传说那若本琼最终提出以谁最快上到冈仁波齐的山顶来决定胜负。那若本琼按照苯教传统的法力骑鼓而上，米拉日巴则以他"乘日光而行"的高深法力捷足先登，斗法以那若本琼败北而告终。

米拉日巴尊者之后，藏传佛教便对冈仁波齐情有独钟，12 世纪噶举派高僧郭仓哇·贡布多杰开辟了冈仁波齐的转山路线，如今冈仁波齐的转山路线就是那时初步定型的。到 12 世纪下半叶，噶举派派遣了三批弟子在冈仁波齐等三大神山苦修，并严格规定在没有获得"证悟"境界之前不得返回。此后，到冈仁波齐修行者络绎不绝，并逐渐不仅仅限于噶举派，苦修者也不再限于卫藏地区，最终确定了冈仁波齐在藏传佛教中的"至尊"地位，成为藏传佛教信众朝拜的第一神山。

冈仁波齐峰南面，距霍尔 15 公里、普兰县城东 35 公里处，便是圣湖玛旁雍错。

玛旁雍错正好夹在冈仁波齐峰和纳木那尼雪山之间，是西藏三大圣湖之一，湖面海拔 4588 米，平均水深 46 米，最大水深 81.8 米，水域面积 400 多平方公里，湖水碧透清澈，透明度 14 米，是中国目前实测透明度最大的湖，也是中国蓄水量第二大的天然淡水湖、世界上海拔最高的淡水湖，湖中产玛法木尻鱼与裸鲤鱼，同时，玛旁雍错还是南亚四大河流的发源地，素有"世界江河之母"的美誉，如今整个湖区被列为国家湿地自然保护区。

在古象雄《象雄大藏经·俱舍论》中记载的"四大江水之源"，指的就是圣湖玛旁雍错，东为马泉河，南为孔雀河，西为象泉河，北为狮泉河。玛旁雍错被藏传佛教、苯教、印度教、印度佛教等多个宗教同奉为圣湖，不仅是西藏的三大圣湖之一，而且被称为"圣湖之首"。

玛旁雍错最早名为"玛垂"或"玛垂错"，意思是冰冷之湖，传说古时候有一婆罗门教徒把祭祀的圣水泼到这里形成了湖水，后来成为雍仲苯教中广财龙王的领地，玛旁雍错也被称为龙神的宫殿。传说在藏王赤松德赞时期，莲花生大士大显神通，收服了龙王，使其皈依佛法，成为藏传佛教的护法神，从此"玛垂错"易名为玛旁雍错。"玛旁"在藏语中意为不败、胜利，因此，它也被称为"永恒不败之湖"。在大唐高僧玄奘所著《大唐西域记》里则称玛旁雍错为"西天瑶池"，美到极致。

传说玛旁雍错是胜乐大尊赐予人间的甘

玛旁雍错

露，圣水可以清洗人心灵中的烦恼和孽障。它是藏传佛教、雍仲苯教、印度教所有圣地中最古老、最神圣的地方，是万物之极乐世界。传说在圣湖玛旁雍错的四边有四个洗浴门——东为莲花浴门，南为香甜浴门，西为去垢浴门，北为信仰浴门。顺时针绕湖一周，到每个“浴门”去洗浴，圣水可以清洗人们心灵中的烦恼和孽障，即洗去人们心灵上的贪、嗔、痴、慢、疑这“五毒”，因此，凡朝拜过神山圣湖的人，可洗尽一生的罪孽，为来生修福。

印度教认为玛旁雍错是湿婆神的住所，因此，印度教徒通常会在转湖途中用湖水洗脸，夏季甚至有下水洗浴者，而藏民则步行或磕等身长头转湖，绝不下水，他们只是靠着“观想”，借此圣湖之水为自己洗礼，洗清一生的孽障和内心的烦恼。

由于地处阿里高原，就是在最温暖的季节，玛旁雍错湖水也很凉，而10月的玛旁雍错已经很冷了，湖边的风也变得刺骨，作为旅行者，我们只能望湖兴叹，下湖沐浴的想法肯定只能留在梦中了。走到湖边，学着藏族人的样子，望湖“观想”，耳边只剩下风声、湖水拍岸的声音和自己的喘息声。此时，时间好像停止了，心灵似真的被湖水洗涤着。

玛旁雍错周围自然风景非常美丽，湖水呈现出来的是高原湖泊特有的那种蔚蓝，在阳光照耀下，蔚蓝色的湖面上闪耀着星星点点的灵光，一眼望去，就会陶醉其中。“无阿里不西藏”，到阿里如果你不到玛旁湖边，安静下来，好好欣赏一下这天赐美景，那此行可就亏大了。

来到玛旁雍错的南岸，面对幽蓝平静的湖水，忽然听见一阵阵波涛汹涌的声音，这就是离圣湖百米之外那个神秘的“鬼湖”拉昂错发出的声响。

拉昂错，藏语意为“有毒的黑湖”，这个湖风大浪高，湖水呈现为深蓝色，在高原阳光的照射下，色彩古怪迷离，且人畜皆不能饮用，这大概便是“鬼湖”之名的由来。

据说圣湖与“鬼湖”原本为一湖，由于气候变化，湖泊退缩，水面下降，才由一条狭长的沙丘把它俩分开。曾有人考证过，玛旁雍错西岸的吉乌村所在的河谷地带就是连接玛旁雍错与拉昂错的河道，在雨水充足的年份里，这条河道会神奇般地将两湖连为一体。说也奇特，仅仅由一道不算高的沙丘路相隔，一边是海拔4588米的淡水湖玛旁雍错，水清微甜，而另一边海拔4574米的拉昂错却是微咸的咸水湖。

在传说中，两湖水底之间有个“宇宙之门”，将两湖之水暗中相连。至于说为何非要分出个“鬼湖”来，也许是将拉昂错比作“鬼湖”，正好应验了藏族人有关正邪相生、有神必有鬼的理念。

我们到湖边时，北边的玛旁雍错上晴空万里，湖面风平浪静，而南面的拉昂错上空却是云层翻卷，水面波涛汹涌，颇有几分诡异。

很多来阿里旅行的人因忌讳“鬼湖”，不愿走到拉昂错湖边。我们一行站在沙丘之上。其他人拍了几张照片，便钻进车里避风，只有我一个人，顺着沙坡走到湖边。冷风迎面扑来，眼前犹如一片汪洋大海，波澜壮阔，深不可测，如雷贯耳的波涛声震撼心弦。

漫步在拉昂错岸边，看见一个女子面对湖面而立，浪花几乎打在她的脚面上，风吹起了她的头发，就像一个孤独的灵魂徘徊在寂寞狂野的“鬼湖”之上，似乎在寻找人生的归宿。我下意识地冲着她喊了一声：“快点回来吧！”毫无回应……这是我走进西藏以来看见的一幅非常特别的画面，顿感头皮发麻，有一股奇怪的感觉在胸中升起，偌大的“鬼湖”拉昂错周边，空旷得好似一个人站在了宇宙边缘，仿佛她就是那个传说中住在湖中的罗刹女神。

就在准备离开的那一刻，高耸于两湖东边的纳木那尼雪山从云中展露出曼妙的身影，让人差一点儿就忽略了它的存在。

在西藏，傲立的雪峰，映衬着蓝天白云的背景，会散发出一种耀眼迷幻的光芒，这样的光芒，洁白无瑕，起初会让人感觉有些许眩晕，有些刺眼，紧接着便有一种炙烤的热量，似能穿透灵魂。

纳木那尼峰，海拔7694米，位于喜马拉雅山西段，与海拔6656米的神山冈仁波齐峰遥遥相对，在藏语里被称为“圣母之山”或“神女峰”，它西面的山脊呈扇状由北向南排列，东面唯一的山脊被侵蚀成刃脊，十分陡峭，形成了高差近2000米的峭壁，不论从哪个角度看去，都如同被一把神工鬼斧硬生生劈开似的，挺拔俊秀。峰顶终年白雪皑皑，经常隐藏在云雾缭绕中，难得一见它的真容。

在西藏有听不完的故事，每一个圣湖、神山和雪峰，都会有一段古老而传奇的爱情故事，如同念青唐古拉和纳木错的传奇爱情故事一样，冈仁波齐、纳木那尼和玛旁雍错也有着自己的传奇，故事很长，只能简短截说。

● 纳木那尼峰与“鬼湖”拉昂错

相传，喜马拉雅山系和冈底斯山系是两个很有名望的家族，纳木那尼是喜马拉雅家族中一位容貌出众的女子。一天黄昏，纳木那尼在草原上赶着羊群回家，听到远处传来一阵悠扬的歌声，渐渐听出这是一首情歌。她朝着歌声的方向走去，走到跟前一看，唱歌的竟然是冈底斯家族中的美男冈仁波齐。

于是，他们相识了，就像仓央嘉措诗歌中所写：“但曾相见便相知，相见何如不见时。安得与君相诀绝，免教生死作相思。”第二年，冈仁波齐带着重礼来到喜马拉雅家族求婚，迎娶纳木那尼为妻，结为幸福的姻缘。

一年一度的赛马节开始了，参加赛马的有冈底斯家族、喜马拉雅家族、昆仑山家族、唐古拉山家族的数百名骑手。冈仁波齐以精湛的骑术夺得了桂冠，众人一齐欢呼他的名字，就在他接受姑娘们献来的哈达和鲜花时，被一双美丽动人的眼睛迷住了，从此，他无法忘记那双眼睛。

一天黄昏，这个姑娘出现在冈仁波齐面前。原来这个美丽妖娆的女子叫玛旁雍，她是特提斯海龙王的女儿，因为厌倦海里的生活，来到阿里高原，并喜欢上了冈仁波齐的魁梧英俊，对他施展了所有的魔力，冈仁波齐终于无法控制住自己，于是，他们开始常常幽会。

直到有一天晚上，纳木那尼去放牧的草原寻找一只丢失的羊，发现了相拥的冈仁波齐和玛旁雍，她怎么也不相信眼前的事实，顿时心如刀割。纳木那尼极其痛苦，决定连夜回到喜马拉雅的大家族中去。

可是要返回喜马拉雅，必须在黎明前走出巴嘎尔大草原，否则，黎明神就会施用点穴法收去灵魂，将她还原成雪山。当纳木那尼在巴嘎尔大草原上一步一回头，泪如泉涌，恋恋不舍时，天色渐亮，她依然没有走出草原。此时，她四肢僵硬，不能动弹，胸脯开始被冰雪包围，全身变成了石头，凝固在一起，化成一座白雪覆盖的山峰，孤零零地屹立在天地之间。人们为怀念她，就把这座雪山取名为纳木那尼峰。

清晨，冈仁波齐发现妻子不在家中，骑马来到草原上寻找纳木那尼，也被定化成了雪山，只能与纳木那尼隔着巴嘎尔大草原遥遥相望，像是在召唤自己的妻子，又像是在诉说自己的悔恨。

而玛旁雍，则被变成了玛旁雍错湖，横在纳木那尼峰和冈仁波齐峰之间，她幻想着依旧可以把冈仁波齐的目光吸引过来，但冈仁波齐从此不再理会她，只是目不转睛地盯着被化作雪山的纳木那尼……又是一段凄美的爱情传说，讲述了一个让人生死相许的爱情故事。

藏族人民总是以他们自己特有的情怀和智慧，赋予雪山圣湖有血有肉的生命，足以说明，这个民族骨血里流淌的信仰、灵性和浪漫，是那么的美好。俗话说“仁者爱山，智者爱水”，藏民族对于养育他们的山山水水的热爱也足以说明，他们是何等的仁厚和聪慧。

站在玛旁雍错和拉昂错之间的沙丘上，仿佛置身于神山圣湖的中央。这里是观赏和拍摄神山圣湖的最佳位置之一——对面是冈仁波齐峰和玛旁雍错，右面是纳木那尼雪峰，身后是拉昂错，无论是仰望、俯瞰、转身，哪个角度都是别样风光。

湖边山坡上，一块块刻满经文的玛尼石引起了我的注意。当用镜头记录它们的时候，感觉到有一种神奇的东西吸引着我，这些不知何人何时堆起的形状不一的玛尼石，上面刻满了各种神秘的文字和符号。玛尼堆上扯着经幡，中央放着牛头角，朝着神山圣湖的方向，而那些五色的经幡，随风飘舞，发出哗哗的声响。经幡每一次飘动，都是一次虔诚的祈祷，它们见证着圣湖和“鬼湖”在两座神圣的雪山下，共同生存，没有仇恨没有争斗，厮守着千万年的苍凉岁月。

漫步在藏蓝色的玛旁雍错湖边，远处有一群牦牛在吃草，天空有几只雄鹰从冈仁波齐峰方向飞来，在波涛汹涌的拉昂错湖面掠过，飞向纳木那尼峰，飞向遥远的远方。此情此景，不用刻意，便会让人生出许多感念，思绪万千，时间会过去，岁月会逝去，人亦会老去，唯有神山圣湖会在这里安静地等你千万年。

停下脚步，坐在岸边，晒着高原温暖的阳光，望着远处的雪山和湖水发呆，离开时，我们的内心和脑海里留下了关于神山圣湖的难忘记忆。

太阳落山前，我们终于来到宿营地——塔尔钦简陋的神山青年旅社。

塔尔钦位于阿里地区普兰县巴嘎乡，海拔4600米，地处神山冈仁波齐脚下和圣湖玛旁雍错北岸，是转山和转湖的起点。

这里原本是坐落在冈仁波齐山脚下的一个寂静的小山村。一进入镇子，就能远远看见屹立在正前方的冈仁波齐高大的金字塔山峰。因

● 玛旁雍错湖畔久负盛名的玛尼石堆

为络绎不绝的朝圣者以及旅行者的增多，加上巴嘎乡政府的迁入，塔尔钦镇开始变得异常热闹。放下行装，沿着小镇上唯一一条不算长的街道走了一圈，到处都在盖房，旅店、小百货商店、移动营业厅、饭馆、台球厅等一应俱全，道路两侧竖起的太阳能路灯格外引人注目——现代化的步伐，也在走进这片古老而神奇的地方。

第一次到这样的高海拔地区，走路会有些喘，因为体力和时间的原因，我们没有计划去转山——此行能来到冈仁波齐峰的脚下就已经足够了，其实，真正的原因还是不具备踏上那一条艰辛之路的能力。

黄昏时分，街道上陆陆续续出现了转山回来的人，他们脸色黝黑，衣装不整，满脸的疲惫，一看便知，52 公里崎岖的转山路，徒步翻越海拔 5630 米的卓玛拉山口，顶礼膜拜冈仁波齐，是多么的艰辛。真是佩服这些转山朝圣者的体力和勇气，愿他们获得福报的愿望全部实现。而转山也成为我每一次来西藏的心结。

高原上的小镇，由于海拔较高，交通不便，物资相对缺乏，电力也十分紧张，经常停电，旅店、饭馆、商店都需要自备发电机，小饭店里的饭菜也比较贵，所以，我们赶回旅社，趁着有电，烧水、充电，打开电热毯温暖冰凉的被褥，然后泡上一袋方便面，就着榨菜、火腿解决了晚饭问题。晚上洗漱时，发现嘴唇干裂，脸有一点儿浮肿——水并没有少喝，足见秋天的阿里已是何等的干燥。高原气压低，相对于平原一般在 1200 hPa 而言，海拔 4000 米以上只有 600 hPa 左右，因此，人体内外压力的改变，会造成人的脸、腿浮肿，难怪这几天发现脸不仅变黑，而且比平常稍微大些，其实，这些都是人体高原反应的一种表现。

虽然在高原上跑了一天很疲惫，但在海拔 4600 多米的高度依旧难以入睡。半夜醒来，发现电热毯因停电不知何时停止了工作。深夜的阿里，虽然还是 10 月，已经感觉格外寒冷。

一阵咳嗽，缺氧情况明显加重，头有些发晕，司机小冯开玩笑说，谁让你自己跑去“鬼湖”边上，一定是下午在拉昂错被湖里住着的罗刹女掀起的狂风吹着了。赶紧找出葡萄糖喝下去，又拿出便携式氧气罐深深地吸了几口，因为害怕着凉感冒，喝了袋感冒冲剂预防——在这里，轻微的感冒都会给人带来巨大的危险，穿着外衣躺下，喝了一大杯开水，感觉好了一些。

同行的伙伴又开始流鼻血了，让人感到十分担心。

“生活不止眼前的苟且，还有诗和远方。”的确，人生总要有一两次不同寻常的旅行，可是，到阿里，绝非一场说走就走的旅行，会有很多意想不到的困难和险阻，但一想到能在玛旁雍错湖畔看见神山冈仁波齐峰，以及拉昂错和纳木那尼雪山，便感觉十分幸运，冒点险也是值得的。

半梦半醒之中，再一次走进神山和圣湖，白云、蓝天、雪山、湖水、经幡和磕着长头的朝圣者，一股脑儿地扑面而来——蓝是不见底的蓝，白是不容尘的白。神奇，无与伦比；惊艳，美不胜收。

08

札达土林，宛若一座外星迷城

清晨，塔尔钦神山青年旅社还是没有来电，一片漆黑，我们点起蜡烛，在光线微弱、昏暗阴冷的房间里收拾行囊，准备继续西行。

旅社的前台、饭厅、公共休息区混合在一起，藏族阿佳在火炉上熬了三大锅稀粥。一锅热好的馒头、一盆咸菜、一盆煮鸡蛋，没有服务员——自己动手，丰衣足食。早起的人不少，没有地方坐，只好端着碗站在吧台旁边，一边吃饭，一边看留言板上的留言条。

来阿里旅行，大多是自驾或者拼车，所以，留言者多是一些独行的背包客，或约转山转湖，或约拼车上札达、狮泉河、珠峰，或约返回日喀则和拉萨的，费用一般采用AA制，还有就是找人的、问路的、抒发感慨的，五花八门，挺有意思。向导和我开玩笑说，老哥，要不也约一个，按留言字条上的电话打过去就行。摇头，大笑……

一路走来，你会发现一个很有意思的现象：在路边，特别是乡村的路口，会遇到一些年轻的独行者，伸出拇指，请求搭车。这些人被称作“穷游者”，基本上不会AA制，完全凭你的“雷锋”精神，自觉自愿。只要车上有空位，很多自驾者都会选择搭载他们一段路，谈得来，没准就成了朋友。

在西藏，特别是在阿里地区，遇见志同道合的人绝对是缘分。人到了这里，也会变得特别友善和简单，只要有困难，总会有人伸手帮助，在阿里待久了，你会感到，路越远，人与人之间心越近。

云层密布，天色昏暗，走到院子里，一阵寒意扑面而来，在海拔4600米的地方，10月初，清晨的温度已经在零下。停电、寒冷、咳嗽、缺氧，起床喝水、吃药，折腾了大半夜，没有睡好。早晨头有一点儿晕，嘴唇干裂加重，喝了两三杯水也无法缓解，反应也开始变得迟钝起来，服了两支葡萄糖，便准备出发了。

神山脚下的塔尔钦镇，大多是来转山转湖的人以及东来西往的游人，因此这里一大早就显得格外热闹。

小冯昨晚上“失踪”近两个小时，原来是去排队加油——如果早上开车去加油，要耽误很长时间。在219国道上，尤其是单车行驶，加油的事一定要认真对待。沿途加油站少，总是要排队，赶上停电无法加油，还要等待不知多少时间，如果按照计算好的行程加油，很可能被扔在路上，那时候，即使有人帮忙送油，那价格也会比较高。

天气阴沉着，冈仁波齐峰已经完全被云层笼罩，峰顶已经在下雪，玛旁雍错上空的云也比较厚。拍摄日出的计划无法实现了，非常遗憾，可这就和人生一样，不可能十全十美，遗憾也是旅途的一部分——恰恰是有了遗憾的存在，才会更让人感受到什么是珍贵。

早上8点，天还没有完全亮，塔尔钦的街道上已经热闹起来，前去转山的人们已经陆陆续续沿着街道，开始向神山的方向走去，去完成他们心中神圣的52公里，爬上海拔5630米的卓玛拉山口，朝拜冈仁波齐。

每年都会有人在转山途中离世，但信徒们认为，能在神山旁上天堂，那是造化和荣幸。信仰的力量实在无法估量，对这些转山者的敬佩之情油然而生。

告别神山圣湖，我们离开了塔尔钦这个一辈子都不会忘记的小镇，前往札达古格。塔尔钦—门士—巴尔—札达，全程320公里，一路要穿越干涸荒芜、黄沙漫漫的土林地貌区。

离开塔尔钦时，天空飘起了小小的雪花。

塔尔钦往西，进入阿里腹地，出巴嘎草原，便是大片的戈壁无人区，干涸、荒凉，呈现在视野之中。

沿着冈底斯山脉和喜马拉雅山脉之间的宽阔谷地向西，219国道变成一条笔直的细线伸向远方的天边，公路的外侧是黄褐色的沙石滩，两边是起伏的连绵大山，走进阿里腹地，往西的人迹和车辆越来越少，像我们这种单车前往札达的尤其少。

10月的阿里，早晚的气温相差很大，如果车辆出现问题，我们将在这荒芜干涸的大地上，接受暴晒、严寒、干渴、寂寞的折磨；如果在路上抛锚，没有信号，只能苦等过往车辆，请求捎口信到检查站，等待救援了，所以，从塔尔钦出发时，必须带足水和食物，以备不测。

塔尔钦到门士只有80多公里，一个多小时的车程。

门士，是阿里地区噶尔县的一个乡，这里曾经是古象雄王国文明发祥地的中心，在这个号称“世界屋脊”的高原上，古象雄王国曾雄踞千年。从位于噶尔县门士乡一带考古中发现的穹隆银城（也称大鹏银城），证明这里很可能是历史上古象雄王国的都城所在地。

穹隆银城遗址，地处札达盆地东缘的象泉河北岸，因为曲那河、曲嘎河、朗钦河三条小河在遗址南侧交汇，故地名亦为“曲松多”。遗址总面积约13万平方米。门士地区可以说是青藏高原最早的文明中心区域，同时，从门士故如甲木墓地出土的印有汉字“王”“侯”字样的丝绸制品，也证明这里早在汉晋时代就与中原有着经贸往来。

8世纪，吐蕃征服了象雄，从那以后，象雄文明就渐渐从历史的长河中消失了，如今它仅仅在阿里的门士、札达等地以及克什米尔地区遗留下一些零星的历史记载和古城的残垣断壁，给后人无尽的遐想。

和大多数古代文明都与河流有关一样，象雄文明也是如此，流淌的象泉河水，在札达形成了一片水草丰美、物产丰富的平坦谷地，亦被誉为“阿里的粮仓”。

象泉河以其源头的山谷形似象鼻而得名，藏语称为“朗钦藏布”，发源于冈仁波齐神山脚下，经噶尔县门士地区，往西经札达县流出国境，在印度境内的一段被称为萨特累季河，在巴基斯坦境内同奇纳布河汇合成潘杰纳得河后注入印度河，是印度河上游的主要支流。此外，这条河还有一个比较特殊的地方，我国境内的河流一般是自西向东流，而象泉河则是自东向西流，由于河流的冲击与改道，逐渐形成了札达地区的土林土堡地貌。

从塔尔钦到门士的路况比较好，加之路上只有我们一辆车，车开得比较快，但因限速，中途只能把车停在路边，等时间到了再继续前行。中午，阳光透过云层直射大地，天空变得晴朗起来。空气异常干燥，不断饮水，但嘴唇还是越来越干裂。

这时，远处一个黑点由西向东在运动，目测距离应该有5公里左右，无聊的我们便打起赌来，猜它多久能开到跟前，以此来抵消“干

● 穹隆银城遗址

里走单骑”带来的枯燥。坐在路边，足足等了一刻钟，一辆拉货的卡车才缓缓开到我们眼前。司机是个晒得黝黑的藏族小伙，估计很早也看见了我们。他见我们看表，可能猜出我们在打赌，于是伸出头，笑着冲我们吐了吐舌头。坐在副驾驶位置的汉族女孩大方地向我们招手问好，一看就是搭车去神山圣湖“穷游”的。

在这荒无人烟之地，见谁都像是遇到了亲人，互致问候，看来在这阿里高原一眼望不见边际的219国道上，他们也和我们一样的寂寞，形影孤单。

车到门士。这里是西进阿里的最后一个补给站，十分热闹，不长的街道两旁停满各种车辆，饭馆里挤满了穿着五颜六色冲锋衣的人，人声鼎沸，和小镇的偏僻荒凉很不协调。

过门士，山谷渐渐变窄，路开始抬高，海拔渐渐升到近4700米。当地有名的门士煤矿海拔4800多米，被称为“世界上海拔最高的煤矿”。身处高地，路左下方是成片的黄褐色低地，这时才发现象泉河流过的谷地极其辽阔，像一片曾经牛马奔腾的古牧场。

路依然平坦，笔直地伸向远方。远方的大山横在地平线上，山顶有白雪。大团的云在蓝天下涌动，显得很低，似乎触手可及。茫茫荒野没有任何生命的迹象。

沿着荒凉空旷的象泉河河谷向西行驶了60多公里，来到219国道上远近闻名的巴尔兵站。没有做过多的停留，接受检查，通过兵

站在观景平台俯瞰札达土林

站。驶出 2 公里，路边有一显著的标牌：直行狮泉河，左转札达县。

“札达”在藏语中是“下游有草的地方”的意思。县域平均海拔 4000 米。全县总人口仅有 1 万多，除极少数的汉族、回族外均为藏族。县政府驻托林镇，海拔 3700 米，域内著名的札达土林奇观和全国重点文物保护单位古格王朝遗址，是我们此行重要的到访之地。

从巴尔分岔口离开 219 国道，穿越土林地貌到札达县城，大约 170 公里，沿途没有人居住。虽然这是一条新修的公路，但是感觉这段路非常不好驾驶，路面窄不说，还总有没完没了的盘山路、没完没了的弯道陡坡，本来多日缺氧，转上转下的头更蒙了，好在向导对路况比较熟悉。

翻上海拔 5160 米的龙嘎拉山口，四周的山体和景色发生了明显的变化，整座山体五颜六色。山中蕴含的丰富矿物质氧化成各种色彩，将山体渲染得五彩斑斓，被称为“五彩山”。从山口开始，海拔逐渐降低，到札达县城托林镇，基本是一路下坡。

盘山路七转八绕行走了一个多小时，远处喜马拉雅的连绵雪山又一次映入眼帘，南方的蓝天下有一座凸起的雪峰。在地图上查看，那应当是卡美特山，海拔 7756 米，属于喜马拉雅弧形山脉最西端的一部分。雪峰高耸，巍峨磅礴，山坡上人们用卵石堆起了许多小小的象征性的宝塔，系着哈达，对着雪山和札达土林的方向，具有极强的视觉冲击力。

来到海拔4300米的札达土林观景平台，札达土林的全貌出现在眼前。这里是俯瞰浩渺的土林和观赏雪山的绝佳之处。

百万年前的札达是一个方圆500多公里的大湖，因喜马拉雅造山运动使得湖盆升高，水位线递减，湖底沉积逐渐露出水面，水平岩层经象泉河水流和雨水不断地冲刷、切割、雕琢以及风化，逐渐形成今天海拔3000多米的札达盆地中千沟万壑、独一无二的土林地貌。

札达土林国家地质公园内地质遗迹类型多样，是目前世界上发现的最典型、保存最完整、形态最奇特、分布面积最大的土林地貌区，举世无双的奇观实属罕见。站在高处远观，午后阳光的照耀下，位于札达县西南的依比岗麦神山，山峰高大突兀，呈典型的金字塔形态，矗立在一道冰雪屏障的正中，传说它是古象雄时期的祖母守护神山，在其周围簇拥着108个雪峰，形成阿里著名的“雪山环绕的地方”。

在高原光影的衬托下，宏大的札达土林高低错落达数十米，风化剥蚀而形成的独特地貌，陡峭挺拔，层林迭现，陡缓相间，波状起伏，沿象泉河谷横亘绵延百里，与四周的雪山交相辉映，雄伟多姿，气势恢宏，就像久远亘古的千军万马列队在札达这片广袤的土地上，让人感到凝重、庄严与肃穆。

来之前，就算看过多少照片，当真实的札达土林出现在眼前时，仍把我们震撼得无法用言语形容，这份干涸与荒芜之中，竟然可以壮美得如此惊艳，而这份惊艳，几乎让我们忘掉了高反带来的身体的不适。

为了找到一个拍摄土林全貌的最佳位置，我们从平台沿一个大约30度的山坡，向下走了100多米。山坡上堆满了一座座人们用石头垒起的玛尼堆，藏民相信它能阻止秽恶、祛除灾难、带来祥和，而这种信仰也影响到很多不远千万里来到这里的人，不由自主地为自己或家人、朋友祈福，堆砌起一座座虔诚的玛尼石堆。这一座座的玛尼堆表达着人们对土林和雪峰的敬仰。

干燥的风差点把我吹晕，拍完照，坐在一个玛尼堆跟前，面对一望无际的土林奇观发呆。返回平台向上爬坡时，感到头有些发昏、脚下无力、心悸，五步一停七步一站，在干燥的空气中，深深呼吸着稀薄的氧气，短短的百米，用了很长时间才爬上来。回到平台，再次回首俯瞰无边无际的壮丽景象，突然有一种恍然大悟的感觉：大自然才是世界的主角，而人类不过是世界的匆匆过客，光阴似箭，尘埃终落。

向西走，天气变得越来越干燥，太阳仿佛随时要把大地烤干，虽然路上一直在喝水，但咳嗽和嘴唇干裂的状况一直在持续发展，没有任何缓解的迹象，上阿里高原已经5天了，血氧含量也在持续下降，头有些发昏，不仅反应变得迟钝，连说话也变得越来越少。

在土林中穿行，一场视觉盛宴再次拉开序幕，一望无际的黄土历经数万年的风雨侵蚀，犹如鬼斧神工的精心雕琢，形态各异，千奇百怪，整片的土林壮观、沧桑、气势磅礴，我们

● 札达土林地貌

宛若置身于一座外星迷城中，让人应接不暇。

它们或似庄严宏伟的庙宇，或似壁垒森严的碉楼，或似恢宏高耸的佛塔，或似极尽豪华的宫殿，或似古朴威严的城堡，或似万马奔腾、昂首啸天，或似教徒虔诚静坐、天工万象，面对着大自然的杰作，你有多少丰富的想象，就会有多少奇思妙想的答案。

札达土林是大自然创造的杰作，原来，水流、风蚀和干旱也是造型艺术大师，随着岁月的变迁，它们潜移默化地创造着一个又一个的奇迹，任何人工的雕琢都无法达到这样的神奇，因此，很多人来到这里，不仅是为了领略大自然赐予的风景，同样从这些独具特色的奇观中，收获思想的灵感和灵魂的共鸣，你仔细凝视每一座土林，总会有所感、有所思、有所悟。

置身巧夺天工、形态各异、满目苍茫和奇异的土林之中，给人一种穿越历史时空的感觉，不知经历了多少风雨的侵蚀，在壁立陡峭的山沿上雕琢出今天的模样，清晰的沟壑纹路似乎诉说着沧海变桑田的历史。札达土林，不用专门参访，一路过来，你想不看都不行。

09

古格王朝，远古的呼唤

跨过象泉河大桥，便来到札达县城，古格王朝遗址就在离因托林寺得名的边陲小镇托林镇不远的札布让村。

这里海拔 3728 米，在古格王朝辉煌时代有着广袤的牧场，是我们此次西行阿里南线上的海拔最低点。象泉河水就从县城中的托林寺和城边的土林脚下流过，自东向西贯穿整个托林镇，清澈碧绿的涓涓河水与土林形成鲜明对照。

抵达托林镇时已是下午 3 点，街道上很安静，几乎看不见行人，商铺、饭馆也只零零星星开着几家。在拉萨的朋友杨总事先帮助联系好土林城堡酒店入住，条件好得出乎意料，宾馆和土林的气质很契合——土土的颜色，现代的装修手法和充满藏族风格的布置，关键是房间里有热水，可以奢侈地冲洗一下身上的尘土。洗澡，在阿里高原竟然奢侈到能让我们兴奋了好一阵。

放下行李，先赶到餐厅找食物。餐厅老板是个四川人，人很热情，看见我们几个疲惫不堪、饥肠辘辘的样子，虽然已经闭餐，还是先给我们泡了壶高原雪菊，随后让服务员给做了一大盆钟水饺，加上一盘泡菜、一盘黄瓜、一盘牛肉——这是几天来吃得最香的一顿饭。

回到房间，赶紧冲了个热水澡，但因为有一点儿咳嗽，虽然头发已经有些打绺，还是没敢洗头，担心感冒。到了这样的环境，人似乎什么困难都可以忍受。

这里总算有网络信号了——几天没有网络的生活，倒也让人觉得清净。在微信朋友

托林镇象泉河岸边的土林群

圈上传这几天的风光照，分享给关注我们行程的朋友。可能是因为太疲惫了，不知不觉竟然睡着了。

司机小冯虽然是河南人，但常年在西藏生活，为人热情，做事也很细心。他知道我们来托林镇，一是要看壮观的土林，赶在落日前拍摄计划中的托林佛塔——佛塔非常有名，这是几乎所有来托林镇的人必看的景观；另一个就是清晨去感受日照古格的辉煌。黄昏前他叫醒我和队友，驱车赶往托林寺。

托林镇就坐落在札达土林的中心怀抱里，远远第一眼看到它时，就好像外星球般的土林中，突然出现一座城池。由于一般的游人很少到达这里，因此，车辆和行人都很少。没有了现代化带来的噪声，城内出奇地安静，这里似乎与现代的世界脱离。行驶在托林镇的街道，好像沉浸在无声的世界之中，仿佛是在另一个星球。

这座小城镇连同土林城堡酒店都是河北省援建的，因此，我们对它更多了几分亲切。镇上只有两条街道，非常干净，但气候干燥，人迹稀少。街道尽头就是高大的土林城堡。我们住的酒店就在它的对面，推开房间的窗户往西看，便可以看见托林镇的标志性建筑——佛塔林立的托林寺，以及象泉河对岸犹如城墙般的土林群。

我们追逐落日，来到建在象泉河边高地上、已有千年历史的托林寺，因为时间原因，我们无法进入寺院，只能在寺院外的佛塔处看看。寺院后空旷寂静的佛塔前，只有几位爱好摄影

犹如城墙般雄伟的土林

的人，在等待着日照托林。不少当地的藏民已经开始了他们每天必做的功课——按照顺时针方向，手摇经轮，念着六字箴言转塔，有些人还在磕着等身长头。古格王朝虽早已消失在历史的长河中，但托林寺信仰犹存——这就是西藏，这就是西藏人的虔诚，此时，在这荒凉之地，在札达托林寺佛塔前，折射出信仰的光芒。

难得的好天，蓝天上只飘浮着几朵淡淡的云。一直等到黄昏时分，托林佛塔和象泉河两岸的土林在夕阳的映照下，被斜射的光线照耀得明暗有致，色调金黄，生动富丽。纯朴的托林寺及附近圮废的塔堆，在暮色之中神秘而庄重。内心的激动无与伦比，镜头里留下的托林落日的美景美到惊艳，让人窒息，成为永远的记忆。

夕阳西下，我们离开托林寺塔林时，云彩连续而流畅地飘移着，在余晖映照下，升腾起大片的火烧云，把托林镇的天空渲染得五颜六色，托林佛塔和象泉河两岸的土林，在变幻莫测的光线中尽显神秘。背依托林寺，面对象泉河对岸的土林，望着太阳终于走过了西边天际

● 夕阳下的托林寺佛塔

的山峰，放射出最后一片灿烂的光辉——我想那儿应该就是天边了。

10 月的札达，早晚温差非常大，只要太阳落山，天气就会变得十分寒冷。天色变暗，高原上的风刮了起来，因为出来时还是阳光普照，就没有穿羽绒服，只是穿了件冲锋衣，很难抵御高原上的风寒。我们感觉到冷飕飕时，迅速往宾馆赶，但为时已晚，寒风还是直接进入了气管，下午稍好一点儿的咳嗽又开始了。

夜幕降临，札达的秋夜月朗风清，走进宾馆大门的瞬间，抬头凝望，藏蓝色的天空中，繁星闪烁，一条银河从对面土林的上方直达天顶。依稀记得小时候在西北高原见过这样的星空，自从离开兰州，很多年再也没有看到过这样通透的天空，繁星点点，离我那么的近，好像触手可及。一直听说，西藏西部的星空很美，这是我们来到西藏后，第一次真真切切地看见这么美丽的星空，像一条流淌在天际间的浩瀚银河。

土林城堡比较人性化，餐厅会一直开到很晚，等着从托林寺和古格遗址拍摄落日回来的人们。走进餐厅，人声鼎沸，每张桌子上都摆放着各式各样专业的、非专业的相机，藏迷们津津乐道，谈论着拍摄落日时的心得——听到最多的一个词是“震撼”。

札达的干燥超出了我们的想象，土地贫瘠，几乎不产青菜、水果，西红柿、黄瓜、白菜、萝卜、青椒等蔬菜都是从拉萨或新疆运过来的，所以比较贵，但我们还是点了几道蔬菜——好几天没吃过蔬菜和水果了，而且这是从日喀则出发以后第一次吃上米饭。

晚上躺在床上整理几天来的照片，一次次被沿途的风光打动——头晕、口干舌燥、嘴唇干裂、咳嗽，一切的不适，都是值得的。其实摄影的水平不高，只是阿里高原独有的地质风貌，以及高原特有的光影，实在是出神入化，太迷人了。

夜晚，在阿里高原上响起熟悉的熄灯号，提醒我们该睡觉了。海拔 3700 米的高度，呼吸舒畅了很多，也感觉安全了许多。因第二天清晨就要起床，所以，抓紧洗漱完毕，喝了一点儿感冒冲剂、止咳露、消炎药对付咳嗽，关灯睡觉。

凌晨，一阵阵的咳嗽打断了睡梦，呼吸时，感觉喉咙和气管里开始有似水泡发出的啰音——肯定是昨夜落日后的风寒侵入了呼吸道，感觉有点害怕，并出现了烦躁的情绪——高原反应中，肺水肿会发展得很快。继续喝水，吃消炎药，喝葡萄糖和人参含片提高抵抗力，半靠在床头，但怎么也睡不着了。咳嗽声吵醒了同室的向导，他关切地问我要不要上医院，如果不行，为了安全起见，建议我就不要去古格了，立刻动身返回日喀则。

经过思考，电话咨询拉萨的朋友后，感觉此生从拉萨颠簸 1500 公里，来到中国西南端的机会很难得，不能留下这个遗憾，于是决定挺一下，看完闻名于世的古格遗址再回撤日喀则，但同时也放弃前往阿里首府狮泉河以及班公错湖的计划。

还好，病情没有继续恶化。同行的伙伴也只是头疼，其他已无大碍。

为了赶在太阳升起时拍摄日照古格，不到 6 点起床，收拾行李。夜里没有休息好，头明显有一些晕，走路有点晃的感觉。没有食欲，硬着头皮到餐厅喝了口粥，吃了块面包。

路上咳嗽时断时续。向导再次确认我能不能坚持，问我要不要放弃。我半开玩笑地对他说，只差一步到罗马，人生总要有一次为梦想竭尽全力的拼命吧，让我们一起完成这趟“身体在地狱，眼睛上天堂”的最后旅程吧——听着有一点儿悲壮。在我的坚持下，夜色中，星空下，我们从托林镇前往 20 公里外的札达古格王朝遗址。

巍峨的古格王朝遗址，坐落于象泉河南岸、托林镇西北的札布让村，被众多土林环抱，因其是用取自周围土林的黏性土壤建筑而成，所以古老城堡的断壁残垣与脚下的土林浑然一体。来这里之前，从很多摄影作品上看到过，每当朝霞初起或黄昏降临之时，古格遗址便会在土林的映衬下透射出一种残缺的、悲壮的美。

据《西藏臣记》记载，9 世纪中叶，吐蕃王朝末代赞普朗达玛死后，王室内部展开了争夺王位的斗争，朗达玛后裔中的一支吉德尼玛衮在斗争中失败，逃避到阿里地区，建立了一个小王朝；后来吉德尼玛衮将阿里一分为三，分封给三个儿子，古格王国即是其第三子德祖衮的封国，这个政权延续了 700 多年才在战火中覆灭。古格王国世袭了 16 任国王，札达县的古城堡是从 10 世纪到 16 世纪不断扩建起来的。古格王国在西藏的历史和文化发展史上占有重要的地位，当时，一方面古代印度的佛教从这里传入西藏腹地，另一方面这里是古代的商路经过的边贸重镇，此外，在吐蕃王朝灭亡以后的 400 年中，古格王国一直是西藏势力较为强大的王朝。

在札达县札布让村发现的古城堡遗址，应该就是当时古格王朝的国都。从现存的遗址来看，古格人在山体内修筑了许多暗道，暗道中某些类似窗户的洞，似乎既为了采光又可以用来防御。这些暗道迂回曲折，拾级而上，可直达山顶的王宫。

据史料记载，古格王朝的住房有严格的等级制度——山下是奴隶居住的洞窑，山坡上是达官贵族居住的房屋，高高在上的是王宫。这样的建筑布局一方面是为了防御，另一方面也象征着国王至高无上的权力。

山腰间保存下来的几座小寺庙遗迹，分别为度母殿、红殿、白殿和轮回殿。这些寺庙都带有浓郁的西藏建筑风格，寺庙飞檐上雕饰的图案多为狮、象、马、孔雀等动物，这种雕饰大概与从冈底斯山脉分流的四条河流——狮泉河、象泉河、马泉河、孔雀河的传说有一定关系。

从目前比较翔实的说法来看，古格王朝这座宏伟的城堡，最终毁于无情的战火，留下眼前的残垣断壁，满目沧桑。实在无法想象，一个兴起于 10 世纪，演绎了 700 多年灿烂历史，经历了 16 位世袭国王，拥有 10 万人之众的王国，因国王的弟弟为夺取王位，竟然在 1635 年引拉达克人入侵，在战争中，国王不忍生灵涂炭，率王室成员投降被杀，从此，古格王朝灰飞烟灭。

关于古格王朝遗址的传奇故事有很多，但是，什么原因使得有着 700 多年繁荣辉煌史的古格王朝能够在一夜之间就瓦解消逝了呢？当年的 10 万人为什么会消失得无影无踪？古堡

● 札布让村古城堡遗址

中的藏尸洞究竟掩埋的是一些什么人？至今没有一个准确的答案。有人说古格王朝是因为部族间的战争而毁灭，也有人说是因为自然环境迫使整个王国搬迁他乡，还有人说是因为王朝内乱……古老的古格王朝神秘地消失，就如同眼前的古格遗址，像一座巨大的迷宫，纷繁复杂，所有的秘密完全深锁其中，成为一个充满诱惑的千古之谜。

披星戴月，赶到古格遗址山下的札布让村。上山路口的值班人员非常善良，我们车到跟前，只是按了一下喇叭，就抬杆放行了。司机说守卫知道这么早赶来的，都是不畏万难、千里迢迢来这里看日照古格的人，所以，特别善待大家，停车也免费——住在佛地的人善念就是比较多。

我们到达的时候，遗址的山脚下已经停了几辆汽车，七八个摄友早已抢占了最好的机位，架起各式各样的相机——这是一群迷恋摄影的高手。我们也赶紧凑上前去，紧挨着他们选了面对古格遗址、正侧面比较好的位置，在寒冷的晨曦中，静静地等待着东方泛白，等待着追逐日出时古格王朝金色的灿烂辉煌。

天空暗蓝，星空的光芒还没有完全褪去，遥远的东方也只是露出一点点的曙光，整个古格王朝遗址在黑暗中展现在我们眼前。此时，古格王朝的城堡给人的印象黝黑而遥远，但一点儿也不失壮观雄伟。

秋天，高原上清晨的气温已经比较低了，

晨曦中的古城堡遗址

从雪山吹过来的冷风更是夹杂着寒气，感觉穿着羽绒服也要穿透你的身体。此时，天色微明，古格王朝似乎还在沉沉的睡梦里。山脚下来追逐日照古格的人越来越多，好像昨天来到托林镇的人，一股脑儿都集中到了这里。很庆幸我们来得早，占到比较好的位置，可以尽情欣赏和拍摄日照古格时的壮丽景象。

寒风虽然让我们感受到刺骨的冰冷，却也带走了天上的云彩，东边的天空开始发亮，现场忽然变得鸦雀无声。大家都把头转向东方，屏住呼吸，眼神中全都是热情的期盼——期盼那初升的太阳。

太阳从东方的地平线上逐渐升起，最先被阳光照耀着的便是古格遗址对面山顶的一排佛塔，起初是一点儿淡淡的暗红色，而后慢慢地，光线像是洒落的染料，自东向西，从古格王朝遗址的山顶，向下浸染，先是山顶，然后是周围的山腰和山坡，最后是山底，很快由暗红色变成金黄色。

淡蓝色的天空下，金黄色的古城堡与土林融为一体，雄伟的古格王朝遗址，在晨曦中傲然挺立，金碧辉煌。那些已经被风化的古老建筑遗址在荒芜的土地上，在冉冉升起的阳光照射下，显得更加苍茫久远，色彩更加迷人。

很多旅人和摄影爱好者在此蹲候数日，或因乌云浓重，或因雨雪冰霜，只能望城兴叹，结果我们一行菜鸟第一次来就这样幸运地撞上了。拍摄日照古格，是一个短暂而又神奇的过程，也是一个可遇不可求的过程，很多时候，很多人，为了这一刻，会等上几天，甚至多次来也未必如愿，但正是因为这种不可预见性，才使得如此短暂而美妙的光影，变得更有诱惑力。风景不会说话，不论它有多么壮丽，多么震撼人心，也只能在静静的漫长岁月里等待，等待那些不畏艰辛、能够读懂它的人来。

太阳完全升起，天色大亮，光芒万丈，古格王朝遗址清晰地展现在眼前。从被震撼的激动情绪中稍稍平静下来，很多人和我一样，席地而坐在夹杂着泥土气息的沙土地上，静静发呆，对着阿里荒芜干涸的札达土林发呆，对着古格王朝的断壁残垣中隐藏着无数不为人知的秘密发呆，用心去聆听札达古格呼唤。这画面中的故事，需要丰富的想象力去慢慢发现和感悟。

此刻，在脑海里注入许多故事情节，如梦境亦如幻觉，许多思绪油然而生——繁荣与消失、悲欢与离合、同室操戈与相煎太急、征伐与谎言、屠杀与掠夺、抗争与失败、舍弃与抉择、命运与死亡。

横亘眼前的这座近 300 米高、饱受战争和风沙损毁的古格王朝遗址，外围建有土质城墙，一条石头和黄土混合铺就的台阶盘旋而上，直通山顶。建筑全部依山建造而成，分上、中、下三层，依次为王宫、寺庙和民居，四角设有碉楼，从上到下，到处是和泥土颜色一样的建筑群和洞窟，密密麻麻遍布山坡，有好几百间，几乎全部坍塌，只剩下一道道土墙和窗口，唯有山腰的几座寺庙和几座有些残缺的佛塔，以及古城对面缓坡上的 108 座佛塔紧密地排成一排，保存比较完好。这一切足见当年古格王朝的辉煌。

我始终以为，1635 年那场战争所造成的屠杀和掠夺，并不是毁灭古格王朝文明的全部原因。即使战争能够让古格王朝覆灭，也无法

● 古格王朝遗址

将古格的文明毁于一旦，并使之消失得无影无踪。

可问题的关键是古格的那 10 万人去了哪里，如果是迁徙走，那就一定会有后裔知道的历史，而今天的古格故地，只有十几户人家，守着一座气度不凡的遗址，但是这些人也不是古格的后裔；如果是诸如天灾、瘟疫等原因，那也都不足以使得繁荣富强的文明突然间彻底消失，而遗址中的“藏尸洞”更说明不了任何问题。因此，更有理由相信，是后来这里的地理环境发生了巨大的灾难性变化，象泉河边，古格王朝肥沃的草原和疆土变成如今的荒漠，古格王朝的文明也因此被深深掩埋在地下某处，也许某一天，古格考古终究会发现古格王朝消失的真相。

当年古格王朝的十万生灵赖以生存的环境，绝对不是今天我们所见到的古格遗址一带的严重沙化，当年能养活十万生灵的绿洲已所剩无几。而现在对于古格城堡遗址来说，更可怕的破坏来自自然的风化，我们看到的古格城堡中，很多宫殿已经只剩下一段段的土墙，一些土质城堡建筑物已是摇摇欲坠，在风雪和雨水的冲击之下，不知道还能保存多少年。很担心即便是采取了修缮性保护措施，或许一场大风大雨，就会让它们消失殆尽，不知若干年后人们是否还能看到这一珍贵的历史文化遗产。大家如果有兴趣，还是尽早前往吧。

坐在身旁的一位来自北京的老哥，递给我一支香烟，平日不太抽烟的我，悻然接过，叼在嘴唇。我们靠在一起，为了不让风吹灭点烟的火苗，点了很久，终于点燃。深深地吐了一口烟雾，望着高高的城堡顶端，想着它是如何像这手里的香烟一样灰飞烟灭的。一人说："真壮观。"另一人说："太值得来了，感谢札达，感谢古格。"此时，在场的很多人，估计和我俩此时的想法是一样的。我们就坐在那里看着古格城堡遗址，静静地坐了有一个小时，才开始慢慢向山上的城堡遗址走去。

阳光照耀下金碧辉煌的札达古格，仿佛让人感觉到穿越了时光，也穿过了生命，虽然我们无法探究古格王朝消逝的真正原因，但在这里，可以领略千年岁月的流逝，感悟人间百年的沧桑巨变。

从来到札达古格的那一刻，身体上的不适似乎已经被忘记，因为热爱，纵使相隔千山万水，经历千辛万苦，也会排除万难，起早贪黑地赶路；因为向往，纵然头痛、恶心、失眠、气短、咳嗽、口干舌燥，也会坚持克服，忍受痛苦，你会觉得一切付出都值得，这就是阿里高原的魅力。

古格王朝遗址也是阿里南线之行中让我们印象最深刻的地方，它不仅身处土林，还有着谜一样的历史背景。在离开札达古格返回日喀则的路上，内心和脑海里依然浮现着古格王朝的遗韵——被阳光一层层镀成金黄色时，那瞬间震撼心灵的画面，耳边似乎一直萦绕着札达古格远古的呼唤。

最初对西藏的迷恋，仅仅停留在西藏独一无二的风光之中，对于历史和文化的关注还非常的少，而从这次札达古格之行后，在进藏的过程中，开始越来越多地关注到有关西藏的历史和文化内容。一个风景的西藏，更是一个文化的西藏。

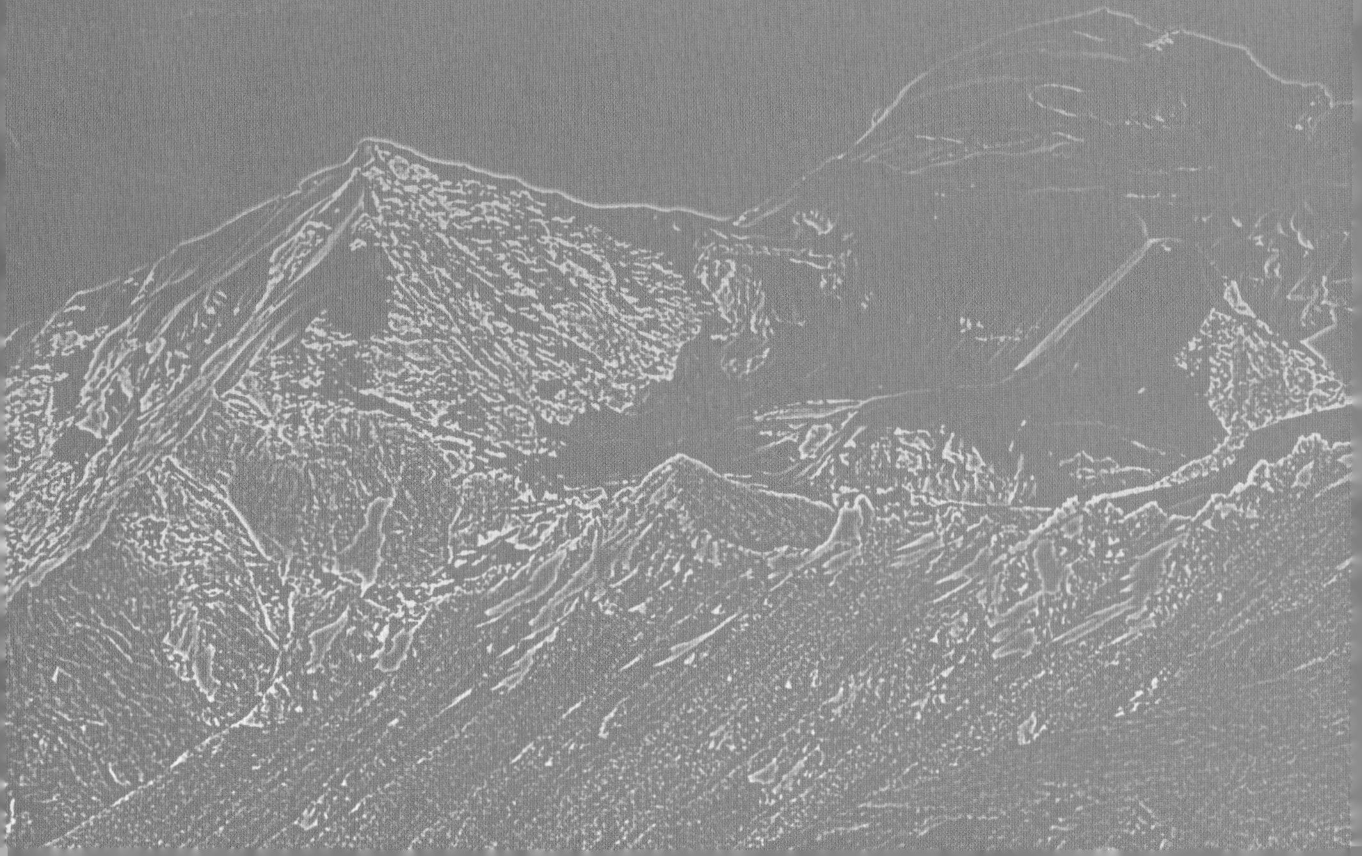

10 日喀则有座美丽的喇嘛庙

告别古格，告别托林镇这个中国西部的边陲小镇，经过象泉河大桥，踏上返回日喀则的长路。

从札达古格到日喀则，除去来时在拉孜向南转定日、珠峰外，基本是按来时的路线，沿“巴扎”省道和219国道折返，札达古格—托林镇—巴尔—门士—塔尔钦—霍尔—帕羊—仲巴—萨嘎—桑桑—拉孜—日喀则，全程1200多公里，平均海拔4500米。

一路上坡都是急转弯道，头昏脑涨，咳嗽也在加剧。司机小冯看出我很不舒服的样子，问我还能不能坚持，如果不想冒险，可以直接去阿里的昆莎机场，直飞拉萨。可一旦选择飞回拉萨，将又一次失去到日喀则扎什伦布寺的机会。第一次进藏时，因为行程紧张，就未能成行，所以，还是决定坐车返回，这样选择就需要坚持两天一夜的路程，但有些路明知艰辛，还是一定要走，否则总会留下遗憾。

不知不觉中，昏昏睡去……盘上海拔5160米的龙嘎拉山口时，忽然醒来，似乎是老天有意叫醒我，再看一眼壮观的札达土林。在山口停车，气势恢宏的土林，在远处雪山和阳光的映照下，再一次展现在眼前。面对沟壑纵横的土林奇观，需要你发挥一点儿想象力，融入那个曾经辉煌过的象雄王朝、古格王国，否则，眼前的一切，也许不过是一堆堆的黄沙土岭而已，你无法感受到它的震撼。

但愿能有再到土林和古格的机会，在高高的山顶，观赏这些令人震撼的场景。

告别土林，一路下坡，很快到了巴尔兵站。路上补了一觉，感觉精神好了很多，只是咳嗽和气管里的啰音没有好转的迹象。

清晨离开土林城堡时，问前台的卓玛借了只唇膏，抹上后感觉嘴唇舒服了很多。记得当时，我唐突地说出借唇膏用一下时，前台卓玛的样子，黑红的面容，冲我吐了一下舌头，瞪着大大的黑白分明的眼睛笑了，用生硬的汉语说：“送你。”简单的两个字，表达出藏族人的纯朴、善良和豪爽，温暖人心。在西藏，有时候说“谢谢”都显得虚假，一句“扎西德勒”足矣。

汽车加油，我们饼干就白开水，补充必要的能量，路餐后喝下最后几粒消炎药，继续赶路。车出巴尔兵站，过门士和塔尔钦，因担心咳嗽继续加重，引发危险，我们没有再停车，决定趁天黑以前翻越马攸木拉山，赶往帕羊。不过在路过神山冈仁波齐和圣湖玛旁雍错时，我们还是放慢了速度。

赶到霍尔，已经是下午4点钟，通过普兰县霍尔公安检查站，车辆不多，很快办完检查手续，来到霍尔乡的加油站排队加油。

霍尔乡是最后可以看见冈仁波齐的地方，于是拖着疲惫不堪的身体，站在路边，望着远处蓝天下那座挺拔屹立在阿里大地上的神奇雪峰，在阳光的照射下，显得格外的耀眼。一只鹰从我们头顶飞过，飞向冈仁波齐，那里应该是它的家园，而我们只能在以后的岁月中，回忆在神山脚下、圣湖身边那些难忘的时刻。

告别冈仁波齐，从霍尔出发，翻过阿里与日喀则的分界线马攸木拉山，通过检查站，便告别了阿里。

返程好像在一路告别——与远古的文明告别，与神山、圣湖告别。告别，也许意味着永远无法再见，心中多少有一些惆怅，可旅途

在 219 国道边眺望冈仁波齐

就如同人生，“放下行囊，这里便是你的家乡；背起行囊，你就是这里的过客”。在旅途中看见的很多地方、遇见的很多人，对于旅者来说，只能保留下美好的回忆和思念。

按照限行每小时 60 公里的速度，到达帕羊已是晚上 7 点多，这时的西藏高原，天还亮着。找到一家藏人开的饭庄，四菜一汤，标准的西藏“能量餐”。人在高原上的饭量会变小，也没有了什么讲究，只要是热乎的、能吃饱就行。头还是明显的不舒服，血压有点偏高，等上菜的工夫，在店里的床上躺了会儿，差点睡着。

原来计划在仲巴县城宿营，但鉴于身体状况，向导认为还是走夜路，尽量赶往萨嘎县，那里的住宿、医疗条件相对好一些，离日喀则也更近，心理上会更有安全感。于是匆匆吃完晚饭，驱车赶往萨嘎。

因为菜有点咸，喝水又少，咳嗽似乎继续加重，可“弹药”已用尽。天色已晚，路上看不见来往的车辆。立刻与萨嘎那个我们来时曾经住过客栈的老板联系，告诉他我们半夜才能到达，让他帮助买消炎药、镇咳药、便携式氧气瓶等物品，对方爽快地答应了。

车过仲巴已近晚上 9 点，天完全黑下来了，检查站里没有一辆车。夜里风很大，天气非常冷，气温低于零度，但照样要下车接受检查，领限速卡，一样也不能少。值班的藏族警察人不错，叮嘱夜里盘山慢行，注意安全。

过了仲巴，一直向上盘旋到海拔 4920 米的突击拉山。夜色中翻越垭口，借着车灯和满天繁星，看见垭口上的经幡随晚风飘舞，远处的高山在云中若隐若现。路上偶尔会窜出几只眼睛特别亮、出来觅食喝水的野藏兔。心中很担心：车如果在这高高的荒山野岭之上抛锚，那就惨了。

深夜 12 点多，终于赶到萨嘎，感觉这是我们来阿里高原最辛苦的一天——15 个小时，在海拔 4600 米的高原上跑了 800 公里。当看见那座熟悉的三层小黄楼上亮着的灯光时，心里突然有一种回到家的温暖感觉。

共济酒店的主人罗布（藏语意为贵重）一直在等着我们，看见我们进门，就赶紧把药品递过来，告诉我们药店关门早，找了好几家才买到——真的是雪中送炭。买药品这种事，一般生人之间是很忌讳的，毕竟是治病救人的特殊物品，但在西藏，救人是件常见的善事，人与人之间似乎并没有那么多顾虑。接过药品，立即打开镇咳露，一口喝了四分之一瓶，想让咳嗽立刻止住。赶紧表达感激和谢意，弄得罗布倒有点不好意思了，一个劲地说“不用客气”，这点事对他们来说是常事，举手之劳。

简单洗漱，一杯接着一杯喝水——在高原喝水喝到尿液发白，可以有效缓解高原反应，吃消炎药，喝葡萄糖，又喝了一大口镇咳露，打开电热毯，手机充电，一阵忙碌后，已经是凌晨 1 点半。躺进温暖的被窝里，吸了几口氧气，伸直了双腿，感觉舒服了很多。这个萨嘎之夜，竟然是上阿里高原以来睡得最快、睡得最沉的一夜。

睁眼已是上午 9 点，街上传来熙熙攘攘的人来车往声。咳嗽已经好多了，只是在呼吸时喉管里还会传出啰音，而且大概因为在高海拔时间较长，在缺氧的高原上脑袋还是有些发蒙，我不免有些担心。

电话询问了拉萨的老藏们，他们说你太不小心了，应该是在托林镇时因连续疲劳抵抗力下降，遇风寒导致的咳嗽，气管发出啰音，说明已经有高原肺水肿的初期表现了，多亏吃了消炎药、吸了氧，加上身体素质还行，没有引起进一步的感染和发烧，如果处理不当，发展迅速，后果不堪设想。其实，回到拉萨后，西藏的朋友告诉我，在托林镇时就应该去县医院，接受一下专业处理，高原反应严重时，只要吸氧，并停在海拔相对低的地区，就会立刻缓解。

听了他们的话，庆幸自己处理基本得当的同时，也知道冒了一次险。也许这一切得益于自信，人充满自信和坚强时，身体里的能量会被激发出来，抵御疾病的袭击；也许得益于平日里锻炼身体，抵抗力还可以；也许得益于平常喜欢给自己看点小病的经验，敢于给自己下“猛药”，防止了向更严重的情况发展。小冯说，也许得益于上高原的诚心，菩萨保佑一路平安。但我知道，这一路上的顺利，更多的得益于很多人的支持、鼓励和帮助。

不敢再耽搁时间，立刻起床，喝水吃药，收拾行囊，告别店老板。离开酒店，来到街上，没想到竟发现一家卖油条、豆浆的小店，这在高原真是个意外。包子、油条、鸡蛋、豆浆双份，饱餐一顿。司机给车加满油，我们离开这座被称为“可爱的地方”的高原县城，启程赶往 600 公里之外的日喀则市。

一路爬升，翻越海拔 5089 米的愧拉山，经桑桑，再次翻过海拔 4778 米的查吾拉山顶，一路下降，到达海拔 4012 米的拉孜。进入拉孜后，公路两边的山坡上，牛羊又开始多了起来，自然环境明显好转。

在拉孜县城吃了一碗用牦牛肉做成的味道极香的藏面条后，继续赶路。下午 7 点，终于抵达美丽的日喀则市，到了海拔 3850 米的高度，一颗悬着的心落了地，呼吸似乎也变得顺畅了许多，第一次体会到“劫后余生”的感觉。

日喀则的黄昏，街道上的煨桑炉飘出西藏独有的香味，特别沁人心脾。入住“芒果客栈”——一个在高原听起来特别暖心的名字，很巧我最喜欢吃的水果就是芒果，当然，要在西藏吃到芒果，价格不菲。

放下行囊，推开窗，对面尼色日山上，那座美丽的扎什伦布寺，正好映入眼帘。

离客栈不远处是一家养牛场。在已有 600 多年历史的西藏第二大城市的市区可以养牛，这也正常，毕竟这里曾经是藏族牧民世代生活放牧的家园。我们不过是过客。

车马劳顿，无心仔细欣赏这座城市的美丽，倒是在镜子里看见了自己的模样——脸色黑红，头发都粘在一起，已经打绺。存照留念，直奔卫生间，八天七夜第一次纵情地洗浴。当温暖的雅鲁藏布江水从头浇到脚时，那一刻突然感觉到，我们这些人，其实早已离不开城市优越的生活条件，艰苦对我们来说简直是一种难得的体验和奢望。

回到日喀则市不久，咳嗽便变成偶尔的几声，喉管里的啰音也几乎听不到了，血压恢复正常，连干裂的嘴唇也开始变得湿润起来。此时，又想起了托林镇土林城堡前台服务员卓玛，想起冈仁波齐神山的巍峨，想起玛旁雍错圣湖的蔚蓝，想起土林的壮观，想起古格的沧桑与辉煌。那里的一切，从离开时，就在脑海里时常浮现出来——才离开，便已开始怀念。

在缺氧、干燥的阿里高原，一路上很难吃上一顿可口的饭菜，连喝口热水都难，因此，人会很快消瘦。太阳已经落山，芒果餐厅里人不多，日喀则味道独特的酥油茶、西藏酸奶、炖牦牛肉、青稞饼、久玛、索康必喜、土豆包子等美食五花八门，令人眼花缭乱。

土豆包子，就是把土豆蒸熟，剥皮，然后裹上青稞粉，在酥油里炸一下，松软可口——在高原缺氧的环境里，多吃点含糖的淀粉类食品，绝对有好处。需要特别说明一下的是久玛和索康必喜。久玛，即我们吃的“血肠”，就是将刚宰的牛、羊的血里加入糌粑和盐、野葱等佐料，搅拌均匀后灌入洗干净的牛、羊肠子里，放进锅里用水煮熟即可食用，味道很鲜香。索康必喜，过去是历代达赖、班禅以及贵族们喜用的饮食，就是放少量酥油在面粉中，将碎肉包在面里，然后用酥油炸熟即可食用——金黄灿灿，看着就又香又好吃。

面对美食，人总是无法拒绝诱惑，舌尖上的西藏撩拨起我们的味觉，于是晚餐比较奢侈地慰劳了自己一顿。饭后夜游日喀则市，市内公路四通八达，有上海路、珠峰路、四川路、拉萨路等多条街道。当我们沿着上海路行进时，到处灯火辉煌，令人出乎意料：这座有着 600 多年历史的高原古城，竟散发着迷人的气息。一时间，仿佛迷失在上海南京路的某一条街道上，只有藏式的建筑、服装、音乐和面容，真切地告诉我们这是后藏地区。

日喀则市是后藏重镇，也是后藏地区的政教、经济和文化中心，历代班禅的驻锡地（驻锡地指僧人、主尊等修行之人的居住之地），具有600多年历史的佛教文化名城。日喀则，藏语称为“溪卡孜”，意为“土地肥美的庄园”。在卡若拉冰川发源的年楚河汇入雅鲁藏布江之前，从这一地区的江孜谷地到雅鲁藏布江贯穿日喀则，这里水富、草丰、地沃，日照时间比拉萨还长，每年可达3233小时。日喀则其实是个小城市、大农村，素有西藏“粮仓”之称，目前日喀则市是西藏的第二大城市。

相传8世纪时，藏王赤松德赞请古印度的莲花生大士进藏，主持设计、修建桑耶寺，路经日喀则，曾在此修行讲经，传播佛法。这位高僧进入西藏弘法时，曾预言雪域的中心将在拉萨，其次在年麦，就是今天的日喀则，此后，虔诚的佛教徒便在尼色日山下设宗，从而逐步发展成后藏的中心。15世纪中叶，宗喀巴弟子根敦珠巴在尼玛山下主持兴建了扎什伦布寺。日喀则市的城市道路、居民住宅、公共设施和服务机构，也基本是围绕扎什伦布寺修建的。

如今，日喀则与拉萨之间已经开通电气化火车，加上国道318、省道207，使得两地的交通变得极为便利，很多从拉萨到日喀则旅行的人早上坐火车过来，参观完扎什伦布寺，晚上就可以返回拉萨。

10月，日喀则的夜晚没有了阿里高原那样的寒冷，入睡变得容易了很多。直到被窗外的牛叫声吵醒，已经天光大亮。透过窗户，看见高原的阳光，已经洒满了整个尼色日山，映入眼帘的是扎什伦布寺高大而美丽的轮廓，金顶红墙格外醒目，重楼叠宇，高低错落，灿烂辉煌，与尼色日山南坡融为一体，既神秘又璀璨无比。

在日喀则，早餐自然少不了一大碗酥油奶茶，入乡随俗，似乎已经离不开这一口了。坐在窗前，享受着高原阳光的温暖，静静地嗅着酥油奶茶浓郁的香味，一块青稞饼、一碟小菜，什么都不用想，感觉就两个字：舒心。

扎什伦布寺依山而建，虽然比不了布达拉宫的雄伟，但同样巍峨壮观，而且，似乎比布达拉宫还多了几分妖娆，多了几分平民化的色彩。

不是信徒，不讲佛事，只对这座美丽的寺院以及相关的情况，做一些简单的描述。

扎什伦布寺，藏语意为“吉祥须弥福寿寺”，坐落于日喀则的尼色日山下，也有称尼玛（藏语太阳的意思）山的，面积达15万平方米，是后藏地区最大的寺院。它与拉萨的“三大寺”——噶丹寺、色拉寺、哲蚌寺，以及青海的塔尔寺和甘南的拉卜楞寺，合称藏传佛教格鲁派的“六大寺”。作为格鲁派六大道场之一的扎什伦布寺，在后藏地区形成了独特的宗教文化环境。

扎什伦布寺于1447年9月由宗喀巴的第八弟子、一世达赖根敦珠巴在帕竹政权的资助下修建，他也是第一个把黄教传到后藏去的僧人。1600年，四世班禅罗桑却吉受扎什伦布寺之邀，担任该寺第十六任法台，自此，扎什伦布寺成为历代班禅额尔德尼的驻锡地。后经历代班禅不断扩建，扎什伦布寺逐步成为铜佛高耸、金碧辉煌、雕刻精美、壁画生辉的宏伟建筑群，整个寺院周长3000余米，寺内有经堂57间、房屋3600间，可与布达拉宫媲美。

扎什伦布寺讲经场

走进扎什伦布寺，就像一幅画卷展现在眼前，金顶碧瓦，巍峨庄严，红色的宫墙沿山势蜿蜒，似一条长龙，整个寺院依尼色日山南坡而建，坐北向南偏东，殿宇依次递接，用法轮、金羊装饰的金顶错落有致，金光映日。依照黄教经学院传统的建筑布局，中心为高大的殿堂，整个建筑分班禅拉章（寝宫）、堪布会议厅（后藏行政机构）、四大扎仓（经学院）和灵塔殿、晒佛台等。

沿着坡道向上，寺院里有很多穿着整齐、服饰鲜艳的藏民在转经拜佛，很多人都在喂食寺院里的山羊——藏民心中对于山羊有着特殊的感情。

按照寺院里的路线指示，首先来到讲经场。这里的地面用喜马拉雅山麓的片石铺成，有500平方米，是历代班禅给僧俗讲经说法及僧侣立宗论辩的场所。围墙上有千佛像，佛像形状千姿百态。走进大殿，就可以感觉到一种静坐修行悟道的浓厚气氛。

穿过广场来到措钦大殿（大雄宝殿）。措钦大殿位于扎什伦布寺中心，是全寺最古老的建筑之一，始建于1447年，至1459年落成，可容僧众3000多人，是扎什伦布寺法事活动的重要场所。大殿中央供奉有班禅大师的宝座，精雕细刻、庄严华美的宝座用黄缎覆盖。

经堂中悬挂着近百幅唐卡，引起我们极大的兴趣。其中，清代唐卡《无量寿佛净土图》描绘了重重叠叠的琼楼琳宫，空中天女散花舞姿翩翩，无量寿佛端坐中央莲台上说法，座下天乐齐奏，祥云呈瑞，无法言说的美丽；而所绘历世班禅和历代达赖生平事迹的唐卡，画面清色巧润，构图明快，妙笔飘逸。

唐卡也叫唐嘎，系藏文音译，是藏族宗教文化中一种独具特色的绘画艺术形式，具有鲜明的民族特点、浓郁的宗教色彩和独特的艺术风格，题材内容多涉及藏族的历史、政治、文化和社会生活等诸多领域，用明亮的色彩描绘出神圣的佛的世界，用五色彩缎装裱后悬挂供奉。

青藏高原东南部，现在的青海黄南藏族自治州同仁县是藏地“热贡艺术”的发祥地、著名的藏族画家之乡，也是青海唯一的一座国家历史文化名城。热贡艺术产生于13世纪的黄南藏族地区的隆务寺，主要指唐卡、壁画、堆绣、雕塑等绘画造型艺术。热贡艺术主要以藏传佛教中的故事、藏族历史人物和神话、传说等为主要内容。

有幸认识一位故乡在同仁的唐卡画师索南，他向我比较详细地介绍了唐卡及其制作。绘制唐卡所用颜料极其讲究，为表示其神圣，传统上全部采用金、银、珍珠、玛瑙、珊瑚、松石、孔雀石、朱砂等珍贵的矿物宝石和藏红花、大黄、蓝靛等植物为绘画颜料，这些天然原料保证了所绘制的唐卡色泽鲜艳，璀璨夺目，虽经几百年的岁月，仍是色泽艳丽明亮，因此被誉为中华民族绘画艺术的珍品，也被称为藏族的“百科全书”，是中华民族民间艺术中弥足珍贵的文化遗产，已经列入第一批国家级非物质文化遗产名录。

传统唐卡的手工绘制学习过程极其艰苦，

● 措钦大殿

● 唐卡

其工艺也极为复杂，绘前仪式、制作画布、构图起稿、着色染色、勾线定型、铺金描银、开眼、装裱、开光等一整套程序，都必须按照经书中的仪轨及上师的要求严格进行，手工绘制一幅唐卡用时较长，短则数月、半年完成，长则需要一年或者数年才能完成。

除了唐卡，大经堂四周墙上还有许多古老壁画，绘着宗喀巴师徒三尊的画像，以及四大天王、各种飞天护法和释迦牟尼参禅图，尤其是释迦牟尼参禅图，每 20 个一组，或三三或两两相应，座间是山水、松枝、猛虎、白象、法螺以及佛家吉祥物。这些壁画内容丰富，形象生动，画工精细，色泽鲜艳，实为不可多得的艺术珍品。

措钦大殿内还建有释迦牟尼佛殿、弥勒佛殿和度母殿。释迦牟尼佛殿里供奉着扎什伦布寺的创建人根敦珠巴塑造的释迦牟尼像，两旁分别是释迦牟尼的八大弟子像。大殿左侧是 1461 年在阿里古格王觉扎本德资助下兴建的弥勒佛殿，佛堂中央供有一尊高 11 米的弥勒佛立像，立像两旁是一世达赖根敦珠巴亲自塑造的观音菩萨和文殊菩萨像，也是扎什伦布寺最古老的塑像。因为刚从古格回来，这座佛像引起了我们特别的关注。

措钦大殿右侧是度母殿，佛殿中央供有一尊 2 米高的白度母塑像。在藏传佛教中，度母是救苦救难的观世音菩萨的化身，以颜色区分有二十一像，二十一尊度母的颜色各不相同，最受人们尊敬的是白度母和绿度母。扎什伦布寺的这尊白度母，头戴花冠，高挽发髻，双腿盘坐在盛开的莲花之上，双手和双足各生一眼，脸上有三只眼，因而又称“七眼女”。传说，她性格温柔善良，非常聪明，没有瞒得过她的秘密，人们有难总会求助于她，故老百姓也称她为“救度母”。

走出措钦大殿，来到扎什伦布寺最著名的强巴佛殿——强巴佛在西藏指未来佛。这尊强巴佛是世界上最大的铜佛像，由九世班禅曲吉尼玛于 1914 年修建，耗时两年建成。殿内香炉紫烟升腾，供台灯火闪烁，强巴佛像呈坐姿，高 26.2 米。为了便于人们瞻仰，大殿上面还依次建有 4 层环绕佛殿的配殿，大殿底层是莲花座殿，二层叫腰部殿，三层叫胸部殿，四层叫脸部殿，五层叫冠部殿。你可以逐一仔细端详强巴佛的每一部分，佛像神态安详，雍容优雅，举在胸前的佛手，似乎能轻轻弹去人们郁结心间的千古忧伤和万种愁绪。

扎什伦布寺内原有的 8 座班禅灵塔已损毁，1985—1989 年，国家拨专款，由十世班禅大师额尔德尼·确吉坚赞亲自主持重新修建了一座合葬灵塔祀殿，取名“扎什南捷”，乃吉祥天国之意。

1989 年 1 月，十世班禅大师额尔德尼·确吉坚赞从北京经塔尔寺赶到日喀则，主持“扎什南捷”盛大的开光大典，由于操劳过度，心脏病突发，于 1 月 28 日在驻锡地行宫德钦格桑颇章圆寂。

十世班禅大师额尔德尼·确吉坚赞在藏区有着极高的威望，他在人们心中是至尊至圣的神，又是可亲可近的人。为了颂扬十世班禅大师热爱国家、热爱佛教、热爱民族的业绩，扎什伦布寺内为圆寂的十世班禅大师修建了一座供奉法体舍利的金质灵塔。此灵塔高 11.55 米，被命名为“释颂南捷”，意为天堂、人间、地下三界圣者的灵塔祀殿。整个建筑以西藏古代宗教建筑风格为主，采用现代工艺和古代建筑风格相结合的方式，是 20 世纪 50 年代以来国家投资最多、建筑规模最大的一座寺院灵塔，塔身覆盖具有民族、宗教特色的金顶，加上一排经钟，金光闪闪，庄严肃穆。

矗立在扎什伦布寺北面山腰上的乳白色展佛台，高 32 米，底宽 42 米，上宽 38 米，是日喀则城里最高的建筑物。扎什伦布寺的展佛台在西藏黄教各大寺院绝无仅有，为扎什伦布寺的一大特色。

西藏宗教节日很多，藏历五月的展佛节和八月的西莫钦波节，都是后藏地区极具代表性的宗教节日。

每年藏历五月十四到十六，是一年一度的展佛节，每年五月十四展示过去佛无量光佛的巨像，十五日展示现在佛释迦牟尼的巨像，十六日展示未来佛弥勒强巴的巨像。

用彩缎堆绣成的佛像，幅面巨大，高挂在展佛台上，显得特别威武壮观，似乎可以让整个日喀则市区和年楚河平原都能瞻仰佛的容光。展佛节期间，后藏各地的农牧民都会云集日喀则城，还有很多的信徒、香客、游人，从拉萨、那曲、山南以及青海、甘肃、四川、云南等地专程赶来，信徒们认为在展佛节上仰望、朝拜佛像，可以积累无量的功德。

西莫钦波，意为宗教艺术大表演，通常在

矗立在尼色日山腰的展佛台

藏历八月上旬举行，和拉萨的沐浴节时间相同，节日的主要内容是跳金刚神舞，跳神舞者是班禅大师直属的孜贡康僧院的喇嘛。跳金刚神舞的目的是驱逐敌魔、排除孽障，使众生来世永享神佛之护佑。神舞结束后，要抢油炸面果，跳神舞场一侧，酥油炸成的面果堆成墙，所有的人向面果墙冲去，按传统说法，谁抢的食品越多谁的福气就越大。

最后来到的“甲纳拉康”意为汉佛堂，这是一个证明后藏班禅与清朝中央政府之间臣属关系的佛堂，有着特别重要的意义。

佛堂内陈列着历代皇帝赐给历世班禅的礼品，汉佛堂楼上有清朝乾隆皇帝的巨幅画像，这是故宫博物院的原物，画像前侧有道光皇帝的万岁万万岁牌位。汉佛堂内的偏殿是清朝驻藏大臣同班禅会晤时的客厅，在陈列厅还珍藏着清朝皇室封赐给历世班禅的金册金印、玉册玉印等无价之宝，以及皇帝赐给的各种礼品和国民政府赠给历世班禅的厚礼，这些历史文物说明，后藏与前藏一样，在历史上都统属中央政府管辖。

边走边看，时间过得很快，我们意犹未尽，于是返回去，再次进入措钦大殿和强巴佛殿参观，殿内门框上镂空雕刻有藏族风格的龙、凤、飞天和“堆经”，雕饰华美，造型端庄。绘满四壁的精美壁画，色彩鲜艳夺目、用笔细腻，吸引我驻足观看了许久，如此精美的艺术杰作，让人赞叹不绝。

站在扎什伦布寺俯瞰，殿塔上的铜铃在风中悠然作响、悦耳动听，午后阳光普照，白云从尼色日山顶飘过，日喀则这座高原古城，是那么的安宁与祥和，远望年楚河谷，一派生机。

告别美丽的扎什伦布寺，走出很远，依然可以看见它神圣而庄严的殿宇耸立在尼色日山上，夺目的金顶在阳光下金碧辉煌、闪闪发光。

● 扎什伦布寺神圣而庄严的殿宇气势恢宏

11 为什么说「无阿里不西藏」

离开日喀则，沿着建在奔流不息的雅鲁藏布江峡谷之中的318国道返回拉萨，全程300多公里，第一次阿里之行即将结束。

午后抵达大竹卡村，竟然看见一家山西面馆，于是停下来，选择在这里吃饭、休息。一进门，服务员浓浓的乡音让人倍感亲切。

边吃边聊，向导又一次问我，为什么这么快就又一次来到西藏，为什么还要到平均海拔4500多米的阿里高原。其实，一路上很多朋友都问过类似的问题，即使后来回到家，还是有朋友问，为什么要去阿里，问的人多了，最后就只是回答一句：“无阿里不西藏。”

人到西藏，第一次揭开西藏面纱的一角时，仿佛一下子在眼前拉上了一块天幕，蓝天、白云、雪山、碧水，如梦如幻，注定这里将被铭记于心。

与西藏的第一次对视，在画中穿行，从拉萨雄伟的布达拉宫到温暖的玛吉阿米，从圣地大昭寺到遍地虔诚的八廓街，从险峻的米拉山口到雅鲁藏布江大峡谷和南迦巴瓦峰，从美丽的羊卓雍错到天湖纳木错，我写下《最忆是西藏》一文。文中写道，要到珠峰探营，玛旁雍错看湖，冈仁波齐转山，札达古格倾听远古的呼唤，这一切都是因为，在拉萨，听到老藏迷

阿里高原上随风飞舞的经幡

们说的那句让人记忆犹新的话：“无阿里不西藏。没有到过阿里，你怎么和别人聊西藏？”正是对这句话的执念，如今，日喀则、江孜、拉孜、定日、珠峰、萨嘎、中巴、帕羊、马攸木拉、霍尔、塔尔钦、冈仁波齐、玛旁雍错、纳木那尼、拉昂错、普兰、门士、巴尔、札达、托林、古格……对于我而言，它们亦已不再是一个个地理名词，而成为头脑中最深刻的记忆。

在我的脑海里，从中国地图上的位置来看，西藏以西才是“西藏”的地理位置概念，已经根深蒂固，我甚至一直固执地认为，位于藏西的阿里才是地理意义上真正可以称为“西藏”的地方。

我们到阿里高原，绝对不是像有些人所说的挑战自我、征服自然，也不为寻找精神寄托，只是为圆梦，只为有这样一段精彩的人生经历。西藏，从第一次离开的那天起，就一直盼望着能尽快再来，搞清楚人们为什么要说“无阿里不西藏”。

在如此短的时间内再次来到西藏，走上高高的阿里高原，看似偶然，但我更觉得是上天故意给我一个深入西藏腹地的机会，给我一次历经艰辛、在缺氧的状态下安静思考很多人生问题的机会，让我有更多时间了解和认识西藏历史文化的机会，一些困惑很久的问题，在这半个月里，都一个一个在心里找到了最简单的答案。

人在选择旅程，其实，旅程也在选择人，因为路途遥远，因为高反，因为恐惧，阿里高原不是每一个人都能到的地方，也不是每一个人都喜欢的地方，可是我到过以后，一下就喜欢上了这里，并且有一点儿痴迷，也许这就是一种缘分、一种动力。

记得第一次进藏时，遇见的几乎都是好天、好景、好人、好友，也没有遭受严重的高原反应所带来的危险和痛苦，以为这是来自上天的眷顾和厚爱，这一切，也给了我们上珠峰大本营和阿里高原的勇气。第二次到西藏，飞机降落在贡嘎机场，已经是夜里10点多，从朋友手里接过洁白的哈达时，便感受到了西藏的淳朴与热情，回拉萨城的路上，熟悉的山水、满天的繁星，让我想起第一次的西藏之旅，心里真的有一种回家的感觉。

打开车窗，深深地呼吸着高原上清新的空气，也试图感受一下稀薄的空气会不会给我们带来高原反应，但没有什么异常，更没有预想中的各种不适症状，据说来过高原的人，在身体里就会保留这一高度的记忆。不过还是庆幸得过早了，即使你适应了海拔3600米、4000米，当上升到海拔4500米、5000米之上时，考验一个个接踵而来，与第一次西藏之行相比，10月的日喀则、珠峰特别是阿里之行，让我感到身心俱疲，途中甚至多次产生终止的念头。

往返于拉萨、日喀则、珠峰、萨嘎、冈仁波齐、札达古格的三千里路云和月，越向西行，越往高走，浮躁的心就变得越沉静，到后来甚至不愿再多说一句话。

在海拔5200米的珠峰大本营，与珠穆朗玛面对面，不仅目睹了世界之巅的雄伟，更感受到人的渺小；在札达古格，面对高高的古格遗址，看到的不仅仅是日照古格的辉煌，更感受到人世间的沧桑巨变。而我们每一个人的人生莫不是如此，那一刻，坐在大地之上，看着眼前的一切，竟是此行心情最平静的时刻，顿悟藏人“感谢苦难”的箴言。

如果说西藏是“世界的屋脊”，那么珠峰和阿里则是“屋脊上的屋脊，高原上的高原”，这里离天最近，这里云层低到似乎伸手就能触摸到，这里大地辽阔、雪山延绵、湖泊空灵。走进珠峰，走进阿里，面对千里茫茫的雪山，面对古格王朝遗址的历史沧桑，人变得越来越渺小，心却变得越来越宽厚。

一路行走在阿里高原，看见干涸与荒漠之沧桑，看见古老而神奇的文明，感受神圣与巍峨之庄严，心中只有虔诚与敬畏。携一缕白云，采一束阳光，在蓝天白云下，飘在高原上的感觉是那么美好，虽然远离故乡，灵魂却好像找到了回家的路，如果把西藏之行当成一场心灵洗涤之旅，那么阿里之行则是一条可以让灵魂升华之路。

在阿里腹地，有神山冈波仁齐、圣湖玛旁雍错和美丽的纳木那尼雪峰古老的传说，有札达土林震撼人心的壮观景象，有古格王朝的千年古寺和城堡，有虔诚的托林信仰，当你面对这一切的时候，所有生理上的不适和痛苦都会瞬间释然。

一直觉得，难以忍受的高反，是西藏高原有意对试图接近它的人的一种考验，也是一种眷顾，只有经历痛苦和磨砺，才可以让你看见震撼心灵的无限风光和灿烂的历史文化。每当想到，在西藏，在阿里，这里地广人稀、天高云淡、苍茫辽阔，每一高度都需要付出代价，

羌塘草原上随风飞舞的经幡

就会想起藏族人的一句哲言：“苦才是生活。”感谢苦难，就像人生旅途，有些路明知道艰辛，可是你必须走。

西藏的美，越往西越纯粹。“无阿里不西藏”，到过阿里之后，才深切地体会到这不是一句广告词。在拉萨第一次听老藏们说“没有来过阿里，你怎么和别人聊西藏”，到过之后才真正明白，如果你来西藏而没有到阿里，你真的无法和别人聊西藏。

阿里地区平均海拔 4500 米以上，是西藏平均海拔最高的区域，这里一直被视为“世界屋脊之屋脊”和“生命之禁区”，山高路远，氧气稀薄，寒冷干燥，昼夜温差变化极大，有“晚穿棉袄午披纱”之说。恶劣的自然环境，加上路途遥远，即使从阿里地区行政公署狮泉河镇到拉萨直线距离也长达 1100 公里，不仅使得阿里人烟稀少，也阻止了大多人想接近它的脚步，甚至很多人都不知道阿里究竟在哪里，以至于在阿里有这样一句很有深度的谚语：“这里的土地如此荒芜，通往它的门径如此之高，以至于只有最亲密的朋友和最深刻的敌人，才会来探望我们。”

阿里地区是西藏目前唯一的地区级行政单位，它位于中国西南边陲、西藏自治区西部、青藏高原北部（羌塘高原），东隔大横山、果干加年山、马尔岗木山等山，邻那曲市；东南抵冈底斯山脉中段，依日喀则市；北倚昆仑山脉南麓，接新疆和田地区、巴音郭楞蒙古自治州；西南和西部靠喜马拉雅山脉西段。

亿万年以来地球的板块运动，使得阿里地区不断隆升，阿里从沧海变成陆地，并成为世界屋脊的屋脊，冈底斯山脉、喜马拉雅山脉、昆仑山脉、喀喇昆仑山脉在这里汇聚，最高点为普兰县内的纳木那尼峰，海拔 7694 米；最低点在札达县的象泉河谷，海拔 2800 米。众多的雪山，孕育了这里发达的水系，发源于冈底斯山的四条大河——狮泉河、象泉河、马泉河和孔雀河，除孔雀河外，其余分别向西北、西南和东南方向流出国境。因此，阿里也被称为“千山之巅”“万川之源”。

地壳的抬升，河水的冲刷、切割，地面的沉降，加上高原山地的干燥气候，在此地逐渐形成了以高山、沟谷、湖泊、土林、冰蚀、冲积扇等类型的地形地貌。

阿里东西跨度 740 多公里，南北跨度 688 公里，面积 33.72 万平方公里，仅次于那曲市，是西藏面积第二大的地级单位，行政公署驻噶尔县狮泉河镇，辖噶尔、普兰、措勤、革吉、改则、札达、日土 7 县，常住人口 10 余万，是世界上人口密度最小的区域之一，在羌塘这一类的地区，恶劣的自然环境，使其变成荒无人烟的“北方的空地”（羌塘藏语意）。

在穿越阿里这样一个人迹罕至的地方时，你不仅能够看见冈仁波齐神山、西藏三大圣湖之首的玛旁雍错，以及扎日南木错、班公湖、拉昂错、札达土林和羌塘自然保护区等极致的风光，还可以从古格王国遗址、皮央和东嘎遗址、苯教寺院故如甲木寺、科迦寺、托林寺的历史遗迹中，看到阿里孕育出西藏神秘而灿烂的古老文明。此外，还可以看见野牛、藏野驴、黄羊、长角羊、藏野兔和藏野牦牛，以及水鹰、白水鸭、天鹅、水鸽、斑头雁、棕头鸥、黑颈鹤等各种飞禽，与自然和谐共处。

“阿里”，藏语意为“属地”“领土”，

● 俯瞰壮观的札达朗玛土林

但 8 世纪初以前，这里一直被称为“象雄”。

在藏地吐蕃王朝建立之前，3—4 世纪象雄王国已是一个强大的部落联盟，其势力范围几乎涵盖当今西藏高原大部。其以自然条件最优越的象泉河谷为中心游牧、狩猎，在其最辉煌的时期，象雄国的国土西抵克什米尔，南至拉达克，中为西藏高原大部地区，北至青海高原，东至四川盆地。在藏史料《玛法木措湖历史》中记载，象雄分十八部，有十八君主，而在汉族史籍中，当时的象雄古国被称为“羊同”，在《册府元龟》中有这样的记载，“大小羊同，东接吐蕃，北直于阗，东西千余里”，这里所描述的与现今阿里地区的区域大致相同。

根据《西藏王统记》《朵堆》等典籍记载，古象雄王子辛饶弥沃创建的雍仲苯教，被称为藏地最古老的象雄古佛法。辛饶弥沃祖师还创造了独特的象雄文字，用于苯教经书典籍的书写。同时，辛饶弥沃还传授了“五明学科”，即工巧明（工艺学）、声明（语言学）、医方明、因明（逻辑学）和内明（佛学），可以说古象雄文明就是依雍仲苯教的传播而发展起来的。1 世纪，雍仲苯教沿雅鲁藏布江开始传播到几乎整个藏地，普兰科迦寺保存的雍仲苯教《甘珠尔》大藏经，可以说是藏地历史、宗教和文化的源头之一。

另据《敦煌本吐蕃历史文书》中的史料记载，在 7 世纪吐蕃赞普松赞干布引入印度佛教之前，吐蕃各代赞普“均以苯教护持国政”。

事实上，直到吐蕃赞普赤松德赞时期，吐蕃国到达鼎盛，笃信佛教的赤松德赞才在政治上树立了佛教的主体地位，清除反佛势力，迎请克什米尔密宗大师莲花生入藏，修建桑耶寺，令僧人剃度，举办苯教与佛教仪轨融为一体的宗教法会。从此，苯教势力才正式退出西藏政教舞台的中心地位，但其对藏地的影响到今天依然存在。

《漫话古西藏》一书中说，“象雄”一词，在象雄语中意为“鹏地”，即大鹏鸟之地。古象雄人正是以大鹏鸟为自己部落的图腾，就连都城也因此得名“大鹏银城”，藏语音为“穹隆威卡尔”。“穹隆”意为大鹏，“威卡尔”意为银色的城堡，所以亦有汉译为“穹隆银城”。遗址大致位于现在的噶尔县卡尔东。

象雄文字被称为“玛尔亦”，“玛尔”是藏语“拉”在象雄语中的发音，是神的意思，玛尔文即神文或天降文，藏语称“玛尔亦”。目前，越来越多的国内外藏学家认为藏文的前身应该借鉴了古象雄文字。

7 世纪，雅砻部落在青藏高原日益强大，第三十二代赞普松赞干布兼并统一各部落，建立强盛的吐蕃王朝，象雄国开始逐渐削弱。到 8 世纪，最后一代象雄国王李迷夏被松赞干布战胜，象雄古国被彻底征服，但象雄国贵族的领地、世袭头衔并没有立即取消。9 世纪以后，吐蕃王朝统治象雄地区后，开始传播佛教，使用藏文，“苯教护持国政”的地位被藏传佛教逐渐取代，象雄文字也随着象雄古国的消失而消失在历史的长河中。

象雄文明对于西藏历史的发展起着重要的作用，被越来越多的人称为西藏文化的根基。在当今西藏，从生产到生活、从民俗到信仰的很多方面，都可以看见古象雄国苯教文化的痕迹，比如，在西藏我们看见随风飘扬的“风马”，藏语为“隆达”，最初就是源于阿里高原象雄古国。为报答山神和上天等神灵的护佑，每到祭日，人们便虔诚地举行煨桑仪式，献上“隆达”，这已经成为藏地不可缺少的习俗和仪轨。而悬挂五彩经幡、撒风马的传统，以及转神山，拜神湖，供奉朵玛盘、酥油花，转经筒，都带有雍仲苯教的遗俗。很多去西藏旅行的人，喜欢收藏一块刻有经文的玛尼石做纪念，要知道如今遍布藏地的玛尼石、放置玛尼堆的雏形，同样来自发祥于冈底斯山的象雄古国，雍仲苯教信众有着在石头上刻写经文、图案以求福报的传统。

9 世纪中叶，吐蕃王室分崩离析，在宗教、权力争斗中失败的王子吉德尼玛衮逃往象雄故地，建立割据政权，并改称象雄为阿里，意为“领地”，阿里之名才正式出现。此后，吉德尼玛衮分封诸子，古格封给第三子德祖衮，并逐渐建立起强盛的古格王朝，雄踞阿里 700 年之久。从阿里札达县的全国重点文物保护单位皮央和东嘎遗址和古格王朝遗址，以及现存的石窟遗迹、石窟壁画、佛寺与建筑遗迹、佛塔遗迹、居住遗址、岩画中，足以看出其昔日的文明与恢宏。

2018 年 2 月 27 日至 7 月 22 日，由首都博物馆、西藏博物馆承办的《天路文华——西藏历史文化展》中，有几件在阿里门士地区出土的国宝级文物——古象雄王国的黄金面具和青铜剑、迄今为止青藏高原地区发现年代最早的丝织品“王侯”汉字织锦，以及目前中国考

● 屹立在圣湖旁的佛塔

古发现最早的出现于3世纪的茶叶、《甘珠尔》大藏经等，曾引起轰动。

2005年一个意外的出现，竟然成就了阿里考古研究的一个惊天发现。一辆载重卡车从阿里地区噶尔县门士乡苯教寺院故如甲木寺门前经过，司机突然感到后轮剧烈颠了一下，好像压塌了什么东西，下车后发现车轮碾过的地方出现了一个洞，原来载重卡车压塌的是一处深埋于干涸的河流淤沙之下的墓葬。

据当年的考古资料显示，闻讯赶来的故如甲木寺僧人，第一次打开墓葬时发现了素面褐色丝绸残片、马蹄形木梳、长方形木案、草编器、钻木取火棒、青铜釜、青铜钵等随葬物品，尤其是一块带有“王侯”铭文和鸟兽图案的丝绸——这是青藏高原迄今为止发现的最早的丝绸。考古学者认为，这块长44厘米、宽25厘米，藏青底上织黄褐色纹饰的“王侯”铭文鸟兽纹锦丝绸残片，为典型汉地织锦，由此可推断出，故如甲木墓地出土的这块丝绸年代应为3—5世纪，相当于中原汉晋时期。

这一重大发现引起了考古学者的高度关注。2012年起，中国社会科学院考古研究所与西藏自治区文物保护研究所联合对西藏阿里地区噶尔县门士乡卡尔东城址、传说中的“穹隆银城”，以及故如甲木寺门前的墓地进行了长达3年的测绘和发掘，发掘出青铜器、黄金面具、中原式铁剑及大量殉葬动物骨骼等，与故如甲木寺僧人清理出的器物风格一致。考古队围绕该墓葬对周边地区进行了详细的探查和发掘，相继发现了 8 座象雄时期墓葬和 3 座吐蕃时期墓葬，这些墓葬均为竖穴石室形制，深达 4—6 米，规模较大，是阿里地区埋葬最深、分布最为集中的墓群，在整个西藏地区也极为罕见。墓葬的年代在距今 1800 年左右，考古发掘表明，象泉河流域应该就是象雄国当时的政治、经济和文化中心地带。

特别是清理墓葬的考古人员在一些青铜容器中发现了类似红茶的东西。根据语言学家的推测，茶的发音在藏缅语系中应出自云南。云南的确是我国最早的茶叶故乡，据文献记载，可以推到汉代。如果这真的是茶叶，那么它有可能将茶马古道的历史向前推进很大一步，“从这个意义上说，它的发现不亚于丝绸”。

由此考古发现推断，虽然阿里高原环境恶劣，山高路远，但仍然挡不住人类交往的步伐，不论是带有黄河流域文明印记的“王侯”铭文鸟兽纹锦丝绸残片，还是青铜容器内类似红茶的东西，以及青铜剑的发现，让我们看到阿里这个曾经被称为“象雄古国”的地方，在距今 2000 年至 1800 年前鲜为人知的藏北地区的文化面貌，且已经与中原汉代和我国西南、西北等周边地区有着千丝万缕的联系。

时任中国考古学会理事长、中国社科院考古研究所所长王巍在阐述噶尔县门士的故如甲木墓地的考古意义时说：“它展示了吐蕃兴起之前，在 2000 多年前兴盛于藏北地区一个强国——象雄国独特的文化面貌以及与中原王朝和西藏周围地区的交流，具有重大的考古意义。”因此，西藏阿里故如甲木墓地被评为 2014 年度全国十大考古新发现之一，2019 年故如甲木墓地被核定为第八批全国重点文物保护单位。

关于藏文创立，我推想过这样的问题：在吐蕃藏王松赞干布未创造藏文之前，整个藏地使用的是什么文字呢？从文化的传承来看，藏文的创立与象雄文字必然有着千丝万缕的联系，当年松赞干布派大臣吞米·桑布扎创造藏文字，在学习和借鉴改造梵文的基础上，同样不可避免会对主要用于苯教经典书写的象雄文字加以借鉴和改造，毕竟松赞干布统一西藏之前，吐蕃各代赞普“均以苯教护持国政”。我在旅行中漫无边际地思索着这些问题存在的现实性和可能性，其实，这也是文旅比纯粹的风景观光更有意思的地方。

在阿里与西北部地区的联系、沟通问题上，我想起了新疆户外第一人王铁男老师曾经走过的三条古道：2007 年王老师率队从新疆皮山县桑株乡出发，向南翻越昆仑山桑株达坂的桑株古道；2008 年率队从新疆于田县出发，翻越克里雅山口进入阿里羌塘藏北草原的克里雅古道，这也是当时西域地区与西藏之间距离最短、最艰险的一条路；2009 年率队从昆仑山北坡翻越克里阳达坂的克里阳古道，这是最早从新疆塔里木绿洲通往西藏的古道，也被西方探险家称为“叶尔羌之路”。2019 年王铁男老师又一次率队连穿了桑株古道和克里阳古道，这些连接新疆与阿里的古道足以说明，象雄国及古格王朝当年存在着与汉地通过西域交往的通道，这似乎也可以回答在门士地区故如甲木古墓群出土的“王侯”铭文鸟兽纹锦丝绸残片，以及青铜剑和容器等晋汉时期的汉地文物，如何在当时跨越千山万水运抵象雄国的猜

● 故如甲木墓地遗址

想。

不论怎么说，在西藏这个世界屋脊的阿里高原上，看见了这个曾经有着语言、文字、宗教的古象雄王国文明的遗迹，这些不仅说明象雄古国有着与西藏文明发展的根脉联系，而且保持着与汉地及周边地区的经济、文化交流。因此，要了解西藏历史与文化，必须同时了解阿里地区古老的象雄文明、古格文明，进行西藏历史文化的溯源，这也是为什么我们一定要沿着高原天路前往阿里的重要原因：绝非心血来潮，而是“蓄谋已久”。

如今流行行走西藏，但是，需要提醒想前往阿里的朋友们，西藏西部的阿里高原是西藏最为艰苦的地方，高寒缺氧，土地干涸，不要轻易被网络上的摄影作品所迷惑，要知道，那些美丽的相片，不全是真正的景象，就算真的是如此美丽，那些绚丽的色彩也只是短短的一瞬间。

阿里高原是世界屋脊的屋脊，在这里举目四望，看到的更多的是广袤、荒芜、荒凉的画面，无边的戈壁，干涸的土地，灼目的阳光，黝黑的皮肤，以及低气压、缺氧和稀薄干燥的空气，想想这些，真的是你所喜欢和寻找的地方吗？如果不是，或是犹豫不决，就不要来阿里赶“时髦”。总之，要想好了再出发，到此一游，你必须做好“眼睛上天堂，身体下地狱”的思想准备。

西藏西部的阿里高原，是一个有着无穷

六字箴言

魅力的神奇地方，让人向往，让人痛苦，让人疲倦，让人着迷，以致每一年有很多人不远万里，历经艰难困苦，来此仰望雪山的直入云霄，来此转山转湖以求精神的超凡脱俗，来此朝拜托林不朽的信仰，来此追逐日照古格的辉煌。

在西藏，在阿里，藏族人的幸福是建立在他们信仰至上的基础上，遍地虔诚。因为有信仰，有自己的精神家园，所以他们虽然生活简单，却是幸福和快乐的。而这几十年来，我们很多人因为信仰缺失，失去了精神的家园，所以，在物质已经极大丰富的当下许多人越发觉得不幸福、不快乐了，这也许可以比较好地解释这两年为何流行去西藏。去西藏旅行的人越来越多，蓝天白云、空气清新、风光无限好只是一个方面，更多人忍受着高原缺氧的痛苦，来到西藏，来到阿里，追寻冈仁波齐神山和玛旁雍错圣湖，并不在于它们的宗教色彩，而是在于对转山者转湖者的执念和毅力的崇敬，为的是寻找那份失去的纯真、质朴和简单，为的是寻找失去的精神家园，为的是给自己的灵魂找到一个归宿。

只是当现代“文明”的脚步一步步逼近这片原本安宁与纯净的高原时，真的需要祈祷，祈求这份安宁与纯净不要被侵扰和改变，否则，我们将会失去最后一片净土。

一路遐想与畅聊，高反症状早已消失得无影无踪，不知不觉中，我们已经驶出雅鲁藏布江峡谷，来到拉萨市境内的曲水县，离拉萨近在咫尺。10 月的拉萨河谷像一幅绝美的画卷，水光、倒影、远山，蓝天白云，日光漫漫，一排排金色的杨树林，把 318 国道两旁装点得分外妖娆，几乎所有回程的人都会在此停下脚步，欣赏西藏高原那迷人的一抹秋黄，感受“高原第一河”多姿多彩的旖旎风光。

跨过拉萨河，回到拉萨，已是黄昏。华灯初上，林廓路上的煨桑炉飘来圣城拉萨独有的藏香味，沁人心脾。

夜幕降临，拉萨的天空已是星光灿烂，异常的深邃、惊艳。洗尘接风，美食依然没有把我们的魂从阿里高原拉回，凝望着窗外满天的繁星，大脑依旧处于缺氧状态，走路、说话时反应依然迟钝，可一说起珠峰、冈仁波齐、玛旁雍错、纳木那尼、札达、古格，却有说不完的话，竟然记得那么清晰，历历在目。

半个多月，往返千万里，从保定到北京，从北京到拉萨，穿越

金秋那一抹迷人的“拉萨黄”

从拉萨到日喀则到珠峰再上阿里高原的广袤地区，亲睹了西藏高原壮阔的自然风光和深厚的人文积淀，感受到那里质朴的生活、虔诚的信仰和辉煌的历史以及灿烂的文明，带着最美好的回忆和心情，从青藏铁路返回阔别已久的家，在心里期盼着再回西藏的那一天。火车上，有人看到我们的肤色，带着赞赏的口气问：“你们是刚从阿里下来的吧？”“是啊！”此时，黑红的脸庞，在车厢里绝对是让人羡慕、令人自豪的模样。

“无阿里不西藏。”那一天，才离开阿里高原，就已期盼着有一天重回西藏，重回阿里，走完神圣、苍茫、纯美的阿里转山和大北线之路，这大概就是西藏的魅力，这种魅力有时无法用语言表达。

12 在那桃花盛开的地方

林芝被誉为“中国最美的春天”，每年的3月下旬到4月上旬，那漫山遍野、密密麻麻盛开的桃花，或隐藏在村庄中，或开在路边，或就那样静静地立在雅鲁藏布江边和雪山之下，万顷桃红，花开成海。

春天里，走在林芝的随便一条路上，你便会置身于一个美妙的世外桃源，远处不知道是村庄掩映在桃花中，还是桃花掩映在村庄中，一切都是最自然也是最美的样子。每年，很多人会选择春天来林芝看桃花，但是林芝最美的桃花，其实并不在离林芝八一镇不远的那些桃花村、桃花沟里，而是在位于帕隆藏布江北岸的林芝波密县一带盛开的野桃花，也有称作古桃花的。

波密，藏语译意为“祖先”，素来享有“西藏的瑞士”“绿海中的明珠”“雪域的江南”等美誉，气候和地理位置得天独厚。“此生必驾318”，川藏南线318国道，正好从海拔2720米的波密县城扎木镇中心穿过，这里距拉萨636公里，以3月末到4月初满山遍野的野桃树上开满的野桃花而闻名遐迩，这里不仅能让你欣赏到雪域高原独特的旖旎风光和藏族风情，更能让你领略到西藏最浪漫、最美丽的春天。

转经道上的藏香炉

2017年的3月，第三次到拉萨，杨总和她的朋友——在西藏退伍后仍然留在拉萨做生意的小毕，亲自来接机。我已经完全在心里适应了高反，只是心跳加快、血压升高这些身体上的正常反应多少还会出现一点儿，不过很快就会适应。新朋老友相聚，自然少不了选一家藏餐馆，小酌几杯青稞酒。

3月底的西藏，依然充满冬天的味道，但是，在这里，早上的阳光便能让温暖从心底油然而生，驱散你心中的一切阴霾，八廓街转经道上的藏香味依然沁人心脾。

此刻，拉萨游人还比较少，再次登上海拔3756米，依山垒砌、群楼重叠、殿宇嵯峨、气势雄伟的布达拉宫。第一次飞来西藏的三弟有一些气喘，陪着他登高而上，再一次走进雪域高原这座令人仰望的宫殿，心遂所愿，这座宫殿里的文化、信仰和精美建筑，变得如此让人触手可及。走出大殿，站在布达拉宫的高墙内，俯瞰拉萨，在酥油的飘香四溢中，看五色风马弥漫天际。

经过一天的调整适应，第二天天不亮，趁着拉萨街头一片静谧，整装出发，目标波密。

出拉萨城，走318国道，再一次翻越海拔5013米的米拉山口。夜晚山上刚下过一场大雪，整个米拉山银装素裹、分外妖娆，对于很多进藏的人来说，翻越这座高山将成为历史——拉米高速公路将在不久全线贯通。但，对于我们这些特别喜欢到西藏的人来说，还是固执地坚持，不论是走318国道进藏，还是从拉萨去林芝，必须有翻越米拉山的经历，因为这里一直以来都是横亘在拉萨与林芝之间的分界线。没有翻过米拉山，“此生必驾318”的口号将大打折扣，那样，你怎么和人家说你走过318国道?

从米拉山口向下，沿着尼洋河一路向南而行，3月底的朵朵桃花，把尼洋河两岸装扮得格外迷人，穿过林芝首府八一镇，继续向东南行驶，翻越海拔4720米的色季拉山口。

色季拉山位于林芝以东，属念青唐古拉山脉，是尼洋河流域与帕隆藏布江的分水岭。下午4点半抵达色季拉山口，整个队伍状态非常好，没有人出现高原反应。

在色季拉山口，不仅可以观日落、云海和鲁朗的原始森林，还可以眺望南迦巴瓦峰的雄姿。南迦巴瓦峰是林芝地区最高的山峰，海拔7782米，被誉为“中国最美雪山”。

3月末林芝日落时间是19点50分左右，日照金山的时间一般会出现在19点40分到19点55分左右，只有短短十几分钟，能不能看到全凭运气。拍摄日照金山的最佳地点不在山口，需要从山口向下走10分钟，到达一个一般人不注意的平台。这里几乎没有停留拍照的人，我们到达时，整个平台成了我们一行8人的天地。这个平台海拔4700米，视野非常开阔。天气很冷，零下10°C左右，因为刚下过一场雪，地上比较滑。架好相机，静静等候。

对面南迦巴瓦峰被浓浓的云层遮挡着，严寒中，在山口等待的人越来越失望，几乎全部选择了下山。我们在领队巴桑的带领下，冒着严寒，足足在山上坚持了3个半小时，从对面雪山上吹来的寒风，似冰碴刺骨，脸冰凉，手指脚趾已经冻得发僵。我们不停地跺着脚，但心中依然抱有一丝不灭的希望。在西藏摄影，耐心等待和坚持非常重要，很多时候也许再坚

川藏南线的重要标志——白雪皑皑的米拉山

持一下，你所期望的结果就会来临。

山上的风逐渐加大，远处南迦巴瓦雪山的整个山体开始发亮，我心里一阵狂喜。此时，山峰上的云层慢慢飘散，南迦巴瓦山顶竟然神奇得只留下一朵巨大的蘑菇云，整个山体也开始变成橘红色，这是我人生中遇到过的最美丽的黄昏之一。我们一行人安静地享受着眼前的壮丽景象，此刻美丽的南迦巴瓦峰定格在心中。

虽然只有短短十几分钟，但南迦巴瓦峰的黄昏注定成为这次西藏之旅中最美的风景，当主峰山顶最后那点金色褪去，浮云飘来，夜色渐起，整个世界变得静谧祥和。

站在海拔4700米的高山之上，面对神山，心灵顿空，全身清净，此时唯有膜拜才能表达对神山的敬意。看见“中国最美雪山”南迦巴瓦峰的落日和蘑菇云，面对着绚丽的日照金山，顿感足矣——感恩上天赐给的幸运。

直到落日消失才发现，脖套上已经结了一层冰霜，赶紧收拾照相器材下山。穿越鲁朗原始森林，很快抵达鲁朗小镇。新建的鲁朗镇似乎少了照片上那些老鲁朗镇木质建筑的风韵和灵魂——在藏地，大家对于原生态的地区总是怀着对一切过往的眷恋。

走进西藏的次数越多，越明白必须走进藏民家中，体验当地民众的信仰、习俗、生活和文化，才能真正了解这个民族。于是，晚餐在鲁朗镇品味完正宗的石锅鸡，选择住在离鲁朗镇不远的扎西岗村一户藏民家中。藏家的女主人叫拉姆，丈夫叫尼玛扎西——拉姆在藏语里是“仙女”的意思，尼玛是“太阳”的意思，扎西意为“吉祥”。两口子不仅名字的意思好，人也特别好，朴实勤快，我们深夜进村，一见

南迦巴瓦峰难得一见的日照金山和峰顶蘑菇云

面就帮着我们拎行李，铺被褥。他们家里收拾得干干净净，院子里四处飘着藏香、酥油和牛粪的气味。

这里的藏族工布人和很多藏区的人一样，对妇女是比较尊重的，家里来客人，首先介绍的是女主人，家里所有的仓库钥匙都是女主人保管。在生活中，大部分藏族妇女的确非常的能干和辛苦，要生养孩子，要挤鲜奶，要打酥油，要晒奶渣，要烧奶茶，要做饭，要捡牛粪，有时还会放牧。

藏族女作家央珍写过一本《无性别的神》，书中介绍，旧西藏虽然也认为女性没有男性的地位高，但是，一个家庭如果生下女孩，家里人会欣然接受，而且特别希望第一个孩子是个卓玛（仙女）——女孩长大后，不仅可以帮助父母操持家务，帮助带弟妹，还被认为对父母的寿命有好处，重男轻女的思想反倒没有其他民族那么严重。

经济条件稍微好一点儿的家庭的女孩，尤其是城里的女孩，长到六七岁，就会像家里的男孩一样被送去私塾，不会因为是女性，就剥夺她上学的权利。读私塾的女孩，除了认字、写字外，还要特别接受算术和记账的训练，这是希望她们成年后，除了承担家务，还能够在理财方面发挥重要的作用。

在过去，西藏女性的婚姻虽然多为包办，但是女性也有离婚的权利，而且婚前会写好契约，一旦离婚，女性可以带走自己的全部嫁妆，拥有对自己私有财产的使用权和支配权。实际上在西藏，就算没有离婚，丈夫一般也不能过问妻子的财产，她可以按照自己的意愿，将财产转让，或留给子女，或给兄弟姐妹，或捐给寺院。同时，不管丈夫的地位多高，妇女也都可以自己开设茶馆、饭馆、酒店和旅店，或摆摊做点小生意，西藏的多数妇女可以光明正大地拥有自己的私房钱。

3 月末的夜晚，藏区还比较冷，与主人围坐在炉火旁，喝着地道的酥油茶，自己选择加盐或加糖，不仅能保持体能，对缓解高原反应也有特别好的效果。边喝边聊，汉语、藏语，加上比画和领队的翻译，了解藏族的生活习俗，也向他们学到了很多藏文的含义和发音，比如托吉切—谢谢，贡康桑—你好，尼吉—晚安，拉姆—仙女，尼玛—太阳，次仁—长寿，洛桑—善良、聪明，罗布—宝贵，顿珠—做什么事都会成功，丹增—法辉守护者……暖暖的炉火映红了每个人充满笑容的脸庞，伴着浓浓的酥油香味，不知不觉已聊到深夜。

晚上喝了不少酥油茶，半夜起夜，走出房门，发现藏族村落真是夜不闭户，大门敞开，主人家养的牛马和藏香猪自由出入——原来这里也是它们的家，虽然院子里有一点儿特别的气味，但你并不会因此而感到不舒服。这里的藏人早已习惯了这种“天人合一”的生活方式，乡村里的藏族工布人民风一直都如此淳朴，让人好不羡慕。

这里，太阳比内地升起的时间晚近两小时。村里人习惯 7 点左右起床，起来后首先要

● 4 月的扎西岗村

进自家佛堂拜佛，9点多才开始吃早饭。他们可太幸福了，不用一睁眼就急着上班，想着怎么还贷款。不过，为照顾我们，第二天早晨，拉姆还是早早起来，在炉子上为我们煮了一锅粥，每人一个鸡蛋，烙了几张青稞饼。三个儿女吃完饭，很有礼貌地与我们道别，上学去了。

早饭后找到在院子里忙碌的拉姆告别，可是，拉姆说什么也不收早饭钱，无奈之下，大家只好悄悄地在她堂屋里的佛像前，随喜放了功德钱，以示感谢。藏族人，你只要对他尊敬对他好，他们会加倍对你好，否则，不要说请你到家里做客了，估计村子你也休想进——这是一个敢爱敢恨的民族。

走出村子，远处是白雪覆盖的雪山，在村边小河旁的草地上，看见男主人扎西和他家的牛群，挥手告别，带走了对扎西岗村的留恋与回忆，带走了对拉姆一家的感激与怀念，不知道什么时候才有机会，回到鲁朗这个在3月四处开满桃花、宁静祥和的藏族小村庄。

告别了扎西岗村的拉姆一家，驶上318国道，继续向波密县进发。

鲁朗，藏语意为“龙王谷”，也被称为“叫人不想家”的地方，海拔3700米。鲁朗林海大气磅礴、风光优美，远处的皑皑雪山、冰川与近处的原始森林、村落、河流交相辉映。

途经此地的川藏南线318国道两侧，由低往高分别由灌木丛和茂密的云杉、松树组成“鲁朗林海”，颇具林区特色的木篱笆、木板屋、木头桥及藏族农牧民的村庄星罗棋布，错落有致，若隐若现在云雾与袅袅炊烟之中，勾画出一幅恬静、梦幻般的图画。

车子很快驶出鲁朗，进入通麦峡谷地段，海拔下降到1800米。通麦原本是川藏南线318国道上的一个小镇，帕隆藏布江从通麦流过。这里地势险峻，道路狭窄，由于雨水丰沛，每年都会将谷地两侧的山石冲垮，道路泥泞不说，而且时常因塌方堵塞道路。距通麦镇10公里的帕隆峡谷道，则是老川藏线318国道上闻名的通麦天险，过去一直有“车过帕隆道，险处不许看”的警句，其险可想而知。这里每年都会发生多起车辆、人员坠崖的事故，因此又被很多人称为“通麦坟场”。

随着2016年龙虎口隧道的贯通，以及一座斜拉索大桥的建成，通麦段已修成双向车道，天险不复存在，过去走3个小时的路，现在只需要二十几分钟。我们途经此处时，也只能从网上搜寻过去的老照片，对照着隧道旁、道路边依稀可见的老路段和老桥梁，感受过去进藏时途经此处的不易。在新建的通麦大桥前，保留着两座老桥作为纪念。下车摄影留念，留下通麦天险的身影。其实，因为没有了这段通麦天险，对于选择从川藏线318国道自驾进藏的人来说，也许是一种遗憾。

在川藏线上，总会看见一队队骑行进藏的车友从身边经过，他们一般是从成都出发，目标圣城拉萨。这一路骑行，他们所经历的千辛万难是我们无法感受到的，但这样的艰苦有时真的可以锤炼人的意志，正如在通麦镇上结识的四川医科大学四年级的同学小马所说：“有此经历，还会有什么样的艰难险阻我不能克服？”我告诉他前面还有4720米的色季拉山和5013米的米拉山，而且可能都会下雪。他笑了，“杜老师，下刀子也要过，没有退路。”招手告别，继续前行。

特别佩服这些骑行在318国道上的年轻人，一天后，在通往墨脱的嘎隆拉雪山上，在微信里看见了小马他们——5个女孩和20多个男孩，冒着小雪骑上色季拉山口后与南迦巴瓦峰的合影，为他们点了一串的赞——谁还会说当代的年轻人是“垮掉的一代”。

到达波密县城扎木镇，稍事休息，然后出县城，在落日前抵达岗乡，这里四面雪山环抱，云雾缭绕，到处开满野桃花。在一家藏式木屋客栈，放下行囊，大家迫不及待地走入这个桃花盛开的藏族村落。

3月末的波密，虽然寒意未尽，但，此地的野桃花，已经从尼洋河畔的一朵朵，变成了一树树、一片片。乡村的道路上走来一头悠闲的耕牛，它应该不知道自己是这世上最幸福的牛。一派诗情画意的世外桃源景色。随手拍了几张照片，通过手机传给摄影师老佟。他什么话也没说，只发来一首著名的唐诗：“去年今日此门中，人面桃花相映红。人面不知何处去，桃花依旧笑春风。”看来，此刻艺术家的眼睛已经从照片上感觉到了异常的美丽。一道前来的队友、重庆杨哥情不自禁地说了一句“真想在此度过余生，‘酒醒只在花前坐，酒醉还来花下眠’”，引来大家一片笑声。

傍晚，返回客栈的藏式餐厅，主人似乎很了解大家的心情，放起了黛青塔娜的藏歌《东山上》，那空灵的歌声极具穿透力，让人有一种飘入仙境的感觉。可以说置身于波密岗乡这

● 桃花村的乡间小路

样一个偏远的藏族村庄，你绝对会感受到这个位于西藏东南边的世外桃源，比起云南香格里拉、四川稻城还要清净，比起拉萨还要多彩和多情。

可以说每一个能够走进波密岗乡的人，没有一个不会爱上这里。背靠雪山，面朝湖泊，闲逛古村，寄情桃花，这里的日子，似乎永远风轻云淡、恬静迷人，叫人流连忘返。这里的美，美得让人感觉有些窒息，已经找不到更合适的语言来赞美它。

从林芝的下察隅回拉萨时，又一次途经波密的扎木镇，计划去探访一下被誉为“中国318景观大道上的最美乡村”的嘎朗村。

此时已是暮春四月，洁白的雪山、青绿的雅鲁藏布江河谷、嫣红的桃花、嫩绿的青稞田、苍翠的森林、朱红的喇嘛庙，这世间一切最美好的事物在此相遇，可以满足所有人心中对林芝春天的想象，因此，很多人形象地把西藏的春天叫作“林芝”。选择此时进藏的绝大多数人是为了林芝春天里绽放的“三生三世，百里桃花”而来。

离开扎木镇，沿318国道西行，通过卡达大桥后朝西北方向行驶约30公里进入嘎朗村。村旁碧水如镜的噶朗错湖面不大，湖色优美，水草丰茂，桃花倒映湖中，把湖水染成一片桃红色，显得分外妖娆。站在湖边，四周皑皑雪山、茂密森林、五色经幡、藏族村庄、褐红土地，构成了一幅恬静、悠闲的田园风光，美不

桃花倒映的噶朗错

胜收，身处其中让人不觉怦然心动。当我们迈进波密县嘎朗村时，情不自禁地被这里的景色迷住不想走了，于是打算找一户藏民家住下。

嘎朗村的美是无法用语言来形容的，不愧被誉为“中国318景观大道上的最美乡村”。4月，人到嘎朗，桃花醉人，在阳光下深深地吐纳呼吸，心旷神怡，如果寻找世间的桃花源，这里便算一个。

队友老许或许是被眼前的桃花迷乱了双眼，为了拍一树桃花，贸然走入一户农家院落，竟然没有发现院子里有一条大狗。就在他端起相机对准桃树和雪山时，大狗从身后袭来，在他的腿上狠狠咬了一口，冲锋裤都被咬了两个洞——幸亏这不是一只藏獒。

只好打消在这个美丽的桃花村住上一夜的想法，迅速离开。找到乡卫生所，藏族女护士给老许简单处理了一下伤口，我们便一路马不停蹄，穿越鲁朗、色季拉山，赶往八一镇，因为，卫生所的女护士说，只有八一镇的林芝市防疫站才有狂犬疫苗。

原本在鲁朗镇休息、吃饭的计划，也因此改在了尼洋河畔的八一镇。

老许是个大老板，钱多人好，在翻越色季拉山时竟然坚持停车，让大家在阳光下再一次欣赏雄伟的南迦巴瓦峰。没想到一个大老板，有如此舍身忘我的团队精神，也真是厉害。这大概就是户外人具有的一种优良品质吧。

原本不想去林芝的那些网红打卡点凑热

在色季拉山口眺望南迦巴瓦峰

闹，而是直接返回拉萨，但在八一镇，等老许打完防疫针，几个队员因为没有能够在嘎朗村宿营感到很遗憾，于是商议了半天，最后还是没有经得住“西藏的春天叫林芝”这句话的诱惑，决定去久负盛名的索松村住一天。

沿着雅鲁藏布江南岸，赶往位于雅鲁藏布江大峡谷之上的派镇索松村。索松村坐落在几百米高的山崖上，崖下就是雅鲁藏布江，村子的对面是被誉为“中国最美雪山”之首的南迦巴瓦峰，难怪索松村成为观赏桃花和拍摄南迦巴瓦峰的网红打卡地。

落日前，终于赶到索松村。村子里到处跑着藏香猪，悠闲的牛群一点儿也不怕车和人。春天的索松村完全掩映在一簇簇粉色的桃花之中，在暗蓝的天空与洁白的雪山映衬下显得静谧而悠闲。

索松村与南迦巴瓦峰隔江相望，近在咫尺。放下行李，我们便向位于雅鲁藏布江边的锯齿形土岗走去，南迦巴瓦峰和多雄拉雪山在雅鲁藏布大峡谷南北两岸，它们挺拔的雄姿，再配上从谷底到山岗到处盛开的桃花、青青的农田、高原天空独有的白云，真的是惊艳绝伦。

索松村从前只是一个默默无闻的藏族小村庄，因为这里可以近距离观察南迦巴瓦峰以及东边的多雄拉雪山，近年来名气越来越大，每年春天都会有很多摄影爱好者慕名前来，索松村也就成为摄影发烧友的圣地。的确，西藏与江南的各种元素在索松村和谐交融，形状各异的桃树、黄色的沃土、翠绿的麦苗、自由自在的牛和盛开的桃花，渲染着林芝春天的气息，青山绿水间，云雾时而笼罩时而飘散，藏民的农舍点缀其中，构成了一幅幅浓墨重彩的画面，给摄影者和旅行者带来了广阔的想象空间。

晚上，在村子中一个叫热地的人家里住宿，农舍的窗户正对着南迦巴瓦峰。藏家的伙食虽然比较简单——主要是有点夹生的米饭、青稞饼、豆腐，但难得一见的西红柿炒鸡蛋以及让人喝得很过瘾的酥油茶令人口舌生津。

清晨，站在门前，端着一杯酥油茶，边喝边欣赏雪山、桃花，那一刻，感觉这里是世界上景色最美的地方。羡慕生活在这里的人——估计他们自己都感觉不到有多幸福。漫山遍野的桃花、东方霞光映照下的雪山，简直是一幅绝美的画面，真的有一种往后余生在这里住下不走了的冲动。

一年中，只有4个月能看到南迦巴瓦峰的全貌，此次进藏，我们三次与它相遇，每一次都能清晰地看见这座“中国最美雪山”，的确非常幸运，这属于一个美丽的意外。

吃完早饭，启程返回拉萨。路上天空变得越来越阴沉，当车爬到米拉山半山腰时，4月上旬的米拉山竟然风雪交加。路上遇见很多徒步去拉萨朝圣的藏民，即使如此依然步伐坚定，让人心生敬佩。翻上山口，已是鹅毛大雪，平常挤满游人的海拔5013米纪念碑旁空无一人，我和队友们站在白雪茫茫的米拉山口豪情万丈，俯瞰着雪域高原，与林芝做最后的告别——今后，拉米高速通车，到林芝的人们也许再也看不见318国道上这块具有标志意义的纪念碑了。

大雪纷飞的米拉山，气温急剧下降，气压变得异常低，使人感到呼吸有些困难，几乎看不清前方的道路。屋漏偏遇连阴雨，队友钢子大概由于连日的奔波突发高反——浑身发冷，血压高，心跳每分钟110次，嘴唇发紫，脸和嘴唇也肿胀起来。紧急吸氧。进藏以来，我

林芝摄影打卡地索松村

们还是第一次遇见这样的情况。看见他呼吸时痛苦的表情，我心里感到紧张和恐惧。

一路不敢停车避风雪，只能以不到20公里的时速冒险下山，摸黑前行，尽可能快地降低高度——这是防止高反症状加重最重要的一步。晚上9点多，终于抵达海拔3800米、一片光亮的墨竹工卡县。钢子的情况好了起来，呼吸均匀了很多，大家一颗悬着的心稍稍放下了一些。前方不远处，将回到吉祥的圣城拉萨，夜色里，一切宛如梦中。

“西藏的春天叫林芝”，的确名不虚传，3、4月的林芝，雪山、桃花、湖泊、寺庙、林海、雅鲁藏布，还有虔诚的人们，每一个元素都让人向往。没去过的人，林芝的春天是一个梦想；去过的人，林芝的春天是惊艳和回忆。住在这里的人，林芝的春天只是四季里的一种生活。当然，不是所有人都会在3、4月来到这里，但从没有人到过后会忘记。

● 大雪纷飞的米拉山口

13

墨脱，藏南一朵隐秘的莲花

打开中国地图，墨脱孤悬一隅。去墨脱，对于很多进藏的人来说，真的就是一场梦，因为在 2013 年以前，还没有公路通往墨脱，背夫曾经是这里唯一的运输方式，当地人过着几乎与外界隔绝的生活，石锅和筷子是运出大山的仅有商品。

过去出入墨脱的路主要有两条：一条是从林芝地区的米林市派镇，翻越喜马拉雅山脉的多雄拉山口，经拉格、汉密、背崩村，逆雅鲁藏布江北上至墨脱县城，全程约 115 公里，每年的 6—10 月可以通行，步行大约需要 4 天时间；另一条则是从波密县扎木镇至墨脱，沿山路行走，全程 141 公里，途中要翻越海拔 4670 米的嘎隆拉雪山，只有在 6—10 月积雪融化后才能通行，正常情况下步行大约需 5 天的时间。

这两条线路也是很多进藏探险者选择徒步穿越崇山峻岭，进出墨脱的路线，由于亚热带雨林中蚂蟥、泥石流等危险，徒步者死伤和失踪的情况时有发生，因此，徒步进入墨脱需要极大的勇气。

“墨脱”一词在藏文中是“花”的意思，在藏传佛教经典中称“博隅白玛岗”，意为“隐藏着的莲花”。相传 9 世纪时，莲花生大士受吐蕃赞普赤松德赞之请，遍访雪山圣地，到达这里以后，发现这里的地形四面环山，像一朵盛开的莲花，有圣地之象，遂在此修行弘法，并取名“白玛岗”。

墨脱县位于林芝东南部、喜马拉雅山脉南麓、雅鲁藏布江下游，平均海拔 1200 米，最低海拔只有 115 米，雅鲁藏布大峡谷主体段都在该县境内。全县耕地面积只有 2 万亩，森林面积却高达 3200 万亩，居民主要为门巴族和珞巴族。这里是西藏高原海拔最低、环境最好的地方，也是西藏最温和、雨量最充沛、生态保持最完好的地方。

墨脱处于喜马拉雅断裂带上，地质活动频繁，是地震、塌方、泥石流的多发地带。1950 年 8 月 15 日，墨脱县发生了中国历史上最强烈的地震，震级达里氏 8.5 级。强震引发山体崩塌、滑坡和泥石流，墨脱面目全非，损失惨重。

墨脱属亚热带湿润气候区，并分布有热带雨林，由于气候潮湿多雨，洪水、泥石流随时发生，这也使得墨脱实现通车的愿望困难重重。直到 2013 年 10 月 31 日，墨脱公路才正式全线贯通，宣告中国行政建制县中最后一个未通公路的县正式通车，从此，进入墨脱所要经历的风险系数大大降低。

3 月底墨脱的气温在 15°C—20°C，为探究门巴人和珞巴人的文化、生活方式，以及目睹刊登在《世界地理》杂志封面、闻名于世的雅鲁藏布江大峡谷果果塘大拐弯的地貌，我把沿墨脱公路翻越嘎隆拉雪山进入墨脱，列入第三次进藏的行程之中。

但是，当我们到达波密岗乡，准备休整一夜，然后翻越嘎隆拉雪山时得知，这段时间这一带一直在下雪，据说有的地方雪深达 1.7 米，而前一天的一场大雪，更是造成了嘎隆拉雪山隧道前后山体发生雪崩，道路关闭。我们只好准备放弃去墨脱的计划，转向下察隅。那一刻心里充满遗憾。

第二天一早向导高兴地告诉大家，刚刚收到消息，道路经过抢修，已经恢复通行了。我们当即决定出发，匆匆与坐落在一片云杉林中的“世外桃源”——波密岗乡依依惜别，经扎

● 位于雅鲁藏布江下游峡谷中的墨脱县

木镇踏上墨脱公路。

离开扎木镇上山时，天空变得越来越阴沉，我们开始担心雪山上的天气。抵达嘎隆拉雪山半山腰，雪还是与我们不期而遇了，而且越往上行雪下得越大，路边的桃树、松柏、高山已被白雪覆盖，道路两边的雪墙高处足有两米，好一派“千里冰封，万里雪飘”的景象。这是我有生以来见到过的最大的雪，且是在海拔 4000 米的高度。

路边的一树桃花被大雪包裹成了桃树银花，引得我们一行驻足观看。据说这是雪山上的神树，树干上系满了五彩的经幡。

此刻，领队巴桑告诉大家，这时一定不要祈求雪过天晴，在通过嘎隆拉雪山山口时，雪一定要继续下，这样可以保持低温，不至于遭遇致命的雪崩，否则堵在山上，气温零下十几度，就惨了。

通过嘎隆拉隧道，盘旋而上抵达海拔 4200 多米的山口附近时，一片雪雾迷茫，最担心的事还是发生了——由于大雪造成小型雪崩，车辆被堵。大家只好下车，冒着零下 13 °C 的低温，以车为墙，尽量站在避开冰雪堆积的山坡一侧，防止山坡上的雪往下滑落。望着嘎隆拉山漫山遍野的皑皑白雪，超级震撼，同时领教了穿越嘎隆拉雪山进入墨脱的风险。站在冰天雪地里，很难想象出过去人们是如何徒步出入墨脱的。

经过护路工人和武警战士近 3 个小时的

● 墨脱公路旁雪中的桃树银花

抢险，临时从雪中打通一条通道，所有被堵车辆被要求安装好防滑链，靠近道路内侧依次缓慢下山。当车辆经过那些参加抢险的工人、武警战士时，车辆上所有的人员都伸出手向他们致敬。通过52公里处检查站时，因为大雪，警察非常通情理，准许除领队外，其他人员可以不下车接受检查。这种情况我在西藏仅遇到过一次。

由于地质构造复杂，地质灾害频繁，每天都可能发生塌方、泥石流，修建和维护"扎墨"公路的成本巨大。巴桑说，有一次他们三辆车排队行驶，他的车刚过，一块石头滚下来，砸中后面的一辆车。在这条路上，车毁人亡的事时有发生。

继续下山，路依旧难走，冰雪融化，经常会有泥土裹挟着石头滚落到路上，小的塌方、泥石流随处可见，融化的雪水直接从山上流下，公路变得坑坑洼洼、高低不平、泥泞不堪。坐在车里，上下跳跃，左右晃动，加上又在抢修，车行驶得很慢，时速基本低于20公里，到处可以看见修路工人在抓紧抢修，非常辛苦，遇到比较危险的抢修路段，车辆只能等候。古人说"蜀道难，难于上青天"，其实，走"扎墨"公路更难，但是当在沿途看见在风雪中盛开的杜鹃花时，满心的欢喜带走了一路的艰难。

风雪中盛开的杜鹃花

走在这条路上才能深刻体会到，为什么墨脱在 2013 年成为全国最后通公路的县，除了政府，不会有任何人往这里砸钱，不求回报地修建、维护这条公路。现在墨脱虽说通了公路，但远不是我们想象的坦途大道，整条路基本上是泥石路，汽车勉强可以通过——地质条件之差、行车之艰难，出乎所有人的意料。

抵达 80 公里处，已经是下午 3 点多。很多徒步者都会提到这里，“80 公里”就是离波密札木镇 80 公里的地方，两边是木板房，有些简陋的餐馆、旅店。在公路修通以前，这里是进出墨脱的必经之地，也是徒步者歇脚的地方，虽然 80 公里处是徒步道路和公路的会合点，但徒步行走的道路和公路不同——徒步行走虽然近一些，但要穿过原始森林，路就更难走了。

过了 80 公里处便是亚热带雨林气候了，道路两旁植被茂密，大大小小的瀑布无数，温度急剧升高，从山顶的“冬季”一下就来到了初夏时节。我们靠路边停下，脱去防寒服，穿上单衣，稍事休息，继续赶路。

一路上让我印象深刻的是一辆满是泥浆的拖拉机，后面的斗车载着土石块，开车的小伙子一身迷彩装，一个女子头戴面罩站在车上，车头插着一大把野杜鹃花。在如此恶劣的环境中工作，却有这样的喜好和向往——心中有花什么都是花，让人顿时心生浪漫。

接下来的道路，开始沿雅鲁藏布江大峡谷而行，虽然崎岖，但景色优美，远方有皑皑白雪的山峰，眼前尽是原始冷杉树笔直地在山间耸立，青翠挺拔，亚热带阔叶林里的野芭蕉树一望无际。领队讲述着墨脱德果村门巴妇女“放蛊”的传说。不知不觉，在傍晚时分，转过一道大弯，我们远远看见郁郁葱葱的半山腰上露出一幢幢红顶白楼，墨脱终于到了。

由于雪崩断路，很多人和车被困在墨脱县城，大小宾馆都住满了人，先前订好的旅馆，由于客人拒绝退房，我们也无法入住，在不大的县城里转了三四圈，好不容易才找到一家小客栈。傍晚，墨脱下起了雨，县城周边的山上变得烟雨蒙蒙，小小的县城静得只剩下雨打芭蕉的声音。领队巴桑凭借多年对西藏各地气象状况的了解，告诉我们一个喜忧参半的消息：忧的是通往各乡的道路将变得泥泞不堪，甚至塌方；喜的是雨后的清晨可能出现“墨脱云海”奇观。

墨脱云海

早晨，小雨还没有停下来的意思。吃完早饭，准备回房间继续等待时，雨突然停了，领队催促大家赶紧带上装备上车，赶往墨脱镇外大山上的日巴村。车辆盘山而上，还没有到日巴村，墨脱云海就已经从远处的多雄拉山开始，如波涛汹涌奔腾而来，山下的墨脱镇在云雾中若隐若现，壮美与宁静同时出现在眼前。

走出日巴村，系好衣领、裤口，防止蚂蟥的袭击，徒步穿越墨脱的亚热带原始森林，攀登当地海拔 2000 多米的卓玛拉神山，到达只有 5 户 18 人的门巴人和珞巴人居住的村落仁青崩村。

墨脱最大的寺院仁青崩寺就坐落在山顶。徒步穿越 7 公里，登上山顶，看见岗亭上的五星红旗迎风飘扬时，心情格外激动，一路泥泞，遇到的蚂蟥、毒蛇等各种危险，都抛在了脑后。

来回近 6 个小时的穿越、攀登，终于走出原始森林，虽然只是一小段路，却是一次超级特别的感受，如果没有向导，凭我们自己真的走不出来，而且， 徒步墨脱原始森林，蚂蟥这种虽小却令人恐怖的吸

墨脱原始森林

血生物，让很多到墨脱的人谈蟥色变。墨脱的蚂蟥区分布，集中在拉格到汉密到背崩途中，汉密段俗称“蚂蟥山”，在整个墨脱的雨林地区，蚂蟥简直让人防不胜防。我们一行在徒步森林时做了充分的准备，但两名队友还是不幸被蚂蟥叮咬，待发现后把它们从身体里揪出来时，鲜血直喷出来，染红了大片衣服，伤口要一个月后才能痊愈，此刻，心里更加佩服那些徒步四五天，穿越原始森林进入墨脱的人。

走出原始森林，顶着烈日前往背崩乡。背崩乡属亚热带气候，风景秀丽，周围分布着雅鲁藏布江解放大桥、汉密叠层瀑布、老虎嘴瀑布、千年云冷杉原始森林等景观，主要居民为门巴族，整个乡寨具有独特的门巴风情。这里只有一条山高路险的土路，沿雅鲁藏布江大峡谷通往背崩乡，这里也是徒步者进入墨脱的另外一条线路。

前往背崩乡的途中，与蚂蟥相比，更危险的是路上随时发生的塌方和滚石。我们一行依然没能避开塌方，在山路上堵了很久，施工人员才抢出一条临时通道，允许我们先通过。等待的空隙，登上抢险车和工人聊了几句，才知道因时常下雨，这条沿雅鲁藏布江大峡谷修建的道路，几乎天天泥泞不堪，而且经常塌方，住在里面的村民出入极为不便。

第二天早晨，沿着崎岖、狭窄的道路上山，在等待了两个多小时后，阳光驱散了江雾，队友喊着“出来了，出来了”，我们如愿看见壮观的雅鲁藏布江大峡谷果果塘大拐弯——不虚此行。

午后在德兴新村休整，这是坐落在墨脱大山里的一个门巴族村寨，这里在柴火上用墨脱石锅炖制的牦牛肉鲜嫩无比，远近闻名。坐在空气清新、鲜花盛开、瓜果飘香的村寨里吃饭、喝茶，面对着朴实的门巴族村民，心里感觉特别的轻松和惬意，久久不愿离开。

正要离开时，扭头看见寨子里的一个小姑娘，扶着果园挡板墙上的菱形窗口，向我们张望，孩子的眼神干净清澈，特别纯真。那双眼睛里透着渴望、羡慕、失落和无奈，还有一丝淡淡的忧伤。队友老许说：“这些孩子连大山都没有出过，要不咱们去和她父母商量一下，把她带出大山去？”一句话戳中了所有人的软肋。可我们终究是过客，把她带出大山，那是不可能的，她注定属于这片大山，也许一生都不会走出去，这里是她的归宿，是她的命。

发动车子时，小姑娘向我们挥起手来，依依惜别之情全写在她的眼里。记得这是进藏以来，第一次感觉到难过，把头转向远处的高山，拍了一张她的照片，就再没敢回头看上一眼。直到回到家，直到今天，依然记得孩子的样子和那双清澈的眼睛，时常会从相册里找出来翻看。每当看见这个女孩子的眼神，心里就会很难过。这也是一张我很少给人看的照片。当时，如果可以带她出来，真的是想把她带走。有一天，我和远在法国的摄影师朋友郑悦说起这张照片的故事，她说：小姑娘的眼睛里透着纯真和渴望，但她属于西藏，属于这片隐秘的莲花——墨脱，她还是远离城市的喧嚣繁华为好。

按照当地规定，晚上 8 点以后，不再允许车辆和人员上墨脱公路，由于道路损毁严重，限行期间，只有每天的早上 7—9 点车辆才被放行。带着初识墨脱的记忆，匆匆和这座生活了 4 天、被誉为“莲花秘境”的小镇告别，再次翻越嘎隆拉雪山，赶往八宿县然乌湖。车到嘎隆拉雪山垭口，依然是雪花纷飞，眼前一望无际的林海雪原，如同一幅天然的水墨画，让人赏心悦目。大家站在冰冷的雪地里，和这座巍峨的雪山告别——我们中的大多数人，可能此生再不会见到它了。

再见，嘎隆拉雪山；再见，神秘的墨脱。

雅鲁藏布江大峡谷果果塘大拐弯

14 从醉美然乌湖到边陲重镇下察隅

翻越嘎隆拉雪山，从墨脱镇返回波密的扎木镇，找到一家地道的饺子馆饱餐一顿。对我来说，不论走到哪里，还是最爱饺子。然后从扎木镇出发，走318国道，沿着帕隆藏布逆流而上，前往下察隅，在这段路途中，将会遇见八宿县境内的然乌湖。

扎木镇距离然乌镇大约130公里，八宿县城距离然乌镇约90公里。这段路程是318国道上一道亮丽的风景线，它就像一幅美丽多彩的画卷，沿318国道徐徐展开，只有唯一，没有之一。

然乌湖位于昌都市八宿县境内，“八宿”在藏语里的意思是“勇士山麓”，这里是念青唐古拉山脉和横断山脉的接合处。然乌湖是由200多年前山体滑坡和泥石流堵塞河道形成的高原堰塞湖，它是西藏东部最大的湖泊，湖面海拔3850米，长约26公里，宽1—5公里，湖体狭长，呈串珠状分布，由三个相连的湖泊组成——分别是阳措湖、傍措湖和冷安佳布湖，称为上然乌、中然乌和下然乌，总面积27平方公里，紧靠川藏南线。

然乌湖地区是经过不同时期冰川作用形成的一个巨大冰川谷地，湖畔西南有岗日嘎布雪山，南有阿扎贡拉冰川，东北方向有伯舒拉山岭，北面的来古冰川一直延伸到湖边。周围雪山的冰雪融水，构成了然乌湖主要的补给水源，湖水向西倾泻，成为雅鲁藏布江的重要支流帕隆藏布的源头之一。

然乌湖畔的岗日嘎布雪山

然乌，在藏语中是“铜做的水槽”的意思。传说很早以前，然乌河下游的山峰连成绝壁，然乌河水从唯一一个狭窄的出口流出，把然乌几个村庄和外界完全隔绝，使得然乌成为一个不为人知的地方。在一个秋收的日子，一位然乌村妇不小心掉了一小捆麦穗在河中，被水冲到了外面的世界，一个年轻人看见这捆麦穗，拿着颗粒饱满、硕大金黄的麦穗，觉得不是世俗之物，于是在他的带领下，一群小伙子跋山涉水攀崖过壁，发现了然乌。

由于然乌地形呈狭长凹状，里面水汽蒸腾，远远看去，颇似一个盛着热水的槽子，而当时恰值金秋，田野山坡一片金黄，这个“水槽”怎么看怎么像一口铜槽，于是“然乌”这个地名就此传开了。

这一地区主要生活着康巴人，他们具有豪迈、开放、兼容并蓄的个性，使得当地绘画、歌舞、雕刻、说唱等艺术形式包罗万象，可以说这里是藏区艺术的万花筒、百科书。歌舞方面，然乌湖地区的三大民间舞蹈——锅庄、热巴、弦子历史悠久、分布广、类别多、表现形式独特，并明显区别于毗邻地区，这三种舞蹈于2006年列入首批国家级非物质文化遗产名录。

藏族是个能歌善舞的民族，在各种节日和日常生活中，几乎都是以歌舞作为敬奉神灵和民众欢娱的形式，并以歌舞把欢乐的气氛推向高潮。

藏舞基本上是人们在长期的劳动生活中形成的中国西藏高原地区独具特色的文化，藏族的民间舞蹈种类繁多而各具特色，较常见的藏族舞蹈有弦子、锅庄、踢踏等，自娱性的圆圈舞更是人们极为喜爱的舞蹈形式。在西藏，不论是拉萨、林芝、山南、那曲、昌都还是日喀则、阿里，到处都可以看见载歌载舞的藏族人，每一个人都会自豪地说“能走路的会跳舞”“会说话的能歌唱”。能歌善舞是藏民族的天性，雪域圣地也因此被举世公认为“歌舞的海洋”。藏舞动作简单、大方、优美，很多没有任何舞蹈基础的人到藏地看上一遍，就可以和着音乐节奏跳上几步。

沿着帕隆藏布而行，穿行在峡谷中，道路两旁是雪山、冰川和森林，奔流的帕隆藏布江水清澈润绿，与蓝天白云遥相辉映，人仿佛行走在画中。

快到然乌湖，拐进一个山口，米堆冰川壮丽的身影展现在眼前，这是西藏最重要的海洋性冰川，也是世界上海拔最低的冰川。冰川主峰海拔6800米，雪线海拔4600米，冰川下端是针阔叶混交林地，皑皑白雪终年不化，郁郁森林四季常青，受喜马拉雅山东段的气候影响，米堆冰川虽位于北纬29°的位置，但冰川末端的温度却比大约北纬44°的博格达山的冰川还要低，这是我国现代冰川中较为特殊的现象。

这一段路程越往东部走地势越高，帕隆藏布水流也随之奇特地从东向西流淌，而且越来越宽阔，远近的雪山也开始多了起来。转过一个山口，一汪令人惊艳的幽蓝蓦然浮现在眼前——然乌湖到了。落日前的然乌湖，只看了一眼就醉了。

已经见过西藏的许多湖——“神山臂弯中的天湖”纳木错、“太阳法座上的圣湖”巴松错、“圣湖之首”玛旁雍错、“鬼湖”拉昂错、“神女散落的绿松石耳坠”羊卓雍错、“观音的眼泪”措日及木，4月的然乌湖与众不同之美，在它的水天一色，在它的旷世静谧，走近它的身边，静美便是我们对它的第一声赞叹，最后一层神秘的面纱终于揭开，真的是被她静谧的美深深地震撼到了，给人的感觉绝对是如临仙境。

走了那么远那么辛苦的路，一路上看见了那么多的湖，当看见318国道路边静谧的然乌湖时，心里还是震了一下。第一眼看见然乌湖，眼前是一个由雪峰、冰川和湖水构成的画面，远处云雾缭绕中雪山高耸，近处平静的湖面如同镜子一般倒映着连绵雪山，那景色超凡脱俗，精美绝伦，让人叹为观止。站在湖边，心里也像然乌湖一样平静得没有一丝波澜。

然乌湖狭长的湖面蜿蜒数十公里，形成一道河谷，随季节的不同，湖水会呈现出或碧蓝或青、绿、黄等数种颜色。百闻不如一见，然乌湖的静谧、幽绿和深蓝是西藏众多湖泊中独一无二的。清新如镜的然乌湖色彩丰富。湖中极少看到枯枝等杂物。草地、森林、枫叶和白色的水禽，以及湖岸浅滩五颜六色的卵石，和着碧蓝的湖水、白雪皑皑的雪峰，眼前的景色如诗如画，使人如入梦幻之境。

天公作美，然乌湖边没有一丝的风，那一瞬间，西边的落日在湖中央洒落一道明亮的光线，成为人们刻在心里、永远挥之不去的记忆。走到然乌湖边，4月初的湖水只融化了一半，幽蓝深邃的湖水寂静得没丝毫声息，犹如被久远的时光凝固了，泛不起一点儿涟漪。湖岸岩石林立，巍峨的雪山映入湖水，呈现出一片安详之态。湖边山岗松枝上的白雪，轻轻一触，便听到积雪落下的簌簌声响，眼前的景象令人窒息。一切很快便湮没在落日余晖中，那种幽寂，让躁动的人心一下子就沉静了下来。也许是被然乌湖的幽深静谧所感染，连日来奔波的劳累、疲倦，刹那间荡然无存。

然乌湖的景色是多变的，高山冰雪，层林尽染，湖水澄清，天蓝水碧，很多来过的人认为，然乌湖与瑞士的湖光山色相比，毫不逊色。每年都有一些摄影发烧友住在这里守候，捕捉然乌湖一年四季最美的时刻。然乌湖和西藏的很多地方一样，不会让真心喜爱它的人失望，每一个守候者或专程来看它的人，都会认为自己拍到了然乌湖最美的景色，然而，然乌湖没有最美，只有更美，所以，它始终值得守候，值得你专程而来——为了你，然乌湖已在这里等了千百年。此时此刻，第三次进藏的我说出了一段自己都觉得无比煽情的话：西藏只会把最美的画面展现给那些最会欣赏它和真心喜爱它的人。

倒映在然乌湖中的岗日嘎布雪山，海拔只有4000多米，在青藏高原数不清的名峰、神山之中，实在不算突出，但在地理学上，它却很不一般，用地理学专业的话来说，它是“青藏高原南部边缘受西南季风影响最强的一座山”。在然乌湖边，若没有这西南季风，就没有这么茂密的森林，就没有这么美丽的青山碧水，暖湿气流绕过喜马拉雅山，到达岗日嘎布山，遇到阻隔难以前进，于是滞留在这里，使这里成为整个青藏高原最湿润的地方。林芝地区有全国保存最完好的原始森林，从寒带的针叶林到亚热带的长绿阔叶林，覆盖藏东南的高山峡谷。这里降水多、湿度大，气候宜人，与人们心目中苍凉的雪域高原有天壤之别，原因

连绵雪山倒映在如同镜子一般的然乌湖面

也正在于此。

太阳落山，然乌湖边一下子变得异常寒冷。入住然乌湖农家旅社，遭遇停电，在烛光里一边吃饭，一边看着俊美大方的康巴女子央金拉姆为我们忙前忙后——又是为大家打开水，又是给大家抱来厚一点儿的被褥，大大的眼睛一直在微笑。眼睛是心灵的窗户，当她侧脸笑对我的镜头时，一双大大的眼睛和然乌湖一样的静美、纯真。她似乎明白了什么，把头更侧了一些，笑得更加妩媚迷人，我按下快门，留下了她与然乌湖一样美丽的容颜。

央金拉姆充分体现了康巴人豪迈、开放、兼容并蓄的民族个性。那一刻，我又想起了仓央嘉措的诗歌《在那东山顶上》，以自己此时此刻的理解，顿悟那一句“玛吉阿米的脸庞从此留在心间”的含义；那一刻，那一双如然乌湖一般美丽的笑眼，几乎可以让任何污浊的灵魂变得纯净起来。

第二天，晨曦里走出院落，薄雾中浑然一体的雪山镜湖清晰可见，雪山环抱下的然乌湖格外静谧和妩媚，却又显得格外的豁然。它那明镜般的湖面倒映着四围的雪山、森林、云彩和佛塔，一队队沿湖边道路走过的牛群和湖边村落中升起的袅袅炊烟点缀其间，构成了一幅藏区独特的田园牧歌般的诗意画卷。

清晨的然乌湖，让我们再一次领略到它的寂静、深蓝和洁白，眼前的雪山、湖水、佛塔、牛群，如同在阳光下看见温暖的容颜，让人忘记了寒冷。此时，央金站在门口，喊大家回来吃早饭。老杨哥扯着嗓子来了一句：“转山转水转佛塔，不为来世，只为途中与你相遇。”川藏南线 318 国道旁的然乌湖，绝对是一个可以让灵魂变得纯净和安静的地方。似乎只有走在西藏的路上，才会看到这世界有多美。

领队巴桑似乎很了解大家的心情，吃完早饭出发后，先让车队掉头，折返到下然乌湖边，给大家个把小时，与静静的然乌湖告别。队友老许一步一回头，自言自语道：“明年我一定会再来看然乌湖的。”依依不舍在西藏是一种常态，但只能告别然乌湖，告别可爱的藏族姑娘央金拉姆。

沿川藏南线 318 国道东行，驶出然乌镇，右转进入 201 省道即“然察”公路，便踏上前往察隅县下察隅镇沙琼村僜人族群的路途，全长 260 多公里。

走不多远，便可以在来古村看到来古冰川的牌坊。来古冰川位于八宿县然乌镇，紧邻然乌湖，终年冰雪覆盖。这段路沿途是平缓的高山牧场，可以俯瞰然乌湖，远望来古冰川和众多的雪山，风景秀丽。

被雪峰、冰川环绕的来古村因来古冰川得名，村子周围是美丽的湖泊与雄伟的雪峰。这里是一个观看冰川的绝佳地点，站在村边可以看到远处的 6 条海洋性冰川——这样的冰川自然景观在中国绝无仅有。

离开来古村，继续沿 201 省道前行约 50

晨雾中，然乌湖畔与雪山遥遥相对的佛塔

公里，便开始翻越海拔5100米的德姆拉雪山。这是去察隅县下察隅镇的必经之路，位于伯舒拉岭的北部。在林芝地区，它远没有南迦巴瓦雪山、米拉山、嘎隆拉山、色季拉山那样出名，加之察隅是边陲一隅，去的人很少，德姆拉雪山自然难以引起人们的注意。

沿着盘山道，一路向上，路边远近的雪地里，排列有序的杆子连成一条线。这是“然察”公路上的生命线，当大雪漫天的时候，这些杆子就是“导航坐标”，不仅给你指引方向，同时避免车辆偏离道路而陷落。这让我想起去阿里高原时，茫茫戈壁沙丘、湖泊草甸，沿路的电线杆成了心里的一条坐标轴，只要看见它们矗立在那儿，一根儿接着一根儿，甭管离我们多远，就是远得看上去像个小火柴棍儿，心里也倍感踏实，因为在西藏很多地方，只有一条路带你通向远方，没有导航信号时，路两边的杆子在，方向就在。

“然察”公路的最高点、海拔4980米的德姆拉山垭口，与米拉山、色季拉山、马攸木拉山、嘉措拉山等众多的山的垭口一样，经幡飞舞，在白雪映衬下显得越发的艳丽。在藏地很喜欢看见这样的场景，洁白与五彩斑斓的色彩形成反差，雪山的静与经幡的动，彰显出大自然与信仰并存，让人感受到生命与信仰无处不在。

站在雪地里，想抒发一下情感，于是试着唱起了《天路》，可没唱几句，就已经上气不

来古冰川

接下气——没办法，这就是青藏高原，人们常常因缺氧而气短，但对于藏族人来说，缺氧绝对不是问题，随便一个人都会唱上许久。

翻过德姆拉雪山垭口，一个弯道旁有个稍微平缓的高地，是绝佳的观赏、拍照地点。这时才发现这座不太出名的雪山，山势同样陡峭，虽然从海拔 3850 米的然乌湖出发，到达 4980 米的德姆拉山垭口，道路相对平缓，可翻过垭口后，就要极速下降 4000 米，到达海拔不足千米的下察隅镇沙琼村。站在垭口俯瞰，连续的之字形下坡路让人畏惧。学着藏族人的做法，把准备好的经幡和玛尼石安放在山口——当我们不在西藏的时候，这些经幡和玛尼石可以替我们祈福，保佑平安。

沿之字形的山路连续拐弯下到桑曲河谷，一股暖流扑面而来，那是来自印度洋的暖风。从谷地回头仰望海拔 5100 米的德姆拉雪山，不亚于在珠穆朗玛峰大本营仰望世界最高峰时的感受，雪山的朴实、高大和巍峨扑面而来。我在想，等回来的时候，要面对海拔的骤升，从下察隅不足千米的低海拔，一下子上到海拔近 5000 米的高度，也许人会感觉不舒服。这是在西藏第一次遇见道路有这样大的落差。

午后赶到海拔 2300 米的察隅县城竹瓦根镇，因为错过了办理边境地区特别通行证件的时间，要等到 2 点半上班以后。此时天下起了小雨，没有办法，只好先去镇上找饭吃。

察隅县总面积 31 659 平方公里，属喜马拉雅山与横断山过渡地带的藏东南高山峡谷区，全县地势总的趋势是由西北向东南倾斜，西北高东南低，相对高度差近 4000 米，垂直高差悬殊。全县平均海拔 2300 米，是典型的高山峡谷和山地河谷地貌，海拔 5000 米以上的山峰有 10 多座，其中，察隅县察瓦龙乡与云南交界，海拔 6740 米的梅里雪山的西半部分就坐落于该乡。因为北有德姆拉雪山的天然屏障保护，这里既有西藏高原的气候特征，又属亚热带山地季风湿润地区，温暖多雨，日照时间长，年均气温 12°C，冬暖夏凉，四季温和，降水充沛，年均降水量达 800 多毫米，适合多种农作物生长和林果种植，造就了察隅“一山有四季，四季不同天”的自然景观，赢得了察隅“雪域小江南”的美誉。

下午总算办完边防通行的所需证件，可以继续南下。从竹瓦根镇到下察隅有 70 多公里山路。一路上，桑曲河谷山清水秀，两边的高山上全是茂密的森林。出竹瓦根镇不久，途经 201 省道旁，便是被桃花装扮得格外美丽的古玉乡罗马村和龙骨桃花村，这里的桃花一点儿都不比波密逊色，道路、农田、村舍旁，到处开满了野桃花，整个村庄淹没在花海之中，漂亮极了。罗马村有察隅“世外桃源”之称，娇艳的桃花与绿色的麦田交织成一幅如诗的画卷。

站在村口路边的桃树下，和一位名叫次仁顿珠的 67 岁老人攀谈起来。老人很热情，也很健谈，汉语讲得不错。他一边介绍着村子的历史和桃花开放的季节，一边指着村口小寺前一对正在转动经筒的新人，告诉我们这是他们新婚第二天早上必须做的功课——在佛的面前感恩和祈祷，承诺忠于爱情，为亲人祈求健康平安。

我给他翻看去珠峰和冈仁波齐、玛旁雍错的照片时，他很吃惊，竖起拇指，说他去过拉萨朝佛，去过纳木错转湖，还没机会去阿里和珠峰地区。他说阿里高原太远太高了，但有生之年一定要去一次冈仁波齐，去冈仁波齐是所有藏人一生的心愿。一位穿着时尚的女子赶着一群牦牛从我们身边经过，打断了我们的谈话，我的思绪跟着牛群走向远方。顿珠老人对我说，现在村上很多人平时生活劳动时，为了方便都不穿传统藏服了，只有逢年过节才会穿上民族盛装。

沿桑曲河走到一个鱼嘴形的地方，即是201省道的终点，左边从察隅县城流过来的桑曲河与右边从上察隅和下察隅流过来的岗日嘎布曲河，在这里汇合，这两条河同源自岗日嘎布拉雪山，汇合后叫作察隅河。这里就是察隅地区。

跨过大桥，通过检查站，右拐不远便到了下察隅镇。因为下雨，镇子上行人很少。街道两边的房子大多是新盖的民居。我们穿过镇子，上山直接去探访居住在沙琼村的僜人族群。

僜人生活在察隅县境内，目前只有几千人，是西藏人口最少的少

● 察隅县罗马村

数民族族群。西藏解放前，僜人因狩猎经常出没于深山老林，历史上曾被称为“野人”，传说过去他们赤着脚就能够上雪山，只带一把刀和五根绳子就能在山里待上半年。下察隅是僜人的主要聚居地，来下察隅，主要目的就是去僜人村进行民俗探访和体验。

沙琼僜人村离下察隅镇只有不到 5 公里的路程，海拔不足千米，目前生活着 70 多户居民，独特的木制两层楼式建筑，在年代已久的树林中穿插。小雨淅淅沥沥，我们终于在黄昏时分抵达下察隅沙琼村的僜人居住地。

村寨里的僜人至今身份证上“民族”一栏写的仍是“其他”。他们讲达让语和格曼语，没有文字。

村寨里很干净。有幸到村寨里的松海和他爷爷阿鲁松家做客。阿鲁松曾是中国僜人最后一任首领，他有 30 个儿女，孙辈 100 多人。后来，阿鲁松被推举为全国人大代表，并做了村主任。阿鲁松家里让人印象最深刻的是客厅正面墙上挂满的牛头——以打猎为生的僜人以此为荣耀。

晚餐是松海能干的媳妇在非常简易的厨房里手工制作的鸡肉手抓饭。这里的鸡个头很大，一只鸡腿几乎和内地一只鸡的分量差不多。年纪轻轻的松海已有三个孩子。孩子们很纯真，笑起来眼睛里干干净净的，让人特别的喜欢。

过来帮助做饭的弟弟松果，一直不告诉我们他为什么叫松果，问他，他只是腼腆地微笑。哥哥松海告诉我们，生他时正好山上的松树结满松果，因此父亲就给他起了“松果”的名字。在昏暗的灯光下，一屋子的人，进藏这么多天来第一次开怀大笑。

在这里孩子和女人是不能上酒桌的。迎客的酒是松海家自制的米酒，味道特别香醇。大家只是看着手抓饭有些犯难，不知道该如何用手抓饭。松海看出大家还是不习惯，于是拿来木勺。我们清楚这是他们招待宾客最好的饭菜。领队巴桑因为来的次数比较多，和他们比较熟悉。松海说什么也不收饭钱，搞得我们很不好意思，好在来前买了一件纯羊毛的毛衣，作为礼物送给了松海。巴桑代表大家给孩子们留了点买文具的钱，算是答谢。

晚上，镇上开始停电。当地人似乎已经习惯了没电的日子。说实话，住在边远地区的人，交通很不方便，生活也真的很辛苦。

德姆拉雪山

松海告诉我们，近两年来，国家给每一位边民每年发放补贴 2700 元，鼓励他们在这里生活，村寨里也安装了电话、电视，他们的生活有了很大改善。

第二天清晨，告别了那些朴实的笑脸，我们踏上返程之路。

再次翻越德姆拉雪山，眼前陡峭的之字形山路令人无比震撼，到垭口，队友老许独自爬上山坡，为大家当起摄影模特，白雪皑皑的德姆拉雪山，就这样让我们永远记住了它和老许的身姿。离开察隅下山，回到波密扎木镇，已是满天繁星。

15 我和山南有个约会

自从走进西藏这片神奇的土地，就一直沉浸在这个充满信仰的世界中，对这里的一切都充满了热爱。2018 年 5 月，再一次走进西藏，回到拉萨，当从飞机的舷窗看见雪域高原的那一刻，神经一下子变得兴奋起来。

山南是“看见西藏”计划里要专门去的地方——既有对了解藏文化发源地的渴望，也有一睹扎西次日山上雄踞千年的西藏第一座王宫雍布拉康的期盼。

人的身体一般有两个隐性功能，那便是环境记忆和自我适应。以高原为例，去的次数越多，身体中的血红蛋白对于缺氧环境的记忆就越深刻，当再度进入这个环境后，身体就会自动做出反应，自我适应机能会适时开启，而适应的过程也会比较平顺流畅。在这次进藏之前，由于工作紧张，睡眠一直不好，身体处于典型的亚健康状态，也不清楚自己的身体是否已经将缺氧环境遗忘，能否唤醒自己体内的细胞对于高原环境的记忆，心中有些忐忑不安。

轻轻地背起行李，走出贡嘎机场的一瞬间，做了几个深呼吸，感觉问题不大，除了背着大包小包上进城的班车时有些气喘外，其他反应不大，似乎身体记忆的功能真的已经被唤醒。

虽然已经上过四次青藏高原了，但对于山南的了解并不多，只记得 2016 年为准备去阿里适应高原环境，曾经到访过位于山南的羊湖。

山南琼结雅砻河谷是藏族雅砻部落的发祥地，从山南雅砻河谷地带的琼结、泽当，到雅鲁藏布南北两岸的扎囊桑耶镇和乃东这一地带的平原河谷地形地貌及位置上看，这里水资源丰富，土地相对平坦开阔，更易于耕种和放牧，是一个比较适合人类聚集、生活的地区，因此，在这里囊括了太多“西藏第一”——第一座宫殿雍布拉康、第一块农田雅砻田园、第一位国王聂赤赞普、第一座佛堂昌珠寺、第一座寺庙桑耶寺、第一部经书《邦贡恰加》、第一部藏戏《巴嘎布》，等等。

相传山南的神山贡布山是藏人先祖的发源地，据索南坚赞《西藏王统记》中所述：一只受观世音菩萨点化的神猴到雪域去修法，后来与一位罗刹女结为夫妻，生六雏猴，繁衍后代，逐渐进化成后世最原始的藏人。这种由猿变人的传说，与北京周口店山顶洞人进化到人类的过程，有着相似的地方。

在山南的泽当，不仅有贡布山上刻满经符的猴子洞，还有位于雅鲁藏布江南岸的藏族第一块农田和第一座房屋。第一块农田坐落于泽当的北面，传说这块田是文殊菩萨送给藏族先祖种植粮食用的，所以每逢播种时，这里的人们都会在神田里抓一把土撒在自己的田里，祈求丰收。第一座房屋则位于泽当 11 公里处，这是当时的藏族先民为他们的赞普（藏王）修建的第一座房屋“雍布拉康”，也就是第一代赞普的王宫。而始建于 762 年、建成于 779 年的第一座佛教寺庙桑耶寺，则坐落在雅鲁藏布江北岸的山南扎囊县。

可见，山南具有原汁原味的藏民族文化和本色的藏民族风俗。有人把山南称作西藏灵魂的所在地，的确，山南能给你想要的关于西藏的一切。如果你想真正地了解西藏，山南是一定要去的。

而在山南之南，更有着绝美的喜马拉雅秘境，在那里能经历你想要看见的西藏山南。多种多样的地形地貌、茂密的原始森林、连绵的喜马拉雅群山、广袤无垠的草原、成片的沙丘、幽深的峡谷、一座座历史悠远的寺庙、宝石一般的高原湖泊，等着你去一探究竟。

每一次与拉萨重逢，都是为了出发去更远更高的地方。

自从第二次回到拉萨开始，就已不再到处游走，只是随意在八廓街周边转转。看着大昭寺转经道上拥杂纷繁的人群，淡然观之，心中亦是寂静，似乎对于这里的熟悉程度，已俨然一个老藏的样子，一切不急不忙，就像一次普通的行程，就像是回家。

在拉萨与提前两天到达适应海拔的队友亦是堂哥会合——受我的影响，在三弟和外甥之后，这已是第三位跟随我进藏的亲人。晚饭很简单——两碗牦牛肉藏面、一碟小菜、一壶奶茶。然后步行到布达拉宫广场，看一眼玛布日山上光彩夺目的圣殿，这似乎已成为每次到拉萨后一种不可或缺的安排。

第二天一早从睡梦中醒来，已是上午 9 点，此时的拉萨，甚至整个西藏，也是刚刚从梦中醒来。5 月的拉萨，早上还有一些寒意——毕竟是高原。喝完酥油茶，沿林廓路，与转经的藏人一同来到八廓街，似乎这已经成为到拉萨后第一个上午行程的惯例，没有任何目的，就是一种习惯，这其实也是拉萨生活的一部分。

大昭寺、八廓街，这里是拉萨的中心，也是拉萨的老城，从早到晚，不论你何时来此转几圈，坐一坐，心中都会感觉到很轻松、很温暖、很平和。每一次出发前，在这里转转，心情会变得特别的好，心里也变得特别的静。在这里弥漫着煨桑炉中飘出的藏香气息，满眼的藏式建筑、服饰、经轮和五彩经幡以及遍地的虔诚，你可以从中领略到西藏文化的精髓所在和神秘色彩。站在大昭寺广场许一个平安吉祥的愿望，已经成为很多到达拉萨的人，准备出发去西藏更高远的地方之前，进行的一种“仪式”。

走在八廓街上，时光在不知不觉中前行。饭点很快就到了，寻着咖喱特有的味道，来到大昭寺广场附近久负盛名的尼泊尔特色餐厅娜玛瑟德，这里的牛肉饺子和咖喱土豆、咖喱牛肉饭的味道是我的最爱——中外交织，珠联璧合。

在拉萨老城，相比玛吉阿米餐吧、光明港琼奶茶馆，娜玛瑟德的名字虽有点拗口，但其名气并不逊色。娜玛瑟德，在尼泊尔语中为“你好”的意思，目前，在内地的大都市想见到尼泊尔人很难，但在拉萨尼泊尔人很多，大多和西藏当地人一样，眼睛里很清澈，笑容可掬，不论干什么节奏都很慢，即使做买卖也是不紧不慢的样子，似乎时间不是金钱——也许是他们担心过多的铜臭气会让生活改变了原本的味道吧。

娜玛瑟德的老板是个尼泊尔帅大叔，也是个藏通，把整个餐厅上上下下打扮得既有尼泊尔风情又特别有当地风格。走进这里，既能感受到浓浓的异域风情，又到处弥漫着西藏的气息，精致的银制餐具特别有神秘感，营造出安静与温情的氛围，就连空气中都有一种慵懒的味道，在这里坐坐，便可以体会到一种别样的悠闲与舒缓。

餐厅的菜单是汉、藏、尼、印、英文混搭，食物大部分与咖喱有关，其中竟有与汉地形状一样的牛肉包子和面片汤。出发前最后一顿美味佳肴了——点了一壶酥油茶、一份咖喱牛肉饭、一份咖喱土豆泥、一碗加咖喱粉的面片汤和一盘沙拉酱拌的黄瓜、西红柿片，配上一瓶拉萨啤酒，然后开始畅聊对山南的向往。一中午的时间就这样快乐地度过了。这就是拉萨的生活，不紧不慢，一切尽在自然而然的掌控之中。

这次去山南，因为时间紧，仅仅留了一天在拉萨做出发前的适应调整。

下午考察队全体队员集合，召开出发前的准备会。会上竟然有点出乎意料：原先的印象中，总以为两广人来西藏的会很少，但竟然有一半的队员来自广州和深圳——看来对西藏的热爱，如今已经不分东西南北了；本以为已经五次走上青藏高原的我多少有点成就感，可北京来的队员考拉大姐已经是第六次进藏，真是佩服得不行，在对西藏的喜爱方面，看来自己并不孤单。

散会后采购食品、药品、水和应急氧气等物资，因为这一次计划已久的山南行，山高路远，有些路段会很艰苦，特别多买了几包酥油茶——现在不论是在西藏高原还是回到家的日子，每天早晨几乎离不开酥油茶。晚上收拾行装，准备第二天启程。

此次山南行的大致路线为：拉萨—日多—思金拉错—拉姆拉错—加查—日当—贡拉雪山—扎日—扎日沟风景区（扎日神山主峰达瓜西热）—加查—桑日—桑耶寺—泽当—雍布拉康—隆子—拿日雍错—错那—勒布沟（麻麻门巴族乡）—浪坡沟—东章瀑布—错那—拿日雍错（空布岗日雪山）—曲卓木乡千年沙棘林—哲古错（哲古草原）—措美—拉康峡谷（雄鹰之路）—边巴—乃西乡—卡久寺—拉康镇—色乡—拉普—洛卓沃隆寺—色乡—赛卡古托寺—处迂村—白玛林错—洛扎—普姆雍错—羊湖腹地（打隆镇、多却乡、伦布雪乡、东拉乡等）—拉萨。这次行动几乎把山南市一网打尽。

天不亮就起床了，月亮和星星还挂在天边，街灯下只有我们一行人一行车，准备前往山南市，开启计划已久的西藏文化、历史和自然的探究之旅。此时，转经道上的人们还没有开启他们每天的信仰之路。

早餐店里，领队提醒大家包子、鸡蛋敞开吃，因为，第一天的路很长，而且往后的十几天里，就再也吃不到像样的早饭了。于是，一边吃着藏包子，一边在手机上查看有关山南的资料。

山南市位于冈底斯山至念青唐古拉山以南，雅鲁藏布江干流中游地区，是西藏的粮仓，北接拉萨，西与日喀则市毗邻，东与林芝市相连，南与印度、不丹两国接壤。

去过西藏的人，都知道西藏的湖数以千计，它们就像西藏的眼睛，就像西藏这片高原大地的灵魂，西藏的历史、文化与民俗，也几乎和这些湖泊紧密关联，每个湖泊都有着不同的象征意义、历史渊源和神奇传说，以至于在来过西藏的人中流传着一句话：“错在西藏，一错再错，全都是错。”“错”在藏语中是湖的意思，这也足以证明，湖在西藏何其多。

在山南市众多的湖泊中，西藏三大圣湖中的羊卓雍错湖湖面平静，一片翠蓝，仿佛山南高原上的蓝宝石，其湖光山色之美，可谓冠绝藏南，而在西藏宗教历史文化上，位于加查县曲科杰丛山之中的神湖拉姆拉错，它的地位在西藏是其他湖泊无法替代的，这缘于藏传佛教中的“湖观相”——相传有缘人可以在这里看见自己的“前世今生”。这也特别引起我的好奇，前往拉姆拉错神湖，也就被列为山南之行的第一场约会了。

除此之外，位于山南浪卡子的普姆雍错、措美的哲古错、错那的拿日雍错、洛扎的白玛林错等，也都散发着诱人的魅力，因为，西藏的湖泊无论大小，灵气天成，不入俗套。因为是高原，所以，除林芝的湖泊外，大多数湖泊四周没有树木，没有杂草，湖的主题意境非常突出，安静、神秘、美丽、圣洁。如果你静静地在这些湖边小坐片刻，湖风微微吹来，便会潜入你的心灵深处，使你释然和超脱。

过拉萨河，汽车很快驶出拉萨城，驶入318国道，前往位于山南加查县的神湖拉姆拉错。

在墨竹工卡县米拉山脚下的日多镇离开318国道，转向302县道，首先遇见的是思金拉错——传说中西藏著名的财神湖。

思金拉错，藏语意为“具有威力的神湖”，也被当地人称为“财主百龙之王”居住的地方，它位于墨竹工卡县日多乡东南、山南市桑日县增期乡以北，距川藏318国道五六公里，海拔4500米，地形犹如聚宝盆，四周群峰簇拥，山脉相连，气势峥嵘，风景如画。传说神湖东面的山上驻有十六尊罗汉，东南边还可看见雪域著名的摸顶山，祭拜此神山不仅能积累福运，还可保万事顺心如意；远看，思金拉错湖的南边山脉犹如供奉的曼陀罗，西边山脉犹如大象背上的宝座。

相传当年吐蕃赞普赤松德赞建成桑耶寺后，为没有金子给众佛上金粉而忧虑，莲花生大士为赞普出了一个主意，请他亲自前往财神湖思金拉错，找世间财主墨竹思金龙王取得黄金，因此，桑耶寺至今还延续着每年烧香祭拜墨竹思金龙王的习俗。每年到了藏历六月十五日这一天，历代藏王以及止贡活佛都要来到思金拉错神湖烧香祭拜，并向湖中投入许多金银财宝，以报答神湖的恩赐。这个习俗在当地已经形成了传统。

到达湖边时，刚刚下过一场雪，天色有些阴沉，远处湖边的山上覆盖着白雪，湖边寒风瑟瑟，和照片以及想象中的财神湖思金拉错有一些差别。

站在湖边，寒气逼人，静谧的湖面泛着波光，“蛇舌草坪”在湖水中央舒缓地展开，为淡蓝的湖水增添了一种诡异、别致的美丽，很安静、很安详。据说来这里朝拜的人都能得到龙王恩惠的财运，但一定要记住，在西藏有个禁忌：千万别在神湖边大声说笑，要保持安静，不要去惊扰湖中的神灵。

思金拉错与西藏的众多湖泊一样，远远便可看见湖边经幡林立，一座座的玛尼堆都是来此朝拜的人堆起来的，如果赶上藏历四月十五、六月十五等日子去转湖，就会看到许多人把自己贵重的东西抛进湖里，以祈求财神降福。

离开思金拉错，途经桑日马鹿自然保护区，在一处山坡上，与马鹿等珍稀野生动物亲密邂逅。鹿在西藏被称为吉祥的动物，在每一座寺院你都可以看见它的身影——俯卧在大殿屋顶上法轮的两侧——双鹿侧伴的八辐金轮是佛教的徽像，代表佛陀在瓦拉纳西附近的野鹿苑的首次传法，这次传法也被称作“初转轮”。

● “财神湖”思金拉错

马鹿的个头稍大，非常机警，颜色与山体浑然一色，不注意很难发现它们。当它们发现我们在靠近时，头鹿一声嘶鸣，鹿群迅速排成一队向山头走去，整个鹿群渐渐消失在山边的白云之中。当最后一头马鹿越上山岗，回头向我们张望时，在天边留下一个神秘的画面。按当地人的说法，能与“神鹿”邂逅，算是很大的缘分和福气。

继续沿着雅鲁藏布上行，到达增期乡时，因为很难找到一家餐馆，只能途中学着藏族同胞的样子，在河边选了一块绿地，铺上地垫，拿出各自准备好的路餐一起分享。大家这样吃饭，在西藏还是头一次，感觉像藏人的“逛林卡”。

藏族是一个十分热爱大自然的民族，“逛林卡”在藏族有着悠久的传统和深厚的基础，也是藏族人一种非常普遍的休闲娱乐方式。酷爱户外生活的藏民，在夏季会纷纷来到水边的树林游乐，称为“逛林卡”。

逛林卡在西藏是一个重要的节日，集中于6—9月进行，人员以家族成员和朋友为主，活动内容非常丰富，但总的来说离不开两个主题：敬神和娱乐。这种富有藏族特色的郊游活动，也有人为“郊宴”。在每年藏历五月十五日这一天逛林卡进入高潮，据说，这是为纪念莲花生大士于猴年五月降伏了藏地的一切妖魔。

拉萨等地区也把逛林卡称为“赞林吉桑”，意为世界焚香日、世界快乐日，如今主要的活

在桑日马鹿自然保护区邂逅西藏珍稀动物马鹿

动地点在拉萨的罗布林卡、龙王潭公园，以及哲蚌寺和色拉寺附近的林地里，日喀则人逛林卡则主要集中在班禅新宫（德钦颇章宫）外和刚坚果园，而山南泽当的逛林卡主要在雅鲁藏布江边、贡布日神山等处。

在冬长夏短的西藏高原，藏族人极为珍惜大自然的恩赐，逛林卡成为他们的一种传统。热爱大自然且能歌善舞的藏族人民，身着节日盛装，或合家而出，或约亲邀友，带着青稞酒、酥油茶和各种美味食品，在河边挺拔的杨树下、山间婆娑的古树边、绿茵茵的草地上，搭起一顶顶白色的帐篷，上面绣着蓝色的吉祥图案，然后架起炉灶，安置桌椅，铺上卡垫，摆上各种点心、菜肴、饮料，或载歌载舞，或打藏牌、掷骰子、讲故事、玩游戏，或请客欢宴，或看藏戏，或促膝谈心，或干脆摊开四肢，舒舒服服地躺在毡垫般的草地上憩息，其间，还会进行射箭等竞技比赛和其他传统体育活动等，就这样每天一直从早上玩到傍晚，带着浓烈的醉意，欢歌而归。这样尽情享受大自然的日子，常常会延续一月之久。

我们一行在山南雅鲁藏布江边的树林下野餐，也算是亲身体验了一下藏族人逛林卡的感觉，真的很惬意。

路餐后继续沿江而上，前往山南雪域高原的腹地、人迹罕至的神湖拉姆拉错。藏语中拉姆意为“仙女、女神”，拉姆拉错意为“吉祥天姆湖”，又名“琼果杰神湖”，位于加查县城东北部约 65 公里的曲科杰丛山之中。神湖的面积不大，只有 1 平方公里左右，但在藏传佛教中有着特殊地位，为此，明正德四年（1509 年）达赖二世根敦嘉措在此修建了曲科杰寺。

拉姆拉错神湖在藏传佛教中是一座“观相湖”，据说朝拜此湖的心诚、有缘之人，可以从湖水变幻的影像中看见自己的前生和来世，只要虔诚地向湖中凝望，神湖就能为朝圣者呈示出未来命运的各种景象。因此，拉姆拉错在西藏家喻户晓，备受信徒们敬仰，每年藏历四至六月，许多信徒都要到这里上香祈祷，并以能朝拜此湖为一生的幸事。

穿越雅江达沽峡谷时，有很多野生猴子出现，不少人在路边喂食。这里的猴子已经不怕人，只要有车停下，它们就会三五成群地围过来。

通过海拔 4600 米的崔久村检查站，开始爬坡。山坡上时常可以看见吃草的岩羊——羊在西藏的宗教文化中也是一种很吉祥的动物，让人感觉这是个好兆头。出发前西藏的朋友说，藏族人一般是在藏历

● 位于拉萨的“夏宫”罗布林卡

四月十五日，等湖面开始解冻后才上拉姆拉错。我们去的时候还没有到日子，期望神湖为我们这些翻越千山万水到来的人开一次恩。

5 月的曲科杰丛山上，天空竟然飘起了雪花。冒着雪往山上走，很艰难地抵达海拔 4900 米的山脚下。可要看见拉姆拉错神湖，还需登上相对升高 400 多米的垭口。这对我们来说是一次不小的挑战，毕竟还从来没有在这样的高度攀爬过。这段山路大部分是碎石子路。登上垭口前有一小段石阶路，因刚下过雪，路比较滑。这里风很大。山坡上垒满了祈福的玛尼石堆。

简单准备了一下，开始朝垭口徒步攀登。原以为这点距离和高度不算什么，可是没有想到，登上一个山坡，心脏就开始剧烈地跳动起来，呼吸急促，每一步都迈得特别艰难，不得不拄着登山杖，站在原地大口地喘息起来。看了一眼海拔表，海拔陡然升高到 5200 米，而且越往上走坡越陡，每往上攀登几步，就必须站在原地大口呼吸。与山南约会的第一天，就给了我一个极大的考验。

● 拉姆拉错的雪山垭口

攀登中途，有几个队友出现症状，出于安全考虑，领队要求他们下撤。心脏跳得实在太快，喘不上气来，我感觉要挂在这里似的，有一点儿害怕，打起了退堂鼓，幸亏队友亚新鼓励我坚持，并给了我一瓶葡萄糖补充能量，龙兄拿出复方丹参含片让我含了几粒，心脏稍微平复，不适症状缓解。我觉得还是应该向上攀登，否则，可能会遗憾终生。其实，人心里的波动和恐惧，在高原会加重不适感，而人内心的力量是很强大的。

雪花打在脸上，让人睁不开眼，冒着雪花继续一步步往上攀登，不长的路，竟然用了 50 多分钟才攀爬上去。就在登上垭口的那一瞬间，雪停了，空中露出一片蓝天——就那么一小块儿，金黄的阳光洒下来，我们如同沐浴在传说中的佛光之中。短短几分钟后，这个“天眼”就闭上了，风雪再次弥漫了拉姆拉错的上空和它周边的山峰。

山口风很大，气温也很低，随风飘扬的经幡呼呼作响。在垭口有一处高台，这里是观看拉姆拉错神湖的最佳位置，海拔表显示此处海拔 5377 米——这是自己有生以来到过的最高处了。站在垭口上俯瞰，

“神湖”拉姆拉错

冰封的神湖已经开湖，从山顶朝下看去，神湖犹如一面头盖骨形的镜子，神往已久的拉姆拉错神湖就镶嵌在群峰环绕之中，难怪拉姆拉错有“天姆的颅骨”之称。

攀爬上垭口的人们都在向湖中凝望着，想从神湖的景象中看出自己的前世和未来。垭口平台处，信众燃起的缕缕藏香，随风飘向明镜般的湖面。几位藏族人，其中不乏花甲老者，心中有佛，眼底有光，双手合十，长跪不起，虔诚地朝拜着他们心中的圣地。在这里，除了风马旗在风中低声絮语之外，万籁俱寂。

透过一面湖水，看清来世今生，似带有哲学的沉思与庄严。其实，先知般的里尔克早就给过我们答案：“死是生的另一面，它背向我们，我们不曾与它照面，真实的生命形态穿越两个区域，最宏大的循环之血涌过二者，既无此岸，也无彼岸。”而往往人的局限在于只承认生的一面，因为认识不到死，所以也无法认清生。我们非常羡慕这些佛教信徒的执着，因为，在他们心中明晰了生死轮回，他们可以听到自己内心最深处的声音。

我们和其他人一样，按照藏族的习俗，在垭口系上洁白的哈达，以示对神湖的尊敬。在山顶待了很久，双眼紧紧盯着湖面凝望，想从湖面中看出点什么。忽然，我和队友发现，平静的湖面竟然出现了一条形似鱼骨的影像，由北向南——难道这就是一种预示？真的不知道，有多少人能在这里看到自己的前世今生。天空又开始下起小雪，与拉姆拉错神湖告别，下山，前往加查县城宿营。

加查县位于西藏东南部、雅鲁藏布江中游，分布于雅鲁藏布江南北两岸，其东、北与林芝市的朗县、工布江达县接壤，西接桑日、曲松两县，南与隆子县毗邻，全县平均海拔 4000 米。加查县的冬虫夏草在藏区是品质最好的品种之一，产于海拔 4500 米雪线之上，据说真正的冬虫夏草年产量仅有 1500 千克左右，非常珍贵。加查县城不大，仲巴街是县城的主要街道，街道两侧多为贩卖虫草、蘑菇等土特产的商铺。因为县城所在地安绕镇的海拔只有 3200 米，队员们的高反症状全然消失。

加查，藏语意为“汉盐”，相传文成公主路过此地时，把一块盐放进一个洞，从此洞里就流出了盐水。在此“汉盐”之地结束与山南拉姆拉错神湖的约会，显得有着特别的寓意。

16 第一座寺院和第一座王宫

清晨，从山南加查县安绕镇出发，沿着雅鲁藏布江北岸公路，经桑日前往扎囊县。扎囊，藏语意为“刺树沟内，山桃林中”。

5 月的山南，远未到雨季，沙漠化显得尤其严重，而沿江北岸正在建设中的拉萨到成都的电气化铁路已见雏形。天空湛蓝如洗，白云如翻涌的波浪，太阳白得刺眼，山上枯草星星点点。翻越海拔 4100 米的孜隆山垭口，尘土和流沙掠过，这里是扎囊县桑耶镇和乃东区（乃东，藏语意为“象鼻山尖前”）泽当镇的交界地。在这里，可以俯瞰雅鲁藏布江以及沙漠化比较严重的河滩。雅鲁藏布江在这一段江面宽阔，水流平缓，在蓝天白云的映衬下，江水显得尤为清澈碧蓝。

翻过孜隆山，3 个小时的行程，不知不觉，便到达了位于山南扎囊县境内的桑耶镇。坐落在镇子中央的正是藏传佛教史上第一座佛法僧俱全、在山南乃至西藏都具有崇高地位的桑耶寺，这里一直以来都是藏传佛教信徒必到的西藏朝圣之地。

前来拜佛的藏民和僧人，正纷纷手持桑枝投入寺院广场上的三个大煨桑炉里，虔诚地祈愿好运和风调雨顺。桑枝燃烧冒出的烟雾，让整个佛地充满了一种藏区特有的浓郁香味，令人神清气爽。

走进主殿正门东大门时，我被高高悬挂于门廊顶部的一口钟所吸引，据说能摸到钟上系着的经幡条会有福气。在队友们的鼓励下，我

从孜隆山垭口俯瞰雅鲁藏布江

准备尝试一下，也算为大家祈福。目测钟距地面有 3.5 米以上的高度，立定跳高肯定摸不到，于是助跑、起跳，手指尖竟然触到了；又试了一次，再次摸到。第一次在海拔 3500 米的高度如此跳跃，实属我的西藏第一次，虽然，这一跳违反了领队要求在高海拔地区不要跳跃的规定，但感觉还是值得——毕竟测试了一下自己在高原上跳跃后的身体反应。

据《桑耶寺志》记载，桑耶寺，又名存想寺、无边寺，位于山南市的扎囊县桑耶镇雅鲁藏布江北岸的贡布山下。8 世纪末，吐蕃王朝时期，时任赞普赤松德赞笃信佛教，他将印度的两位佛教大师寂护和莲花生迎请至西藏弘扬佛法，并决定为他们修建一座寺院。

762 年，藏王赤松德赞亲自为寺院举行奠基，到 775 年终告落成。桑耶寺建成后，为弘扬佛法，赤松德赞挑选了 7 名贵族青年，命他们剃度出家，史称“七觉士”，成为西藏历史上第一批僧人，桑耶寺也成为西藏第一座有剃度僧人出家的寺院。

传说在初建寺院时，赤松德赞急于想知道建成后的景象，于是莲花生大士就从掌中变出了寺院的幻象，赤松德赞看后不禁惊呼“桑耶”，藏语意为“出乎意料”“难以想象”，于是赤松德赞的这一声惊呼便成为寺名。现珍藏于桑耶寺中的“莲师降魔宝印”为桑耶寺镇寺之宝，极为珍贵。

整个寺院建筑群规模宏大，主殿坐西朝东，

桑耶寺

● 桑耶寺内的辩经场

殿高三层，式样别致，独具风格，是桑耶寺的中心。大殿的每一层都自成风格：底层为藏式，四周有转经回廊，四周壁画生动古朴，虽历经千年依然栩栩如生；中层是汉式风格；顶层则为印度风格。整个大殿极具各民族的风格，又不失完整统一，这种建筑格调在佛教建筑史上也是非常罕见的，所以，桑耶寺又称“三样寺”。桑耶寺不仅在藏传佛教中具有重要的地位，其建筑艺术在西藏建筑史上也具有重要的地位。

这里还是藏族人心中的宇宙之城。寺院平面为椭圆形，按佛经中的世界构造进行了布局：以“乌孜”大殿为主体，代表世界中心须弥山；在大殿四方各建一殿，象征四大部洲；四方各殿附近各有两个小殿，象征八小洲；主殿旁建有两殿，象征日、月；主殿四周建有红、白、绿、黑四塔，以镇服一切凶神邪魔，防止天灾人祸的发生。整个建筑布局匠心独具。

西藏的寺内一般严禁拍照，所以只能用眼睛感受这所西藏历史上第一座寺院的恢宏，不论佛像、壁画、佛经、唐卡，只能用精美绝伦来形容。在大殿内，第一次看见僧人们为佛像刷金的全过程，六字箴言声中，千百盏酥油灯映照下的佛像金碧辉煌，光彩夺目。朝拜的藏人不论老人、青年、孩子，都虔诚地磕着等身长头，庄严肃穆。非常幸运，寺院里值班的师父破例允许我在大殿内外拍几张照片，这是进藏过程中的第一次，也是为数不多的一次。

走出桑耶寺，独自爬到布满经幡的海不日山上。山顶的大佛塔下是观看和拍摄桑耶寺全景最佳的地方，阳光透过云层，洒向贡布山以

辩经

及山下的桑耶寺，展现出高原独有的光影，让古老的寺庙以及主殿四周的红、白、绿、黑四塔，显得恢宏而神秘，眼前的桑耶寺金碧辉煌，各种颜色交织纵横，冲破了视觉常规。桑耶寺的华丽与庄严，让我愣在山顶，真的是无法言表，真的是“难以想象”，这的确符合桑耶寺得名的那一段传说。

时间过得飞快，转眼已经下午 3 点。下山时看见一个老阿妈带着两个小孩，顺着山路艰难地向山顶攀爬，他们是朝拜完桑耶寺后去山顶系五彩经幡为家人祈福的。望着老人和两个孩子上山的背影，那一情景，让我忽然想起在西藏常听见的那句话：“遍地虔诚。”

下山回到桑耶镇，从各处参观陆续回来的队员们，一起走进寺院附近的一家藏式素食餐馆。素食馆里面很安静，充满着香浓的糌粑与酥油茶的香味。有许多朝拜完桑耶寺的藏族人也在这里吃饭，不论是用餐的藏民还是点菜的阿佳、端盘的小卓玛，说话和颜悦色，脸上都带着善意的微笑。

老板娘是位藏族阿佳，她的头饰让我有些着迷——粗粗的发辫上镶着绿松石与珍珠、玛瑙。她看到我在盯着她的发辫看，冲着我微微一笑。有一个用餐的藏族小朋友跑过来，上下打量着我们，透亮的大眼睛里充满了好奇，也许他是第一次见到我们这些汉人吧。

山南的藏人，给人的感觉温和有礼。在桑耶镇遇见的，不论是白发苍苍的老人、质朴沧桑的中年人、稚嫩纯真的小孩子尤其双手合十的僧人，穿着都非常整洁，每个人都

● 有幸被允许拍摄僧人为佛像刷金

是一脸的虔诚，目光纯净而温和，每每遇见他们，总会停下脚步，低眉微笑地说一句“扎西德勒”，对方同样会报以和善的微笑和一句“扎西德勒”。

用藏文书写的点菜单让我们有些尴尬，还好，价格是阿拉伯数字，结账不会出现问题。一暖瓶正宗的山南酥油茶很快喝完，味道香醇。简单午餐后，继续赶路，前往雅鲁藏布江南岸的泽当。乃东区的泽当是山南市政府所在地，这在山南也算大城市了。

没有建设跨江大桥时，过江往来只能从桑耶渡口摆渡到对岸，现在阳光下的渡口看上去很古老也很温暖。小船静静地停在渡口，却没有船老大，更没有乘客，一幅令人感慨的历史与现代交织的画面。

在有关西藏的摄影作品中，曾见过一张非常吸引我的独特照片——矗立在一座小山上的碉堡式建筑。后来经朋友介绍，才知道它叫雍布拉康——西藏的第一座宫殿。雍布拉康高耸于泽当镇东南方向 10 多公里、雅砻河东岸的扎西次日山上。雍布藏语意为“母鹿”，因扎西次日的山势形似母鹿而得名。拉康意为“神殿”。雍布拉康不仅是西藏历史上第一座宫殿，也是西藏最早的建筑之一。

在公元前 2 世纪，雅砻部落的第一代赞普聂赤赞普，来到雅砻河谷——当时被称为“博域”的地方，人们在扎西次日山上，为藏王建造了西藏最早的房屋——雍布拉康，此后乃东、琼结一带的平原谷地成为吐蕃建立之前雅砻部落最早的政治、经济中心。

雍布拉康在松赞干布时期，成为松赞干布和文成公主在山南的夏宫，文成公主到山南昌珠寺念经修行时，松赞干布和她常在此宫殿居住。到 5 世达赖时期，在原碉楼式建筑基础上又修建了金顶，改为黄教寺院。雍布拉康分为两部分：前部是一幢多层建筑；后部是一座方形高层碉堡望楼，与前部相连。宫殿内的壁画上生动地描绘了西藏的第一位国王、第一座建筑、第一块农田的历史故事，佛殿殿堂内供奉三世佛和历代赞普塑像。

相比布达拉宫，雍布拉康这座西藏的第一座宫殿在规模上虽然要小很多，但因为地处扎西次日山顶，加之在西藏第一的历史地位，在山下仰望依然十分壮观，特别是它独特的碉楼式建筑，在煨桑炉的轻烟笼罩下，显得异常俊美，让人过目不忘。宫殿前的平台上，不仅可以俯瞰山南泽当的第一块农田、第一座村庄，雅砻河谷美丽的田园风光也可以尽收眼底。

山不是很高，但攀爬时还是感觉到有一点儿气喘，专程赶过来陪我参观的华北电力大学校友洛桑顿珠见状，担心我高反，索性拉起我的手，沿山路爬上雍布拉康的主体建筑。藏族人的热情、朴实和善良，总会时时刻刻打动你的心，让你感到无比亲切。

在“西藏第一块农田”的石碑下再次仰望，与雍布拉康告别，与洛桑话别，难舍难分。从这里转到 202 省道，沿着藏文明的发源地、充满生机的雅砻河谷逆流而上，日落时分，翻越海拔 5023 米的亚堆扎拉山垭口。垭口视野开阔，夕阳的光芒透过云层，把远方的藏地神山雅拉香布照耀得灿烂辉煌。

雅拉香布位于山南市琼结县，海拔 6647 米，其方圆数百千米的冰川是雅砻河的源头。雅拉香布藏语意为“上部守护之神”。

● 爬上海不日山拍摄的桑耶寺全景

正是发源于雅拉香布雪山的雅砻河哺育了藏族先民，他们修渠引水，浇灌农田，繁衍生息，因此，居住在雅鲁藏布江南岸雅砻河流域的藏民，为感激雅拉香布雪山的护佑之恩，将雅拉香布雪山奉为白牦牛化身的神山。在山南地区“雅拉香布乃吐蕃王国众神山中地位仅次于冈仁波齐的神山”，这是不争的事实。

在历史学家范文澜先生的《中国通史》第四册中，对于青藏高原与隋唐同时期的吐蕃国的兴衰历史，有着很翔实的记载。居住在中国西部地区的羌族，是一个由 100 多个古老的游牧部落组成的民族，居住地以西海（今青海）为中心，主要向西延伸，向东部被汉人阻挡，“羌笛何须怨杨柳，春风不度玉门关”的诗句，在中国至今家喻户晓。西晋时期，鲜卑族慕容部酋长吐谷浑，率部从辽东部西迁现在的甘肃临夏地区，征服羌族，建立了吐谷浑国。唐初，吐谷浑东部以伏俟城（今青海共和）为中心，西部以鄯善（今新疆若羌）为中心，处于少数的鲜卑族逐渐与羌族融合，逐渐羌人化，从而实际上吐谷浑国成为羌的

西藏第一块农田

国家，而后，羌族一部分自青海进入现在的藏地，汉武帝时，一部分迁到蜀地的羌族六牦牛部也陆续进入藏地。

另据《西羌传》中记载，战国时期，秦国献公出兵攻占羌地，为避秦军，羌牦牛部、白马部等向南迁移，散居于蜀西部山区，称为越希羌、广汉羌等，还记载有发羌迁徙到更远的西方，101 年青海烧当羌被东汉击败，残部千余人向西投奔发羌。在《新唐书·吐蕃传》中，以发、蕃发音相近，确定羌是雅砻吐蕃部族的祖先。

赞普，意思是“强雄丈夫”，代表了当时藏地雅砻河谷一带“六牦牛部”各部独一无二的君王，自“六牦牛部”吐蕃部族一代赞普弃聂弃开始，确立子孙世袭藏王赞普称号，形成国家的雏形，这也印证了为什么会将坐落于雅砻谷地的雅拉香布雪山奉为白牦牛化身的神山。

据藏文文书《吐蕃大事纪年》，雅砻部族第八代赞普布袋巩甲，在琼结制造木犁，开垦平原土地，冶炼银铜铁器，进水灌溉，农耕文明较于单一的游牧文明更加先进，因此，雅砻部族国力日渐强盛，至赞普囊日松赞时，率兵灭掉青藏高原东北部以青海玉树一带为中心的比较强大的苏毗部落后，雅砻部落从一个吐蕃小国成为青藏高原的霸主。

囊日松赞的儿子松赞干布（约617—650），穷哇达则（今山南琼结）人，诞生于亚隆札对园的强巴敏久林宫（今位于墨竹工卡县甲玛乡）。629年，13岁的松赞干布继承赞普王位，平定了苏毗、工布、娘波等部族发动的内乱，继而降服羊同（象雄国，即现在的阿里地区），融合了安多、康巴各部，逐步统一了青藏高原各部，制定文字，颁行治理“大法令”，正式建立奴隶主统治的吐蕃王国，因此，松赞干布实际上是高原上统一的吐蕃王朝的立国之君。

松赞干布离世后，因继任吐蕃赞普芒论芒赞年幼，独掌吐蕃王朝国政的大相禄东赞，继续推行松赞干布的建国大业，扩张吐蕃疆土，多次出兵青海唐的属国吐谷浑。禄东赞去世后，670年其子尊业多布率吐蕃军争夺西域，攻入龟兹国，并击败薛仁贵率领的唐军，同时彻底攻占了以羌族为主的吐谷浑国。从此，这个从雅砻河谷兴起的部族，真正成为整个青藏高原的统治者，并逐渐得到认同。

山南的琼结，史上也称这里为“上雅砻”或“吐蕃故都”，具有1400多年的建城史，是比拉萨更具有历史的古老都城。6世纪，从第九世赞普布德贡杰到第十四世赞普伊肖列，在琼结一带先后修建了达孜、桂孜、杨孜、赤孜、孜母琼结、赤则崩都六座宫殿，成为自第一座宫殿雍布拉康之后的王宫。

第三十三世赞普松赞干布统一西藏高原后，政治中心从山南琼结迁至逻些，但旧王族仍然居住在雅砻河谷的琼结一带，而迁到拉萨的历代赞普为牢记祖先在雅砻河谷创业的历史，不忘根本，会经常回来居住，大多也会把陵墓选择在这里，落叶归根。

考古发现的藏王赞普和后妃陵墓群位于雅鲁藏布江南岸的雅砻河畔、距现在山南市区约30公里的琼结县东南侧木惹山上。根据藏文史书《贤哲盛典》《西藏王统记》《西藏王臣记》等记载，藏王陵从6世纪起建造，到9世纪末结束，吐蕃王朝时期共有三十五代赞普（王妃）陵，现存主墓为松赞干布和文成公主墓，还留存有吐蕃赞普赤松德赞记功碑、藏王墓石狮等历史遗迹。藏王墓有着悠久的历史和重要的考

● 亚堆扎拉垭口

古价值，是国家重点文物保护单位。藏王墓用千百年沧海桑田的变迁，向后人诉说着吐蕃王朝的兴衰史。

翻越亚堆扎拉山口，一路下坡，夜幕降临时，终于抵达隆子县城隆子镇——一个非常安静的小镇。

隆子县隶属山南市，位于西藏南部、喜马拉雅山东段北麓，居民中的民族包括藏族、汉族、珞巴族等十几个民族，其中藏族人口占 99%。

隆子，藏语意为“须弥山顶”。须弥山一词来自婆罗门教术语，后被佛教引用。须弥山在梵语中的意思是宝山、妙高山，又名妙光山，相传此山有八山八海绕其四周，须弥山位于世界中央。

喜欢西藏的人都知道“无阿里不西藏”这句名言，其实，对于西藏而言，我想无山南同样不西藏。沿着历史的脉络追寻，如果说阿里象雄古国文明是西藏文明之根脉，那么，位于山南的雅砻河谷一带，则是西藏吐蕃族及其文明的发祥地。

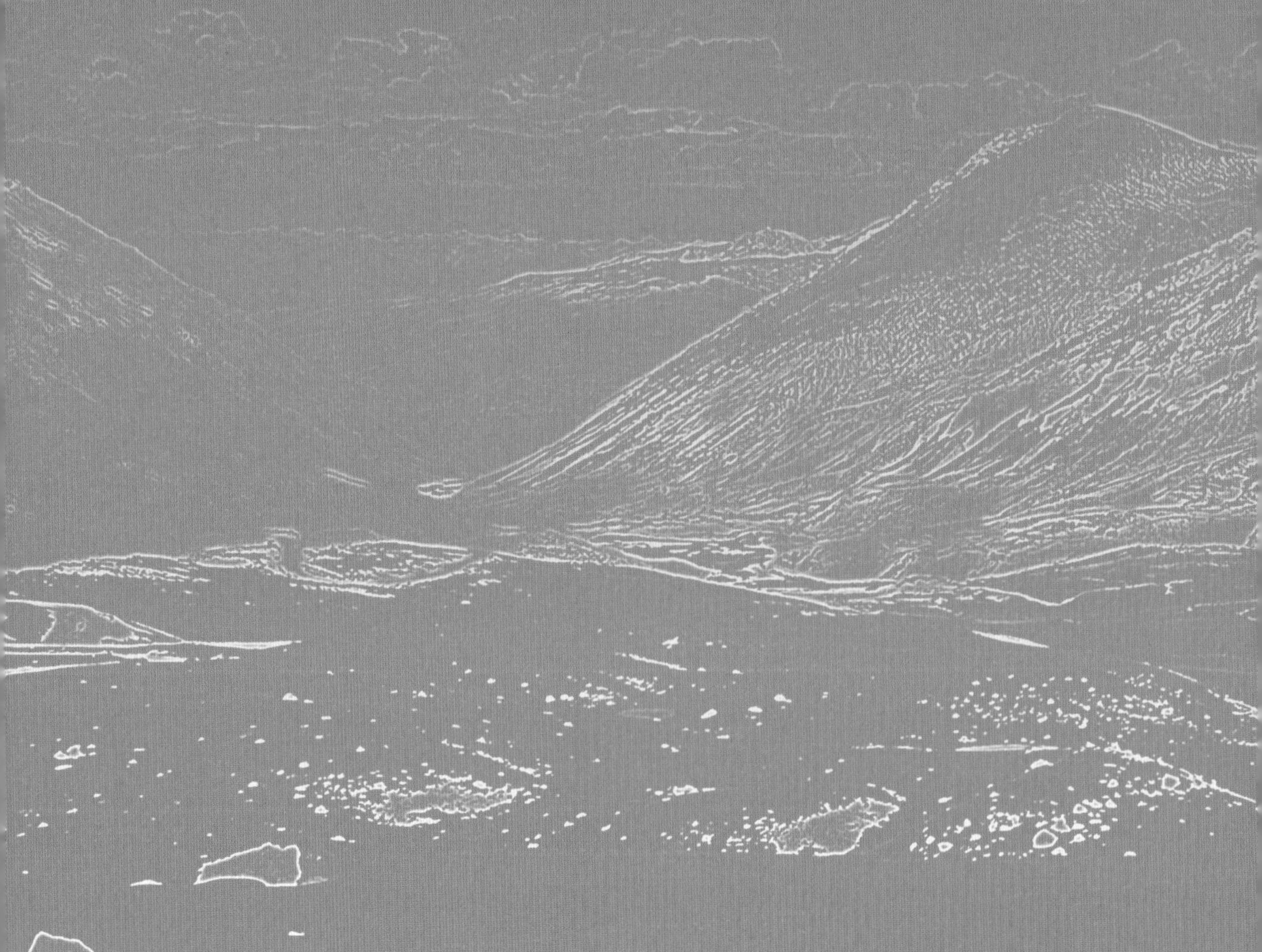

17 藏南的绝美秘境——扎日沟和勒布沟

在藏传佛教的史籍和传说中，位于山南隆子县扎日乡与玉麦乡之间的扎日山，是藏传佛教中的“胜乐金刚宫”，是一直与冈仁波齐、雅拉香布、梅里雪山等齐名的神山之一，有扎日曲、洛曲、甲曲、玉麦曲、曲松曲等在其四周流过，总面积约900平方公里，平均海拔2000多米。扎日神山的主峰达瓜西热海拔5722米，位于扎日乡扎日峡谷（亦称扎日沟）内，其高度在喜马拉雅的群峰间并不突出，却是藏民心中的圣地。

传说莲花生、宗喀巴等许多圣者曾在此修行，神山上有很多天然形成的手足印，就是他们留下的。这些传说滋生出巨大的魔力，吸引着西藏佛教信徒从四面八方蜂拥而来。信徒们认为，猴年转扎日神山可让今生逢凶化吉，死后魂归极乐，来世重获人身或修成正果。与马年转冈仁波齐神山一样，这已经成为藏地的传统。去往扎日神山的路上，常常可以看见背负行囊、手持经筒、满脸虔诚、叩拜而行的藏族同胞。

前往扎日乡的路途遥远，全程近500公里，而且路险沟深，路况极差，水泥路只通到隆子县的玉麦乡，之后全部是土石简易路。通往中国人口最少的乡镇玉麦乡的道路，在我们抵达前的两天被一场大雨冲毁，我们只好选择了一条比较艰难的道路——翻越海拔5233米的贡拉雪山，绕道前往曲松村，然后穿越扎日峡谷，抵达扎日乡。

翻越贡拉山的路全部是很窄的土石路，目前已经很少有人走了，因刚下过大雪，非常泥泞湿滑，车子爬坡异常困难，队员们只好下车，徒步上山，以减轻车载的压力。

一路的白雪把远近高山装扮得分外妖娆，接近山顶，气温骤降，到达贡拉山垭口时，山顶飘着雪花。5月中旬高山上的雪景，让人感觉蔚为壮观，大家不顾冰天雪地、寒气逼人，踏着没过膝盖的白雪登上山顶，因为原计划中并没有要翻越这座雪山，所以没有带御寒服装和比较厚的手套，手脚被冻得发抖，无法伸直。由于队伍中绝大部分人是第一次在5月间翻越海拔超5000米的雪山，所以异常兴奋。大家忘记了寒冷，有些队员竟然冒着零下的温度赤膊与雪山合影。我站在雪山顶上的经幡之下俯瞰山南的群山时，胸中顿时响起那一句“山高人为峰”的豪言壮语。

下山，随着海拔逐步下降，云雾越来越重。中午到达位于半山腰的曲松村时，天空飘起小雨，一台车的后车轮因道路湿滑陷到水沟中。村子上的藏民和几个武警战士找来木板、撬杠，费了九牛二虎之力，才把越野车拉了上来。在西藏，每每到了未被开发、游人稀少的地方，藏民都很友善很朴实，无论遇到什么困难，他们总会伸出援手。感谢完帮忙的人，走进一家极其简易、昏暗的民房里，囫囵吞枣，吃了几口土豆、白菜、火腿肠盖饭。尽管出发前领队巴桑给大家打过预防针，说途中有些地方有饭吃就不错，不能太讲究，但还是有些出乎意料，个别女队员实在吃不下去，只好去买方便面。

曲松村有条岔路标明可以到玉麦乡。我们原本计划就是从玉麦这边过来，因洪水冲毁了道路才改道翻越贡拉山绕道这里的。当初计划去玉麦乡，是想到这个西藏人口最少——只有几户人家、30多口人，人均拥有土地面积全国第一的乡里看一看。出曲松村时看见护路工人

贡拉雪山

和军人在修路——这里的山路经常被雨水毁坏，他们就这样年复一年地修补着。向他们致敬！

从海拔5000多米的雪山一路盘旋而下，车子一直在凹凸不平、狭窄泥泞的山路上颠簸前行。山路两边似乎只有一种西藏山南特有的高山植物——塔黄。随着海拔的降低，气候和植被发生了明显变化，从高山草甸、灌木丛进入了喜马拉雅山脉南坡云雾缭绕的原始森林。如果你不曾亲自来过，绝对想象不到这里居然是西藏。

空气变得越来越温暖湿润。在细雨中，扎日沟的景色渐渐展现在眼前。去往扎日乡的简易土石路，在穿越原始森林时变得极为狭窄，非常危险，路边山崖下就是贡拉山上融化的雪水向北再向东流，形成湍急清澈的洛河，进入甲曲河。过河的桥梁修建得极为简易，就是在工字钢上铺一层木板，所以过桥时，所有队员必须下车步行过桥，车辆也只能一辆一辆通过，百公里的路程竟然开了近5个小时——路况有多艰难可想而知。

扎日峡谷围绕扎日神山展开，这里至今保持着原始生态的样貌。这里不仅风景优美，环境宜人，而且有着丰富多样的植物资源，是大自然赐予人类的天然氧吧。走进扎日沟，沁人心脾的空气让人心旷神怡，据说扎日沟内有108种树木、108眼圣泉、108种名贵药材、108座修行洞，野生动物的种类也非常多，此外还有6座噶举派寺庙。

● 洛曲河边的野牦牛

由于路况和天气的原因，去扎日乡这一天基本上就是赶路。小雨中的扎日沟异常寂静，路边盛开的红杜鹃、黄杜鹃在雨中显得格外娇艳，山间云雾缭绕，湍急的洛水河清澈见底，原始森林一望无际，空气湿润，与阿里等其他藏地干燥的气候形成鲜明对比，只是小雨中的扎日神山被云雾遮挡，显得朦朦胧胧。

一路都在下雨，大家也显得没精打采，路经一片草地时，忽然发现了一大一小两匹白色的野马在吃草——应该是母子俩。大家打起精神冒雨下车，小心翼翼地接近它们，生怕惊扰了这绝美的画面，拍下了这一路上最经典的一张照片，大家给它取名《舐犊之情》。正好这一天是一年一度的母亲节，这幅“母子情深”的画面带给大家无限的感动。

黄昏，终于到达扎日乡政府所在地。清澈的洛水穿村而过。雨虽然停了下来，天还阴沉沉的。住进一家藏族人开的客栈，楼下就是酥油茶馆和藏餐店。晚餐是地道的藏餐——炖牦牛肉、藏包子、山蘑炖鸡。因为海拔只有2800米，龙兄买了酒，大家一直畅饮到月光洒满整个村落，一路的颠簸劳累，在欢声笑语中消散，夜晚走在安静的村寨里，点点的灯火带给我们无限的遐思。

早早起床，来到依山傍水的村子里，山间飘荡着白云，空气新鲜到几乎让人醉氧。村子里人不多，家家户户冒着炊烟，牛马在村子里的路上自由走动着，一派自然状态下的田园风光。路上遇见的每一位藏民都会主动和你打招呼，双手合十，“扎西德勒”，像我们早晨见面说“早晨好”一样。

早饭是到在此工作7年的次仁旦增老师家里吃的藏面。次仁旦增老师是扎日乡小学校的一名教师，他的爱人在楼下开了家很小的藏餐馆。他和我们聊了很多当地的风土民情，介绍了这里藏族孩子上学的情况，还手把手地教会了我们怎么攥糌粑吃。

虽然刚5月，已经明显感觉到这里的湿气很重，扎日乡每个月都难见几天晴朗的天气，潮湿是最大的问题。由于这样的气候特点，在这里工作和生活时间较长的人都患有风湿病，加上山高路远，很少有人愿意到这里来，因此，我们很佩服旦增老师，为了大山深处的孩子们可以读上书，从山南的泽当来到这里工作已经7年，也正是有这样一批人，西藏边陲才会如此安宁。在旦增老师家的小店吃完早饭，太阳已经升上了山顶，从扎日乡出发，一路上行，再次进入扎日沟秘境。

整个扎日沟景色多变，并展现出物种的多样性，数十公里长的沟谷两侧，重峦叠嶂，林木参天，生长着各种各样成片的灌木，林间花草繁茂，开满红色、黄色的杜鹃和其他各种不知名的野花，一团团，一簇簇，娇艳欲滴，姹紫嫣红，妩媚动人。湍急的洛水在谷间轰然鸣响，翻腾的浪花晶莹剔透，那鬼斧神工的悬崖峭壁间，瀑布如玉带飞流而下。巨大的枯树静静地躺倒在花草之中，诉说着古老与沧桑。

草地水边一群群的野马、藏牦牛、藏野猪、藏马鸡在静静地觅食，山崖的松树上成群的猴子在追逐嬉闹，更特别的是这里的原始森林中有着大片树挂。树挂也叫松萝，是一种对气候条件要求极高的植物。它们是垂挂在树间的白纱状真菌类植物，大面积连成一片，那景象非常壮观。淡黄色的树挂，从高大的树杈枝丫间垂下，好似哈达在微风中飘舞。如此大面积的松萝，说明扎日沟的空气质量有多么的好。一路置身美丽山水与高原风光之中，其乐无穷，早已把道路崎岖的危险忘在脑后。

扎日沟不仅风光秀美，还是一个充满藏文化气息的地方，在整条线路上，有三安曲林寺、吉加拉康、东村拉康等著名寺院。在扎日乡东北方向30公里处，有一个神湖叫措嘎湖，藏语意为“白得像牛奶一样的湖”。扎日神山的瓜达西热雪峰,藏语意为“水晶一样美丽的山”。每逢藏历年节假日，都会有大批的藏人来此转湖转山。

沿扎日谷地一路上行，海拔逐渐升高，重新回到4000米。在藏地早已熟悉的高度与缺氧的状态下，远望扎日神山，主峰上依旧白雪皑皑，山腰是茂密的高原松林，山下一片片的浅滩上是无数块被水流分割的绿色草甸，似浮萍一般的美丽，非常类似西藏林芝地区的鲁朗和云南香格里拉的景色。5月，扎日沟被春色染成五彩缤纷的世界，人仿佛在彩色的海洋里游历，在花团锦簇的花园里漫步。这里不愧是莲花生、宗喀巴等大师的修炼场所，处处透着仙境的模样。

走出扎日沟,再次到达曲松村时已是下午，不敢多停留，稍事休息，再一次翻越贡拉雪山。行至山顶，路边积雪已近车轮顶部。边走边停车铲雪，走到山下，回头仰望，才发现这座雪山巍峨壮观，山下融化的雪水形成一个个大小不一的水潭，雪山倒映在静静的水面上，愈发显得挺拔俊秀。

扎日沟之行，虽然遥远艰辛，但一路走来，人的视觉享受和身体劳乏几乎同样令人回味。扎日沟，这是一块藏在深山人未识、尚没有被开发、游人稀少的胜地。在这里人、动物、自然和谐统一，对于我们来说是一片世外桃源般的人间净土，但在当地藏人眼里只是一块平平常常，日夜生活、劳作和膜拜的土地。

途中遇到一处山路塌方，前方维护工人正在紧张抢修——这样的情况在西藏经常发生，只能耐心等待，好在两侧的雪山、白云、古碉楼可以尽情欣赏，不会感到寂寞。等了两个多小时，道路抢通，回到隆子镇已经夜幕降临。

第二天清晨，从隆子镇出发，目的地是错那县波拉山南侧的勒布沟——藏语意为“好的地方”，以及浪坡沟的东章瀑布。

虽然去勒布沟山高路远，可这里是计划中要到的地方。来这里的目的，是因为西藏著名的宗教人物、诗人仓央嘉措出生在藏南门隅邬坚林村，他为这个地方带来一抹忧伤的浪漫与辉煌。到过这里的人都会对你说：“走进勒布沟，一生乐不够。”因此，必须亲自去领略一番勒布沟这个“好的地方”到底好在何处。

勒布沟是位于喜马拉雅山东段的一条南伸大峡谷，位居娘江曲中下游，历史上属于门隅地区，人口以门巴族为主，有吉巴门巴民族乡、贡日门巴民族乡、麻麻门巴民族乡、勒门巴民族乡。

印度洋的水气使得这里一下子变成了亚热带湿润地区。勒布沟气候宜人，物种丰富，山川秀美，鸟语花香，一年四季常青，盛开着美丽的杜鹃花、茉莉花、月季花和各种各样叫不出名字的野花，堪称西藏一绝。

离开隆子镇，沿202省道行驶了2个多小时，转206县道前往错那。

错那，藏语意为“湖的前面”，错那的名

字便是因为位居“拿日雍错之前”而得名。错那平均海拔在4000米，雨水充足，植被茂盛，风景名胜众多，以拿日雍错、曲卓木乡古沙棘林、勒布沟、浪坡沟杜鹃花海和东章瀑布等最为著名。

到达错那，简单路餐后，继续向南行驶了20多公里，便开始翻越海拔4500米的皑皑雪山波拉山。从波拉山垭口下山，很快就进入了勒布沟的盘山公路，也称“百弯山道”——必须通过这段狭窄艰险的盘山路，方能一睹勒布沟的芳容。

从海拔4500米的波拉山口，下到海拔2800米勒布沟底的麻麻村，垂直落差有1700米，在短短30公里的距离内有180度的大小弯道188个，走起来非常惊险刺激，人会有点晕。如果没有过硬的车技，会冒很大的危险。这段路从高寒的世界屋脊陡降到亚热带的湿润地区，从荒凉走向郁郁葱葱，从高原走进原始森林，可以让你领略“一山有四季，十里不同天”的独特风光。

进入勒布沟口，5月开放的杜鹃已是花的海洋，不同品种的花色彩迷离，一朵朵、一丛丛，伴着山风飞舞，令人眼花缭乱。从波拉山垭口下山，在“百弯山道”上绕过几道弯，眼前就豁然开朗起来，零散的房舍依山而建，错落有致，神似陶渊明笔下的世外桃源，让人不觉闯入了另一个世界。

下到沟底，第一眼就会看见一个醒目的牌匾——“走进勒布沟，一生乐不够”。在拉萨就听人介绍过这块牌子，不管山有多遥，路有多险，看见这句非常应景的话，就像口渴时见到甘泉，让人精神为之一振。

坐落在大山深谷娘江曲河畔的麻麻村是整个勒布沟的核心区，这里气候温暖湿润，一派亚热带雨林的风光，由于地势低，森林茂密，空气含氧量超过内地平原地区，成为西藏的又一个天然富氧舱。住在这里，你会觉得有点醉氧，但路途遥远、艰辛，能够来到这里的人非常少，镇子里显得格外清静。

麻麻村是西藏山南的“生态文明小康示范村”，村庄犹如青山绿树环抱中的一块碧玉呈现在众人眼前，街道干净整洁，一排排极具门巴特色的小楼错落有致，村民怡然自得，缓缓流过的娘江曲把村庄点缀得灵动又秀丽。举头环视，你会发现自己仿佛住在了山水画中。

勒布沟独特的地理环境，形成了独特的原生态美景，集雪山、草甸、花海、原始森林、飞瀑、溪流、珍禽于一身，集奇峭、狂野、温柔诸特色于一体，既有高原峡谷的伟岸，也有江南鱼米之乡的安乐和静谧，不论是百弯山道、亚热带雨林、麻麻村，还是野狼谷、魔女谷、岗亭瀑布、莲花生石头脚印、仓央嘉措禅房、唐僧取经影像石等，都给我们留下深刻的印象。

第二天清晨，在麻麻村游走，呼吸着清新醉人的空气，聆听着清脆的鸟声，漫步于花草树木簇拥的小路和山涧的小木桥上，感受勒布沟清晨的悠然，心情变得异常的清澈轻盈，在这里尽情地与大自然亲近，感受生命的真实存在，真有一种“走进勒布沟，一生乐不够”的喜悦之情。

在古木与竹林相间的原始森林中穿行，极目远望，山间白云缭绕、翩跹起舞，山顶白雪皑皑、银光闪烁，悬崖峭壁林立其中，一块块巨石像俯卧的大象、奔腾的骏马、展翅高飞的雄鹰，情态各异，生动逼真。山腰娇翠欲滴，云烟袅袅，溪流蜿蜒，瀑布飞流，随处可见在峭壁悬崖旁、森林中、飞流瀑布边嬉闹的猴群，山谷里莲花生大士留下的“手印”，更是给勒布沟平添了几分神秘的色彩。

勒布沟的水极具灵动气息，沟底的娘江曲融入了高山雪水的清冽，化解了烟雨的迷蒙，澄明了无数的生命与心灵，以自己的圣洁与激情庇护和滋养着勒布沟的门巴人。

岗亭瀑布从山顶流下，有一种“飞流直下三千尺”的壮观之感。来到瀑布前，一条条银白色的水流从天而降，飞花溅玉，让人感受到大自然极深处的灵动，犹如深藏在崇山峻岭、茫茫林海中的一位美丽神女，在仙境里挥舞着衣袖，使勒布沟这个天然画廊充满了灵气。相传这里还有莲花生大士的修行之处，在通往瀑布的密林之中。我们在门巴的传说故事中，在瀑布的丝丝水雾中，仿佛受到了神灵的洗礼。

进藏路上你总能听到有关莲花生大士的传说。莲花生大士梵文译为“巴特玛萨木巴瓦”。8 世纪，莲花生大士入藏，帮助西藏正式建立了佛教传播的基础，桑耶寺就是由他帮助建成的西藏第一座佛法僧俱全的寺庙，因此受到藏族人民的爱戴，尊奉他为藏密的开基祖。他也是宁玛派的传承祖师。藏传佛教尊称他为洛本仁波切、古如仁波切、乌金仁波切，通称白麦迥乃（莲花生）。在西藏的各地几乎都能听到关于他的故事，都能看到他的足迹。

前往魔女谷扎木瀑布的路上，被藏民称为“汉人喇嘛”的唐僧师徒取经的岩画，巧然天成，可谓大自然的神工鬼斧。传说这幅岩画反映了唐僧师徒路过这里去印度取经的场景，画面里依稀可以看见唐僧的相貌。

勒布沟岗亭瀑布

在勒布沟，还会看见一座建在山腰间的古老房子，不得不再次提到仓央嘉措，因为据说这里是他的夏季休养禅房。1683 年仓央嘉措生于勒布沟南部门隅纳拉山下宇松地区乌坚林村的一户农家，他也是唯一一位被确立为西藏宗教领袖的门巴族人 。

仓央嘉措是一位有着传奇色彩的人物，他不仅是一位宗教精神领袖，还是一位才华横溢的诗人。其实，作为宗教领袖的仓央嘉措并不为普通人所了解，但作为诗人的仓央嘉措却广为人知，他那一首首情感细腻真挚的诗歌，在世间广为流传。仓央嘉措这位雪域高原曾经最大的王的传奇故事，更让勒布沟平添了一抹诱人的色彩。

东章瀑布

勒布沟是我国少数民族群体门巴族人的主要聚居地，共有 2000 多人。在这里的门巴族人具有自己的民族特色，他们有自己的方言、文化、服饰、饮食、歌舞等，民居与雪域藏式民宅完全不一样。门巴族家庭不管贫富，建筑物都分三层搭建——底层存牲畜，顶层放草及杂物，中间一层住人。另外，门巴人的很多歌谣、舞蹈都是靠一代代门巴人手口相传得以延续到现在。

夜晚在门巴酒家，望着窗外的美景，听一曲时而细腻委婉时而粗犷豪放的门巴萨玛酒歌，品一碗浓浓的青稞酒，嚼着热气腾腾的当地荞麦饼，聆听店老板讲述有关仓央嘉措的传奇故事，已是如醉如痴，流连忘返。

带着恋恋不舍的心情离开勒布沟，再次体验从海拔 2800 米经“百弯山道”盘旋直上 4500 米的波拉山垭口的刺激。站上白雪皑皑的波拉山，回眸勒布沟，你会感到，勒布沟就如它的藏语意思“好的地方”一样是远离喧嚣的人间乐土，与扎日沟一样是西藏山南的绝美秘境。

返回错那，稍作休息，立刻动身前往位于浪坡沟内的东章瀑布。出城向南，道路便开始沿着错那曲河谷在原始森林中穿行，两岸山壁高大陡峭。到了浪坡乡，沿山路走不多久，便可见到一个三岔路口，直行就可到达 3 公里外、海拔 3850 米的东章瀑布，左转 6 公里就是海拔 4100 米的浪坡沟著名的杜鹃花海。

顺着东章河一路下坡，路到尽头，抵达东章，路边有个石墩上写着“042K”，代表这里到错那的距离是 42 公里。

东章瀑布，在山南的藏族人心目中是一个

浪坡沟盛开的杜鹃花在整个西藏久负盛名

圣地。东章河水流湍急，最宽处也只有 30 米左右，以前，这里河上是有一座木桥的，当地藏族百姓和来此朝拜的人，可以到瀑布下接水——他们认为东章瀑布的水是神水。

这时，天空下起了小雨，于是，依依惜别东章瀑布，一路蜿蜒上山。雨后，时而飘动时而止步的白云，飘荡在山间，寂静的山林里只有我们一行人和修路的藏族同胞。

山上长满各种树木，种类繁多，其中以珍贵树种红豆杉居多，树上垂着很多绿色的树挂。这里与扎日沟一样，空气质量非常好，于是在针叶林的树枝上生长出这些据说可以治病的树挂。山坡低矮的植物上面，开满了花朵，漫山遍野，一望无际，这就是著名的浪波乡杜鹃花海。盛开的杜鹃花有粉色的，有黄色的，也有少数白色、紫色和红色的，花朵上面挂着点点雨露，争奇斗艳，娇艳欲滴。

杜鹃花生长于高海拔地区的林间、低丘和山野，尤其是高山冷湿地带。浪坡沟的杜鹃花不仅在山南，在整个西藏也是最负盛名的，有黄杜鹃、白雪杜鹃、团花杜鹃等各种杜鹃花，盛开时会联结成密集的杜鹃花灌丛，连绵一二十公里，形成杜鹃花海奇观。

傍晚，返回海拔 4380 米的错那镇，这里早晚非常冷，缺氧是最明显的感觉。因为是政府所在地，到了晚上，这个小镇还是比较热闹。晚上，几个队员聚在镇子上的一家小酒馆里，席间纵情谈论着白天的所见所闻。这一晚，甘醇的青稞酒让几个队友喝得微醉，而我竟然轻微高反，发起了低烧。

18 从错那到措美，告诉你一个不一样的西藏

从错那镇前往措美这段路，使我对山南、对西藏有了更深刻的认识，这里应该是自己认识上的一个转折点。

因为要拍摄距离错那镇 36 公里的拿日雍错的日出，在错那镇的这一天起得格外早。出镇子往北，沿 202 省道行驶，路的右面是一段南北向的雪山，非常壮美，它是喜马拉雅东段康格多山西端的穹隆空布岗雪山。穹隆空布岗雪山也是错那曲和冻噶雄曲的分水岭，主峰是海拔 6537 米的空布岗峰。

拿日雍错位于错那县曲卓木乡，湖面海拔 4900 米，总面积 58.33 平方公里，是错那县最大的湖泊。进入冬季，拿日雍错湖面的结冰可厚达十几厘米，随着天气逐渐变暖，在 5 月，湖面的结冰就会完全融化。在湖泊众多的西藏，它面积是相对较小的一个，加之它的高远，四周没有人烟，知道它的人不多，专门来这里的人更少。

翻过羊错拉山口，一个转弯过后，在心理上毫无准备的情况下，鲜为人知的拿日雍错豁然展现在眼前，就像一位历经风霜雨雪、岁月变迁，处变不惊地静坐在那里的女神，在寂静中等待着每一位与她相见的有缘人。

虽然是 5 月中旬，但依旧寒冷，毕竟拿日雍错的海拔已达 4900 米。不到 7 点我们来到湖边，此时东方已经渐白。放眼望去，晨光里的拿日雍错被两边的群山框成了一个近似半圆形的湖面，湖水碧蓝清澈，海拔 5100 米的香

晨曦中的拿日雍错

加拉雪山、暗蓝色的天空、白云都映入其中。往岸边更近的地方走去，近距离地感受它的旖旎、它的磅礴。虽然海拔有点高，但是地势起伏并不大。脚下的土地有些松软，似乎每踩一脚都会永远留在这里。

风在湖面上吹起了层层涟漪。湖边有很多栖息的水鸟，湖面偶尔有白鸥掠过。那一片望不到边际的蓝，是那样静谧而冰冷，在香加拉雪山的映衬下，拿日雍错像个圣洁的女神，似乎能够包容一切，静静守护着那个叫作“湖的后面”的地方——错那和世世代代生活在这里的人们，那一望无际的蓝色湖水让这里的一切回归平凡。

拿日雍错不负所望，真就如一位蒙着轻纱蓝缎的神秘女神，在晨光的照耀下，揭开了她那神秘的面纱，给了我们一个大大的惊艳——从东方渐渐露出的光芒，透过云层斜照过来，湖周围的雪山被照射得五颜六色，白雪皑皑的顶峰闪烁着耀眼的金色光芒。拿日雍错清晨日照金山的壮观景色，是我在西藏看见过的最动人、最美丽的日出之一。

那一刻，白云徜徉在空中，湖水随微风拍打着岸边。缓步走在拿日雍错湖边，沐浴清晨的阳光，停下脚步，深呼吸，没有任何外界杂音的困扰，静默沉思，静听风的讲述，偶然飞过的水鸟，带着悠远的叫声缓缓而过，飞向雪山，一山一湖都如长久相伴的恋人，安静、祥和、欢喜。山顶的白雪与山体凝重的褐色构成

● 拿日雍错的一湖碧水

一幅令人久久凝望的绝美油画。

在山南，拿日雍错不像羊卓雍错等名声在外。到过羊湖的人都知道，站在岗巴拉山上，若是天空有白云倒映，湖水的颜色深浅变化非常明显，光怪陆离、变幻莫测，羊湖敞开心扉，向人展示她最迷人的风采。而拿日雍错却身处高原，一湖碧水，默默无闻，少了众多游人的纷扰，如同豆蔻年华、充满青春活力的娇艳少女，蓝得很纯，似涉世未深、不染一尘，似情窦初开的纯情少女般矜持和羞涩，千百年来就在这高原上默默等待，等待喜爱她的人来此一睹芳容。

在湖边行走是一种特别的享受，可以从不同角度慢慢欣赏她婀娜曼妙的身姿，碧蓝的湖水时常让人分不清是蓝天映照了湖水还是湖水映照了蓝天，眼前的一切美得令人窒息。

告别时，整个团队在美丽的拿日雍错湖边的坡地上，以雪山和蓝色的湖泊为背景第一次合影留念，把名不见经传的拿日雍错永远留在我们的记忆之中。

沿着202省道继续向南走20多公里，到达一个三岔路口，西边有一条盘山公路，翻越海拔5000多米的热玛拉山垭口，便可以前往曲卓木乡著名的千年古沙棘林。

热玛拉山路的坡度很大，上山基本是胳膊肘弯。到达半山腰一个平台，在这里俯视山下，整个拿日雍错的美景尽收眼底，湖水与四周的雪山交相辉映，动人心魄。盘旋到垭口，海拔表显示5100米。下山是缓慢的坡道，路的右边是一个河谷，整个谷地显得干燥荒芜，有一条细细的河水流过，道路两边一片片的沙棘树开始陆陆续续出现在眼前。路上时常会看见几只西藏特有的岩羊，向我们一行小心翼翼地张望，然后四散而去。

山谷之间散落着很多藏式碉楼和古堡的遗迹，有的已经完全坍塌，有的只剩残垣断壁，只有极少数的碉楼保存还算完整，碉楼上火烧的痕迹和窗户框还依稀可见，让人感觉到曾经的战火和历史的沧桑。

沙棘是一种生命力极强的灌木，一般生长在干燥、寒冷、贫瘠的山区，主要分布在我国内蒙古、甘肃、青海、西藏、山西等地。沙棘的果和叶子含有丰富的生物活性成分，是珍贵的药食两用植物资源。

错那的曲卓木乡一带，沿曲卓木河的沙棘林大约有3000亩，而位于曲卓木乡政府所在地的沙棘林有800多亩，已有1000多年的历史。这些古沙棘林最高有15米，树围最粗4.5米，十分壮观，属于野生柳叶沙棘林，当地人称之为“拉辛”，藏语意为神魂树，即魂魄依附的树。这片古沙棘林过去属于历代达赖喇嘛，有专人负责看管。

临近中午到达曲卓木乡，在一个十字路口，按照路标，很快找到千年古沙棘林前的小广场，几个藏族孩子正在场地上踢球。这里距拿日雍错湖边的202省道30公里左右，海拔4352米。达曲卓木乡政府所在地很小，甚至没有内地一个自然村大，就一条路，两旁是零落的藏式房屋，显得特别安静、祥和。领队巴桑和乡上的秘书很熟悉，临近中午吃饭，乡政府管理林子的工作人员从家里赶过来，给我们打开沙棘林的大门。我们迫不及待地走进去，转过几间房子，前面豁然开朗，出现在眼前的竟然是一片很大的沙棘林，一直到山边。

● 山谷间散落着藏式碉楼和古堡的遗迹

行走在这片慕名已久的千年古沙棘林之中，恍若远离了尘世。这里的每一棵树都有上千年的历史，每棵树都很粗壮，很多古树粗到数人才能环抱。它们形态各异，盘根错节，无不透露着岁月的痕迹，不愧是千年的沙棘林。在一棵古树下席地而坐，打量着这些矗立了千年的精灵，享受着这份难得的静谧。

雪山环绕的河谷之间生长着的这一片郁郁苍苍的古沙棘树，完全不是我想象中森林的样子，不像林芝和东北的林海，树干高大挺直，形态整齐，也不像在甘肃、新疆看到的那些长在沙漠中的沙棘树，曲卓木乡的古沙棘树是天生的，自由生长，妄为恣意，奔放不羁，它们看似杂乱无章，其实美感天成，如西藏高原上朴实憨厚的藏民跳起的锅庄舞，千姿百态，苍劲有力。这片天地就像它们独有的领地，如西藏金丝野牦牛般保持着纯正高贵的血统。

曾见过西北沙漠中生命力最强、“活着千年不死，死后千年不倒，倒下千年不腐”的胡杨，而这片沙棘林，长在海拔超过 4000 米的雪域高原，至少已存活千年，至今仍然焕发着勃勃生机。林中许多倒下的沙棘树干上还长出了新枝，有的树干内部已经变空，但依然枝叶繁茂，堪称“倒下千年复活”，比起“倒下千年不腐”的胡杨，更能让人惊叹生命力之顽强。这也许正暗合了藏传佛教的转世轮回说，这些沙棘树也是万类众生，也有来世重生的造化。

西藏高原被称为“生命禁区”，令许多人望而生畏，但就在这片土地上，千百年来藏族民众用无比的坚韧和顽强，坚守着这片神奇而高寒的禁区，演绎着绚烂、可歌可泣的生命奇迹。生长在雪域高原上的这片千年古沙棘林，不正是藏族人顽强生命的象征吗！离开古沙棘林后，大脑中很长时间仍被那片千年沙棘林占据着，让人仿佛感觉到有些魂不守舍。

从曲卓木乡出发，翻越海拔 4900 米的香加拉山垭口，来到措美与隆子县接壤的日当镇，已是下午 3 点多。来自湖北武汉的队员小杨由于突发低血糖，一下就虚脱了，心率 120 多次，经过紧急处理，还好，问题不大。饥肠辘辘，赶紧找到一家小餐馆，每人要了一碗米饭、一盘菜，狼吞虎咽。服务员是个藏族卓玛，会说一点儿普通话，一直笑着给我们的杯子里加水，告诉我们带到路上喝。

措美县位于山南市西南部、喜马拉雅山北麓、哲古湖的下游，东邻隆子县，西与浪卡子县接壤，南与洛扎县、错那县交界，北靠琼结县、乃东区。特别值得一提的是，措美县古堆乡是藏獒的原生地，古堆乡有“藏獒之乡”之称。此外，措美县“扎扎服饰”在西藏民族服装中别具一格，被列为国家级非物质文化遗产项目。

美，藏语为“下游”的意思，措美即湖之下游，其中所说的湖就指哲古错。哲古，藏语意为“弯刀”，因湖的形状像一把弯刀，故命名为哲古错。措美县曾经叫哲古县，直到 1965 年 11 月才改为现名。山南的哲古错，以及拿日雍错、白玛林错是西藏少数几处至今仍未开

曲卓木乡有 1000 多年历史的古沙棘林

发为旅游区的地方，加之山高路远，极少有人光顾这些地方，这也使得哲古错等地保留了西藏高原最本真的风貌。

从日当镇出发，驶离202省道，经过热荣乡，进入一条盘山而上的简易山路，路况极差。如果是雨季，一般的车辆是无法通行的，只有一些老藏才会知晓这条能够直达哲古错湖边的土石路。砂石、盘山、荒凉、颠簸、狭窄、尘土飞扬，而且海拔在5000米左右，需要艰难行走大约两个小时，其间要翻越海拔5350米的玛扎山垭口。四周一片荒凉，苍凉感如黄沙、尘土弥漫在内心，眼前的一切，与我过去看到的西藏截然不同，超出了我的想象。

偶尔会看到牧人赶着成群结队的牛羊，在山路上自由地行走。朴实的牧民看见我们过来，总会将牛羊往路边的坡地上赶，给我们让出路来，并招手致意，一声“扎西德勒”，顿时让人特别感动。

一路上见到较多的野生动物有藏野驴、黄羊、岩羊，偶尔也能见到跑过的草原狐狸。藏野驴、岩羊总是警觉地跟我们对视着，只要我们想悄悄靠近它们拍摄，它们就会迅速跑远——对于人类，它们似乎总是保持着警惕，避而远之。

翻过海拔5010米的古堆山口，地势开始变得平缓、开阔，蓝天白云下，哲古错静静地躺卧在群山之间，古朴旖旎，原汁原味。周围一望无际的哲古草原上是一队队、一群群的藏

● 哲古草原上的放牧人

● 原汁原味的哲古错

野驴和藏牦牛，偶尔有黑颈鹤、斑头雁从湖面掠过。远方洛扎县境内连绵起伏的雪山犹如巨龙起舞。在湖边沙丘上，久久凝视着碧蓝的湖水，遥望美丽的雪山，尽情感受这诗一般的美丽画卷，时光也仿佛在这里停止。

哲古错距措美县政府驻地措美镇当许乡60公里，面积约为66平方公里，海拔4600米，平均水深约20米，水源主要靠冰雪融化，湖水清澈。湖内生长着各种鱼类，湖面上鸟类聚集。哲古湖有着与山南众多湖泊不一样的风光。湖的周围是广阔无垠的哲古草原，随处可见成群结队的藏牦牛、藏野驴、黄羊和岩羊。哲古错背后的马鞍形雪山雄伟壮观，它是西藏神山之一的雅拉香布雪山。这里是传说中第一代藏王从天上下到藏地的地方，也是西藏最古老的苯教的圣湖之一，因此，这一山一湖便成为西藏南方藏民的朝圣之地，有着极其神秘的色彩。

离开哲古错，由于道路不明显，加上岔路多，没有导航信号，我们迷失在空寂的原野里，此时体会到一种与世隔绝的感觉。仔细辨别方位，在湖边的沙土地上绕了半天，终于找到前往措美县城的正路。翻越海拔5065米的卡里拉山口，开始一路下坡，在山口可以看见措美最高的雪山达拉日雪山的身影。人到措美，才真的知道了山南的山有多少。措美县全县平均海拔4500米，境内共有大小山脉124条，海拔在5500米以上的山有73座，海拔6000米以上、终年覆盖冰雪的山有9座，最高峰达拉日峰海拔6785米。

太阳西落时，到达海拔4200多米的措美镇。镇子很小，非常的安静，仅有的两条道路十字相交。街道上没有什么行人，商店、饭店、餐馆也很少，想要住宿必须预订，否则只能到城外牧民家中去借宿了——山南地区的条件目前还是比较艰苦的。住进街边的小旅店，找到一家小商铺，补充必要的食物和药品，返回时，天空下起雨夹雪，冷风阵阵袭来，让这个边陲小镇仿佛一下子回到了冬天。

每一位到过西藏的朋友都会告诉我，西藏的蓝天白云真实而美丽，湖泊清澈幽蓝，刚去西藏时，也为看见的每一座高山、每一处湖泊所震撼。其实，这是很多人进藏后的第一感受。第一次到西藏时，我也和大多数人的感受一样，眼睛只能看见西藏的美景，摄影时也专拍那些旖旎的风光，关注网络上关于西藏的雪山、桃花，蓝天、白云，神山、圣湖，雅鲁藏布、珠穆朗玛，用身体丈量世俗与神圣的遍地虔诚。似乎每一幅大美西藏的画面都是吸引人们前来的元素。

可在从错那当日乡到措美县城的这段路上，我看见了一个与过去那些精美画面完全不同的西藏，途中一座山连着一座山，经过的很多藏族村庄被高山包围着，藏民的房子、院墙都是土坯和石头垒的，显得很破旧，土地荒芜、干涸，道路尘土飞扬，有的路段泥泞难行，生产和生活水平相对落后，正是这段路，让我对西藏有了触及灵魂的全面的认识。看见这一切，深深地感到我们还应该知道一个不一样的西藏。

记得通过哲古镇后进入一个村庄，首先映入眼帘的便是一个上了年纪的老人家坐在破旧的门口，转动经轮，口念经文。她的脸上毫无光泽，却有着坚守信仰的眼神。这一幕深深震撼了我们的心灵。而当看到一个面容黝黑的阿佳，在午后强烈的阳光下翻晒牧草的场景时，很多女队员再也无法控制情绪，眼泪夺眶而出。这些真实的画面所带来心灵震撼远远胜过那些精美图片。

这段进藏的路程是我最不愿触及的部分，一路上拍的那些照片，也是我最不愿意拿出示人的内容，写到这里时，左思右想，还是决定从文中删除那些照片。其实，西藏不只有游人和众多摄影师眼中和镜头里的蓝天、白云、雪山、桃花、碧水，更多的地方是干涸、荒芜、贫瘠和氧气稀薄、寸草不生、人迹罕至，那些被加工渲染后的美图，虽然可以打动人心，但不是西藏的全部色彩和生活写照。我们在山南看见的措美山区，看见的那些虽然也在蓝天白云下的画面，其实才是西藏另外一面的真实写照，与那些美丽的风光照不同，一个别样的措美，一个别样的西藏。

就在看见老人家坐在门前念经的一瞬间，许多队员眼里含满泪花，我则把眼睛转向刺眼的天空，控制着情绪，掩饰着墨镜后早已湿润的双眼。后来听村上的人说，老人腿不好，不能去寺院转经，但每天都会坐在家门口，坚持手摇经轮——只为来世。我也因此理解了藏族人虔诚的信仰，他们如果不相信今生的苦是为了来世的福，谁又能在这样干涸荒芜、空气稀薄的地方生存下来。即便风光无限美，如果没有信仰，在这大山里是根本活不下去的，这也许正是西藏一句格言所说的“苦，才是人生”吧，走到措美的大山深处，才明白它的真正含义。可人家苦吗？一鸣老师说得好，“贫穷不苦，苦的是贫穷的心灵，更多的时候是我们空虚的心灵多愁善感”。正是有这样的荒芜、艰难、贫瘠、简单，才使得藏人把今生和来世看得同等重要，需要用一生五体投地的方式去朝拜他们的信仰，而我们中的大多数人眼中更多的是西藏绝美的风景，很难去真正理解他们的生活状态和精神信仰——藏人相较于我们，更多的是怀抱着信仰去生活，与我们很多人追求物质生活的态度截然不同。

西藏不仅仅有蓝天白云、雪山碧水，还有凄风苦雨、冰冷荒凉，海拔4500米、5000米。对于西藏，我们注定是过客，我们谁也不属于这里，也不会永远生活于此，因为不仅仅缺氧，也缺少藏人具有的那种可以五体投地的执着信仰。

中午路餐，找到一户藏族老乡家，主人给我们炒了木耳鸡蛋、青椒土豆各一大盘，对他们来说，这已经是大山里能够吃到的最好的菜了。饥不择食，大伙端着碗青稞饭，随便找个地方坐下来，便开吃了。在西藏的山区，没有什么可讲究的，不过，端起饭碗的那一刻，心中多少生出一些忧伤的感觉，而这就是西藏山区很多地方的真实生活和写照，以至于从山南回来后，我时常想起那条颠簸、干涸、尘土飞扬的道路，梦见重回拿日雍错、哲古错、雅拉香布和达拉日雪山的怀抱，还会想起那位坐在家门口手转经轮的老人家。每当想起这些，眼睛依然会有些湿润，依旧会被这片离天最近的西藏高原上那些如此顽强的生命力所感动。

19 山南之南，是你一定要去的西藏

清晨，离开措美，去往山南之南的洛扎，这是此行一定要去的地方。

洛扎，藏语意为“南方大悬崖”，因位于喜马拉雅山脉南麓而得名。洛扎县中部就是一条大峡谷——洛扎沟，东南与措美县和错那县为邻，西北与浪卡子县相连。

洛扎县自然与文化景观在山南地区是比较丰富的，赛卡古托寺、噶举派传承的第一间寺庙洛卓沃隆寺、密宗修炼圣境卡久寺、库拉岗日雪山、达拉日雪峰、拉普温泉、朱错白玛林错等，几乎全部是藏迷心中的圣地。

山南之南，措美至洛扎全程只有170余公里，路并不长，但路况极差，异常难行，虽然领队事先给大家打过预防针，但还是超出了很多人的预料。进藏的人都知道318国道上的72拐，也知道219国道上的“死人沟”，而洛扎大峡谷中的拉康峡谷段，则是一段惊险刺激、动人心魄的路，为此有人把这段路称作“雄鹰之路”，只要你走过，一定会长在你的心中。

洛扎县和措美县境内的峡谷，是由一条名为洛扎雄曲的河流切开喜马拉雅山脉造就的峡谷，谷底的河流算不上大河，但整条峡谷的纵深令人惊叹。峡谷的主体位于洛扎县，所在区域属洛扎雄曲流域，因此这条洛扎峡谷也被称作“藏南大峡谷”。

我们的穿越路线从措美出发，经过乃西乡。这里的青稞已经变得翠绿，在阳光的照射下，风吹麦浪格外好看，田里一位老人的身影，更

被称作“雄鹰之路”的洛扎大峡谷中惊险刺激的拉康峡谷段

平添了一份浓浓乡情。离开乃西乡，柏油路到此结束，颠簸、崎岖之旅从这里开始，向着洛扎的拉康、色乡，一路沿峡谷而行，路面不仅全是砂石加搓板的状况，而且极为险峻。

山路蜿蜒绕山而行，全部是修在山崖边的土石路，曲曲折折，十分惊险，虽然平均海拔只有4000多米，但坡度很大，极为陡峭，一个急弯接一个急弯。河谷在这里深深地切下去，探头往下看，既看不到河，风中也听不到河水的声响。路很窄，转弯时，车辆一下子很难转过去，往往需要停下来倒一把才能过去，如果遇见对面来车，其中一辆车必须退到特定的地点，两辆车才能擦肩而过。在这条路上行驶，稍有不慎，就会坠落万丈深渊，同行的多数伙伴被这刺激的山路吓到了，不敢往下看一眼。

好不容易爬到山腰，然后沿着几乎靠在悬崖边的土石路，盘旋下到谷底，通过河谷，沿峡谷另一侧的山路爬上一个名叫“路美”的村庄。往对面看去，之字形的道路就凿在山崖上，像是山腰上的一道道抓痕，而桥就架在峭壁间，真不敢相信刚从那里经过，心中凉气上涌，心惊胆战。

继续向上，到达雄拉山垭口，海拔表显示4410米。这里寸草不生，地势稍显宽阔，站在垭口可以看见对面位于措美县与洛扎县交界处、海拔6785米的达拉日雪山，回头看便是纵深无际的大峡谷。在一座正对着雪山的玛尼堆上系上洁白的哈达，并在玛尼堆顶放上一块

雄拉山垭口上的玛尼堆

石头，表达对大山的敬畏。

玛尼堆，在藏地也被称为“神堆”，藏语称“多本”，就是垒起来的石头之意。在西藏各地的山间、路口、湖边、江畔，几乎都可以看到一座座以石块和石板垒成的像宝塔一样的玛尼堆。在西藏，一直以来，人们把石头视为有生命、有灵性的东西，刻有佛像及佛教经文的玛尼石，并没有统一的规格和形状，制作者一般也不会刻意选择，无论捡着什么石头就在上面刻画——这样的习惯来源于阿里地区的象雄古国苯教信徒的传统。

玛尼堆最初称曼扎，意为曼陀罗，由大小不等的石头垒起来；还有一种是在石块或卵石上刻写文字、图像，以藏传佛教的色彩和内容为其最大特征，有神像、慧眼、动物、保护神和永远念不完的六字箴言，以及各种吉祥的图案，然后堆积起来成为一道长长的墙垣。这种玛尼墙藏语称“绵当”。凡人迹所至，玛尼堆随处可见，它是藏族人刻在石头上的追求、理想、感情和祈福。

穿越拉康峡谷的整个路程，不是在山坡上行驶就是在河谷里穿行，如此反复，盘旋的山路绕得大家有些晕头转向——在这条路上行走需要毅力更需要勇气。过来以后，我才明白为什么很多人会把这条路称作“雄鹰之路”，以及有的驴友会把它称为“绝世大烂路”了——不同的心态会形成不同的认识。走在这段高山峡谷中，心灵被强烈震撼着，造物主再度以它开天辟地的造化神工将绝世风光呈现出来，视觉一次次被冲击被打开。

在拉康峡谷绵绵无绝期的荒野之路上，没有地方可以就餐。赶到洛扎边巴乡一个叫吉日村的地方。村子里任意行走的牛羊、孩子们稚嫩纯真的脸庞、袅袅升起的炊烟充满了勃勃生机，让疲惫的我们感到一丝慰藉。

路餐后继续赶路。在半山间穿梭，山坡两侧散落着很多残破的藏式古碉楼，道路在碉楼群中穿过。转上一个山口，展现在眼前的是类似黄土高坡的景色，沟壑巨大，少有植被，对面是像哈达一样绕在半山腰、直通天际的山路，远处则是连绵的雪山——大荒又大美。在拉康峡谷，我们迷失在边巴乡这段残存的碉楼群里，仿佛行走在千百年前的古道上。

碉楼不仅仅分布在四川丹巴和康定所在的地区，在西藏山南的措美县、洛扎县的峡谷中，同样矗立着众多的古碉楼群，尤其在洛扎县边巴乡至拉康镇峡谷一侧的山坡上，一座座碉楼形态各异，依山势排列。午后的阳光从云层中洒落下来，柔和的光线打在碉楼古老的石质墙面上，让人有一种时光交错之感，眼前甚至会出现这里曾经发生过的战火的硝烟。

洛扎县和措美县在气候上属于藏南半干旱区，峡谷地区的平均年降水量在300—400毫米，但这里并不只有荒凉的大山和干涸的土地，在比较开阔的河谷里，或有冰川融水汇流的山坡地带，有藏民的一座座村庄、一块块农田，生机盎然，村庄和碉楼在峡谷中会随时闯入你的视线。为了将村边的碉楼囊括进镜头，我们步行爬上山坡。眼前的雪山十分壮观，雪山下是层层梯田，近处的村庄、远处的绝壁峡谷以及散落在山野中那些经过历史打磨的碉楼，在忽隐忽现的阳光照耀下，立刻变得有层次和生动起来。

离开边巴，翻过海拔3870米的杰拉山口，

洛扎县边巴乡至拉康镇峡谷风光

一路下行至谷底，路沿着洛扎曲继续向南，经过拉康镇，再次爬升，人几乎到了云端。狭窄的山谷里，层林尽染，云雾缭绕，飘在山间的云雾宛如白色的哈达，呈现出一种梦幻之美。

拉康镇属于洛扎县，位于县域东南部。拉康，藏语意为“神殿”。拉康镇背后的深谷险沟上森林茂密，常年云遮雾绕，风景秀丽无比。海拔 4019 米的卡久山居高临下，山顶坐落着藏南地区著名的红教寺庙卡久寺，这一切使得拉康镇在山南地区成为非常有名的乡镇。

历经拉康峡谷的壁立千仞，下午 4 点多终于抵达位于喜马拉雅山南麓的卡久寺。

卡久寺始建于 1568 年，历史悠久，全称卡久吉祥隐修院，在藏传佛教中有着很高的地位。传说这里是 7 世纪莲花生大士闭关 7 年之久的修行之地，也是藏传佛教宁玛派重要的隐修圣地之一。这里还是莲花生大士第二任弟子朗开宁布活佛所创建的学习佛教经典、研修藏传佛教密宗奥义、潜心修行的祖寺。卡久寺也是西藏自治区级文物保护单位。

卡久寺四周群山环抱，空气湿润，属于典型的雨林气候，山坡上山花烂漫，杜鹃花木成林。第一眼看到卡久山上的卡久寺，就被它的秀色与幽深所吸引。在寺里住宿，宿舍就在大殿和白塔的旁边，放下行李，迫不及待地走出寺院大门。

寺庙旁边是一个很深的峡谷。寺庙背面的悬崖边有一条陡峭的小路穿入林间。在这山涧、丛林、峡谷、峭壁的世界里，到处挂满了经幡，以及随手便可触及的转经筒。攀上简易的铁梯，走过山崖上的木桥，可以绕着寺院走一小圈。据当地的藏族人介绍，这是卡久寺的一条转经道。

下到半山腰时发现，在山上看见的白塔状建筑其实是一间房，孤零零地建在峡谷对面的小山上。这里是一个修行之地。古往今来的修心者似乎都喜欢把闭关修行场所建在高山峡谷这样一些人迹罕至、风景秀美的地方，也许这样才能静心，才能离先哲更近。

静静地绕寺一周，与这座隐居在喜马拉雅山脉南麓大山中的千年古寺做最直接的交流。攀上寺院后面的白塔坡，眼前开满了杜鹃花，白的、黄的、粉红的，煞是好看，站在这里看拉康峡谷的风光，雄壮隽永。黄昏时分，峡谷里面升腾起云雾，寺院周边变得影影绰绰，寺院越发显得神秘起来。

暮鼓声中，西边的落日从厚厚的云层中射出一道道夺目的光线，把周边的山谷照得异常辉煌，这就是传说中的“神仙光”，也有人叫“佛光”。能在卡久寺看见“神仙光”，是一种吉祥、幸运的征兆。

传说莲花生大士在此修行了 7 年 7 月 7 天的时间，成就了环绕古寺如仙境般的盛景，而寺外周边的世界却略显荒凉。围绕卡久寺的转经道上，不仅有众多莲花生大士的修行洞和他留下的印迹，更有三个圣湖长久相伴，还有二十一度母山的镇守拱卫，让卡久寺所在的胜境获得了极高的声誉。

卡久山

天色渐渐暗淡下来，卡久山下起了零星的小雨，气温骤降。赶紧跑进寺院边上的小食堂，里面游人不多，倒是有很多寺院的僧人在此用餐。队里的小杨在昏暗的灯光下，非常认真地抄着佛经，这是她每天必做的功课。

这里的酥油茶是免费的。挨着几位僧人找了个座位坐下，僧人们很友好，看着我们一路拍摄的照片，边喝茶边和我们攀谈起来。21 岁的僧人顿珠看着照片，目光里流露出喜悦和新奇，他说自己 6 岁就来到卡久寺，至今没有出过这片山——整整 15 年，我不敢想象，他是如何度过这般寂静甚至孤寂的时光的。从他轻轻的语音和淡淡的笑容里，能感觉他是何等的安静和简单，生活在佛国世界，心灵不曾有过丝毫的纷扰。

顿珠告诉我们，他是寺院师父们专门为汉人安排的讲解员。寺院专门从拉康镇请了老师教了他 3 个月汉语，难怪他汉语说得不错。他问道："早晨会进大殿吗？"几乎没有思考，我便说穿越峡谷这么辛苦而来，肯定会去大殿参观。顿珠笑了，笑声中约定，明天一早他在大殿外等我们，他亲自带我们参观卡久寺内别具一格的百佛洞。

卡久寺的雨夜格外的宁静，躺在床上，听着外面的雨声，不知不觉便安睡了。

次日清晨，伴随着晨钟声，6 点就早早起床，院子里已经聚着很多藏民，打着手电筒，准备开始转山朝拜。看着一排排静默旋转的金色转经筒，偶然回眸间与那些质朴的面孔微笑对视，那一片和谐的世界是如此真实却又虚幻地呈现在眼前。

登上寺院外挂满经幡的小山坡。这里是一个绝妙的观景台，不仅能遥望山南最高的雪山库拉岗日，还是观赏卡久山云海和日出的最佳地。漆黑浓重的山野之中，云雾缥缈。伫立高处，清新寒冷的空气穿透口鼻，体味到前所未有的通透和畅快，静静等待着卡久寺日出与云海的盛况。

从这里看去，卡久寺雄踞卡久山山顶，掩映在雪山之下、森林之中。8 点，阳光如约而至，天光乍现的一刻，远处的雪山被照耀得异常壮丽，如盛大洁白的帷幕赫然拉开，云雾则慢慢地从峡谷升腾而起，如同一层层的海浪，将整个卡久寺笼罩起来，若隐若现。此刻，卡久寺在云雾缥缈中不停地变换着色彩，显示出它非凡的气度，恍如人间仙境。天光渐渐显现，视野中的卡久寺如长久归隐山中的尊者，等待每天的晨钟暮鼓、朝升夕落，目光久久不愿离开。

回到寺里，看见有人在大门外红白相间的围墙边喂食一种棕褐色飞鸟，上前打听，才知道这就是赫赫有名的不丹国鸟——棕尾红雉，在中国数量极少。这种鸟又名九色鸟，通体色彩绚丽，雌鸟身披棕色羽毛，而雄鸟色彩艳丽，如孔雀的外衣。它们似乎已经习惯于人们的喂食，每天早晨都会飞到寺庙周边，安静地等待人们的投喂，开启它们一天的生活——多么奇妙的山间精灵。

顾不上吃早饭，如约来到大殿，顿珠小师父已经早早在此等候。他看着我身后问："你们的人呢？"我笑了笑说他们都忙着收拾东西，我就当代表了。顿珠轻轻一笑，说道那太可惜了，他们缘分没到。

转山的藏民们还没有回来，大殿里显得空空荡荡的，跟着顿珠参观完正面的莲花生佛像，

● 历史悠久的卡久寺雄踞卡久山山顶

绕到后院，上了二层楼。顿珠轻轻地推开门，殿内四周白色的墙上绘满了各式佛像，阁龛中供奉了各式各样的或金或铜的佛造像，精美绝伦，别具一格。

顺着楼梯下到一层，来到一处装饰神秘的门前。顿珠拿出钥匙，打开门，告诉我这里就是供奉密宗 32 尊欢喜佛像和 48 尊愤怒佛像的殿堂，在这个神圣的殿堂里，还供奉着宁玛派藏密最重要隐修圣地卡久寺创始人朗开宁布活佛等。我几乎不敢相信自己的眼睛。顿珠看出我吃惊的样子，笑着和我说，这里一般不对游人开放，今天人少，对你破例。我赶紧双手合十，“扎西德勒”，以示谢意——在西藏很多事情是要讲缘分的。

卡久寺是一个与信仰伴生的地方，酥油灯长明，转经筒不停，经幡飘扬处，风过，诵经千万遍，漫步其间，你能从那些砖石木柱上看到佛教的历史，青灯古佛、佛塔石刻，甚至莲花生大士和他的徒弟朗开宁布的脚印，在卡久寺历经千年岁月之后，仍旧梵音缭绕。走出殿堂，阳光普照，信众围绕着寺院在转经，一圈又一圈。转经的人们不分男女老幼，血脉中流淌着千年传承的虔诚信仰。转经的脚步坚定执着，永不止息。

由于独自在寺庙里参观，时间过得很快，不知不觉，耽误了整个团队上午的出发时间，虽说受到领队巴桑的批评感到很委屈，不过这一次的迟到破例没有被罚款。

离开卡久寺，继续赶路，前往洛扎的色乡。

卡久寺到色乡，只有 80 多公里的路程，翻越海拔 3548 米的康巴拉山口，很快便可到达。如今的道路虽然已经有了很大改善，但依然尘土飞扬。在山间穿行，沿着弯弯曲曲的雄曲河谷地一路向下，穿梭在峡谷间的道路异常狭窄，道路大部分嵌入崖壁，不时可见滚石落在路面上，随处可见塌方——地质学家把这一带称作“地质灾害博物馆”。因此，在这一段行走注意力必须加倍集中，一边走一边要有专人负责观察山上的滚石，随时躲避。即便如此，车顶和车窗玻璃仍然会被掉下来的石子砸中——好在石头都不大。

色乡位于洛扎县南部，以前叫作“桑阿德庆林”。色乡依山沿河而建，因河谷地势狭窄，整个小镇呈狭长形。一条主街道从镇中心穿过，用石板铺就，独具特色，给人一种极精致的美感。传说藏传佛教噶举派达波噶举支派始祖玛尔巴大师为了驱孽，让其弟子米拉日巴于 1078 年为自己的公子达玛多德修建了一座九层高的塔，因藏语“色”有“公子”之意，色乡也因此得名。

在色乡简单路餐之后，驱车直奔 20 公里外的曲吉麦村，海拔 4450 米的拉普温泉就在此地。

拉普温泉在西藏是一个美名远扬、几乎家喻户晓的神水宝泉，清澈见底，含有多种矿物质，每年山南、林芝、拉萨、那曲甚至阿里的人都会不远千里来到这里泡温泉。沿雄曲河散落着 108 座泉眼，据刻在岩石上的介绍记载，莲花生大士曾预言：“出现在患者眼前的拉普温泉将远胜于我。”

年轻队员都跑到雄曲河对岸的露天温泉去泡温泉了。我和两个年纪稍大的队员，来到室内的白度母神泉，刚一进门，以为走错了——里面竟然有藏族女同胞和男人一样泡在泉中。她们可能看出了我们的疑惑，于是笑着冲我们招手，招呼我们下水。我们几个大男人倒是脸红了，文化习俗的差异如此巨大，始料不及。

泡在神泉里，有点飘飘欲仙，隔着热气，和一位藏族老兄聊起来。他说他就是色乡当地人，他们每周都会来，这里是他们的天然“浴池”，今天他是和老婆、小女儿一块儿过来泡温泉的；还告诉我们，因地处 4450 米的高海拔，不能久泡，否则极易出现高原反应。

在拉普温泉除去周身的尘土和疲劳。返回色乡镇的途中，沿着蜿蜒山道盘旋上行，到达海拔 3900 多米的曲拉神山。这里也被称为“法山”，洛扎著名的寺庙洛卓沃龙寺就坐落在这里。洛卓沃龙寺是 11 世纪由玛尔巴大译师创建的噶举派传承的第一座寺庙，至今已有千年历史。

玛尔巴大译师于1012年诞生于洛扎秋切（今羊卓雍错之南）的卓龙村，13 岁前跟随卓弥大师学习梵语和佛法，13岁到52岁，历经无数危难，三次往返印度、四次往返尼泊尔求法，历时 39 年之久，获得无上成就，成为西藏佛法后弘时期的一代教主，同时，由于玛尔巴翻译、校正了大量佛教梵文经藏，被誉为古代西藏“七大译师”之一。玛尔巴第一次返藏时，在自己的家乡洛扎建造了洛卓沃龙寺。

行至神山的半山腰，看到一座白塔和满坡的玛尼石刻，很是惊喜。穿行藏地，在很多地方见过玛尼石刻，可是这么大规模的呈现却是第一次，抬头看见山顶寺庙在阳光下闪烁的光芒，已经感受到洛卓沃龙寺的恢宏。

一路盘旋向上，来到寺前广场。广场上有很多前来朝拜的藏民。10 多只黄羊在广场另一侧晒着太阳，雄黄羊的角高高地竖着。三五成群的红衣喇嘛从容地坐在它们中间，在和煦的阳光中享受安详。广场的一边是庞大而精美的佛塔和主殿庙宇，另一边的山坡上散落着一座座小殿堂。大殿金顶映着远方的雪山，人与自然、建筑与地势呈现出和谐统一的画面，真如踏入仙山妙境。

一位年轻的喇嘛迎上来，用手做出“请”的姿势，我们紧随其后，向主殿的方向走去。到了主殿旁一条往山上去的台阶处，他停了下来，让我们往山上攀登。看着蜿蜒向上的山路消失在山的尽头，我们疑惑地问：“这是去往哪里？是去转山吗？”年轻喇嘛只轻轻地说了一句：“上面有人等。”

盘山小路曲曲折折。行不多远，看到一块指示牌，原来这条山道

洛卓沃龙寺

叫“那若桑普朝圣之路”。山道非常难走，山上的佛阁是大师修行的山洞。上行到佛阁，一位小师父已迎候多时。

传说沿着山脊悬崖，曾经有大师的修行洞，玛尔巴、米拉日巴、空行母均曾在此山修行，后来依山体修建了佛阁塔楼。修行洞内有烧饭的炉灶、禅坐的石头，供信徒瞻仰朝拜。小师父耐心等待每个人，引领着大家步入一个个佛阁，用藏语讲解一遍，又用汉语讲解一遍，我们有疑问时，他会细致解说，遇到不知如何用更加准确的汉语叙述时，他总是谦虚地说：“我汉语不好，只学过 6 年，对不起。” 下山回到主殿旁，最初迎接我们的年轻喇嘛继续引领大家参观佛塔、佛殿，他用渊博的佛教历史知识，耐心细致地讲解一座座佛殿、一尊尊佛像和洛卓沃龙寺的历史变迁，使大家对藏传佛教有了一个大致的了解。

洛卓沃龙寺白色大殿内建有全西藏最高的青铜镀金莲花生大士坐姿像，红顶大殿内塑有 80 岁的玛尔巴大译师像，红顶密殿内有 8 岁的玛尔巴像。传说，当年玛尔巴亲塑自身像，当完成塑像时，他问塑像：“你像不像我？”塑像回答：“我就是你。”

上行到佛殿最上层，年轻师父介绍：“这里是天界阴界的菩萨，请认真记住阴界神鬼的样貌，待我们往生过阴界时就不会害怕了。”偌大的佛殿塑着百尊佛像，祥和喜乐的是佛，面目狰狞的是阴界鬼神。

那一日，我们漫步在佛殿，仔细仰望一尊尊佛像，认真听着讲解，似乎开始理解藏传佛教密宗里的真实意义和“不悲不喜、灵魂相伴，内在安定、精神相依”的道理。结束了这一场佛教文化之旅，带着沉甸甸的收获，步出佛殿。阳光正好，广场上充满了生活的气息，几位喇嘛靠在围墙上看书，还有几位年轻的喇嘛竟然踢着足球。

黄昏时分，回到色乡，远远地便能看到赛卡古托寺的九层佛塔屹立在河谷和色乡镇中央，格外醒目。初识赛卡古托寺，只觉它非常祥和恬静，围绕塔顶的黄色香波，随微风轻轻飘荡，或许是因为色乡的环境孕育出这样一方天地，或许是因为这里路远天高，鲜有游人来到，而让这里显得比其他地方更加自然、纯净。

天色已暗，领队喊大家回去吃饭，并告诉大家第二天一早去库日岗拉雪山下的神湖朱错白玛林错。徒步前，按照惯例，会先来赛卡古托寺，并登顶祈福。晚餐时，饭店的老板告诉我们，作恶多端的人，转塔顶时可能会掉下来，过去有个偷东西的人转塔顶的时候掉了下去，化作塔下一棵桃树。传说更加平添了几分赛卡古托寺的神秘色彩，让人充满了登上塔顶的期待。

夜晚的色乡，非常的安静，回想从措美到洛扎的行程，让人感到山南之南，是你一定要去的地方。这一夜是此次入藏睡得最香的一夜，一觉到天明。

20

从『九层公子塔』到一错再错

夜里色乡下了场小雨，早晨空气清新，只是天有些阴冷。在路边喝了一杯奶茶，吃了一大碗藏面，顿感温暖。

赛卡古托寺是全国重点文物保护单位，位于洛扎县城以南约 50 公里处的色乡，由佛学大成就者米拉日巴大师创建，在藏南地区拥有特殊的地位。该寺的主体建筑为碉楼，高 9 层，主体 7 层。“赛卡古托”意为“九层公子塔”。相传，当年米拉日巴受玛尔巴译师的指点，为了消除前半世所造之孽，于 1077—1083 年孤身一人历时 6 年，方才建成赛卡古托和噶哇久尼殿，意为“十二柱殿”，玛尔巴译师亲自开光加持。

来山南之前，就听闻在九层公子塔的塔顶有着山南“最惊险的转经道”——在 30 多米高的地方转经，经道外侧没有保护，人只能侧身抓着固定在塔顶上的一圈钢筋缓缓挪步。按照藏传佛教的说法，围绕 30 米高的九层公子塔金顶转上一圈，可消除一生的罪孽。在这样的转经道上走一圈，对于信仰至上的藏民来说是一种修行，而对于我们来说，转上一圈，或许只是对心智的一种历练吧。

赛卡古托寺坐西向东，东西长百余米，南北宽 50 余米，外有围墙及经筒环绕。初建时，寺内仅有九层方形碉楼与主殿噶哇久尼佛殿，12 世纪时寺院进行修缮，到 16 世纪又续建了大经堂、僧舍及围墙。寺内还保存有藏传佛教噶举派传承的故事及人物壁画，寺内闻名遐迩

赛卡古托寺九层公子塔

的九层佛塔，从外形上看是一座高达30余米的碉楼，在楼顶加盖有金顶。赛卡古托寺内不论建筑还是文物都具有十分重要的历史、宗教、文化与艺术价值。

晨雾中的九层佛塔巍然屹立，用经幡做成的“香波”围绕着塔顶，在风中呼呼作响。来到塔下，队员中有些人找了各种借口，望而却步了。其实，对于我们来说，敢于在塔顶转上一圈，除了满足祈福的心愿外，更重要的意义在于克服内心胆怯及恐高的心理。

走进佛塔，沿着狭窄的木质楼梯，一层又一层地登上九层塔，除一层、二层外，每一层正厅建有一座佛堂，供奉着佛像，四周则是壁画。在佛堂的一侧，需低头才能穿过矮小的门洞，进入仅能容三四个人的狭小空间，传说当年米拉日巴就是在这个狭小的空间打坐修行的。

赛卡古托寺正殿和九层佛塔里保存着大量珍贵壁画，是不可复制的文化遗产，其中包括西藏“四大画派”之一的勉唐派创始人勉拉顿珠嘉措的真迹，以及第二世巴沃仁波切的作品。幽暗的灯光洒在壁画上，让人不由自主地赞叹这些壁画的精美，感叹岁月留下的斑驳痕迹，感慨藏传佛教绘画艺术的博大精深。

登上九层公子塔顶，顶层离地面有30多米高，探出头看见塔顶外所建的那条转经祈福的悬空小道，外檐有30厘米宽的平阶，四周没有护栏。出塔的小门旁边有一个藏文解释牌，大致的意思是转一圈可以洗涤自己所有的孽缘，转两圈可以消除父母所有的罪孽，转三圈来生不会堕入地狱；在转经时若触碰塔顶四周的佛像，将无任何功德。

寺里安排了专门的僧人负责塔顶的进出——每三人一组，顺时针旋转。他会为每一位敢于跨出门去转塔的人加持祈祷。很多人即使上到九层，把头伸出塔外看看，仍然没有勇气迈出那一步。一旁的师父笑着说，很多没有恐高症的人也会感到害怕，不要勉强自己，一切随心。

我们整个队伍只上来了一半人。说实话，我一直有些胆怯——平时都不愿意往高层落地窗前站立。因为恐高，一直等到所有登塔的人都出去了，我才站到小门的旁边。师父和蔼地笑了笑，拍拍我的后背，说了一句“扎西德勒”，既是祈福也是鼓励吧。我终于迈出腿，站在佛塔顶端的转经道上，好在可以抓住头顶四周经幡下的一圈钢筋。握着钢筋，踩在没有护栏的转经道上，这时才看见，塔顶的外墙上还有一圈雕刻精美的金佛像，几乎与人的眼睛一个高度，面带笑容冲着你。

此时，已经无路可退了，跨出塔门紧紧握着钢筋，慢慢换手，缓缓挪步，绕塔而行，没走几步手心已经出汗。随风飘动的经幡在耳旁发出阵阵响声，眼前是一排精美的佛像。转到一半，忽然，身后一个声音传来：“杜哥，我转第三圈了。”定眼一看，原来是朝鲜族队友小金。“哎哟，你还叫哥，吓得哥差点魂飞魄散。”这时我扭头向四周张望，远处山腰白云缭绕，雄曲沿山边流淌而过，整个色乡尽收眼底。我告诉小金，哥今天转的不是佛塔，是战胜恐高。

回到塔内，一颗忐忑不安的心算是平静下来了，再一次看见僧人那双慈祥的笑眼。我对着队友小金说了句戏词：“天王盖地虎，宝塔镇河妖。”从九层佛塔下来，算是功德圆满，也算是为即将开始的山南“一错再错”之旅举行了一个仪式——在藏地，但凡重要的事开始前，都会有一个仪式感很强的活动。

来过西藏的人都知道，“错”是藏民对湖的专称。自从第一次进藏，听得最多的一句话就是到西藏是“一错再错，全都是错”。在藏族人民的心中，湖有着举足轻重的地位，素有马年转山、猴年转湖之说，而能够称得上“雍错”的，便是清纯高贵的女神。羊卓雍错、玛旁雍错、纳木错并称“三大圣湖”。除此之外，西藏还有当惹雍错、扎日南木错、色林错、班公错等大小湖泊，星罗棋布，不计其数。而山南的湖，在西藏更是出了名的，“财神湖”思金拉错、“天姆的颅骨”神湖拉姆拉错、拿日雍错、白玛林错、普姆雍错、羊卓雍错……

离开赛卡古托寺，沿河谷上行，首先前往白玛林错，也称朱错白玛林错，隐匿在措玉村白玛林沟的尽头，传说白玛林错是莲花生大士的三大魂湖之一。从色乡开车到措玉村大概1个小时的路程。然后从措玉村来到一个河滩旁边——要想看见朱错白玛林错，必须从这里出发，徒步攀登到白玛林岗日垭口。

吸取攀登曲杰科山上拉姆拉错观湖垭口步伐太快的教训，这次做足了准备，背上路餐、水、葡萄糖、巧克力、相机和登山杖等物品，领队带领大家朝着神湖和雪山的方向祭拜，然后简单地传授了一些高海拔徒步登山的要领，便打开对讲机，开始了攀登。这大概是我第一次参加真正意义上的户外徒步登山活动。

河滩边有位卖羊奶的藏民，告诉我们喝鲜羊奶可使登山有力，且不易高反——很相信当地藏民的话，他们对付高反有自己独特的办法。3块钱一大碗鲜羊奶也不贵，来了两碗。羊奶里面加了青稞，非常香醇。

上山前是一段山上冰雪融化后形成的河道，布满了石头，非常湿滑。沿着河道向上行走，要格外小心。穿过石堆下的清流，开始上坡。一段崎岖的石头路，极易崴脚，因为坡度逐渐加大，脚下如果没根，加上负重很容易站立不稳、失去平衡而滑倒。一路向上，登上一段稍微平缓的路段，山上开满了紫色和白色的杜鹃。白玛林错露出它的一角，一直伴随在不断上升的视线里，山景也变得好看起来，天空中的云在渐渐散开，阳光时隐时现。

我和大多数队友毕竟是第一次在高海拔徒步，随着海拔的逐渐升高，徒步登山的队伍拉开了距离，很多人的呼吸开始变得急促，走几步就要停下来调整。有些自称平衡能力不好的队员，看见前面上山的路变成了之字形的羊肠小路，开始放弃，下撤了。也许是山下藏民的鲜羊奶帮了大忙，我的状态很好，一直控制着行进的节奏，每走7—10步便停下来，等呼吸平稳后再走。同来的队友龙哥在后面艰难地往上爬着，看起来很困难，登了不到一半的距离就想下撤。为了鼓励他登上去，我只好一直陪着他走。此时，雪山上空被云层挡住，无法看见山南最高峰库拉岗日雪山的英姿，向导带领的前队已经消失在我们的视线之外，只能靠对讲机保持着时断时续的联系。

徒步登山的起点海拔是4100多米，白玛林错的湖面海拔是4500多米。攀登到海拔4700米后，往上又是一段之字形的路线，坡度很大，更加难以攀登。羊肠山路上碎石遍布，脚很难用力，更加踩不稳，必须紧贴着山的内侧走，否则一不小心失去平衡，就会滚下山去。

虽然整个徒步路线不算太长，但对于我们来说，还是非常吃力，一直到中午 1 点多，队友们才陆陆续续登上海拔近 5000 米的山口，一路艰辛，累得够呛，绝对是那种“眼睛在天堂，身体在地狱”的感觉。

站在山口上的那一刻，白玛林错映入眼帘，它好像一个心形，像一个少女怀揣着一颗清澈湛蓝的心，静静地躺在雪山脚下，面对一湖碧蓝的湖水和四周雪山的倒影。白玛林错美到让人心颤。人完全融入了这极致的风光里。

阴沉的天空在我们登上垭口后忽然放晴了片刻，白玛林错的湖水随着阳光和周围山体倒影的变化，呈现出蓝、绿、白三色，山南的最高峰、海拔 7538 米的库拉岗日和海拔 7418 米的卫峰，以及海拔 7221 米的卡热疆 I 峰、海拔 7216 米的卡热疆 II 峰直插云天。能够如此近距离地仰望这几座高耸云端的金字塔状的雪峰，真的是运气，而倒映在白玛林错湖中的海拔 6000 多米的雪山过拉卡日以及康布岗日，宛若一道顶天立地的冰雪屏障，蔚为壮观。雪山环抱着静谧的白玛林错，我们被它们的丰姿所惊艳，待在那里，似乎连惊叹都已经忘记，好似魂已经被吸走，静静地坐在山口，一边吃着路餐，一边享受着雪山湖水带给我们的视觉冲击。耳边从雪山上传来巨大的雪崩声响，动人心魄。

起风了，库拉岗日又潜入云中，在白云里若隐若现。湖水也起了微澜，山影在湖水中变得模糊起来，透着旷古秘境的神韵。

高原上一旦起风，天气就会变得异常的冷，

白玛林错

风似乎会把你身上的热量一下子带走。收拾行装，打扫垃圾，迅速下山。下山时和一位北京来的队友，一路捡拾着路上丢弃的各种饮料瓶、空氧气罐等废物，感叹有些人不应该眼睛上了天堂，却忘了保护西藏这一方净土。

在山脚下再次回望，仿佛那片蓝色静谧的地方，又在眼前梦境般出现了，真心希望能有机会再一次来到这个人迹罕至的绝美胜地，祈愿它能一直保持这样原始的状态，永远不要被过度开发。

赶往洛扎县城洛扎镇的道路，已经变为简易的柏油路，从这里开始，路变得好走了起来，只是塌方和落石还会经常出现。黄昏时分到达洛扎县城洛扎镇，这座地处喜马拉雅南麓的山南属县，藏语意为“南方大悬崖”。

洛扎镇的海拔只有3800米，人口5000多，小镇的街道充满藏族色彩。入住洛扎唯一的三星级酒店中粮宾馆。雪峰高耸，峡谷深切，寺庙悠远，湖泊静谧，成了晚餐席间说不完的话题，这段旅途也注定成为大家山南之行中一段难忘的经历。

由于洛扎镇海拔较低，夜里睡觉时呼吸变得正常了许多，竟然没有在半夜被憋醒。为赶在日出前到达普姆雍错，第二天早晨不到5点就起床，匆匆吃了碗泡面便整装出发。 转眼到西藏已经半月，山南之行也到了最后一天。

虽已是5月下旬，山南的清晨依旧寒冷，穿上抓绒衫、防风外套，外面还套了个羽绒背

徒步攀登白玛林岗日垭口

心，一出门还是倒吸一口凉气。清晨 5 点多，山南满天繁星，路上只有我们一行人，出洛扎镇检查站排队检查时，才想起在高原上尽量不吃方便面。此时，方便面估计在胃里开始膨胀，加上出门吸入冷气，感觉胃里又冷又胀，顶得难受。出县城不久，道路便开始一路盘旋上升，为赶上日出，一路疾驶。到海拔 4900 米时，实在是忍不住了，站在山边凛冽的寒风中，把胃倒了个干干净净，感觉舒服了很多——也许是上神湖前的一次考验吧。队友亚欣一边开玩笑，一边拿来热水安抚我受伤的胃。

其实，在山南的几乎每一个早晨，我们都一直在追赶阳光。终于在启明星还在闪亮的时刻，翻越海拔 5363 米的蒙达拉山口，抵达世界上最高的“天湖”——海拔 5010 米的普姆雍错。

东方的第一缕曙光还未出现，登到位于湖边的世界上最高的村庄——海拔 5070 米的推村旁的一座山坡上，普姆雍错身后的库拉岗日，以及卡热疆、岗嘎尔本森雪山，在一片云海之中若隐若现。寒风刺骨中，支好相机，四肢冻得阵阵发抖，依然坚持着，静静等待着普姆雍错日出，真不知道自己哪里来的毅力。

普姆雍错位于山南洛扎县和浪卡子县交界处，与羊湖相拥，面积 295 平方公里，海拔 5010 米，距离拉萨 400 公里，是世界上最高的淡水湖，也是西藏最美的湖泊之一，在纪录片《第三极》中曾多次出境。普姆雍错的水源来自湖南面的库拉岗日雪山的融雪，出水向东流入羊卓雍错，因为“普姆”在藏语中也有小姑娘、少女的意思，“雍错”则意为像碧玉一般的湖泊，所以，人们又把普姆雍错叫作“少女湖”。

尽管已经去过西藏的三大圣湖，感觉自己对藏地纯美的湖水已经见惯不惊，但是，站在推村旁的山坡上，如海洋般湛蓝深邃的普姆雍错奔来眼底，当第一眼认真地端详它时，依然为之怦然心动，那华美的蓝色，像纯洁少女的双眸，明亮、透彻、纯净。传说普姆雍错曾被莲花生大士所加持，从而使它有了神圣的气场。

与普姆雍错朝夕相伴的库拉岗日雪山由三座海拔 7000 多米的巍峨高峰组成，排列在普姆雍错的南面，蔚为壮观。被库拉岗日雪山环抱的普姆雍错，更是让人眼前一亮，它不同于纳木错的寥廓、玛旁雍错的高雅、羊湖的秀丽，给人的感觉清澈宁静。由于这里还没有被开发成景点，加上极高的海拔，游人稀少。没有了喧嚣，可以放空自己，静静地看着湖水发呆。湛蓝的天，流动的白云，远处依稀可见的雪山，站在湖边会让你有种不想离开的心绪。

把镜头拉近，上边是冰雪的世界，下边湖面如镜，雪山与湖泊交融在一起，遥遥相望，就像一对相爱已久的情人。在西藏，几乎所有的神山和神湖都有一段优美的爱情故事，普姆雍错当然也不例外。传说，曾经有个仙女在此等待对她有恩的放牧人，终于等到，两个人过着恩爱的生活。有一天牧人到山上放牧，突然天降大雪，冻死在山上。仙女非常伤心，每天守着牧人冻僵的身体长哭不起，最终，仙女的泪水汇成了普姆雍错，而牧人化成了库拉岗日，两人从此长相依。

很多人来到西藏，一定会去纳木错、羊卓雍错，而往往忽略了普姆雍错。普姆雍错曼妙的身姿隐藏在大山之中，山高路远，只有深度旅行者，才会跋山涉水来到它的身边。普姆雍

推村旁的普姆雍错

错宛若深闺少女，正如它的另一个名称“少女湖”。因为人迹罕至，未被侵染，普姆雍错保持了最原始的姿态，迎风而立。此时，除了我们一行再没有他人，那一刻，仿佛整个普姆雍错都属于我们几个人，除了湖水和雪山上吹来的风声，别无其他。

由于海拔较高，不论在哪个季节到来，普姆雍错的清晨都会显得非常寒冷，5 月，车窗上依然结了一层薄薄的冰霜。拿出相机记录下天空的变化。光线越来越亮，蔚蓝的天空，在湖水和雪山的映衬下展示着丰富的色彩，眼前的景象梦幻般的美，各种颜色和谐搭配，普姆雍错这位恬静少女被打扮得更加美丽，让人不忍惊扰它的宁静。

东方一点点泛白，吉祥的白云也在蔚蓝中慢慢苏醒，向我们飘动过来，刹那间，那一抹在心中仰望了许久的色彩，天赐般地出现在库拉岗日山巅。我们忘记了寒冷，兴奋得像疯子一样呼喊着。那些躲在车上避寒的队员，也被我们的呼喊和天边的雪山打动，爬上了山坡。望着普姆雍错及周围的草原、山峦、白云、雪峰和高高的推村相映成趣，沉醉其中，无法言语。西藏最自然、最本真的美，有时真的会让人失语，那一刻，你什么都说不出来，只想把眼前的一切镌刻在心底。

旭日东升，海拔 5070 米的推村也变得生机盎然起来，村落里升起了炊烟，牧歌唤醒了沉睡的高原。推村的“推”在藏语里是“连接、连通”的意思。虽说建在普姆雍错湖边悬崖处的推寺已有 500 年的历史，但在 2005 年一支中日联合登山队意外经过这里之前，几乎没有外人到达过这里。

很多进藏旅行的人，一般翻越岗巴拉到羊湖后便会折返拉萨，或者下山后向右前方去往日喀则和珠峰大本营，却不知道，再往左行走4个多小时，便会抵达背靠白雪皑皑的喜马拉雅山麓、如伊甸园般无与伦比的普姆雍错和高高的推村。虽然这里的藏民至今仍然处于近乎原始的自给自足状态，但是，雪山、蓝天、白云、草甸、湖泊、牦牛、羊群、寺庙、经幡，在藏地聚齐了天堂的一切要素——难怪这里也被称作“连接天堂的入口”。

在推村吃完路餐，一路上已经成为兄弟姐妹的队员们，跑到湖边摆着各种姿势，合影留念，然后依依不舍地告别风光极美的普姆雍错和推村。沿着湖边公路继续前行，翻越海拔5036米的波拉山，到达打隆镇，羊湖出现在眼前——原来普姆雍错与圣湖羊卓雍错只有一山之隔。

山南的羊卓雍错，湖面海拔4441米，湖水平均深度40米，湖岸线总长250公里；东西长130公里，南北宽70公里，总面积638平方公里，大约是杭州西湖的70倍；水质总体达到Ⅰ类水域标准，可以直接饮用。它是喜马拉雅山脉北麓最大的内陆湖泊，是西藏第六大湖。从拉萨出发到位于山南浪卡子县的羊卓雍错大约150公里。初到西藏的人，因为羊湖距离拉萨城比较近，往往会把羊卓雍错作为第一个观赏的圣湖——第一次进藏时，我同样把羊湖作为自己游览的首选。

传说羊卓雍错的湖水是7000万年前特提斯古海的海水，绿度母在这里安家时，讨厌海水里的浮渣腥臊，于是跳进水里，搅动着绿色的长裙，600多平方公里的水域从此变成了盈盈绿色，使羊湖在粗犷博大、坚毅雄伟的巍峨群山中，一眼望不到边，显得格外幽蓝和深邃。在藏语里羊卓雍错中的“羊”意为上面，“卓”意为牧场，“雍”是碧玉之意，“错”是湖的意思，因此，连起来就是“上部牧场的碧玉湖”，这是羊湖字面上的解释，而在藏人心目中它被看作“神女散落的绿松石耳坠”。

记得第一次进藏前往羊湖时，早上起得比较晚，为的是躲过8点时上学、上班的早高峰，现在的拉萨和其他大城市有着同样的状况——堵车，尤其是旅游高峰季节，自驾车特别多，打破了圣城昔日的宁静。

过拉萨河便出了拉萨城，沿雅鲁藏布江旁的207省道，一路盘旋而上，到达海拔5030米的岗巴拉山垭口，在祥云的映衬下，碧波如镜的羊卓雍错尽收眼底。

不知道哪里来的精神，我背着相机一直爬到山顶处，看见耳朵形状的圣湖，远方可以看见江孜县和浪卡子县交界处的拉轨岗日雪山主峰——海拔7191米的乃钦康桑雪山。拉轨岗日雪山是一条延绵约360多公里的山脉，把雅鲁藏布江和羊卓雍错隔开。藏族人把它的主峰称作“乃钦康桑”，它山体雄伟，顶部终年积雪，发育了多条冰川，著名的卡若拉冰川就在它的南边。

初识羊卓雍错，它就像镶嵌在青藏高原的蓝色宝石，随着云卷云舒，在阳光的映照下变幻着不同的色彩。湖边成片的格桑花怒放着，相机里一张张照片在飞翔，记录着圣湖的美丽，湖泊、高山、雪峰、蓝天与白云融为一体，堪称景色如画。站在山顶久久不愿下山，那一刻，我已下定决心：有一天，一定要前来转湖。

从美丽的羊湖回到拉萨，原本晴朗的天空涌过来浓重的云朵，刹那之间，拉萨的天空像换了一个模样，狂风大作，犹如黑夜，瓢泼大雨和着冰雹从天而降，就像眼前挂了一道雨幕，连对面的房屋也变得模糊不清，气温随之急剧下降，令人目瞪口呆。大雨倾泻了一个小时，布达拉宫方向的山顶出现了蓝天，阳光也渐渐地从浓密的云层里斜射出来，一道绚丽的彩虹划过拉萨的上空，整个拉萨城变成一片金黄——这就是西藏高原。

每一个抵达西藏的旅行者，都不会错过湖光山色、美轮美奂的羊湖。我曾四次翻越岗巴拉山，站在海拔 5030 米的山顶，在祥云的映衬下，领略羊湖的精妙绝伦和非凡气度。其实，这不过触碰到羊湖的冰山一角，因为在岗巴拉山上，你只看见了它不到四分之一的面积；只有深入羊湖腹地，你才能看清它的全貌，才能看见一个完全不同的羊湖。藏族人则会怀着非常虔诚的心去转湖，三步一叩——在他们的信仰里，转湖是一件为来世积功德的大事。

我们此次山南之行的最后一站，就是为了弥补总是站在岗巴拉山垭口看羊湖的遗憾，深入羊湖腹地，打隆镇—多却乡—伦布雪乡—东拉乡—章达乡—日多寺，从环湖过程中的不同视角，近距离接触一个前所未见的羊卓雍错。

● 站在岗巴拉山顶俯瞰美丽的圣湖羊卓雍错

当我们深入羊湖腹地才发现，从严格意义上来说，羊湖并不是一个湖，有些地方像是一条流淌的河，又在某些地方连成片。的确，在百万年前，羊湖原本为河流，随着地球第三极的隆起，冰川、泥石流阻塞了河道，形成今天这样湖水分汊众多、湖岸曲折蜿蜒的羊湖，而正是这种支离破碎，更让它别具特色，与绝大多数人站在岗巴拉山垭口看见的羊湖迥然不同。

沿着环湖道路行走内心特别的享受，湖边水草丰美，白云飘过，成群的牛羊、奔跑的野马、三五成群的羚羊、偶尔飞过的雄鹰，构成了一幅万类霜天竞自由的画卷。

离开大路来到东拉乡一处半岛上。上岛的路极其难走。只有常年生活在西藏的人才知道，在这里看见的羊湖，有点像“千岛湖”，与在岗巴拉山顶看见的截然不同。空母错、沉错、巴久错原本和羊卓雍错为一体，由于水位逐年下降，才被无数小岛分隔开来，但她们如同姐妹，依旧手足相连，难以割舍，共同组成了一眼看不到边的羊湖。

阳光照射下，湖水显现出层次极其丰富的蓝色和绿色，如梦如幻。置身于羊卓雍错的怀抱中，尽情地欣赏着它的美丽，大家显得异常兴奋，载歌载舞，为之怦然心动。我独自走到岛的最高处，打开手机播放起最喜欢听的藏歌《玛吉阿米》，随着动听的歌声，360 度旋转录下羊卓雍错的倩影。

站在岛的中央，可以望见圣湖南边高耸的

羊湖腹地

库日岗拉的山尖，以及把雅鲁藏布江和羊卓雍错隔开的拉轨岗日山脉的主峰乃钦康桑雪山。传说乃钦康桑雪山是藏传佛教西方神山之一，也是山神诺吉康娃桑布驻锡地，藏族人把它的主峰叫作“宁金抗沙”，意思是“夜叉神住在高贵的雪山上”，它山体雄伟，顶部终年积雪，发育了卡若拉等多条冰川。

在章达乡藏民扎西家中吃完牦牛肉鸡蛋炒饭，稍事休息，途经一座古堡，继续前往位于羊湖中央一处半岛上的日多寺。在日多寺欣赏和拍摄羊湖角度极佳。寺院的一位年轻僧人热情地接待了我们。寺院的四周有多处浅滩，传说是莲花生大士所留的足印圣迹，会随着湖水的涨落时隐时现，在这里修行的僧人，天天守望着寂静的羊湖，心中一定也会如这片湖水一样湛蓝静谧。

经过上万年漫长的岁月，羊卓雍错美丽的容颜似乎从未改变，等待着每一位为它而来的人。我一个人来到湖边，坐在一条废弃的老船上，望着蓝天白云下的湖水，在正午的阳光下像一池琉璃，晶莹剔透，闪烁着细碎迷离的银光。洁白的云朵倒映在碧蓝的湖面，连绵起伏，飞鸟从水面上掠过，飞向雪山。那一刻，泛着幽幽蓝光的羊卓雍错倒映着群山和白云，显得婀娜多姿，风情万种，变幻莫测，清透无尘。那一刻，耳边响起藏族民歌：“天上的仙境，人间的羊卓。”

不知不觉，半个多月转瞬即逝。

山南之行已接近尾声，我们没有选择传统的路线翻越岗巴拉山返回拉萨，而是走了一条没有多少人的山路，翻越一座不知名的高山——后来才从校友洛桑那里得知，这座山叫卡若卡拉（也称加若卡拉），海拔 5100 米，然后经曲德寺岔路口上 307 省道，返回拉萨。

沿着崎岖的山路盘旋到卡若卡拉山顶，站在山顶再一次俯瞰羊湖，一池碧波赫然在目，告别山南，不知何时才能再见美丽的羊卓雍错——心中的“玛吉阿米”。那一刻，时光仿佛凝固了，湖光、群山、蓝天、流云，如梦境般定格在眼前。

从贡嘎跨过拉萨河大桥，返回拉萨已是华灯初上，繁星满天，街道上弥漫着让人满心喜欢的藏香味，时常能看见头戴毡帽的康巴年轻女子，骑着摩托从你身边飞驰而过，留下满眼飘逸的发辫，让霓虹灯下的拉萨城更显多姿和迷人。如果不是藏族房屋窗棂与屋檐上斑斓的五彩纹样，如果不是街口的煨桑炉弥漫出的青烟和味道，如果不是那座玛布日山上巍峨耀眼的布达拉宫，你也许会疑惑：这座繁华的都市，还是那座雪域圣城吗？此时此刻，心中更增添了一份对西藏的神奇感受。

晚上领队宴请全队，吃烤全羊，庆祝顺利返回拉萨。大家举杯，唱起那首进藏人都会唱的歌曲：“那是一条神奇的天路，带我们走进人间天堂，青稞酒、酥油茶会更加香甜，幸福的歌声传遍四方。”桌子上放了 6 瓶 52 度布达拉宫青稞白酒，桌子下面放了一箱拉萨瓶啤。按惯例先白后啤，当第一口布达拉宫白酒下肚，酒从喉咙下到胃里，再渗透到每一个神经末梢，才知道这一杯 52 度，果然是世界屋脊的高度，大家黑红的脸上瞬间又多了一层颜色。那些在山南日子里的悲喜交加，仿佛一下子涌上了头。那一夜，原本说好谁都不许醉，结果还是成了一醉方休。

羊湖日多寺旁古渡口的木船

在西藏高原，绝美的风光往往伴随着恶劣的条件，很多地方常人难以到达，但还是有很多像我们这样的人，不辞辛苦跋涉千山万水，只是为了看见心中的“香格里拉”。很多时候在西藏看一个景，也就个把小时或数个小时，可你为此要在高原上奔波一天或几天的路，这种不容易，也正是去西藏高原的魅力之一，因此，去西藏的路亦是一条修心的路，你要忍受高反的痛苦考验，你要耐着一路荒无人烟的寂寞，才能接近梦想中的世间圣境。

千山万水我遇见了你。自从踏上西藏这片土地，就一直沉浸在风光旖旎和遍地信仰的世界之中。而在山南的这些日子，与高山峡谷为伍，与湖泊河流做伴，短短的十几天的行走，眼睛上天堂，身体下地狱，幸运地看到一个让人难忘的山南，才离开便已开始思念那些去过的山山水水。这就是西藏的魅力。

山南之南，能给你想要的关于西藏的一切。

21 从拉萨到普兰——开启大北线之旅

2020年，对于每一个人，注定都是难忘的一年，这一年，新冠疫情让许多人失去了生命，也让更多的人待在家中，失去了“自由”。但在这些日子里，对于我们这些到过西藏并喜欢上西藏的人来说，心里一天也没有离开过那片高原。其实，喜欢西藏高原的人离开西藏时，大部分人深信自己会再一次回到这里。

于是，在局面基本可控的情况下，2020年9月下旬，我再一次抵达拉萨，和其他9位队友一起，决定在这个特殊的年份，开启“图谋已久”的西藏大北线亦称阿里大环线之旅。

熟知西藏的人都会认为，西藏往西才是真正的西藏——“无阿里不西藏”，没有去过阿里怎么聊西藏。因此，走大北线，几乎是所有“藏迷”的终极梦想。但世界屋脊的屋脊，难在一路高远，人烟稀少，平均海拔4500多米的空气稀薄地带让许多人望而却步，阿里，也就成为很多人一辈子都只能仰望的地方。

“阿里”一词藏语意为属地、领地、领土。阿里最高点为普兰县境内的纳木那尼峰，海拔高程7694米；最低点在札达县什布奇的朗钦藏布河谷，海拔高程2800米——最大相对高差4894米，平均海拔约4125米，主要山脉有喜马拉雅山脉、冈底斯山脉、喀喇昆仑山脉，南部和西南部为深切的河谷、沟壑和零星的冲积扇地带，东部及西北部地势相对平缓，形成宽谷和一望无际的草原戈壁，北部是羌塘无人区的一部分。

西藏往西就是“藏西秘境，天上阿里”，这里是“万山之祖”“百川之源”。这里有神山冈仁波齐，这里有圣湖之首玛旁雍错，这里有百公里之阔的札达土林奇观，这里有古象雄文明的遗迹和曾经雄踞阿里高原700年之久的古格王国，这里还有人迹罕至的藏北草原和荒漠，只有亲历过“大北线”路途艰辛的人才会明白，在阿里的每一步，不仅是身体的苦行，还是一次心灵的修行，绝非可以说走就走的旅行。

北京幸福影视公司董事长董强老兄，同样是一位热爱西藏的人。他曾对我说：其实，在面对西藏，特别是阿里的苍茫和高远的时候，人的那一点儿小感慨，真的是什么也算不上。随着进藏次数的增加，我也有了同样的感受，在阿里面前，每一个来到这里的人，都会异常艰辛，也都会有着自己的认识和感想，因此，虽然到过两次阿里高原，有着很多的回忆和感慨，却不想动笔去写自己那一点儿微不足道的感想，对于在心里那条波澜壮阔的大北线，只想平静地做一次记录。

西藏的大北线，其实是由南线和北线共同构成的。遵从大多数藏族人的习俗，我们选择了按照顺时针方向行进。正常情况下，常规路线需要半个月的时间才能完成。

南线：拉萨—曲水—羊卓雍错（岗巴拉山）—卡若拉冰川—浪卡子—江孜（宗山城堡）—日喀则—拉孜—定日—嘉措拉山口—加乌拉山—绒布寺—珠峰大本营—岗嘎—佩枯错（希夏邦马）—萨嘎—仲巴—帕羊—马攸木拉山—霍尔—玛旁雍错—拉昂错—普兰—塔尔钦—冈仁波齐—巴尔—札达—古格—东噶皮央—狮泉河—日土—班公湖，全程3300多公里。

北线：拉萨—羊八井—当雄—纳木错—班戈—色林错—尼玛—双湖—文布—当惹雍错—

文布南村—扎日南木错—措勤—洞错—改则—雄巴—革吉—狮泉河，全程2020多公里。

第一次到阿里，走阿里南线时，多少有一些盲目，第二次则有了比较清晰的路线和目的。根据我们的目标，因传统意义上的北线（从狮泉河到尼玛，从尼玛到文布南），目前都已铺设了柏油路，多少失去了一些探险的意味，因此，在北线，我们做了穿越“中北线”无人区的调整，即从狮泉河出发，抵达革吉县后，离开317国道，转向雄巴—亚热—仁多—措勤—扎日南木错—当惹雍错—文布南村，这条位于藏北羌塘无人区边缘地带的道路，更具挑战性，也更具藏北风光和人文历史的精髓。

如今，拉萨在我心里虽然有高度，但已经没有了距离——想来就来了。每一次回到拉萨，更多的是在这里进行两天的调整和准备，以便更快地适应高原环境。对于阿里，却始终除了敬畏之外，还有一点儿恐惧。

2016年我第一次到阿里时，因高反引发剧烈咳嗽，不得不日夜兼程返回拉萨，止步于南线的古格王朝遗址。2018年8月，准备从新藏线进入阿里北线，又因在帕米尔高原受凉发烧咳嗽，不得不止步于喀什，和队友分手，一个人坐上飞机，在无限的失落中，孤独地飞回北京。2019年5月，经过充分准备，抵达拉萨，感觉状态特别的好，但是，在出发大北线的前夜，一同前往的兄弟突然心脏疼痛，不得不立即改签机票，陪他飞回北京。仿佛，大北线，一直在考验我的决心和毅力，以至于我对于走大北线产生了怀疑。

因此，2020年的这一次大北线之行，作为队长，我选择比别的队员提前两天到拉萨，以便更好地适应高原，其实，在心理上还是多少有一些忐忑。

深夜，抵达拉萨。先期抵达的车队司机大张，亲自到贡嘎机场接机。再一次进入青藏高原，已经完全在心理上适应了高反，只是身体上的反应多少还是会出现，但很快就能适应。

第二天上午，在校友洛桑的陪同下，沿着拉林高速，专程前往位于拉萨以东40公里处的墨竹工卡县的拉萨河南岸、海拔4000多米的甘丹旺波日，一是为了走大北线前适应一下高海拔，二是为了觐见坐落于山上的噶丹寺。

每次进藏都可以称为我藏语翻译的校友洛桑告诉我，在藏语中，一般来讲“日”为译音，是“山”的意思，比如甘丹旺波日、库拉岗日；虽然“拉”也有山的意思，比如卓玛拉山、嘉措拉山、马攸木拉山、岗巴拉山、嘎隆拉雪山等，但准确地讲，“拉”是山峰、山顶的意思。

噶丹寺全称“喜足尊胜洲”。藏传佛教格鲁派创始人宗喀巴15世纪在藏地推行宗教改革，噶丹寺便是他于明永乐七年（1409年）创建的藏传佛教格鲁派的第一座寺院，可以说噶丹寺是格鲁教派的祖寺，因此，噶丹寺在格鲁派的塔尔寺、拉卜楞寺、哲蚌寺等六大寺中，是最特殊的一座寺院。雍正十一年（1733年）清世宗御赐寺名“永寿寺”，与哲蚌寺、色拉寺合称“拉萨三大寺”。噶丹寺的建立，标志着宗喀巴大师及其追随者，以有别藏传佛教其他教派的特点，独立于西藏佛教界。

远看旺波日山犹如卧伏的巨象，山上布满规模庞大的建筑群，充分体现出传统藏传佛教

● 噶丹寺

寺院建筑因地制宜的特点。寺庙傍山而立，群楼重叠，金碧辉煌，气势磅礴，巍峨壮观。

噶丹寺由 50 多座建筑组成，主要有措钦大殿、宗喀巴寝殿、羊八犍经院、宗喀巴灵塔祀殿、历代噶丹赤巴灵塔。噶丹寺僧侣信奉“弥勒净土”，因此，主供的是未来佛强巴佛以及宗喀巴鎏金铜佛。山上有一条围绕噶丹寺转山的路，每天都会有很多来自各地的藏民，虔诚地在转山的路上丈量着他们的信仰。在西藏从事户外运动工作的布丁告诉我，从噶丹寺所在的旺波日山有一条路线，可以一直走到山南的桑耶寺。

噶丹寺建成以后，宗喀巴大师从此长居此寺。1419 年宗喀巴大师在噶丹寺圆寂后，由其大弟子达玛仁钦和克珠杰·格勒贝桑次弟继承他的法座，称为“座主”（赤巴），从此产生了噶丹赤巴的传承系统，历世格鲁派教主“噶丹赤巴”亦居于此寺。每年藏历十月二十五日是宗喀巴圆寂纪念日，寺中白天展挂长 26 米、宽 10 米的大佛像，晚上全寺燃灯示敬，仪式极为隆重盛大，为该寺最重要的传统节日，称“噶丹昂却”，意为燃灯节。

噶丹寺内建于 1409 年的宗喀巴寝殿“赤妥康”，是宗喀巴和历任噶丹赤巴生前起居、修习密法之所， 殿中设有五只金色狮子承抬的法座，名为“噶丹拾赤”，还设有黄教修习密法的四大金刚本尊坛城（极乐世界）。大殿中有一根大柱非常奇特，它离开地面有一掌厚的距离，到噶丹寺朝佛的人都会摸一摸柱底，以祈祷吉祥。

噶丹寺内还藏有丰富、珍贵的历史文物，有宗喀巴静坐的禅床及纯金汁书写的全套《甘珠尔》和《丹珠尔》藏文大藏经，以及宗喀巴生前使用过的袈裟、坐垫儿、印章等。寺内的壁画、唐卡和雕塑非常精美，其中有明永乐皇帝赠赐的24幅唐卡；1757年清乾隆皇帝赐予该寺镶满金银珠宝，书有汉、满、蒙、藏四种文字的盔甲等，足以显示该寺历史的悠久和崇高的宗教地位。噶丹寺也是当然的全国重点文物保护单位。对于到藏地来了解西藏的人来说，噶丹寺绝对是一处不容错过的地方。

在拉萨城外的旺波日山上，静静地漫步于藏地五彩吉祥的精神世界里，蓝天白云扑面而来，站在海拔4300多米的山巅，感受西藏阳光的炙热。午后，在寺院边上的食堂里坐下来，一杯酥油茶、一碗藏面，边吃边和周边的藏族人聊天，眼前的一切是那样的祥和、安静。

下午，返回拉萨，领队老丁前往贡嘎机场接机，队友阿萍、龙哥、老吴、小何、小李、小杜和璇子等人，陆续抵达拉萨，虽然大部分人是初次相见，但提到西藏一下就拉近了彼此的距离，没有一点儿的陌生感。“萨玛瑟德”的藏餐和尼泊尔风格的美食，队友老吴让大家大饱口福。夜幕降临，有三位第一次进藏的队员出现了轻微的高反症状，老丁叮嘱大家坚持一下，多喝水，早睡觉，以便尽快适应高原环境。

第二天早晨，全队在八廓街走了三圈，既是祈福，也是出发前的一种仪式，然后走进“光明港琼甜茶店”。这家以藏族人为主的藏家茶馆，不仅是拉萨的一处地标，也是很多喜欢来拉萨的人心心念念的地方。我已经不止一次地走进这里，但依旧与初次来的感觉一样：虽然人很多，却感觉不到喧闹。开好餐票，一壶酥油茶，一碗牦牛肉藏面，坐在长条椅上，把零钱往木桌上一放，静静地吃面、喝茶。服务员阿佳轻轻地走到每张桌前，续茶、收钱、找钱。从家具陈设到食物，以及来来往往的喝茶人，都朴素到极致，眼前的一切告诉你，西藏不仅仅有无限旖旎的风光，还有悠久的民族文化。走进藏家茶馆，无处不体现出藏民族特有的风格，更可贵的是这些特色，弥漫在奶茶香和藏香混合的味道中，保持至今，不曾改变。

吃完地道的藏式早茶，领队老丁和司机师傅大张，带领大家到依山而建的哲蚌寺拉练，适应高反。在山下，大家为第二天即将开始的大北线进行了“煨桑”仪式，然后开始沿台阶上山。第一次到西藏的小何走了100多米就喘得厉害，坐下来不想再动，产生了放弃的念头，经大家再三鼓励，并讲解如何调整呼吸节奏，总算是一步一步地向山上走去。其实，我内心十分佩服第一次进藏就敢于上阿里的小何、小杜和璇子，只是心里还是很担心她们的状况。

哲蚌寺是藏传佛教格鲁派六大寺庙之一，位于拉萨西郊约10公里的根培乌孜山南坡，海拔3800多米，整个寺院依山势逐级修建佛殿经堂、扎仓僧舍等建筑群，层次错落有致，规模宏大，由黄教创始人宗喀巴弟子降央却杰（本名扎西班丹），在贵族朗嘎桑的资助下，于明代永乐十四年（1416年）创建，名为“白登哲蚌寺”。在藏语里“白登”意为祥瑞庄严，“哲蚌”意为堆积大米，象征繁荣。哲蚌寺藏语意为“堆米寺”或“积米寺”，全称为“吉祥积米十方尊胜洲”，后简称“哲蚌寺”，主要建筑有措钦大殿、甘丹颇章、四大扎仓（经学院）

及僧舍、展佛台等，僧众最多时超过 1 万人。它是藏传佛教最大的寺庙，由于历世达赖喇嘛以哲蚌寺为母寺，因此该寺在格鲁派寺院中是地位崇高的寺院。

同拉萨的大昭寺、色拉寺、甘丹寺一样，在这里走在青石板铺就的转经道上，你可以看见无数欢喜的灵魂，他们遵循着自己的信仰，虔诚地朝拜。当我们穿行在哲蚌寺这片安详静谧的天地里，想着藏地的那些往事时，走着走着，就感觉跟随灵魂找到了喜欢的自己。

在拉萨调整适应高海拔的日子很快结束了，转眼便到了西行出发的日子。行前准备会上，领队对路线和注意事项做了最后一次讲解，检查装备，补充必要的食物、药品和氧气袋，我吸取第一次前往阿里南线时把氧气瓶气孔碰断的教训，提前将氧气瓶在车上固定好——在高原之上，氧气瓶可是能救命的，不敢有半点儿闪失。最初到西藏，可以说无知者无畏，但随着来西藏的次数增多，听到和看到的各类危险也越多，也就会越发小心谨慎了。

清晨，出拉萨城，沿雅鲁藏布江而上，海拔逐渐升高，翻越海拔 5130 米的岗巴拉山，再次看见圣湖羊卓雍错。碧玉般的湖水静静地展现在眼前，就像老朋友相见，不论是在海拔 5000 多米的山巅远望，还是下到海拔 4000 多米的湖面近观，羊湖就像飘在高原上的珊瑚枝，

满拉水库

美极了。

心与羊湖一样的平静，倒是离羊湖不远的卡若拉冰川迅速退化的冰舌和被铁皮围挡的藩篱，像一把钢针扎在心中，有一些震惊，有一点儿痛。不过心中的一丝不悦，很快就被映入眼帘的满拉水库那壮美的高原平湖抚去。

翻越海拔 5200 米卡若拉山，在前往阿里的路途中，位于楚年河畔的江孜县江孜镇是进入日喀则地区后看见的第一座古城，海拔 4040 米。

江孜，系藏语“胜利顶峰，法王府顶”之意。这里因扼守在通往拉萨要道上的江孜古堡，发生过一场可歌可泣的抗击英军入侵的战斗，赢得了“英雄城”的称号，而城中的白居寺，因为是一座藏传佛教萨迦派、格鲁派等教派共存的寺院，在后藏乃至整个西藏有着特殊的地位，因此，江孜古城是了解后藏地区必须去的地方之一。

白居寺下午人不多，寺院里静悄悄的，好似给我们一行开的专场，让我们这些远道而来的人，感到特别的恬静和轻松。又一次登上十万佛塔，再一次被这座古老而经典的建筑，特别是塔中无数精美的造像、壁画所深深吸引。这些难得一见的西藏佛教文化艺术珍品，令人赞不绝口。

站在江孜城外楚年河畔，望着眼前的青稞田和远处山间的宗山古堡，与这座英雄的古城告别，继续前行。

夜幕降临，抵达后藏中心、海拔 3800 米的日喀则，明亮的灯光将日喀则打扮得璀璨夺目，与三年前初到这里的街道相比，已截然不同。但不论怎样的流光溢彩，目光的焦点最后还是落在了城西尼色日山东面的山坡上，日喀则地区最大的寺庙扎什伦布寺若隐若现，在点点闪亮的灯火中越发显得神秘。

第三次来日喀则，领队竟然安排在我曾经住过的芒果酒店下榻，店里的一切都显得那样熟悉，连餐厅的摆设都一点儿没变。第一次来到日喀则的队友选择去逛夜市，而领队和我们几个自封的“老藏”，则泡在酒店里打起了牌。

第二天一早起床，大家直奔扎什伦布寺，没有想到，路上遇到交通管制，绕行了三条街才到达寺附近的街道，车辆不能靠近，只好步行走入寺庙正门。进门后就发现广场上已经聚集了很多喇嘛和藏民，一打听才知是十一世班禅大师将抵达这里，参加祈福大法会——难怪交通管制。能在扎什伦布寺遇见班禅大师赐福，实属意外，顿感万分幸运。

扎什伦布寺意为“吉祥须弥寺”,全名为“扎什伦布白吉德钦曲唐结勒南巴杰瓦林”，意为“吉祥须弥聚福殊胜诸方洲”，由宗喀巴弟子根敦珠巴兴建，是黄教六大寺院之一，在西藏与噶丹寺、色拉寺和哲蚌寺合称藏传佛教格鲁派的“四大寺”，亦是历代班禅大师的驻锡地。

整个寺院依山势而筑，背附高山，殿宇依次递接，疏密均衡。到这座美丽的喇嘛庙转经是当地藏民每天要做的功课，不论男女老少，衣着朴素，一手拿着佛珠，一手拿着经筒，虔诚朝拜着他们心中的信仰。在寺内，每一次与他们的目光相遇，都会听到一声“扎西德勒”，看见一张张微微含笑的纯朴脸庞，孩子们则会瞪着水晶般剔透的眼睛，好奇地打量我们这些来自异乡的人。

● 白居寺内保存完好的珍贵壁画

离开日喀则，沿 318 国道一路向南，道路两旁的农庄、青稞田逐渐被高山和牛群所取代，虽然才到 9 月下旬，山顶已经被白雪覆盖。中午抵达 150 公里外、318 国道（川藏南线）与 219 国道（新藏线）交叉点上的拉孜县城。这里海拔 4012 米。

简单路餐，兵分两路，小李等几个没有去过珠峰大本营的队员，随领队老丁翻越海拔 5248 米的嘉措拉山和海拔 5200 米的加乌拉山前往珠峰大本营，阿萍、贵州老吴等队员，则随我前往慕名已久的萨迦古城。两队约定晚上在定日县的老县城岗嘎会合。

日喀则市萨迦县本波山上，坐落着藏传佛教萨迦派主寺——萨迦寺北寺遗迹，以及部分坍塌后修复的寺庙、佛塔，横贯萨迦古城的仲曲对面则是规模宏大的萨迦寺南寺，两寺隔仲曲河相望。1961 年，萨迦寺被确定为第一批全国重点文物保护单位。

“萨迦”系藏语音译，意为灰白土，北宋熙宁六年（1073 年），吐蕃贵族昆氏家族后裔昆・贡却杰布发现本波山南侧的一处山坡，土呈白色，有光泽，显瑞相，即出资建起寺院，逐渐形成萨迦寺。

萨迦寺用象征文殊菩萨的红色、象征观音菩萨的白色和象征金刚手菩萨的青色来涂抹寺墙，所以萨迦派俗称“花教”。萨迦寺内现藏

历代班禅大师的驻锡地扎什伦布寺

有珍贵的贝叶经、《布德甲龙马》、《大藏经》和元代坛城壁画、古瓷器等文物古迹，有“第二敦煌”的美誉，这里可谓了解藏传佛教萨迦派文化不可多得的地方。

到达萨迦，我们便直接登上本波山。登过四姑娘山三峰的阿萍，上山的速度明显快于我们。一路上随处可见佛塔和坍塌的寺庙遗迹，偶尔会遇见上山来转佛塔的僧侣和藏民。站在海拔 4500 多米的山坡上，以一种从未有过的震撼触碰着仲曲两岸的古寺和遗迹，想从流转的岁月中获取更多关于萨迦派的信息。眼前的本波山记忆着萨迦派古老而深厚的历史。山坡上耸立的一座座佛塔上，铜铃声随风千年回响，如同大殿里的酥油灯不停闪烁，诉说着萨迦古城历史的轮回。

离开萨迦城，沿 318 国道盘旋而上，翻越海拔 5248 米的嘉措拉山口，到达珠穆朗玛峰大本营北大门。这里有一个三岔路口，向西转是通往 219 国道的 214 县道。在落日余晖的映照下，我们抵达定日县的老县城岗嘎镇。

安置好行李，住进藏家客栈，喝着酥油茶，和当地的藏民学习起他们的扎年琴——有点像六弦琴，耐心等待着其他队友从珠峰大本营归来。夜晚天空飘起了零星的雪花，气温也随之下降，一直到深夜 11 点多，前往珠峰大本营的队员总算赶到了岗嘎。

岗嘎镇的海拔已经升到 4300 多米，一路的颠簸，队友们多多少少有了些高原反应，我

萨迦寺

● 萨迦寺北寺遗迹之一

● 萨迦寺北寺遗迹之二

● 藏族“扎年琴”

也感觉到走路有点打晃。晚饭大家都没了胃口，队员璇子、小何、小杜出现了头疼、血氧含量下降等症状，领队老丁给她们吃了缓解头痛的止疼药，那一刻，我心里掠过一丝不安——在西藏，高反症状有时来得如此突然，以至于你不知什么时候就会降临到自己头上。

前半夜听着窗外的风声，半躺着闭目养神，同房间的老吴也不时深呼吸，说有点发憋。后半夜估计是太困了，不知道什么时候睡着了。高反让我们这些从平原来的人难得一夜安睡。

早晨吃饭时，一直没有见到领队和璇子，一问小李才知道，后半夜璇子高反严重，伴有低烧，吃药、吸氧也没起多大作用，领队只好开车送她去了镇上的医院。吸氧、输液，折腾了一夜，清晨才稳定了一些。本打算联系车送她返回日喀则，但璇子不肯，表示自己不发烧了，可以坚持和大家一起继续前行。

虽然接触时间不长，感觉到来自云南的璇子是个倔强且有主见的人，想改变她的决定是件很困难的事，但我更深深地懂得，每一个走上西藏高原前往阿里的人，都不会轻言放弃。特别不愿意看到每一次进藏时，因高反不得不选择撤离时那些人难以割舍的眼神。

于是与领队老丁一起评估了一下璇子的身体状况，决定先出发，到萨嘎看情况再说：如果情况不好，可以从萨嘎经 219 国道送她返回日喀则；如果全队情况良好，为了大家更好地适应高海拔，则改变在塔尔钦休息一夜、第二天转山的计划，在翻越突击拉山和马攸木拉山后，直接经霍尔乡，先连夜赶往海拔较低的边城普兰休整，然后返回转山的起点塔尔钦——原定的计划是转山结束后再到访普兰。

去西藏的路途很漫长，特别是去阿里高原，又是在缺氧、高寒的地区活动，有些地方还属于无人区，医疗和救援条件有限，完全依靠精神的力量与高反做抗争是极不科学的，可能会导致意想不到的后果。

在高原如果反应确实严重，千万不要硬扛，该去医院就去医院，听高原医生的话，该吃药吃药，该输液输液，该吸氧吸氧，而迅速下降高度是最好的解决方案。我曾在第二次进藏时，因为受凉感冒，引起支气管发炎，发热咳嗽。迅速选择撤退，不陷自己于危险境地，不给队友增添麻烦，这是户外活动中必须学会的原则。一起进藏的多个队友，也曾在途中出现了严重的心脏异常等高原反应，都是坚决地选择了撤退——放弃有时候比坚持还重要，这与勇气无关，而是与生命息息相关。

因事发突然，临时调整路线，从岗嘎沿 214 县道到萨嘎，然后转 219 国道，经仲巴、帕羊、霍尔直奔普兰，700 多公里的行程，这在平均海拔 4500 米的高原上，无疑增加了一定的难度。好在从岗嘎到萨嘎，三年前还是一条高低不平、时常堵车的土石路，如今已经变成平坦的柏油路，219 国道也翻修一新，加上目前西藏实行定点测速和区间测速，不再像过去发限速路条，时速从过去的三四十公里提高到六七十公里，这使得在一天内从岗嘎到普兰跑 700 多公里的路程成为可能，而这在过去是绝对不可想象的事。

不敢再耽误时间，立刻做出决定，上午 8 点全队上车，迅速从岗嘎镇出发。

飘了一夜的零星小雪刚刚停止，天空还密布着阴云，道路有些湿滑，但干燥的空气中多了几分让人呼吸舒适的湿润。

离开岗嘎不久，便看见世界上十四座海拔 8000 米以上的高峰中唯一一座山体完全在我国西藏境内、海拔 8012 米的希夏邦马峰，虽然它在云中若隐若现，却依然能够感受到它巍峨的身躯，而路的另一边，厚厚的云层笼罩下的佩枯错，一幅安然自若的模样，平静得令人称奇。湖水和周围的雪山相互辉映，美丽无比。

一路相伴的高原美景似乎一针强心剂，一扫全队心中的阴霾，尤其是一路备受高反折磨的队友，在佩枯错湖边也变得兴奋起来，有说有笑了。

到达萨嘎，决定在此午餐，做短暂的休整，同时观察一下队友的高反状况，以便决定是否继续前行。

萨嘎，藏语意为“可爱的地方”，海拔4600米，气候高寒，北有冈底斯山，南有喜马拉雅山，是通往阿里腹地的门户，因为曾两次在这里住宿，所以，感觉这里特别可爱。

在县城不长的街道上，一眼看见了三年前曾经住过的那栋黄色小楼，熟悉而亲切。吃过午饭，我专程跑过去故地重游，没想到一进门，就遇见老板罗布，他竟然还记得我。他抬头看了我一眼，就笑着说：“你是那个因为咳嗽，连夜翻越马攸木拉山，从札达赶来找我取药的人吧？”那一夜，他在寒风中买好救命的消炎药和氧气袋，等着我们到来的一幕，又清晰地浮现在眼前。罗布双手合十，他的妻子央宗站在一旁用生硬的汉语笑着说道：“欢迎你来萨嘎。”我心里感到阵阵温暖和小小的激动——海拔4600米的高原上，竟然有人记得你曾经来过，这就是缘分吧。那一刻眼睛有点儿湿润。

告别“可爱的地方”萨嘎，一直往西，这一段道路，在冈底斯与喜马拉雅山脉之间的荒漠谷地穿行，戈壁、沙漠在眼前漫延开来，一望无际，让人昏昏欲睡。半路碰上道路维修，

佩枯错

希夏邦马峰

暂时封路，队伍中有了贵州老吴的神侃，使得大家忘记了等待的寂寞。

翻越海拔 4920 米的突击拉山和海拔 5211 米的马攸木拉山垭口，途经仲巴、帕羊，越往西走海拔越高，云低得好像伸手就能抓住，当遇见美丽的公珠错时，车内又恢复了生机。湖边高原草甸上，到处是吃草的牦牛，牦牛角上落着不知名的鸟儿，和牦牛相安无事。路边放牧的藏民冲着我们招手，喊了几声嘹亮的牧歌。

马攸木拉山是日喀则与阿里的分界线，翻过垭口下山，到达普兰县霍尔乡，进入西藏密境天上阿里的腹地。三年前第一次到这里时的情景历历在目。抬眼望去，远处纳木那尼雪山和神山冈仁波齐的雄壮身姿，已在云间若隐若现，这是所有来到阿里的人都梦想看见的地方。

在霍尔加油站不远处，不知是什么人自制的一块“1314”界碑，树立在国道 219 路边，令人哭笑不得。原来那块“1314”的界碑，如今早已变成了“3888—3889”。这块知名界碑，成为曾经到过阿里的人心中永远的记忆。

一切都是最好的安排，由于临时改变行程，在落日前抵达普兰县的神山圣湖旁，海拔上升到 4600 米。上天眷顾，落日余晖透过云端，洒落在神山圣湖之上，冈仁波齐、纳木那

● 神山脚下的巴嘎草原

尼、玛旁雍错、拉昂错、巴嘎草原，片刻间变得金碧辉煌，美轮美奂。虽然我是第二次到达此地，但面对这扑面而来的景象，心里依然格外激动，以至于站在阿里高原的这片土地上，久久不愿离开。普兰入选2019年和2020年“中国最美县域榜单”，绝对是实至名归。

从玛旁雍错、拉昂错二湖中间穿过的公路，在暮色中蜿蜒在美丽的纳木那尼峰脚下，一路向南，将我们带向边城普兰。经过13个多小时的长途奔波，在阿里的满天繁星下，终于抵达海拔3880米的普兰县城。普兰不仅拥有独特的神山圣湖风光，更是了解阿里历史和文化发展的一个必须探访的节点。

22

雪山环绕的普兰

历史上人们用“阿里三围”之说，对阿里的地形地貌进行了形象的概括，即雪山环绕的普兰、土林环绕的札达和湖泊环绕的日土。这“三围”中的普兰，位于阿里地区南部，冈底斯山脉的冈仁波齐峰、喜马拉雅山南侧的纳木那尼雪山和阿比峰之间的马甲藏布（孔雀河）峡谷地带，是“阿里三围”中名副其实的“雪山环绕的地方”，因为与尼泊尔、印度相邻，普兰也是西藏一座重要的边城。

普兰，在公元初始为象雄国中心辖区之一，曾被称为“孔雀王国”。9 世纪，最后一代吐蕃王朝的吉德尼玛衮逃到了这里，他的后裔分别建立了普兰、古格和拉达克三个小王朝，普兰王国后来被古格王国吞并。

有关普兰的名称解释众多，有一种说法是“不让”，“不”在象雄语中意为“雪”，“让”意为“山”，是指被雪山所包围的区域，而现在藏语中普兰意为“一根毛成独毛”。1959 年西藏和平解放以前，这里称为普兰宗。

住进距离县城十几公里的科迦村一户叫格桑卓玛的藏民家中，著名的科迦寺就坐落在周围。老丁认识格桑卓玛。她家的房子刚盖好不久，客厅里摆着大藏炉、藏式沙发、彩绘的藏柜，看得出如今他们的生活比较富裕。藏家的客栈同内地的农家乐类似，只是条件稍微差一点，但绝对干净整洁。

刚安顿好行李，就赶上村里忽然停电，只好打开头灯，在客厅简单地吃了碗泡面，便回房间，躺倒在床上。从雪山上刮来的风，把门窗吹得呼呼作响。普兰属于高原亚寒带干旱气候，虽然刚进 9 月下旬，夜晚的空气中已显寒意逼人。跑了一天的路，实在困得不行，在黑夜里闻着浓浓的酥油和沙土味，酣然入睡。

这里海拔相对较低，让人觉得呼吸顺畅了许多。第二天起来得很晚，阳光已洒满高原上的小村庄。来到院子门口，看见走来一个穿着鲜红藏袍、戴米色宽边帽的姑娘，她边走边打电话，身姿婀娜，拖着长袍缓缓走到门前。她把肩很自然地靠在门框边，一只手轻抚着门上彩绘的一朵莲花，另一只手挂了电话；摘下口罩，露出一张古铜色的脸，细长的黑眼睛，鼻梁挺直，双唇鲜红，牙齿洁白。她看了一眼我们几个陌生人，微微一笑，对我们流露出来的惊讶神情毫不在意，并从从容容地用生硬的汉语说：“睡醒了？还累吗？你们从哪里来？”我在想她一定就是领队说过的格桑卓玛。

格桑卓玛的嫂子早已给我们做好了早饭，大家聚在客厅，边吃边和格桑卓玛聊天。格桑卓玛平时在狮泉河的酒店里工作，这几天回来帮家里收拾土地。她有一个弟弟在拉萨读大学，哥哥和嫂子、侄子、侄女以及父母住在村里。听说我来自河北，她高兴地告诉我，阿里有许多河北援建的道路、学校、医院，关系一下拉近了许多。当得知我们过些天还要去狮泉河时，她高兴地邀请我们去她工作的生态酒店住，我当下就欣然接受了这份热情的邀请。

格桑卓玛亲自煮好奶茶，招呼大家把水壶、保温杯都灌满——这在高原是最好的饮料。格桑卓玛和她的父母走出大门，为我们送行。大家双手合十，互道“扎西德勒”，我们说着刚刚学会的“秀丹嘉”（再见），挥手和善良的一家人告别，有点依依不舍。

阳光照在高原的大地上。远处雪山顶上清爽飘逸的云，天空透明的蓝，白色的房子建在

● 建于 10 世纪末的科迦寺

孔雀河岸的高地上，五彩的经幡竖在屋顶，从山腰到河谷，牛群在悠闲地吃草，几棵略显孤单的普兰柳和一片片的青稞田，点缀着秋天的孔雀河谷地和群山，一切都是暖暖的色调，远处青稞田里的歌声显得格外悠扬。

走到村口，几位手摇着转经筒的老人看见我们几个外乡人，冲着我们露出笑容，好似相识，虽然语言不通，但在西藏你一般不会想到“不要和陌生人说话”这句警告。

来普兰镇这个孔雀河畔的绿洲之前，便与长年在普兰工作生活、从事当地历史文化研究的周文强老师取得联系。因为我们时间有限，周老师热情地为我们规划了一条快速了解普兰历史文化的路线——科迦寺—香柏林寺古堡遗址—悬空寺古宫拉康，并亲自陪同我们参观这些地点。能够跟随周文强老师在有着“阿里活化石”称号的普兰参观，我们一行人喜出望外。

科迦寺建于 10 世纪末，历史悠久，开始属噶当派，后改宗萨迦派，据有关文献资料记载，996 年，由大译师仁钦桑布主持，与托林寺等寺院一同建造，距今已有 1000 多年的历史。如今，在科迦寺看到的觉康和嘎加拉康大殿，就是这一时期建造的佛教建筑。因为历史悠久，2001 年 6 月科迦寺被列为全国重点文物保护单位。

传说出生于古格境内旺热那渚村的仁钦桑布，从小即能背诵梵文咒字，被当时的古格国王益西沃选中，与其他21位古格青年一起被派往古印度学习佛法。大师一生三次往返古印度和西藏，翻译、校订密教经典108部，将之收录于藏文大藏经《甘珠尔》与《丹珠尔》之中。人们将他之后编译的密乘称为“新密”，而此前的称为“旧密”。仁钦桑布还从克什米尔迎请了一批精通佛教绘画、雕塑和建筑等方面的艺术家和工匠，在古格建立了最早的一批佛教寺院，因此，在西藏佛教史上，仁钦桑布也被视为后弘期佛教的开山祖师之一。

科迦寺内的建筑尼玛拉康（觉康）和嘎加拉康（百柱殿），呈“L”形布局。觉康即释迦殿，主供三尊银质的文殊菩萨像、金刚持和观世音菩萨像，称为科迦寺三至尊，这里也是僧众聚集诵经的场所，位于寺院南部，面朝北。百柱殿位于寺院西部，面朝东，正对着寺院大门，藏文为“嘎加拉康”，系由多座殿堂和生活用房组合而成的复合建筑。据记载，百柱殿也是科迦寺内最早建造的大殿，大殿有三重门，第三道门两侧的木雕已被玻璃罩起，因为这些雕刻为上千年前的原作，讲述的是佛祖释迦牟尼生前和成佛的全过程，尤为珍贵。大殿里还存有多幅绘于不同时期的精美壁画。

同周老师会合后，一同走进科迦寺。寺院里人不多，我们是唯一一拨外来的人。来此朝拜的藏民小声念着经，低头慢慢走着路，静静

科迦寺内保存至今的佛教壁画珍品

地在佛像前双手合十，伏身跪拜。藏传佛教信众相信，如果三天内能见到拉萨大昭寺的释迦牟尼佛像、吉隆帕巴寺的瓦帝桑布佛像以及科迦寺的文殊菩萨像，则代表功德无量，最终能够脱出轮回，荣登极乐世界，所以在阿里也就有了“到普兰没到科迦寺朝拜至三尊，等于没到过普兰”之说。

从科迦寺内现存的经仁钦桑布加持过的文殊菩萨像、佛教壁画珍品、织锦、唐卡以及建筑构件等古老痕迹，能看出早期阿里地区寺庙建筑艺术风格独特、建造工艺精良，可惜已有部分损毁、遗失。寺内原收藏《大藏经》100余卷，如今也只剩下6卷真品。据说，古格继任国王绛曲沃和西藏众译师于1037年迎请古印度佛教尊者阿底峡进入西藏地区，在吐蕃王朝发生朗达玛王灭法之后复兴佛教，第一站便是科迦寺，然后前往山南的桑耶寺，此后阿底峡尊者一直在西藏弘法，终生未回故乡。

爬到科迦寺的金顶平台上，可以清晰地看到整个寺院依山傍水，坐南朝北，高山环抱，各种大小经堂、僧舍、佛塔相互映衬，殿宇巍峨，建筑风格独特。虽说科迦寺地处偏远，面积也不大，却因从古格时期比较完整地保存至今，一直在阿里地区享有盛名。

在寺内巧遇一位身穿传统藏族服装前来朝拜的老人。他从头到脚别致的穿戴，尤其他脚上穿的那双别致的手工牦牛皮靴，引得我们投去好奇的目光。据周老师介绍，如今已经很少能够见到这种古老的制作手艺了。老人似乎看出了我们的好奇，大方地让我们拍照，使我们留下了珍贵资料。

科迦，系藏语音译“定居”之意。离开科迦寺时，站在山腰回望因科迦寺而得名的科迦村，眼前这片得到孔雀河滋养的土地，在科迦寺的护佑下充满了生机。

在孔雀河西边，有一座地势险要的高山达拉卡。达拉卡山形似一只老虎，海拔近4300米，是孔雀河谷地内最高的山峰，山上有一座座形状各异、大小不一的古堡遗址，这就是距普兰镇约5公里的另一处重要历史遗迹——达拉卡城堡遗址以及在城堡遗址上复建的贤柏林寺。

贤柏林寺，亦称香柏林寺或夏格巴林寺。修复后的贤柏林寺和城堡的残垣断壁耸立在山顶之上的巍峨气势，依然可以让人感受到它曾

● 身穿传统阿里地区藏族服装的老人

● 坐落于普兰达拉卡山上的贤柏林寺

经的壮丽。

贤柏林在藏语中是“赎罪”的意思。据《普兰县志》记载，17世纪时，拉达克军队灭亡了古格王朝，普兰所在的阿里地区被占据数十年之久，卫藏地区五世达赖罗桑嘉措派出以甘丹才旺为统帅的藏军，历经数年的奋战，打败拉达克军队，收复阿里地区，为了忏悔在战争中杀戮太多的罪过，甘丹才旺在原孔雀王朝王宫所在的这座山上修筑了贤柏林寺。该寺曾经是阿里普兰宗境内的第一座格鲁派寺庙，也是当时规模最大的寺庙，曾有僧众300余人，殿宇极为辉煌。

和周文强老师一起登上古堡遗址。眼前的达拉卡城堡，这个曾经规模宏大的建筑群，在1680—1683年与达拉克的战争和1840年的森巴战争中，早已变成了残垣断壁。站在古堡的废墟之上，感叹历史的沧桑巨变，任风吹雨淋，历经战火和岁月的摧残以及风沙的侵蚀，古堡遗址和贤柏林寺依然屹立于山巅，坚守着普兰曾经的辉煌。

在孔雀河西侧和达拉卡山东侧半山腰之间，也就是贤柏林寺和达

与周文强老师在达拉卡城堡遗址

拉卡城堡遗址所在山巅之下的悬崖峭壁上布满洞穴，一座古旧的楼台悬空探出，上面悬挂的数条经幡迎风飞舞，这便是古宫拉康，藏语称“宫浦尔”，即悬空寺、飞天寺。与古宫拉康有关的是一段源自仙女尹卓拉姆飞天的爱情故事，这段生动的民间传说，还被改编成藏戏《洛桑王子》，其影响在八大藏戏中仅次于《文成公主》。

以“孔雀飞天”（“宣谐”，意思是歌舞服饰）命名的普兰地区的民族服饰，也与孔雀公主飞天的传说以及普兰的母亲河孔雀河密切相关，这种服饰带有普兰地方民俗文化的鲜明特色。据周文强老师介绍，这种古朴、昂贵的服饰，一套重达20多斤，全套服饰由头饰“更琼”、脖围“基乌”和披肩“过巾吉巴”、藏袍、藏靴、耳饰、手镯、戒指、胸饰、腰带组成，既可成套穿戴，也可根据场合需要任着一件。这种被称为“孔雀飞天”的普兰服饰，价值连城，一串串珊瑚、玛瑙、绿松石挂在脖子上，镶着各种绚烂宝石的披挂件结结实实全都堆砌在身上，头饰的珠帘低垂甚至让人看不清面孔。在当地人心中，这种传

● 普兰孔雀河谷

统服饰象征着家庭财富，让人感到无上荣光，只在新年等节日、神舞会、族群聚会、康穗（乔迁新房）、婚礼等重大节庆活动和迎接、送行贵宾时才会穿戴在身上，平日极少示人。据说在普兰县域内各村共保留着新旧不一的普兰服饰数十套，而在科迦村目前保存完好的只有7套，格外珍贵。

除了普兰孔雀服，普兰的民间歌舞艺术在阿里地区也久负盛名，其中，普兰果谐，即圆圈舞蹈，又名“普兰果尔孜”，发源于普兰县，曾入选第三批国家级非物质文化遗产名录。圆圈舞蹈广泛流传在阿里农村，是一种拉手成圈、男女分班唱和、顿地为节、载歌载舞的自娱性舞蹈，舞蹈节奏鲜明，欢快热烈，劳动气息浓郁。在普兰的农牧区大家非常喜爱跳“果谐”，男女老少都会唱会舞。普兰果谐的基本步伐有“三步一抬”“前踢三步踩”等，步伐要求大方有力，其手势包括“前关开手”和“前后甩手”，活泼灵巧，整个舞蹈动作非常简单易学。另外，当地的艺术形式还有发源于普兰县的孔雀舞，以及保留了当地古老的苯教色彩的普兰婚礼歌等。

● 坐落在孔雀河西侧山腰间的古宫拉康

自象雄古国到吐蕃后裔建立起的普兰王朝再到今天，普兰就像盛开在高寒荒芜土地上的雪莲花，以自己的存在证明着阿里高原与世隔绝的孤独和苍凉。在普兰的时间虽然短暂，但这块阿里活化石，已经给我们留下了深刻的印象。

带着对孔雀飞天传说的遐想，带着在古宫寺遇见的阿佳拉的美好祝福和慈祥笑容，我们在孔雀河边与周老师告别，与普兰告别，启程前往位于神山圣湖旁的塔尔钦，准备迎接艰辛的转山之旅。

从普兰镇前往神山脚下的塔尔钦，途中会经过普兰巴嘎乡。位于玛旁雍错与拉昂错中间的百米小山上的吉乌寺，是环玛旁雍错的 8 座寺庙之一，也是转湖人的起点。

吉乌寺由两处建筑组成，南边主要是念经与烧香拜佛的寺院，北边是放置着无数刻满六字箴言的玛尼石堆。这是一个地理位置很特别的地方，从这里向东望是圣湖玛旁雍错，向西望可看见与圣湖一路相隔的鬼湖拉昂错，向北可以看见神山冈仁波齐，往南可以看到纳木那尼雪山的顶峰，因此，此处是观赏普兰“二山夹二湖”圣境的最佳地点，

身穿普兰盛装的藏族阿妈拉

● 圣湖玛旁雍错

也是摄影爱好者的胜地。

第二次来到这个山坡，看见画满经文的五彩经幡，随着从冈仁波齐峰刮来的冷风，呼啦呼啦飘舞。与第一次看见这里时兴奋异常、赞不绝口的队友们的不同，再一次看见神山圣湖，于我来说，已经没有了特别的激动，心如眼前的湖水一样平静。独自一人走到很远的地方，找了块高地，架好相机，环顾四周，云端中的神山冈仁波齐、圣湖玛旁雍错、身姿俊俏的纳木那尼峰，以及阳光下波光粼粼的鬼湖拉昂错，尽收眼底。曾经以为自己今生不会再到这里，可是为什么又来了，我自己也说不清是什么魔力，让我对这里充满向往。安静地坐下来，用心感受着眼前的神圣、洁白、深邃和无与伦比。

离开吉乌寺，在暮色中抵达冈仁波齐转山的起点——阿里普兰县巴嘎乡海拔4650米的塔尔钦，专门挑选了三年前住过的神山青旅入住。每一个人脸上，都流露出既兴奋又忐忑不安的神情。

其实，冈仁波齐的转山路，没有大家想象中的西藏“大美风光”，

● 圣湖玛旁雍错旁的吉乌寺佛塔

只有高反、寒冷和空气稀薄。本来计划把几位第一次来西藏的队友留在塔尔钦休整，但是，大家都想去走一走，哪怕是中途返回，也要去感受一下。璇子和老吴还说：老兄，我们来阿里，就是为了转山的……犹豫再三，最后和领队商量，根据适应高反的情况，同意了大家的请求，但要求大家一定要量力而行。

其实，我非常理解大家的心情。千万里来到普兰，冈仁波齐转山对每一个人来说，已经不是一次简单的户外旅行。从海拔4600米的塔尔钦出发，翻过海拔5630米的卓玛拉山口，再回到塔尔钦，干渴、失眠、恶心、上气不接下气、头痛欲裂、感受“生死轮回”，这样的机会可能一生只有一次，所以，所有决定踏上这条52公里异常艰辛路途的人，绝不是为欣赏自然风光，也不为挑战自我，多数人是为来此感受一下冈仁波齐的神圣，尝试着完成每一个来到普兰塔尔钦的人都想完成的梦想。正如有人说“人生因梦想而伟大”，是啊，有谁不想在自己的人生中，有一次平凡而伟大的经历，有一次属于自己的奇迹。

吃完晚饭，嘱咐大家收拾好第二天进山的装备和饮食，早点休息，我便一个人来到塔尔钦的街道上。夜色中，冈仁波齐顶峰就在眼前，第一眼，你就可以感觉到它的威严，心里充满了巨大的压迫感。

如今，原本寂静的塔尔钦，随着普兰神山旅游的开发，与三年前相比有了很大的变化——街道宽了，路灯亮了，小楼多了，小商店里的商品琳琅满目，手机信号也覆盖了整个塔尔钦。而我感觉最大的变化，就是出门时青旅的老板告诉我，如今随着西藏电网工程的建设，这里已经不再经常停电了，塔尔钦寒冷的夜晚充满了光明和温暖。

23 转山

“和我去转山，就在峰回路转的这一年，走到天尽头，就是彼岸。”

世界上大概没有任何一个地方，对山的崇拜会像西藏这样炽热，整个藏地，凡山皆有神，而冈仁波齐在西藏的众神山中，拥有至高无上的地位。

以转山为主题的电影《冈仁波齐》上映的那段时间，让我知道了在千山汇集的阿里高原，最为神圣、最受尊崇的高山就是冈仁波齐。我一天之中竟然看了三遍《冈仁波齐》，一遍比一遍体会深刻，心里也变得越来越想念西藏，并勾起再一次去阿里、去冈仁波齐的欲望。

在那里，总是有无数的藏族人，以独有的磕等身长头的方式，俯仰于天地之间，执着地向圣地跋涉，令人敬佩。去冈仁波齐转山祈祷，成为藏族人一生不可或缺的功课。而对于我们这些异乡人来说，每一个人转山的目的、经历、体验、感受会不同，但，只要你走过，就会永远记住这一条转山的路。每一个人心中都会有一个属于自己的冈仁波齐，这是一段绝对值得记录下来的人生旅程，值得一辈子回忆。

对于我来说，转山的想法，要从《冈仁波齐》这部反映真人真事的纪实影片说起。由张杨执导、拍摄的纪录电影《冈仁波齐》，真实地呈现出藏民族一段动人心魄的灵魂朝圣之旅，让我对这座神山有了比较深刻的了解。看完影片后，我心情久久不能平静，想到八个字：难以置信，遍地虔诚。也正是因为这部影片，让我有了去冈仁波齐转山的想法。

纪录影片中的人物，都由藏民本色出演。公普拉村的尼玛扎西，经历了父亲的过世。父亲一辈子的心愿，就是去拉萨和冈仁波齐朝圣。2014 年是马年，传说这一年正好是神山冈仁波齐的本命年，这些普通的藏族人，做出了与我们迥异的生命选择——他们决定用一年的时光，叩首伏身，超度亡灵，同时为自己，为亲朋好友祈祷幸福平安。尼玛带领村子里的朝圣队伍出发了。每个人都带着自己的故事，也怀抱着不同的救赎与自我救赎之心，磕起等身长头，开始了一段 2000 多公里的朝圣之路。

这一路，像极了藏人的一生，喜怒哀乐，生死轮回，他们都坦然面对。途中他们经历了道路积水、山石滚落、生病受伤、婴儿降生、车辆被毁、旅费用尽、老人离世……顶风冒雪，他们走走停停，但，始终知道自己要走向哪里，所以，他们心安理得接受路上发生的一切。一路艰辛，一路坚持，一路心静如水，即使在最艰难困苦的时候，他们也会快乐地在鲜花盛开的河畔跳起锅庄。

当融化的雪水漫过路面，众人脱掉厚重的外套，面带笑容地扑向水面。水花四溅，每一个人都像孩子玩儿水的时候一样，欢畅淋漓，他们不会因为这一点儿积水，就让朝圣的路上少了这一小段五体投地。一位司机因为避让对面来车，撞翻了他们的拖拉机。司机焦急地解释：车上有人呼吸困难，需要送到拉萨急救，否则人就没命了。人命关天，他们平静地让司机开车走了，没有人争吵，没有人怨叹倒霉，他们只是察看了一下车上的婴儿是否安好。当发现拖拉机车轴被撞断时，他们毅然决定，拉上车厢和物资，继续走向圣城拉萨，继续走向冈仁波齐。

男人们拉车，女人们磕等身长头，走一段路，男人们便放下拉车的绳索，走回刚才的地方，把这一段长头磕完。看到此处，让人热泪盈眶。这是信仰的力量，简单而朴素，没有一个人犹豫，在他们看来，既然自己走的是朝圣之路，就要一个头一个头地磕完，一个也不能少。

朝圣路上，一个9岁的女孩从妈妈的手里拿过手机，只是想问奶奶、哥哥、姐姐想不想自己，告诉他们自己想他们了，便挂断了电话。我被这个细微的场景感动得落泪了——看到这样的场景，有谁不被感动呢?

其实，如今我们当中的很多人对于信仰存在着很大的误解。所谓的信仰，根本不是你笃信哪一派宗教，而是愿意去追求，去做那些带不来现世利益的事情。有信仰的人，面对一切发生既平静又执着，既不伟岸也不愚昧，可以坦然面对一切，不卑不亢，无喜无悲。这是来自内心的力量，这是来自对信仰的崇敬。有信仰在，人就会有追求，就会放下过多的欲望和烦恼。

有一些人由于各种各样的理由，会质疑藏族人的信仰，觉得磕长头有些愚钝，甚至以为落后，其实，这样的认识是一种偏见，更是一种误读。藏族人信来世，把来世看得和今生同样重要，他们执着地认为，今生的所作所为，就是为来世而修行，所以，他们在朝圣的路上，不论有多少负累，依然能够一路匍匐，虔心向前。

去西藏、去阿里，到冈仁波齐，并不是临时起意，对于我和队友们来说，是计划了很久的旅程，就像电影《冈仁波齐》里的一行人。

2016年和2019年，我曾两次试图去转山但没有成行。当2020年决定再一次走上阿里高原时，出发之前，又把《冈仁波齐》看了一遍，并在制订大北线行程计划的时候，一次次地问自己：你了解西藏多少？你为什么要去阿里？到阿里高原和冈仁波齐到底是为了眼前的景色还是为了找到心灵的慰藉?

其实，试图走完52公里的转山路，谈不上什么信仰，甚至谈不上什么挑战一下自我极限，我更多是想来这里看个究竟，来实现一个小小的梦想。但不得不说，这既是在走一条充满千辛万苦的高原徒步路线，又是在走一条人心的征途，更是在走一条艰难的修行之路，当你来过之后，就一定会明白。

冈仁波齐峰，海拔6656米，位于西藏普兰县巴嘎乡，如一座大金字塔，耸立在阿里高原上。

冈仁波齐在冈底斯山脉中并非最高的山峰，它与梅里雪山、阿尼玛卿山和青海玉树的尕朵觉沃并称“藏传佛教四大神山”。除了宗教因素外，其神秘之处还在于它的峰顶向阳面，终年积雪不化，并在阳光照耀下闪耀着奇异的光芒，夺人眼目，而山之背面，积雪很少，即使被白雪覆盖，太阳一出，随即融化，与常规刚好相反，加上四壁对称，与周围的山峰迥然不同，由峰顶垂直而下的巨大冰槽与一横向岩层所构成的极像佛教中精神力量的标志，意为佛法永存，代表着吉祥与护佑的万字格，远远望见，极具视觉和心灵的震撼力，让人充满惊叹与崇敬。只是冈仁波齐峰经常白云缭绕，在远处很难目睹其真容，藏族人认为，如果你能看见冈仁波齐的顶峰，那将是人生之大幸。

冈仁波齐在藏语中意为“神灵之山”，拥有“神山之王”“万山之祖”的称号，被雍仲

冈仁波齐

苯教、藏传佛教、印度教以及古耆那教认定为世界的中心。到冈仁波齐转山不仅是每一个信徒的虔诚信仰，也是每一个来到阿里高原的人心中的终极愿望。

同时，冈仁波齐还是四条大河的发源地，流向东方的是当却藏布（马泉河），下游为布拉马普特拉河；流向南方的是马甲藏布（孔雀河），下游为恒河；流向西方的是朗钦藏布（象泉河），下游为苏特累季河；流向北方的是森格藏布（狮泉河），下游为印度河。

冈仁波齐神山的转山路线分两条：外线是以冈仁波齐峰为核心的大环山线路，内线是以冈仁波齐峰南侧的因揭陀山为核心的小环山线路。外线总长约 52 公里。按照藏族人的说法，一般只有转满吉祥的数字 13 圈，才能获得转内线的资格。

从海拔 4650 米的塔尔钦出发，按照顺时针方向，经过经幡广场—曲古寺（海拔 4860 米）—哲日普寺（海拔 5210 米）—轮回台—卓玛拉山口（海拔 5630 米）—尊珠普寺（海拔 4830 米）—宗堆—塔尔钦，环穿路程 52 公里，一般人徒步需 2—3 天，磕等身长头则需十天半月左右，有一些身体好、能力强的户外人和一些藏族的年轻人一天便可以走完。

冈仁波齐南面山脚下的塔尔钦是过往阿里的旅行者们的落脚点，也是转山的起点和终点。经过半年的身体和心理准备，我再一次来到塔尔钦，来到神山脚下的这座山村，准备和许多带着信仰而来的人一道，踏上这条漫长而艰辛的转山路。

为了这次的冈仁波齐转山，来塔尔钦之前，我去了四川的四姑娘山，云南的玉龙雪山、哈巴雪山攀登，以适应高海拔的环境。这一次我们从拉萨出发，在平均海拔 4600 米以上的高原穿行了一周，加之在普兰休整了两天，可以说做足了准备，各种高原反应都显得很轻微，感觉这次在高原适应得比较好，但是，等到走上转山路之后，我们才发现，还是大大轻视了阿里高原。一些队友是第一次在高海拔徒步，每 100 米海拔的升高都令大家感到非常艰难，以至于最终选择了放弃。

由于前期适应得比较好，我在缺氧的环境下，夜晚没有太多的不适。第二天清晨早早起床，把御寒衣物、睡袋、急救药品、热水和两天食品装进背包，吃完早饭，从塔尔钦出发，很快到了转山入口，花 150 元买好门票。队伍中北京小李是第二次转山，由他和能力较强的江苏阿萍组成 A 队；其他队员——江苏龙哥、小何、贵州老吴、云南璇子和河南小杜，在我的带领下组成 B 队；领队老丁留守塔尔钦，负责联络和接应。我再一次叮嘱大家控制节奏，量力而行。背起行囊，晨曦中，我们迈出转山的第一步。

西行大约 7 公里，山路折向北，道路平缓，升幅不大，全队顺利到达海拔 4750 米的经幡广场，从这里穿过两腿佛塔，进入拉曲峡谷。两腿佛塔是转山道上的第一座标志性建筑，传说从两腿佛塔的两条腿之间走过，会得到山神的保佑，而有罪的人则无法通过。所有经过这里的转山人，会鱼贯而入，从这里走过。

我正要从双腿佛塔下通过时，听见身后有人在说“华北电力大学”，真是巧了，在神山旁竟然遇见 1996 年毕业于华电的校友小王——人生何处不相逢。这世界说大就大说小就小，在这里遇见校友定是缘分。校友相遇，特别高兴，大家互相鼓励，相约在转山的终点塔尔钦见。

佛塔东面的空地上，矗立着一棵20米高、裹满五颜六色经幡的巨大经幡柱。每年藏历四月十五日经幡柱都会定期更换，这在冈仁波齐神山是一个十分隆重的仪式，很多来转山的藏族人会在这里献上洁白的哈达，五体投地遥拜神山。

进入拉曲峡谷，两侧耸立着红色峭壁。继续前行大约2公里，海拔上升到4860米，就可以看见峭壁西侧中部、建于13世纪的曲古寺。走到曲古寺前面的休息点，大家坐下来喝甜茶休息。A队的小李、阿萍速度较快，已经渐渐和B队的队员拉开了距离，他们加快速度向卓玛拉山口赶去，争取用一天的时间返回塔尔钦。

B队的全体队员则沿山谷向前走了6公里，到达第二个休息点。海拔升到4900米。第一次在高海拔徒步的龙哥、小何和小杜，随着海拔的升高，行走的速度越来越慢，每走十几步都会停下来，气喘吁吁，出现了头晕、头痛等不适症状，不得不选择下撤，原路返回。其实，我打心里佩服他们，本不打算让他们进山的，虽然只走了十几公里，但他们已经尽力了，体验一下转山路的目的已经达到，下撤的选择无

拉曲峡谷

疑是正确的，因为，再坚持走下去，后面的海拔将继续升高至5000米之上，对从来没有在海拔5000米之上徒步、宿营经历的人，高反会导致什么状况无法预测。

在西藏高原对付高反，心理因素固然重要，但是，在高海拔地区活动，也要量力而行，必须高度重视高反情况的发生——人只能适应自然，而不能盲目地对抗自然。

经常到高原的人都知道，所谓高原反应，就是指人到达一定海拔高度后，身体为适应因海拔高度带来的气压低、含氧量少、空气干燥、寒冷等变化而产生的一系列生理反应。高原反应症状会出现在超过海拔2500—3000米以后，一般发生在到达高海拔2—10小时，少数在1天后发生，一般经过3天的适应后会减轻，1周时间基本恢复正常。

在西藏这片世界屋脊的土地上，永远有蓝天白云、阳光普照和皑皑雪山，以至于你站在任何一处山口，都可以看到不可复制、独一无二的壮美，但它们又很高远，高远到让很多试图接近它的人难以忍受，这就像一种有意的考验。所以，在去世界屋脊之前，对于高反和路上的其他各种困难，一定要做好物质与心理的准备，越充分越好，这一点尤为重要。

依依不舍，和每一位下撤的队友合影留念，目送他们返回塔尔钦，我继续陪着第一次来到西藏、执意要完成转山的璇子和老吴，缓慢向上。高原的天气阴晴不定，阳光直射时灼烤如火，阴云密布时又寒冷如冰。

翻过一个山坡，进入一段河谷，乌云遮住了太阳，风也开始变大，吹得人眼睛都睁不开，河谷里一下变得阴冷下来，一会儿阳光又从云层里钻出来，普照着转山路。这里不仅缺氧，而且异常干燥，嘴唇开始干裂。落在后面的老吴呼吸变得急促，脚步也变得越发沉重，我和璇子走一段路就会停下来等他。他满脸通红，看得出一直在咬牙坚持着，几个同行的藏族同胞用生硬的汉语说着：加油，不远了，前面就是哲日普寺，可以休息了。

山路上可以看见很多用五体投地的方式一路匍匐前行的朝圣者，以及摇着经轮虔诚地朝拜神山的藏族人，令人钦佩，很难想象在这样高的海拔，是怎样的力量支撑着他们用身体丈量着信仰。与这些藏族人走在一起，心里踏实了很多，也鼓舞着我们继续向前。走着走着，忽然看见，冈仁波齐的顶峰已经出现在我们的头顶。

感谢上天恩赐，一路上笼罩着神山的云雾渐渐随风散开，冈仁波齐的北壁和顶峰变得清晰可见，终年积雪的峰顶在阳光照耀下闪耀着奇异的光芒，夺人眼目，神山特殊的金字塔山形让人充满虔诚与惊叹。能看到峰顶是件很幸运的事情，我们异常激动。从冈仁波齐峰方向刮来的风特别大，把玛尼堆上挂满的经幡吹得呼呼作响，笃信藏传佛教的老吴在玛尼堆前升起了祈福的经幡，一路都在说为了来神山还愿的璇子面向神山虔诚地跪拜，我则在神山脚下为家人和亲朋好友们默默地祈福。

经过9个多小时跋涉，终于在下午5点，我们3人抵达转山路上第一天的目的地——距离神山入口20公里外的哲日普寺附近的露营休息点，海拔上升到5100米。

哲日普寺休息点附近有了一点儿极不稳定

的信号，赶紧向留守塔尔钦的领队老丁报告了我们到达的位置，但始终联系不上队友小李他们，估计他们已经翻越了卓玛拉山口。好在小李是第二次转山，对路况比较熟悉，两人的体能也不错，让人感到比较放心。

又累又渴又饿，顾不上安排晚上的住宿，先走进休息点的帐篷，要了一大壶甜茶，拿出自带的方便面凑在火炉前一边取暖一边吃饭。一路同行的藏民们吃完饭，休息了半个小时又出发了，他们中的很多年轻人，会选择继续前行，直接翻越卓玛拉山口，或翻过山口休息，或干脆连夜赶回塔尔钦，用一天时间转完整个路程，而我们则计划第一天在此休息，第二天再翻越卓玛拉山口。互道“扎西德勒”，和藏族同胞们道别。

我们分别被带到两个房间住下。这里已经住了一些转山的人。条件虽然艰苦，好歹有一张床可以躺下休息，没有让我们住帐篷、睡大通铺，就已经很知足了。

在哲日普寺附近宿营，最大的好处就是不仅可以近距离地看到冈仁波齐壮观的北壁，还可以欣赏到冈仁波齐的日出日落，以及冈仁波齐前面依次排列的三座小一点儿的山峰——象征神山护卫的夏诺多吉、央迈勇和仙乃日，在

转山路上清晰地看见冈仁波齐的北壁和顶峰

● 朝圣者

藏传佛教中，它们分别代表了金刚手菩萨、文殊菩萨和观音菩萨——这与在四川“洛克线”亚丁所见到的三座雪山的名字是一样的。如果运气好，夜晚还可以看见繁星璀璨的天空。

我们很幸运，遇见了极好的天气，安置好晚上睡觉的地方，带着一颗虔诚的心，来到神山冈仁波齐脚下。白云从峰顶飘过，眼前的冈仁波齐纯净、圣洁、一尘不染，宛如一座至高无上的神殿，能将人心中的一切杂念洗涤干净，让人变得异常的宁静，直至黄昏，夕阳渐变的色彩把冈仁波齐之巅变得奇幻且神秘莫测。我们被这壮丽景象所震撼。璇子竟被感动得热泪盈眶。这就是徒步转山中的缘分，你不知道路上会遇见怎样的景象。

阿里高原昼夜温差很大，9 月底的冈仁波齐山脚下已经变得十分寒冷，在海拔 5100 米的营地，即便屋子里生着火，日落后也要穿上羽绒服。在宿营地里，一直在喝热水和酥油茶——这样可以多排尿，对预防高反有一定的作用。晚餐只能大家一起动手做，其实也就是开水煮面，里面加点从山下背上来的黄瓜、西红柿，加上榨菜和牛肉干，感觉已经很丰盛了。

夜幕降临，望着窗外的冈仁波齐峰又笼罩在厚厚的云层中，拍摄满天繁星的计划落空了，

● 转山路上用五体投地的方式一路匍匐前行的朝圣者

● 与队友老吴抵达冈仁波齐山脚下

有一点儿小遗憾，但生活中很多时候也正是有了遗憾，我们才会充满期待。无奈之中，穿着羽绒服钻进睡袋，又盖了一床厚棉被，半躺在床上，打开视频聊天向爸妈报了个平安，聊了一会儿，便不知不觉昏昏睡去，竟然没有被队友老吴的呼噜声所打扰。

在海拔 5100 米的宿营地，只能靠发电机供电，晚上 12 点以后到天亮这段时间，一切只能在黑暗中进行。凌晨 3 点多，被隔壁其他队的人吵醒，迷迷糊糊打开头灯，出门询问，才知道有人出现了恶心、呕吐和发烧等严重的高原反应，急需呼叫救援下撤。赶紧询问了一下与其他队伍的女队员住在一起的璇子，她还好，除了心跳比较快，头有点晕，暂时没有大碍。摸黑到院外的厕所方便完，回到房间，老吴这时也醒了，在翻看手机。他告诉我收到了凌晨 1 点钟领队老丁发来的短信，说小李和阿萍已经于当天下午 3 点半翻过了海拔 5630 米的卓玛拉山口，凌晨 1 点钟时距离塔尔钦还有不到 4 公里。我计算了一下时间，到凌晨 2 点左右，用 18 个小时，他们应该完成了 52 公里的转山路程——太牛了，很多藏族年轻人也走不了这么快。

经过这一折腾，怎么也睡不着了，辗转反侧，半梦半醒地躺着。凌晨的冈仁波齐更加的寒冷，我和老吴都出现了头痛、憋气、血压升

落日映照下的冈仁波齐

高的症状，只好坐起身，半躺在黑暗的房间里，这样呼吸会舒服一点儿。等待清晨出发的这段时间非常难熬，不停地在心里问自己为什么来这里，那一刻，竟然产生了一种莫名的恐惧和紧张。老吴问我：“哥，我有点头痛到不能呼吸的感觉，你有吗？”要说一点儿都没有，那是假的。

从哲日普寺附近的营地出发，海拔会从 5100 米首先上升到轮回台的 5400 米，然后陡增到卓玛拉山口的 5630 米——这是转山路上的高点，也是最艰苦的一段路程，被很多人称为“地狱 7 公里”。这 7 公里的转山路需要拔升500多米，从出发就一直处于上坡拔升的碎石山路，这对每一个转山者的体能是一次极大的考验，因此，哲日普寺也成为转山路上的一个转折点，多数人会在这里继续前行，攀登上卓玛拉山口；也有一些人因为身体、心理等各种原因，不得不在此地选择下撤返回塔尔钦；严重的人甚至需要叫救援上来接应。

好不容易挨到早晨6点钟，起床收拾好背包，把老吴和璇子叫起来，没有水洗脸，只是用凉水简单漱了漱口。第一次到西藏的老吴和璇子，在海拔5100米的地方，几乎一夜没有睡着，有些轻微高反，呼吸、心跳加速。测量了一下血氧饱和度，我们三人都下降到80%左右。大家有点食欲不振，没有胃口。宿营点的师傅热情鼓励我们吃点东西再走，否则没有体力翻越卓玛拉山口，我们只好硬着头皮把背上来的面包、煮鸡蛋和咸菜消灭了一半——正好减轻负担。

我一边把煮好的奶茶装满水壶，一边对老吴和璇子说现在回撤还来得及，并最后一次问大家："咱们是上还是下？"结果两人异口同声："上！"此时老吴有些动情地告诉我："杜哥，我跟你来西藏，其实最想来的地方就是这里。"我被这个私企老板的话打动，最终下决心，带他们两个出发，翻越海拔5630米的卓玛拉山口。

7点多走上山路，天空还有一些阴云，没有想象中的繁星满天，只有刺骨的冷风迎面吹来。走出不远，发现黑暗中已经有很多转山的人出发了，山路上点点发亮的头灯和手电的光亮，缓慢向上，形成转山路上一道独特的风景线，让倍感寒冷的空气有了一些温暖的感觉。

出发不久，很快就上到一个陡峭的石头坡，地面上有一层薄薄的霜，有些路段比较滑，只能一只手拄着登山杖，一只手扶着石头，小心翼翼地一点点摸着往上攀爬，对于初次在高海拔地区徒步攀登的人来说，这是非常吃力的。天渐渐亮了，阴云随着呼呼作响的风渐渐飘散，冈仁波齐再一次出现在我们眼前。

随着海拔的升高，老吴呼吸急促，气喘吁吁，脸色暗红，举步维艰，每走十几步就要撑着登山杖休息，逐渐和我们拉开了距离。为了照顾他的节奏，我们只好放慢脚步，必须等到看见老吴的身影，才能继续加快脚步前行，但是，这样一会儿快一会儿慢，对于我们来说，等于加重了负担。通过临时休息点时，老吴的脸色不好，璇子也有一点儿头痛，只好选择停下来，让他们在帐篷里躺下吸氧，休息了半个小时。看了一下手表，我们的时速只有每小时1.5公里，照这样的速度下去，当天晚上肯定走不回塔尔钦了。

老吴依旧不紧不慢地走着。璇子头疼、恶心的症状也有所加剧。我再次劝老吴，到达这里海拔有5300多米了，已经超过了你以前达到过的高度，你可以选择和璇子一起下撤哲日普寺，然后返回塔尔钦了。但他一听就和我急了，表示到西藏就是为转山而来，就是在这里挂了，也心甘情愿。璇子也表示一定要坚持翻过卓玛拉山口。没有办法，拗不过他们，只好按照上升的距离，给他们定好下一段路程每次补充能量和休息的时间，以及必须在下午3点前登上卓玛拉山口并立刻下山，赶往位于海拔5200米的休息点夏吉查多的行程计划。我严厉地说道："如果到点爬不上去，我可不等你们。"

可说归说，其实哪能真的不等，只是给他们一点儿压力而已。

沿着弯弯曲曲的山路，继续向上。这段山路两旁被许多大石头挤迫而变得狭窄，这就是传说中的“罪恶检验石”，据说如果人作孽太多就无法通过这里。攀登上一段陡峭的碎石路，终于来到了海拔 5400 米的轮回台——拔升了 300 米，用时 4 个小时，速度真的是有点儿慢。但我知道队友老吴和璇子第一次到高原来，对于他们来说，每一步都在咬牙坚持。

轮回台是转山路上又一个重要的节点，朝向冈仁波齐的山坡上，摆满系着经幡的玛尼堆，藏传佛教、印度教的信徒们认为，上到此地，就代表人经历了一次象征性的“死亡”，很多人会留一缕头发，或其他属于自己的物品在这里，以此领悟生命与死亡的真实意义；还有许多转山的人，在这个象征生死轮回的地方做祈祷，把逝去的亲人的衣物、照片、首饰、身份证等放在轮回台，祈求神山帮助他们得到轮回和解脱。他们笃信这里离天堂最近，冈仁波齐神山可以帮助他们轮回到极乐世界。

我们停下脚步，静静站立在一块巨大的岩石前，上面贴满密密麻麻的往生者的照片。生命是什么？面对那些音容笑貌，突然间感到我们的生命在这天地间，其实连一颗尘埃都算不上。璇子朝着神山跪拜，虽然不知道她嘴里在默念着什么，但肯定是在感激着什么，祈祷着什么。

我走到一边，拿出几块飞机零部件的残片——那是多年前，我从山东一个叫历山的山坡上的空难现场捡回来的，一直放在抽屉里，学着藏族人的样子，对着冈仁波齐神山，垒砌起一座小小的玛尼堆，把零件、照片、帽子和一部旧手机放在里面。老吴站在一旁问我这是谁。我说，一个从小一起长大的兄弟，他是一名飞行员，在一次空难中离去，当时，人生第一次面对亲人的离去，心如刀绞，我们的血管里流着共同祖先的血液，血浓于水，因此，一直有一个心愿，把这些物件带到离天最近的地方，愿他在神山的身旁，能化作一只雄鹰遨游在蓝天之上。今天，这个心愿完成了，在玛尼堆上系上洁白的哈达，祈祷神山庇护他的在天之灵。转身离开时，当年葬礼上弟媳那副令人刻骨铭心的挽联，忽然出现在眼前：泉城恨断相思路红尘独我谁与共；少年蹉跎凌云志青烟一缕漫长空。望向蓝天，已经是热泪盈眶，原来那一场突如其来的生离死别，一直沉甸甸地放在心里，在冈仁波齐身旁，这样的一种仪式，让我了却了一桩心事，终于可以放下了。

走过轮回台上那块巨大的山石，山路变得平坦、开阔起来，走不多远，就看见一处叫“磐石”的地方，传说这里是藏传佛教米拉日巴大师和苯教那若本琼大法师的斗法之地。相传二人相遇在卓玛拉山下的巨石上，为说服对方皈依自己的教派而互不相让，时间久了，石头上都踩出了深深的脚印。从这里可以清楚地看到通向卓玛拉山口的那条陡峭山路。

虔诚的藏族信徒，用五体投地的方式磕向卓玛拉山口，他们令人敬佩的行为，鼓舞着我们继续向着目标攀登。每一个走过的人都会和我们相视一笑，互道“扎西德勒”和“加油”。转山路上，“扎西德勒”“加油”成了人与人之间最温暖人心、最给人力量的话，简单而直接。

卓玛在藏语中是“仙女”的意思，拉是“大山”的意思，但想要登上这座大山，看见仙女的真容，真的不是件轻松的事。海拔 5630 米的高度不论对老吴、璇子还是我而言，都是第一次，我们最后两公里的冲顶之路，可用“挣扎”两字来形容。

炙热的阳光离我们很近，照在皮肤上有很强烈的灼热感，让人感到头晕目眩。攀爬到半山腰，璇子感觉到头痛难忍，身体出现了极限状况，坐在石头上，大口喘着气，心率过百，用深呼吸调整节奏，喝葡萄糖、吃巧克力都无济于事，最后难受到呕吐起来，连胆汁都吐出来了。我抬头往上一看，发现还有很高的山在等着我们，而此时已经到达海拔 5500 米的位置，没有了退路，那一刻，口干舌燥，呼吸急促，心跳一阵紧过一阵，连我自己似乎都感觉到力气就要消耗完，意志力也几乎消磨殆尽，心里感到从来没有过的担心与害怕、孤独与无助。璇子把自己和我随身携带的氧气罐用尽，依然感觉难受，这时一对来自湖北的夫妇路过，看见她的状况，立刻拿出一罐氧气给了璇子——在艰难的攀登跋涉中，这种帮助真的是太宝贵了。休息了很长一段时间，璇子说感觉好了很多，不知道她哪来的力气，站起身再一次迈出了向上的脚步。

谢天谢地——三个从那曲市来转山的藏族

走过轮回台，回头再次看见冈仁波齐

小伙儿爬得特别快，很快从山下赶上了我们，看见璇子行动困难，就主动把璇子的背包背上，放慢脚步陪着她往山口攀登。如果一路上没有这么多好心人帮助，我们真的不知道何时才能登上卓玛拉山口。

我陪着老吴向上奋力攀登。此时老吴虽然攀登的速度还是很慢，但状态逐渐好了起来，应该是适应了高反——毕竟他也是攀登过四姑娘山二峰的人。我们攀登到一个叫作“孝敬父母石”的地方，在这里坐下来休息，等着璇子他们上来。这时老吴想抽烟，结果打火机打了几次竟然没有打着。我看了一下海拔表——5560 米，应该是缺氧，不好打着火了。

经过近 7 个小时的艰苦跋涉，我们终于按照计划登上了海拔 5630 米的卓玛拉山口。历经千辛万苦，站在卓玛拉山口的那一瞬，满眼都是随风飘舞的经幡。几个一同登上山的藏族人，向着他们一辈子都在仰望的地方——冈仁波齐峰虔诚地三叩九拜，这里称得上是藏族人灵魂的信仰殿堂。站在这里，你能够真切地感受到，这里是能够与灵魂碰撞的地方。

本已疲惫不堪的我们，犹如打了一针强心剂，变得兴奋起来，按照藏族人的传统，老吴嘴里一边念着六字箴言，一边在山口的石头上拉起经幡祈福。此刻，璇子双手合十，已是热泪盈眶，那一刻，她应

● 海拔 5630 米的卓玛拉垭口

该是被自己所感动了。的确，这7公里绝对是对毅力的考验，特别是对第一次进藏的人来说——敢于来这里的人极少，能爬上来的人就更不多了。海拔5630米——一个人生新的高度，对于我们来说这是一个奇迹。

从卓玛拉山口的标志处，实际上还要向上攀升一小段距离，才能抵达转山的最高点。这里铺满经幡。我用海拔表在这里实测的高度是5728米。山口的风比较大，一停下脚步，山风掠过，出过汗后的身上感觉特别的冷，加上高山缺氧和极度疲劳，令人感到心慌气短。我赶忙展开校旗，合影留念，稍事休息，喝了几口奶茶补充能量，从能够看见慈悲湖的地方开始下山。

慈悲湖，藏语称“托吉错”，位于卓玛拉山口南面，由山上的雪水融化而形成，它就像块绿宝石一样，镶嵌在山腰间，虽然很小，在冈仁波齐的转山路上名气却很大，有一种奇异的美。传说那是神的浴池，在此湖中沐浴，能洗净身上所有的污垢和孽障。

俗话说“上山容易下山难”，艰苦的转山路到此还远没有结束。

从卓玛拉山口下山的最初几公里山路，比上山还要陡峭和危险，几乎盘踞在乱石中的山路一直向下，而且四周布满碎石，只能在石头

慈悲湖

缝中寻找落脚之处。由于我们已经极度疲劳，稍有不注意，就会滑倒或崴脚。

下山的路上，遇见一些上山的藏人。他们是苯教信徒，和我们顺时针转山的方向相反，他们的传统是逆时针转山。他们上山的路线更具挑战性。

小心翼翼地下了第一段山崖，在半山腰有一段相对平缓的路。老吴已经精疲力尽，迟迟不肯起来前进，我们只好坐下休息。随着日落的时间越来越近，我有些着急了，告诉老吴，你这个体能就不应该来转山，需要好好锻炼，如果我们不在太阳落山前下降到海拔 5230 米的宿营点夏吉查多，天黑以后我们在山上就麻烦了。老吴被我一激，回了一句“有能力的人没有来，可我来了”，便起身背起背包，挪动脚步向前走去。已经有一点儿发烧的璇子也在两个藏族小伙的搀扶下，继续咬牙往山下走——只要走就有希望。

按理说在高原上脚步不能太快，可由于时间关系，我依然催促加快速度。但我始终走在他们视线以内——这样的距离，既可以保持自己下山的速度，又可以让精疲力竭的老吴和璇子有一些加速追赶的动力，还可以保持队友相互之间需要的激励和安全感。

第二段下坡路段到处是沙石，变得更滑，很多人在这一段路滑倒，我也不例外。下到一半，便可看见山下写有“夏吉查多”的巨石旁，用帐篷搭建起来的临时休息补给点，以及山谷远处的纳木那尼峰的顶峰。一路帮助璇子下山的藏族小伙对我们解释说，夏是“脚”的敬语，吉在这里是“印”的意思，查多是“山石”的意思，据传说那些石头上的印迹都是神仙们留下的脚印。总算放心了，安排好缓慢下降的老吴，我加快脚步朝山下赶去。下到宿营点，看到在这里休息的人不少，我赶紧订好临时休息的床位和酥油茶，等了一个多小时，老吴和璇子终于下到宿营地。他们一进帐篷就倒在座位上。我请一路帮忙的两个藏族小伙儿喝了杯酥油茶，他们便与我们匆匆道别，赶往塔尔钦了。

虽然卓玛拉山下临时补给点的海拔还在 5200 米以上，但手机总算有信号了。虽然信号不稳定，断断续续，但可以联系上在塔尔钦等待的领队，得知队友们已经为我们担心了一天，赶紧报告了我们到达的位置和目前的状况。

经过商量，我们决定继续向前走，连夜赶回塔尔钦，不耽误兄弟

转山路上陡峭的碎石坡

姐妹们第二天的行程。出发后没多久，老吴发现手机丢在刚才的临时休息点。他问我到下一个休息点有多远，我随口说了一句“1 公里”，其实我知道还有 5 公里，但此时如果实话实说，我怕体力透支的老吴精神直接崩溃，那就真的走不出去了。老吴返回休息点寻找手机，我看他实在有些吃力，要过他的背包，连同自己的背包一起背上，拉上璇子向海拔 4960 米的下一个休息点桑杰梅隆赶去。

好不容易下到帐篷休息点，看见几个徒步者无精打采地躺在椅子上，一位藏族阿佳在用气压炉烧开水，给大家煮方便面和酥油茶，赶紧安排璇子在藏椅上躺下休息，我则要了壶酥油茶，边喝边等着老吴。等了两个小时，老吴才拖着疲惫不堪的身躯走进帐篷，一见面就嚷嚷着：“哥哥你数学跟语文老师学的？”我笑着说：“不骗你你怎么走到这里。”

璇子依旧头痛，发着低烧，似乎连说话的力气都没有了。拿出头疼粉药给她吃下，安慰她多休息一会儿。老吴也是无精打采的，体力明显透支了，让我叫救援。我只好告诉他我早联系过了，天黑山路难行，此时，没有救援车能上来，我们只能自己走到位于 5 公里外、海拔 4800 米的尊珠普寺附近的宿营休息点，才可能有救援车辆上来。

再次与留守塔尔钦的领队联系，已经返回

塔尔钦的小李认为如果当天赶回塔尔钦，走夜路不安全，加上老吴体力透支、璇子低烧，建议我们在宿营点就地休息，清晨再出发返回塔尔钦。领队和其他队友也积极帮助联系救援，以备不时之需。此时，心里顿感“无兄弟不登山”这句话，在大山里如此令人温暖。

一直昏睡的璇子不知什么时候醒了，她一听说老吴想叫救援，或是原地过夜休息，哭了起来。我和老吴坐在一旁有些不知所措。我知道她这一路走下来，比我们付出的要多很多，她的心里一定有很多我们不知道的故事，或是心酸或是委屈——真的不知道是什么力量在鼓励着文弱的她翻过卓玛拉山，坚持着走到了这里。其实，每一个敢于来阿里、来冈仁波齐转山的人，心里都有自己的故事和期待。

歇息了一个多小时，璇子的烧好像退了，吃了点面汤，感觉好了很多，我们夸她与众不同，能走到这里，已经非常勇敢、非常厉害了——有很多人到塔尔钦就望而却步，去海拔较低的札达县休整了。不过我还是劝她或原地休息，或让领队老丁叫救援车到前面的休息点接她回塔尔钦，但她坚决不同意，一定要自己走下去。这时璇子告诉了我们她的秘密。

“我跟别人确实不一样，但不是勇敢，是因为经历过磨难，畏惧的东西就会变少。大学毕业后工作不久，曾经是大学女子篮球队主力的我，不幸被诊断出乳腺癌，手术、化疗、放疗，免疫力几乎被摧毁到零，奄奄一息，头发掉光，没了工作，失去了爱情……”听到她这一番话，我们被震惊了——根本不会想到她原来是一个癌症患者，可谓人生经历了至暗时刻。她说，那个时候情绪非常低落，在家疗养恢复期间，有人推荐她听净空法师的《大经解》，并且读了索甲仁波切的《西藏生死书》，书中的一段话让她对生死有了全新的认识——“我们不知道死亡在哪儿等待着我们，因此让我们处处等待死亡，对死亡的修行，就是解脱的修行，学会怎么面对死亡的人，就学会怎么不做奴隶，学会怎么生活。”从此，她的人生得以改变，从好强变得不争，从急躁变得淡定，从多愁善感变得简单快乐。在身体慢慢恢复的同时，她感觉人也获得了重生，得到了自在，从此也有了来西藏、来阿里、来冈仁波齐的期盼。

璇子说：其实像自己这样的患者，在医院里见过好多，可是很多人只会抱怨老天不公平，面对生死，心态没摆好，对身体产生了更大的不良影响，如果人感受过生死后还能快乐地活着，是挺幸运的，因此，就是死，她也要来冈仁波齐；感谢转山让她明白了如何面对生死，如何快乐地活着，同时证明一下自己的意志和力量；只要走过，就会获得新生，让生命从此升华。

像璇子这样，应该就是那种真的放下了一切的人。人一旦能够真的放下对生死、贫富、得失的烦恼，也就真正解放了自己，从而获得身心自由，获得无穷的力量。至此，终于明白了她到达卓玛拉山口后为何会流泪——她是喜极而泣，痛并快乐着；她是用生命对神山礼赞，她是用生命聆听冈仁波齐的呼唤，她是在生命的禁区完成自我救赎。璇子这段转山的经历，也成为我下决心把冈仁波齐转山作为大北线中的一个单独篇章来记录的动因之一。

其实，人这一生从生到死的旅程，何尝不是一场在人间的朝圣修行之旅——起点有了，终点也有了，那还急什么呢？一步一步地走，甭管多艰难，都细细体会，慢慢咀嚼，苦中自会有乐趣。

帐篷临时休息点一般只能休息两个小时，好给后面下山的人腾地方——好在剩下的路已是比较平缓的河谷地段。但离塔尔钦还有 15 公里，按我们走走停停的节奏，估计要走到零点。已经是下午 6 点钟，此时此刻，不能再耽搁时间了，必须往山下走。

我们站起身走出帐篷，回望卓玛拉山，与神山告别，再次走上崎岖的山路。转进一段河谷，阳光柔和了许多，风也小了很多，没有了卓玛拉山要命的爬坡，走起来轻松一些。大家彼此无语，戴着耳机，边走边听着各自喜欢的音乐。我选了一首藏歌《和我一起去转山》：“和我去转山，就在峰回路转的这一年，走到天尽头，就是彼岸。”边听边走在河谷中，脚步轻快了许多，心里竟升起一丝快乐。

走到尊珠普寺附近的休息点，已是黄昏时分，夕阳把绵延的山体、河谷、湿地呈现在眼前，光线明暗对比强烈，景象十分壮观。

我们躺倒在帐篷休息点里，每个人喝了两支葡萄糖和一大碗奶茶。这里可以过夜，很多转山的人已经在这里睡下。我们如果第二天早晨再从这里出发走回塔尔钦，会比较轻松，可是这样就会拖队友的后腿。经过一阵激烈的思想斗争，璇子还是坚持当天返回。璇子说，想想那么艰难的卓玛拉山都翻过来了，还怕什么。老吴听璇子这样一说，勇气和信心也回来了。于是，大家决定背起背包，继续前行。

这里到塔尔钦的 10 公里路程，照我们的速度，至少还要走 4 个小时——走夜路是肯定的了。最后这一段山路，转山的藏族人都走得很快，超过我们时会和我们打个招呼，说一句“加油”，便很快消失在我们的视线中。有几只流浪狗在我们的身边忽前忽后，好似护卫。

太阳落山，天色渐渐暗了下来，山谷里的风刮得呼呼作响，天气变得异常寒冷。夜幕降临，山谷里一片漆黑，赶紧穿上羽绒服，打开头灯向塔尔钦的方向走去。头灯的光和其他几个赶路人的手电筒光，在荒凉的原野中摇曳，远处山峦的影子在无尽地绵延，河谷中乱石穿空，山风呼啸，我们仿佛听到来自神山的声音。从来不曾目睹如此浩瀚的星空，此刻，天空变得那么的寥廓，满天繁星无边无际。

好不容易走出河谷，脑子已经有些麻木，人就跟傻了一样，大脑缺氧，反应迟钝，只是机械地向前迈着脚步。走到 6 公里外转山路上的最后一个休息点，已经夜里 10 点半了。顺着微弱的光线，看见一个竖着“宗堆”字样的牌子的地方。在这里可以看见远处的圣湖玛旁雍错发出的幽蓝的光芒。传说中与冈仁波齐遥遥相对的妻子、喜马拉雅山脉家族中的美丽公主纳木那尼雪山，以及静卧其间的巴噶草原仿佛飘在云端——我知道离塔尔钦不远了。

欣喜若狂地走进休息点，每人要了碗酥油茶。微弱的灯光下，藏民瞪大眼睛惊奇地看着我们，用生硬的汉语说：“你们竟然敢走夜路？”这里距离塔尔钦只有 4 公里了——出了检查站口，有一条简易的公路通向塔尔钦，夜色中已经可以看见塔尔钦发出的光亮，那里是我们盼望了很久的光明和温暖。

休息片刻，继续朝塔尔钦方向走。走了大

约两公里，步履蹒跚的老吴说："杜哥，我真的一步也走不动了。50公里了，就到这里吧，我已经尽心尽力，没有遗憾了。"此刻，我才意识到最后这段路，对于他这个第一次到西藏的人来说，已经是拼尽了全力。那一刻，真的被他的精神感动了。

于是给领队老丁打了电话，让他赶紧开车过来接应。当黑夜中射来的汽车灯光离我们越来越近时，精疲力竭、饥肠辘辘的我们，就像看见了久别的亲人，一上车整个人就瘫倒在车上……我们这些来自平原的人，在这大山里是多么的渺小，此刻，我们的心中根本没有了出发时的豪气。

从清晨7点到深夜12点，已经19个小时，一路艰辛，在坚持与放弃的选择中，终于回到塔尔钦，大家真的是尽力了。那一刻，深深感悟到索达吉堪布大师关于"苦才是人生"这句话的含义。两天的转山路上所经历的一切，好像穷尽了一生的酸甜苦辣。我回头问老吴："什么精神支撑你来转山的？"老吴说："第一因为我是皈依佛教的人，算是信仰的支撑吧；第二璇子坚持转山感恩的故事打动了我，璇子能走下来，我更没有理由不走了。"此时此刻，在塔尔钦的队友们早已为我们点好了汤面加荷包鸡蛋，等待着我们深夜归来。

冈仁波齐转山路上的景色一点儿都不秀丽，如果抱着旅游观光的心态，还是不要来的好。对我和很多人来说，到冈仁波齐绝不是来

转山的路更是一条精神之路

欣赏自然风光的，也不是来证明自己什么，更不是来挑战自然，其实，更多的是想来体会一种力量、一种向往、一种执着、一种信念。

当你站在海拔5630米的卓玛拉山口，望着四周陡峭险峻的山峰，无论从自然的角度还是人文的角度，来审视这座被藏传佛教信徒、雍仲苯教信徒、印度教信徒视为“世界中心”的冈仁波齐，还有远处与玛旁雍错、纳木那尼峰一起构成的“千山之宗”“万水之源”的苍茫壮阔的景观及其独特的人文精神，都会令人产生一种无形的敬畏。

即使不是笃信佛教的人，当你沿着千百年来无数人走过的转山路，从神山的脚下走过时，也会感到冈仁波齐的神圣和庄严。冈仁波齐在西藏是一种历史文化和精神信仰的符号，是藏族人心灵的家园和归宿，正如著名作家周国平说过的一样：“所谓人生的圆满，就是把命照看好，将灵魂安顿好。其实，人与人之间最大的不同，就在于灵魂与灵魂的区别。”

海拔5600米之上，不是所有人都能走到这样的海拔高度，当你历尽艰辛，饱受身体上的痛苦，从塔尔钦出发，走过轮回台，攀登到卓玛拉山口，看见慈悲湖，又回到塔尔钦，真的好像走过了一生，悲喜交加，有一种无法用语言形容的感受，与很多人一样，在这里就像找到了供养灵魂的地方。

转山回来，很多人会问，你们为什么去那里自讨苦吃。真的不知道应该如何回答，只好每一次都应付差事地说：“什么也不为，自己跟自己过不去呗！”其实，每一个到阿里的人，心中都有一座冈仁波齐——璇子是为了战胜癌症，感激西藏让她在精神上走出人生最黑暗的时刻，重获新生；老吴是为了信仰；我和小李等多数喜欢西藏的人一样，更多的是因为不到冈仁波齐，就过不了心里那道坎。

这世上的很多事情特别神奇。就在我修改书稿的时候，新年伊始，璇子告诉我一个好消息：她找到了自己的另一半，并孕育了一个新的生命，你们几个大哥很快就要当舅舅了。她说孩子名字她都想好了，小名叫“转山”，大名就叫“福”，希望比妈妈有福；等孩子长大以后，会带孩子一起去看西藏，还自己在转山路上许下的心愿。

著名户外媒体人湘君，当年走完冈仁波齐，说过一段迄今我感觉最精彩的话：“直到站在冈仁波齐那有如天上神赋的雪山深谷当中，我才恍然明白，走那么远的路，经历过那么多苦难，才能洗去尘垢，淘洗出真正的自己。”

躺在塔尔钦寂静的夜里，静下心仔细想想，冈仁波齐的转山之路，绝对是一条精神之路。在冈仁波齐52公里的朝圣路上，遍地虔诚，藏族人把这里当作他们心中的圣地，把这条路当作他们一生必走的修行之路，他们相信因果报应，他们相信前生来世，他们相信生死轮回，他们相信“苦才是人生”，站在这片离天最近的空气稀薄地带，如果不能够理解西藏人的信仰，就不会懂得他们心灵与肉体的生死轮回，就无法明白他们生与死的喜来悲往，在亲眼看见之前，我从来没有相信过在这空气稀薄的地带，他们会用五体投地的方式磕上海拔5630米的卓玛拉山口，这就是精神信仰给予他们的勇气和力量。

这个世界上没有什么生活方式是完全正确的，如果看见西藏，离开了对藏族人信仰的理解和记录，也就缺失了一份有血有肉的记忆，只有蓝天、白云、雪山、碧水的西藏记忆，不能不说是一种遗憾。

“高山仰止，景行行止。”转山，可以说是“看见西藏”中最难忘的经历，到阿里，去神山之首的冈仁波齐转山，不是谁都可以做到的。这一路上没有大多数人想看的风景，它更多的是条精神之路。从位于神山脚下海拔4600米的塔尔钦小镇出发，转上轮回台，攀爬转山路上的最高点、海拔5630米的卓玛拉山口，在最艰苦的7公里，很多人头疼、恶心、头晕、呕吐，痛苦难忍，孤独无助，甚至有人倒下，仿佛冈仁波齐在考验着每一个转山人的诚心与毅力，而人只有抗得住涅槃之痛，才配得上重生之美。当你站在高高的卓玛拉山垭口，除了满眼的经幡和虔诚，你会在这个地方有一种久违的感动，很多人会热泪盈眶。那种感动只有转山的人自己心里最清楚，52公里的转山之路，仿佛人生的修行之路，从来都没有捷径可走，每一步都算数，一路上只有自己跟神山对话，自己跟自己对话，学会接受苦难，接受孤寂，接受平凡，接受现实中的一切。

当深夜回到转山的起点塔尔钦，终于，体验到这真的是一条修心的路，就像走过一生的悲喜苦乐，会永留心中。终于，体会到用心走完这50多公里的转山路，其实，比用脚丈量更重要。冈仁波齐更像是一种精神的象征，不止在眼前，更应该一直驻在心中，让我们不忘初心。

冈仁波齐，我们来了，来过就好。

24 象雄拾遗——从门士到狮泉河

收拾好转山的心情，与神山冈仁波齐告别，清晨，从塔尔钦出发前往札达县，目的地是“大北线”上的一个重要转折点——阿里地区的首府狮泉河。

从塔尔钦到札达，走“大北线”的人，一般会选择走219国道到巴尔兵站，然后翻越海拔5160米的隆嘎拉山，转入札达县境，这一路上可以看到蜿蜒曲折数十公里的札达土林景观。三年前第一次到阿里走过这条路，曾经被阿里高原上这一独特的地质景观所震撼。

我们此行到达噶尔县的门士乡后，选择离开219国道，深入阿里腹地，前往古如甲寺、穹隆银城、玛朗土林以及古格王朝遗址和皮央·东嘎石窟等地，因为这些地方如今依然可以看见与古象雄国有关的语言、文字、宗教、壁画等方面的历史遗迹，为了解西藏高原上的历史文化，这里非常有必要去。这也是我要再一次来到阿里的主要原因。

提起阿里高原上那个充满神秘色彩的象雄古国，也许很多人并不了解，甚至会感到陌生，阿里千年的风沙，将象雄国那段发生在7—8世纪之前的历史，尘封于雪域高原之上，以至

古如甲寺

于像门士这样的地方，古如甲寺附近的古墓群被偶然发现之前，我们对它浑然不知。

如今，修缮后的寺院已焕然一新，寺院金顶上苯教图腾大鹏鸟格外引人注目，寺院边上的古佛塔和后山上密布的大大小小的修行洞，还能让人找到历史的踪影。

离开古如甲寺，继续沿象泉河通往札达的老县道前行，目标是象雄古国另一个重要遗址——穹窿银城遗址。

穹窿银城，又被称作琼隆银城，据考证这里曾是象雄国的都城之一，位于现在阿里噶尔县门士乡海拔 4400 米的卡尔东山，面积 10 余万平方米，藏语为“琼隆威卡尔”，“琼”是大鹏鸟之意，“隆”即“地方”，“琼隆”也就是大鹏鸟居住的地方；“威”本意是银子，这里引申为银色，“卡尔”是城堡之意。简而言之，琼隆威卡尔即“大鹏银城”。

古象雄国在 7 世纪前达到鼎盛，以雍仲苯教为文化传播根本，后来，吐蕃逐渐在西藏高原崛起，到 8 世纪，象雄古国末代国王李迷夏被吐蕃彻底征服。此后，象雄文化渐渐消失，只留下一些历史的印迹，“琼隆威卡尔”也只是和古如甲木古墓遗址一样，是诸多象雄国历史遗迹中考古学家们目前发现的一处比较显著的历史遗迹。

根据文献记载和考古发掘，目前可以确定的是象雄古国十八部联盟，大致建立于公元前 1500 年到公元元年之间的铁器时代，在历史上也被称为“羊同”，于 645 年被吐蕃王朝所灭。“象雄”是根据藏文“象雄”两字的译音写成的汉字。象雄古国疆域广大，中心地区大致位于现今阿里地区的门士至卡尔东山一带——西起今阿里地区的冈仁波齐、札达一带被视为上象雄，东至今昌都丁青被视为下象雄，横贯藏北的尼玛、申扎一带则被视为中象雄。

实际上，在象雄国的国都遗址所在地位置上，目前存在一些争议：有人认为是穹窿银城（穹窿即卡尔东之意）；有人认为在“中象雄”的当惹雍错湖一带，即位于西藏那曲尼玛县文布乡的穷宗，这里的大片遗址即是象雄都城之所在。

我们来到位于海拔 4300 米的卡尔东山的时候，看到穹窿银城遗址只剩下一些残存的寺庙、佛塔、洞窟、城堡的痕迹。眼前的一切，让我们不得不感叹历史的沧桑巨变，古象雄王国的文明随着自然和历史的变迁，也许将永远成为一个不解之谜。

只有象泉河对岸山坡上的古佛塔群遗迹，目睹和记忆了这里在历史上的繁荣昌盛和血雨腥风。西藏本土古老宗教苯教的文献被专家称为“象雄密码”，《吐蕃王统世系明鉴》记载“自聂赤赞普至墀杰脱赞之间凡二十六代，均以苯教护持国政”，当时的古象雄文字主要用于苯教经书典籍的书写，因此，无法否认，作为佛教传入西藏以前的先期文化，古象雄文化的痕迹贯穿于西藏的方方面面，并伴随着在高原上的传播，从生产到生活，从民俗到信仰，到处都有象雄文化和习俗的影子，比如转神山、拜神湖、插风马旗、挂五彩经幡、刻石头经文、放置玛尼堆、打卦，以至于有学者认为，藏文字究其本源绕不开象雄文字，古象雄文明是现代西藏文明的根脉。

沿着象泉河谷旁的土路，从穹窿银城遗址一路颠簸，经 303 省道前往札达县，在到托林

● 穹窿银城遗址

镇前，遇见了札达玛朗土林。站在平坝之上，阿里高原上这一片被大自然的鬼斧神工造就的奇观，如同置身于浩瀚的天外星际，千沟万壑中似有千军万马，奔来眼底，令人震撼。

道路从玛朗土林穿过，下午4点多，抵达坐落在象泉河畔的札达县托林镇，这里的海拔降到了3650米。2016年我曾经到过这里，当时静静的小镇给我留下了深刻的印象，如今这里已经有了很大变化，街道宽了，饭店、商铺多了，街头的人也多了不少。

放下行李，顾不上洗去一路沙尘，便赶去托林镇的象征托林寺，上一次由于到达的时间较晚，没能进入这座千年古寺，甚是遗憾。在西藏，如果你想深入了解当地的历史与文化发展，就离不开对寺院的参观，因为，整个西藏的文化和生活发展历史，都是伴随着宗教信仰传播而展开的。

吐蕃王朗达玛灭佛后，遇刺身亡，朗达玛的两个儿子奥松与云丹为争夺王室控制权相互争斗。奥松之子贝考赞后被起义军所杀，吐蕃王朝崩溃。贝考赞的儿子吉德尼玛衮见大势已去，便逃往象雄故地阿里，并迎娶了当地头人的女儿。在阿里站稳了脚跟后，吉德尼玛衮将阿里一分为三，分封给他的三个儿子。古格一带成为三子德祖衮的封地，他在阿里建立起延续700年的古格王朝。

托林寺始建于996年，由古格国王益西沃和佛经翻译大师仁钦桑布仿照桑耶寺设计建造。托林，藏语意为“飞翔空中永不坠落”。托林寺是古格王国在阿里地区建造的第一座

托林寺红殿

佛寺，镇寺之宝是象征五智如来的象牙质五佛冠、黑色玄石上阿底侠尊者留下的脚印和保存了上千年的巨大的麋鹿角，目前保留下来的佛殿、佛塔群只是原来的十分之一左右。

由于古格王朝大力兴佛，托林寺在阿里高原逐渐成为当时的佛教中心。托林寺历经自然、战争和人为的损毁，甚至一度被当作粮仓，如今经过重修，主殿坛城殿已恢复原样，主体建筑象征佛教中的须弥山，四面佛塔高耸，象征四大护法金刚。寺内红、白两座大殿内，以保存有千百年的精美壁画而闻名于世。这些壁画极为珍贵，难得一见，具有很高的文化、考古价值。1996 年，托林寺被列为全国重点文物保护单位。

我们抵达时，来寺里参观的人很少，值班的师父仁慈，为我们一行人打开了红、白两殿的大门，允许我们进入参观。一幅幅带有鲜明民族特色的精美壁画，经历了上千年变迁，保存至今，仍然色彩鲜艳，栩栩如生，光彩照人，简直令人难以置信。

托林寺不愧阿里高原上的一块瑰宝，这些精美的千年壁画，在艺术表现风格上，带有明显的克什米尔艺术痕迹，细腻而不失豪放的笔触，大胆又不失优雅的异域情调表现方式，让人痴迷，令人赞叹不已。这些壁画包括佛教故事、神话传说以及当时古格人的生产劳动和生活场面等，内容十分丰富。透过这些绚丽斑斓的图画，人们不难窥视昔日古格王朝的政治经济活动以及文化与风情，从中可以追寻到古格兴盛与消亡的历史痕迹。

● 托林寺佛塔

离开古老的托林寺，再一次来到札达的古格王朝遗址，曾经站在这里，高反让我以为此生不会再来到这片高远、干涸、空气稀薄的土地。再一次站在这里，从不同的角度审视古城遗址，依然被它非凡的气势所吸引，无法想象人类是如何在这里建起这样一座雄伟的古堡的。

这座建于 10 世纪前后的城堡遗址，位于距托林镇约 20 公里的扎布让村，它是 9 世纪中叶德祖衮所建古格王朝的都城。

据《西藏臣记》记载，古格王国的统治中心在象泉河（藏语为朗钦藏布）流域，北抵日土，最北界可达今克什米尔地区的斯诺乌山，南界印度，西邻拉达克，最东面其势力范围一度达到冈底斯山麓。古格王国世系 16 个国王，都城就是位于象泉河南岸的古格城堡，从 10 世纪到 16 世纪不断扩建起来。

在吐蕃王朝灭亡后的 500 多年中，古格王国一直是西藏势力较为强大的王朝，统治着几乎现今整个的阿里地区，在西藏的文化史上占有重要的地位：一方面古代印度的佛教从这里传入西藏腹地；另一方面这里有古代的商路经过，是西藏对外贸易的重要商埠之一。由于内部争斗，引发了达拉克人入侵的战争，延续了 700 年的古格王朝灰飞烟灭，在茫茫土林中只留下这座见证历史的古格王朝遗迹，以及至今

● 托林寺内保存千年的珍贵壁画

无法解释的那些扑朔迷离的众多传说。

眼前的古格城堡遗址从山脚到山顶高 300 余米，有房屋、佛塔和洞窟等 600 余座，在残垣断壁中保存较好的 5 座寺庙、殿堂内，残留有一些佛像和壁画，以及历代吐蕃赞普的画像，它们具有极高的历史文物价值。

带着对自然和历史变迁的感叹，回到被土林包围的托林镇，一弯新月挂在土林的上空，照亮了这座中国西部的边陲小城，也照亮了我们这些远在天边的人。

海拔 3650 米的托林镇，应该是大北线行程中海拔最低的宿营休息之地，从城边流淌而过的象泉河，让空气中弥漫了一丝湿润的气息，呼吸变得顺畅了许多。夜晚，入藏以来全体队员第一次破例把酒言欢。第一次进藏、一路高反的小何，竟然开怀畅饮，着实令人吃了一惊。欢声笑语中，大家似乎把高原上所有的不适，连同高原上不饮酒的纪律，都抛到了九霄云外，只有考察队的“财务总监”阿萍保持着清醒，制止了一场今夜不醉不归的畅饮——毕竟第二天我们还将继续向西进发。

高原上饮酒绝对是大忌，第二天醒来，头有一些晕，估计是晚上饮酒引发的高反症状，前往“皮央和东嘎”遗址的路上，第一次在西藏吸氧缓解症状。氧气真是个好东西，吸氧后人顿时觉得精神了许多——但这样做并不

● 古格遗迹

可取。

前往“皮央和东嘎”遗址的路上，会看见一处奇特的丹霞地貌，这便是离托林镇约90公里的札达土林国家地质公园霞义沟。

霞义沟，隐藏在札达香孜乡夏叶村，海拔高度近4300米，是世界丹霞地貌的一颗明珠，被誉为“五彩土林”。霞义沟土林地理位置偏僻、交通不便，很大一段路程需要沿河床行进，因此，人迹罕至，原生态样貌保存极为完好，外地来这里的人屈指可数，就连阿里本地人也很少有机会来到此处。与其他土林不同，霞义沟土林的形状更加神奇壮丽，曾入选《中国国家地理》西藏100个“最美观景拍摄点”榜单。

霞义沟总长约5公里，大自然的鬼斧神工把霞义沟中分布的五条主要丹霞沟雕琢得精美细腻，五彩斑斓的柱状、塔状、针状丹霞地貌，千奇百怪，鳞次栉比，色彩丰富，阳光投射过来，整条沟就像油画一般，让人不得不感叹大自然的巧夺天工，美不胜收，令人流连忘返。到阿里旅行，如见不到霞义沟，真的是件非常遗憾的事。

霞义沟土林下部为沙砾及黄土分层，最上层为一层含铁矿层，经过长期的风雨剥蚀、雨水冲刷，形成上大中小的特殊结构，有的如巨柱擎天，气宇轩昂；有的远看像蘑菇、长颈鹿、驼峰等，惟妙惟肖。如果说此行中札达玛朗土林峡谷是在远距离观赏土林的壮美，那么到霞义沟则是在近距离感受土林的别致，当身处这一处高远、荒芜、神奇、魔幻的大自然之

霞义沟被誉为“五彩土林”

中，一时很难想象自己究竟是进入了一个远古时代，还是置身于一个未知星球的魔幻世界。

离开霞义沟，沿 743 乡道，一路沙土飞扬，抵达位于札达县皮央村和东嘎村的“皮央和东嘎”遗址。

1992 年才被发现的皮央和东嘎遗址，是西藏迄今为止发现的规模最大的一处佛教石窟遗址，它由寺院、城堡、石窟和塔林遗迹以及残存的壁画组成，为研究佛教石窟艺术在西藏高原的传播与发展历史以及古格王国的变迁历史，提供了珍贵的史料，其研究价值可以和古格王朝遗址相比。由于皮央村和东嘎村相邻，故称为“皮央和东嘎”遗址，2013 年 5 月被确定为全国重点文物保护单位，与古如甲木古墓、穹窿银城遗址、古格王朝遗址和托林寺一样，对于想要了解阿里高原上的古象雄国和古格王朝历史的人来说，都是不可不去的地方。

皮央和东嘎遗址的具体建造年代目前还无定论。有关文献记载极少，只有一本流传到印度的藏文手抄本《古格普兰王国文》，其中记载皮央寺始建于古格王国建国初期的 10 世纪，为仁钦桑布当时所建的古格八大佛寺之一；另有文献提及东嘎在 10 世纪建寺，约 12 世纪前后由于古格王国国内的分裂斗争，一度成为与都城扎布让对峙的另一个王室的所在地，后来古格王国恢复统一，东嘎丧失了王宫的地位，但仍为古格的政治及佛教文化重地。

我们一行到达皮央和东嘎遗址已是中午，炽热的阳光炙烤着这块干涸的土地，加上这里海拔 4100 多米的高度，让人感到口干舌燥，

● 霞义沟五彩土林的“标志”

非常不适，不过约百米高的山体上散落的数百个洞窟和山顶上的红色建筑残体，依然吸引着大家前往一探究竟。

山顶保存相对完好的寺庙护法殿中残存的壁画，以绛红色为主，人物、动物和植物刻画得栩栩如生，已有千年的历史，因其颜料取自矿物质原料，加上极其干燥的气候环境，如今依然色泽鲜艳。

在山脚下路餐时，看见一队晒得黝黑的村民，正在吃力地往山上搬运修缮和加固保护遗址的建材。他们就这样与山脚的村落一道，静静地守护着这座千年的宝库，年复一年，从未离开这片干燥、荒凉的土地。我们默默地注视着他们，心中充满敬意，抬头望向刺眼的天空，感叹我们只不过是一群慕名而来的过客。队友们递上几瓶矿泉水，他们露出洁白的牙齿，笑着报以一声“扎西德勒”，然后继续唱着我们听不懂的劳动号子，负重向上。那场面一直萦绕在我脑海，不会忘记。

从皮央和东嘎遗址回到 219 国道，翻越海拔 4785 米的狮泉河达坂，我们到达阿里首府狮泉河镇。

狮泉河镇海拔 4273 米，是阿里地区行政公署和噶尔县人民政府驻地，因狮泉河得名，藏语为森格藏布，意为狮泉河或狮口河。狮泉河发源于冈底斯山主峰冈仁波齐峰北面的冰川

皮央和东嘎遗址

湖，自南向北流至邦巴附近转向西流，经革吉镇，到狮泉河盆地，在扎西岗乡附近纳入噶尔藏布转向西北，流入拉达克地区，因为源头的地形非常像一个狮子口，一股温泉从狮子口中涌出，所以这条河被称为“狮泉河”。

驶过狮泉河镇整齐干净的街道，看到狮泉河水从城中缓缓流过，沿河两岸丛生的红柳，使这个高原城市充满了生机。一座狮子石雕矗立在城中心的环岛中央，它是狮泉河镇的象征。

领队老丁告诉我们，30多年前，这里还是一片红柳滩，1964年，随着新藏公路219国道的修建，狮泉河镇这座高原孤城，开始在这片荒地上崛起；如今的狮泉河镇在河北省的对口援建下，发生了巨大变化，可谓翻天覆地，街道宽阔整洁，图书馆、体育中心、电影院、百货商场、学校、医院一应俱全；随着219国道的改扩建，以及2010年7月1日海拔4272米的阿里昆莎机场正式通航，使得阿里与其他地方变得不再遥远，各种物资可以非常便利地运送到狮泉河，特别是蔬菜大棚的建设，使得蔬菜在这片高原上变得不再是奢侈品。

此外，狮泉河镇还是新藏公路1058公里处的重要驿站和交通枢纽，219国道、安狮公路、黑阿公路、阿日公路在此交会，如今这里不仅是到阿里地区旅行的一个集散中心，也是西藏西部的重要交通枢纽、经济文化中心和边境贸易中心。

在穿越藏北中北线无人区前，我们计划在狮泉河休整两天，补充物资，恢复体力，因此，大家选择入住狮泉河镇唯一一家温泉生态宾馆——也是为了兑现在科迦村时与格桑卓玛的约定。宾馆里的热带绿植让我们大为惊喜——从来没有想到过，在海拔4000米之上会看见热带植物，这些植物不仅让酒店里变得湿润，含氧量也大大提高。

放下行李，赶紧清洗、晾晒衣物，这里的热水让人倍感舒适，自打离开拉萨，已经7天没有换洗过衣物，更没有洗过热水澡——这也是每次进藏我都要把头剃光的主要原因。抬头看着温暖的白色蒸汽飘出淋浴间的小窗口，融入湛蓝的天空，不由得感慨，在高原，幸福有时真的很简单——令人幸福的热水澡、可口的饭菜以及湿润的空气。

晚上，阿里文旅局的领导给我们带来一些有关阿里的文旅资料，并热情地介绍我们去距离狮泉河镇30公里处、海拔5100米的阿里天文台参观，操控天文望远镜实时观测阿里高原的美丽星空和神奇天象。晚上10点出发，穿上厚羽绒服，前往目前北半球最高、世界观测条件最好的三大天文台之一的阿里天文台——这里也被称为阿里暗夜公园。走进天文台的展厅，观看介绍天文台和观测天象景观的短片，当了解到中国科学家依托阿里天文台位于素有“世界屋脊的屋脊”之称的这一独特地理优势，不仅在此成功开展了墨子号卫星的量子隐形传态实验，还在建设具有世界一流水平的宇宙原初引力波探测试验站，我们无不感到自豪。

深夜站在海拔5100米的寒冷的天文台上，在讲解员的指导下第一次用天文望远镜观测月亮，观测土星光环，观看北斗七星，观看牛郎织女星……仰望头顶浩瀚的银河，美到令人窒息，以至于直到今天，阿里高原上那一晚的灿烂星空仍会时常浮现在眼前。康德说：世界上只有两件东西最能震撼心灵，一件是我们心中崇高的道德法则，一件是我们头顶上灿烂的星空。的确，在世界上海拔最高的天文台，夜幕四合，那一条划过天际的星河以及满天繁星是这片高原的主角，只望上一眼，就会让你感到无比震撼。如果到了阿里，却不到海拔 5100 米的地方仰望一下，你将错过地球上这片最美的星空。

第二天早上睡到自然醒，原本打算在狮泉河休整，为穿越中北线无人区做最后的准备，但有队员提出前往班公湖，于是临时商议，决定立刻启程，去看一看这片神圣的领土。

班公湖（班公错）又称措木昂拉仁波，藏语意为“长脖子天鹅”。班公湖平均海拔 4400 米，位于有着“阿里三围”中湖泊环绕的日土多玛乡乌江村境内，距狮泉河 135 公里，距日土县城 15 公里左右，全湖面积 604 平方公里，东西长约 150 公里，最大水深 41 米，湖水东淡西咸，尤为独特。

前往日土的路上，除了在湿地上可以看见牛、马、藏野驴等野生动物，以及珍稀的国家级保护动物黑颈鹤，还可以看见一些极具历史文物价值的岩画。

日土藏文意为“枪叉支架状山下”，平均海拔 4500 米左右，根据考古发现，日土早在石器时代就有人类活动的遗迹，是西藏早期人类形成地之一，特别是独具民族特色的日土岩画在西藏享有盛名。

日土岩画主要分布在班公湖南部和东面近 300 平方公里的区域内。目前日土县共有岩画景点 13 处，主要分布在日土镇、日松乡、多玛乡和热帮乡，岩画主要是用坚硬的石头或其他硬物在岩面或岩石上刻凿而成，线条笔画有深有浅，还有少数彩绘画面。岩画内容十分丰富，涵盖远古游牧民族的放牧、狩猎、宗教祭礼、农耕等各种生动的生产和生活场景，还有日、月、山及牛、马、羊、人物等。由于日土县位于“叶城—日土—阿尔泰”岩画带上，这些岩画对于研究史前人类活动的历史具有很高

● 在阿里天文台仰望星空

日土班公湖湿地保护区

日土岩画

的考古价值，因此，日土又有“中国岩画之乡”的美誉，被称为“中国岩画发源地”。

午后抵达班公湖。这里是西藏最大的观鸟地，成群结队的候鸟在湖面飞翔，场面十分壮观。这一点在“一错再错”的西藏也是独一无二的。

湖边巨石上“班公湖”三个鲜红的大字，格外醒目。在码头上，看见巡逻艇上五星红旗迎风飘扬的时候，每一个站在这里的国人，心情都格外激动。这一刻，祖国在每一个心中都有了更深刻的认同。

在人烟稀少的阿里，狮泉河可谓首屈一指的繁华之地。从日土返回狮泉河，看到夜晚的街道灯火通明，藏式餐厅、酒吧里传出阵阵欢歌。吃过晚饭，为准备穿越中北线无人区的饮水、食品，走进狮泉河最大的商场益百超市，各种商品应有尽有，有点出乎我们意料。采购好 3 天用的饮水、快热米饭、方便面、榨菜、水果，我们便返回宾馆，对穿越路线做最后一次确认。万事俱备，期盼未来 3 天运气好，有一个好的天气。

班公湖

25 穿越中北线

从狮泉河开始，将穿越阿里大环线的北线部分，相比于南线，位于羌塘高原这片“北方的空地”上的中北线是一条更加充满挑战的路，也是一条蕴藏着荒凉壮美和古老文化之路。

一般来讲，初到阿里高原的人，穿越大北线时，为了安全会选择从革吉到雄巴、改则再到措勤，有些人甚至为赶路干脆直接到尼玛县，而不穿越从雄巴到亚热、仁多、措勤、军仓的中北线“无人区”地段，但是，由于大北线的藏北段目前从狮泉河，经革吉到改则、洞错、尼玛、班戈的道路，已经是非常平整的柏油路，早已没有了传说中的艰辛，因此，选择从革吉到雄巴、亚热、措勤、军仓，穿越位于藏北羌塘无人区边缘地带，这条更具挑战性的中北线，就成为一些越野探险者的首选。而且，也只有选择穿越中北线，才能看见藏北的仁青休布错、昂拉仁错、扎布耶茶卡盐湖、扎日南木错等这些人迹罕至、无与伦比的藏北风光。

我们计划从狮泉河出发，抵达革吉县后，转向雄巴、亚热，在亚热的仁多乡宿营；第二天从仁多乡出发，穿越中北线无人区，前往措勤宿营；第三天从措勤出发，经过军仓，达到文布南，然后翻越扎卡拉山和波浪蒙山，抵达中北线的终点尼玛县城尼玛镇。穿越中北线无人区的道路虽然艰难一些，但越是原生态的地方就越是美得纯粹，湛蓝的湖水、巍峨的雪山、金黄的草原以及湖边湿地、蓝天白云，想想都会感觉到藏北高原的苍茫与壮阔。

第一天清晨，从狮泉河出发，路况好得让人有些恍惚，抵达革吉县后，离开 317 国道，沿 717 县道转向雄巴乡，途经亚热见到中北线上的第一个湖错那错，在湖边简单路餐后，继续赶往仲巴县最偏远的一个乡——海拔 4900 米的仁多乡。

从亚热到仁多，开始行驶在苍茫的原野中。路，在茫茫戈壁中，开始变得模糊和颠簸起来，藏北无人区一望无际的景象，逐渐在眼前展开。人似来到一个荒芜的星球，沿途除了偶尔看见几只羚羊，似乎再也看不见生命的气息。

无人区里的风比较大，带走了本来就不多的热量，虽然阳光炙烤着干渴的大地，但温度很低。一路上不停喝水，还是感觉干渴，嘴唇开始干裂，普通人如果没有现代的交通、通信工具，很难想象在高寒缺氧、干涸荒凉的藏北高地怎样完成穿越。

作为藏北无人区中北线上的重要节点，大多数穿越的人，在第一天会选择在仁多乡落脚。

走完 300 多公里的路程，于下午 5 点多顺利抵达海拔 4835 米的仁多。运气不错，简陋的客栈里竟然有土坯房宿营，避免了夜晚住铁皮房或帐篷的寒冷之苦——仁多乡是仲巴气候条件和地理环境最艰苦的乡镇。9 月底的仁多，夜晚和清晨已经非常寒冷，4 个人挤在一间小房子里，除了床，几乎没有落脚之处。晚上吃完牦牛肉火锅，早早躺下休息，为第二天更艰苦的穿越积蓄能量。

第二天天不亮，便起床收拾好行装，到院子里的水桶中接了点冰冷的水，简单洗漱——如果遇上没有水也是很正常的事。集合人员，几名初来西藏的队友反映，半夜醒来感觉头疼——这里海拔 4800 多米，出现高反症状是正常的。吃完早饭，灌好热水，便从仁多乡出发，前往措勤县。310 公里的路程，几乎都是碎石和沙土组成，一路上将翻山跨河，海拔在

4600 米和 5000 米之间变化——穿越中北线的艰苦路程到来了。

清晨，东方的天空刚刚发亮，只有一条水泥路的仁多乡静悄悄的。一出村就是搓板土石路，车开快了感觉要散架，这倒是让我们立刻找到了穿越荒原的感觉。在高原上颠簸了大约十几公里，便看见一个大湖，这就是中北线上很有名的仁青休布错。仁青休布错为咸水湖，湖面海拔 4756 米，面积 187.1 平方公里，虽然没有那些圣湖的名气大，但站在岸边，仍然会被它的高远宁静和气度非凡所打动。湖中间一个凸起的小岛伸向岸边，形成一个半弧形的半岛，它成为仁青休布错最显著的标志。湖南面冈底斯山脉中，海拔 6400 米的隆格尔雪山终年积雪，冰峰耸立。壮观的景色让仁青休布错不逊色于任何一个高原湖泊。

早晨的阳光，洒落在蔚蓝的湖面上，静静的湖水轻轻拍打在那圆滑、光洁的湖岸线上，湖岸栖息着大群野鸭，湖边堆砌的玛尼堆是信徒们对仁青休布错的敬仰，也是他们祈愿得到神山圣湖的护佑而堆起的一个个愿望。湖心如蓬莱仙境般的小岛，宁静而安详，仿佛一座坐落在仁青休布错中的神圣坛城。

从湖心半岛上高高的横向切痕，可以看出湖面曾经的高度，岸边一层一层水平的痕迹也表示着湖面水位在逐年下降。不难想象这里原

中北线无人区腹地

来是多么浩瀚的一片海洋，经过千百年的蒸发已缩小了很多。驱车沿着湖边山路行进，花了半个多小时，也不过走了湖岸线的一小段。在仁青休布错的北面还有一个更大的湖，叫昂拉仁错，湖的东面有大片的雪山，应当也是一个很漂亮的湖，但为了赶路，我只能远远地观望了一下，便继续前行了。

离开仁青休布错，路变得更加艰难，走不多久，就需要翻越一个山口。抵达山口时实测了一下，海拔5000多米。我问领队它叫什么山，领队笑着告诉我叫“大山”。其实，很多在藏北高原无人区里的大山，就连这些常年奔波于此的人，也不知道它们的名字，只好以“大山”统称，而对那些无数大大小小不知名的湖泊，则称之为“大湖”。待到达措勤，询问当地人，才知道它叫恰马尔山。

翻越恰马尔山口的路是非常难走的一段路，路上全是尖锐的砾石，令人心惊胆战。颠簸倒算不上什么，主要是极度担心车胎随时可能被扎破。有时，车子在乱石中无法行进，只能下车步行，搬开石头，以时速20公里的速度，艰难地走过这一段令人恼火的山路。在下山的盘山路上，可以远远望见塔若错。下山时虽然还是那种颠簸得让人周身酥软的碎石路，但情况好了很多。

卫星导航虽然在无人区里已经可以使用，但信号非常不稳定，时断时续，很多时候只能按照大致的方向行进，所以在广袤荒芜的无人

仁青休布错

区里，迷路是经常发生的事。非常佩服那些穿越的老藏们，感谢他们留下轨迹和车辙，能让我们沿着这些痕迹成功穿越。“其实地上本没有路，走的人多了也便成了路。”沿着车印向东行驶，无人区里独一无二的高原风光，是无法用语言来表达的。

一路上能看见的生命，就是藏野驴、藏羚羊、藏牦牛等动物，这些高原上的精灵，在草原上自由自在地奔跑、觅食。最常见的是藏野驴，它们胸腹的白色和背上灰褐色皮毛的搭配是其显著的特征。它们无论是警惕地驻足瞭望，还是四蹄腾空地飞奔，都是那么的优雅。偶尔会有几只藏羚羊从草地中跃起，标志性的白屁股一翘一翘地跳动远去。

每当遇见动物，我们就会远远停下车，然后静静地拍摄，尽量不去打扰它们。其实，我们这些注定只是过客的人来到这里，已经是一种“惊扰”。在藏北广袤的土地上，人与动物共存但又保留着各自空间的场面，让人感到温暖，那一刻，感觉这些动物才是藏北高原上永恒的生灵和主宰。

午后，我们看见巨石上的红漆大字“扎布耶”，表明将要邂逅藏北无人区的“天空之镜”——扎布耶茶卡盐湖。

扎布耶茶卡位于日喀则市仲巴县隆格尔区仁多乡，又叫扎布耶错，湖面海拔 4421 米，茶卡即藏语“盐湖”的意思。这里属于寒冷干燥的高原气候。盐湖湖区分为南湖和北湖，总

翻越恰马尔山口

● 无人区中的塔若错

面积 247 平方公里，这个地处藏北高原的盐湖矿床，蕴含着储量丰富的芒硝、天然碱、锂、钾、硼等多种矿物质，是国内已知硼砂含量最多的碳酸型盐湖，同时是具有超百万吨级的锂矿资源的超大型盐湖，是世界三大锂盐湖之一。

扎布耶茶卡与众不同，在于它是目前世界上唯一以天然形式存在的碳酸锂盐湖，在干涸的湖底沉淀着一种粉红色的结晶，被国际矿物学会确认为“天然原生碳酸锂”，命名为“扎布耶石”。

我们选择从南湖和北湖中间穿湖而过，这样走相比绕湖可以节省 1 个多小时，但是，如果雨季选择这样走很容易陷车。

扎布耶茶卡虽说是盐湖，但湖边沼泽里的野生动物不少，特有的珍稀禽类黑颈鹤和藏狐都会在这里出没。整个盐湖貌似无人，但露天里堆放着矿盐，说明这片神秘而生存条件极其恶劣的地区，也并非真正意义上的无人区——这里仍存在人类的生产活动。

扎布耶茶卡的美不是因为它是浩瀚的高原湖泊，也不是因为比雪还白的盐矿，而是在于富含矿物质的湖水以及湖水中生成的藻类，在蓝天白云的映衬下所展现在眼前的奇幻色彩和绚丽倒影，在水面的折射下，白色、紫红、粉红、亮红、嫣红，齐放异彩，美得让人窒息。来到湖边，望着盐湖中静静的倒影，良久无语，忘记了来路艰辛，忘记了空气稀薄，虽然站在海拔 4500 米的无人区，面对扎布耶茶卡，恍

天空之境

若置身于美妙绝伦的诗情画意之中。

在扎布耶茶卡盐湖边路餐后，继续前行，途经高山下一个叫阿攘错的美丽小湖，然后翻过山口，走进藏北一望无际的广袤的草原。路似乎平坦了许多，但车辙碾压成的道路七横八竖，几乎无法辨认，一些年久失修的桥梁垮塌断裂，无法通行，只能冒着陷车的风险涉水通过。而时断时续的导航，也无法正常判定路线方位，茫然地走了一段后，卫星导航显示，我们已经向南走出了 5 公里，严重偏离了位于无人区草原东部的措勤，迷失在一望无际的大草原里。

此时已无心欣赏无人区里的蓝天白云、草原雪山——如果没了汽油，缺水少粮，困在这里就惨了，只好两次停下来校正方向、辨别路线，然后继续沿着似路非路的地带向东前行。路上可以看见水边有很多羊、牦牛的尸骨，应该是被熊、狼等野生动物所捕食后弃掷的。

遇到一条小溪，几头牦牛站在水里，瞪大眼睛注视着我们。下车勘察原有的一些车辙，在烂泥中有半个轮胎深，七扭八拐，明显是打滑时留下的，还好有一根直径 30 厘米左右的圆木横倒在水里。全体下车，人刚好踩着过去，然后司机把车子往后倒了几米，挂挡加速，车身轻微甩了几下，从水底搅上来的烂泥溅满了车身，车轮更是糊得看不出本来面目——还好，总算有惊无险地过来了。

藏北的天气，变化无常，乌云乘着风压

顶而来，像锅盖一样严严实实地扣在我们头顶，仅在地平线上留下一丝缝隙，天空飘下了雪花。通往措勤的戈壁草场上，坑坑坎坎，路上看见最多的动物依然是藏牦牛、藏野驴，偶尔会见到几只藏羚羊，至于狼、熊，只能在故事里听到了。雪粒随着风打着车顶，气温骤降，身上的冲锋衣也换成了羽绒服，气压变得更低，喘息声也变得更加粗重。

翻上草原尽头一座赫红色的山峦，一条正在施工的道路展现在眼前——翻看轨迹上并没有这条路。非常幸运，这在无人区中就相当于国道了，看来西藏县县通公路、乡乡通公路的目标不久就会实现。又一次进入阿里地域。道路的尽头就是坐落在一片开阔原野中的措勤县城。

措勤，藏语意为“大湖”，海拔 4700 米，是藏北羌塘高原这片“北方的空地”西端边上的一个小城，因距措勤镇东 10 多公里处的扎日南木错咸水湖而得名。措勤是藏北为数不多的高海拔县之一，与大多数藏北小乡镇一样，就像漂浮在广袤草原戈壁上的孤岛。

颠簸了一整天，加上途中迷路，以及一次让人恼火的剐蹭事故耽误了一些时间，直到黄昏才抵达措勤镇门东村。车没散架，倒是感觉人快要散架了。

进城，看见加油站的身影，就像见到了救星，此刻，油箱已经快空了。加油、热饭，开水、暖床，这些诱人的字眼，是旷野中旅人的最爱，

藏北无人区

城市生活已经让我们无法脱俗，加上天气不好，我们决定不去扎日南木错湖边扎营，而是在镇上宿营休整，进行补给。

阿里北线全程海拔比较高，要尽量避免剧烈运动，尽量休息好；夜里温度很低，时有雨雪大风，要注意保暖。这些常识在高原显得尤为重要。

入住客栈，大家抓紧吃饭、洗漱，为各种电器充电，因为，这里晚上12点至第二天天亮时常会停电。夜晚，屋外的风发出低沉的吼叫声，不到12点，昏暗的灯自己就熄灭了，只好穿着抓绒衣裤蜷缩在被子里面。半夜，密集的雪粒儿噼噼啪啪地在门窗上敲打了好一阵子，整夜处于半梦半醒的状态，让人想起冈仁波齐转山路上，身处海拔5200米之上的那个寒冷的不眠之夜。

清晨，藏北草原天还没有亮，睡眼惺忪地起来，擦去窗上凝结的水雾，发现风停了，雪也停了。已经习惯了停电停水，摸黑点上头灯，赶紧起床收拾行李，没有吃早饭，只是用煤气炉煮了开水装满水壶，便顶着满天的朝霞驶出措勤，赶往10多公里外的大湖扎日南木错。

坐落在冈底斯山脉与羌塘高原之间的扎日南木错，亦称塔热错，位于措勤县磁石乡格玛村北部，距县城约25公里。该湖是阿里地区面积最大、海拔最高的湖，也是西藏第三大湖泊，湖面面积为1023平方公里，湖面海拔4613米，东西长近54公里，南北宽约20公里，最大水深71.55米，周长183公里，湖水主要靠冰雪融水补给，入湖河流主要有措勤藏布、达龙藏布，其中措勤藏布发源于冈底斯山，全长253公里。

继续穿行在羌塘草原的戈壁之中，没有走多远，最担心的事情还是发生了——车轮被尖锐的石块扎破。无人区里没有信号，领队老丁驾驶的前导车已经走远，对讲机也无法取得联系，只好卸下行李，支起千斤顶更换车胎。换好车胎，赶到扎日南木错北面、濒湖而立的木诺山孤峰下。这是一座由两三亿年前形成于海底黑色石灰岩构成的孤峰，海拔5100多米。攀上山崖，熔岩石上挂满经幡，迎风招展。环顾四周，湖天一色，蔚蓝清澈，湖光山色尽收眼底。这里应该是观赏扎日南木错的最佳地点。

眼前平静湛蓝的水面上，成群的水鸟无声地起落，那一刻，只能听见喘息和心跳声。在西藏，在阿里，对于所面对的景色，很多时候，你无法找到合适的语言来表述，最好的方法就是用双眼来感受它们，用心记住它们。

离扎日南木错越来越远，回头望去，湖水和远处的天际线重合时，我们放慢了速度，有一些不舍——从这里开始，将意味着离神奇的阿里渐行渐远。不过，想到马上将见到“大北线”上的颜值担当——当惹雍错和文布南村，心中又充满期待——这就是西藏，风景随处可见，于是，加速向前。

从扎日南木错到军仓乡再到当惹雍错和文布南村，这一段路最大的风险是迷路，据说一些老司机在这条路上也经常会有走麦城的经历，外来人在此段迷路更是常见的事。即便能偶尔遇见牧民，多半也问不明白。我们这些外来的人，遇见这样的情况，会感到特别无助，有时甚至会崩溃。

离开扎日南木错，经过普隆普拉镇，在去

扎日南木错

往处于无人区边缘地带的军仓乡的路上，炙热的阳光让积雪很快融化，路变得泥泞不堪、模糊不清、坑坑洼洼，有时候在一个布满牲口蹄印的泥泞的草原戈壁上突然就断掉了，车辙分分合合，每每在一个交叉点都要面对众多的选择，跑了几个钟头都看不到个人影。领队虽然比较熟悉这一带的路况，可在借助预先准备好的导航地图指引，并结合草原戈壁上的车辙小心行驶的情形下，还是走错了两三段路。

迷失在一望无际的藏北羌塘草原中，转了1个多小时，居然又回到原地。已经过了中午12点，四下张望，空无人烟，导航地图连个方位也无法显示。我们感到彻底迷路了，开始有一点儿焦急——不仅担心下午无法抵达计划中的文布南村和当惹雍错，更担心汽油耗尽。

羌塘高原，午后阳光格外的刺眼，海拔4500多米高的广袤、空旷的草场上，云快速地游动，使得大地没有一丝遮拦，晃得人头晕。一直小口抿着水，可喉咙还是处在干渴的状态。很多队友的嘴唇已干裂脱皮，丝丝隐痛。最让人崩溃的是一路看不见人烟，前路似乎永远望不到边际，在这片地广人稀的草原戈壁上，遇见人成了奢望。队员们变得沉闷少言，只有看见动物，不论是藏野驴还是牦牛、马匹或者藏原羚，大家才会兴奋一阵。

正在迷茫的时刻，忽然发现很远的地方有一大群羊向我们走来，我们惊喜万分。开车到跟前，放牧的竟然是两位骑摩托车的卓玛。脑海里突然冒出小时曾经学过的语文课本里草原英雄小姐妹的形象——真是吉人自有天助。藏

"北方的空地"——羌塘

族姐妹不太会讲汉语，但听懂了我们提到当惹雍错，应该是明白我们要去当惹雍错，于是指了个大致的方位。女队员们拿出糖果表示感谢。

走了十几公里后，看见一个叫鲁玛那荣的牧民村落，牧民大多住在帐篷里。我们心里踏实了很多——有人居住的地方肯定离无人区的边缘不远了。一个勉强会讲汉语的牧民热情地指给我们去军仓乡的方向。

沿着一条可以隐约看出的沙石路，跑了20多公里，终于看见前方一片白色的房屋"拔地而起"。很快走上一条崭新的柏油路，没多久便看见了军仓乡政府大院墙上"有困难找政府"的标语，我们毫不犹豫，直奔乡政府大院。因为是国庆假期，大院里只有值班的工作人员小高，他热情地接待了我们，并允许我们在乡政府门卫值班室里吃路餐。在3天的穿越中，第一次在房子里面吃午餐，倍感温暖。军仓乡位于那曲市尼玛县西南部，地处羌塘高原大湖盆地带，海拔4700米，全乡只有1600余人。

小高告诉我们从乡中间穿过的柏油路国庆前刚刚通车，还没有正式命名；自西向东，经过前方的来多乡，沿新建的公路就可以直通苯教圣湖当惹雍错和藏北名气很大的文布南村，与过去的穿越线路相比，可以节省四五个小时的时间。

马上就是中秋了，队友阿萍、小何拿出仅存的两个苹果和几块月饼留给小高，和这位来自福建、已在海拔5000米的高原之上坚守了7年的瘦弱年轻人告别。然后，汽车向着藏北高原的颜值担当当惹雍错疾驰而去。想到在那里

羌塘草原

我们将度过国庆和中秋佳节之夜，不免有一点儿激动。

离开军仓乡的那一刻，我知道至此藏北羌塘高原 800 多公里的“中北线”、三天两夜广袤荒芜的穿越路线就要结束了。回望走过的这片“北方的空地”，心中竟然生出不舍的情愫。

眼前的羌塘草原无人区，的的确确是高远和广袤的，它不是谁都可以来的，穿越之后，你才会发现这里也并不是你想象中那样史诗般的壮丽恢宏，更不是摄影师镜头中尽是些抓人眼球的辉煌画面。置身于高寒缺氧的生命禁区，三天三夜，在那片平均海拔 4600—5000 米的“北方的空地”，其实，看见最多的是一望无际的荒芜和苍凉，体验最深的是空气稀薄、寒冷、干渴、皮肤黝黑、嘴唇干裂，甚至是孤独和惧怕，再一次真切体会到“眼睛上天堂，身体下地狱”这句话在西藏的含意。在路上，有时我会想，千辛万苦跑来干什么，在无人区空旷的荒野中，面对寒冷、缺氧、迷路、爆胎等问题时，面对那种无助，没有顽强的毅力和巨大的决心，人真的有可能会崩溃。

但，藏北羌塘高原的荒野之路，一旦穿越过你就会知道，那真的是一条挑战自我的路。穿行在这条天路之上，追逐着朝霞、暮色，一场场视觉盛宴呈现在眼前，会让任何一个走过这条路的人此生都不后悔。穿越这条路时，让我们感受最美好的，就是纯粹和一尘不染的原野，能够让人在没有无线信号和网络的世界里安静下来，只能听得到风声和自己急促的呼吸声，把心事放下来，自由自在，你会发现为了

藏北高原上的牦牛

活着，在那样恶劣的环境里，竟然什么问题都可以接受和克服。正因为有了这样的经历，走出中北线的藏北高原无人区后，对《百年孤独》中的那一句“生命中曾经有过的所有灿烂，终究都要用寂寞偿还，人生终将是一场单人的旅行，孤独之前是迷茫，孤独过后，便是成长”有了更深刻的认识和理解，人生亦不过如此，“繁华过后终是空，洗尽铅华始见真”。

马克·吐温曾经说过：“被禁的事物有一种魔力，它使这事物变得说不出的诱人。”的确，越是被禁忌的越想去冲破，快感也越强烈，就像穿越这茫茫的藏北高原。这片空气稀薄、位于海拔5000米之上的“北方的空地”，风光独一无二，人迹罕至，即使你心向往之，也不是所有的人都可以行必能至。当我们抵达这片“禁地”，眼前和心中充满了无法言表的“快感”，这种感觉只有亲身穿越过的人才能真正体会到。那一刻，站在那高冷、苍茫、孤寂甚至有些悲凉的藏北空地，竟然想起林徽因“我与春风皆过客，你携秋水揽星河。三生有幸遇见你，纵使悲凉也是情”的著名诗句。

26 藏北唯一能被称为故乡的地方

告别位于羌塘高原的军仓乡，沿着新建的道路，一个半小时便可看到有着藏北“颜值担当”美誉的苯教圣湖当惹雍错。

车子爬上一座海拔约 5000 米的大山后，盘旋下山拐过一道弯时，没有任何征兆，突然领队高喊：“杜哥，快看！当惹雍错。”抬眼远望，天地间，当惹雍错，如一片浩瀚的海洋，在阳光下，深邃纯净的蓝色湖面反射着不同层次的色彩，静静地出现在视线之中。当惹雍错在西藏的圣湖中最为偏僻，最为神秘，也最为令人莫名悸动，早就听说，当惹雍错是藏北无人区的“颜值担当”，第一眼看见，果然气度超凡，本来已经产生视觉疲劳的双眼为之一亮。

在冈底斯山脉中段北麓的羌塘草原“无人区”，面积 20 多万平方公里的双湖和文布地区，平均每 6 平方公里才有 1 个人。当惹雍错就静静地躺在阿里地区和那曲市交界处的尼玛县域内。

当惹雍错，海拔 4600 米，长 70 公里，宽 20 公里，是西藏湖泊中的面积第四大湖。其最深处达 230 米，是目前已知我国境内最深的咸水湖。湖南部有发源于冈底斯山的达果藏布汇入，西岸和东岸则有海拔高达 5500—6000 米的雪山冰川——冰雪融水也是湖水主要来源之一。湖水的蓝色，纯正到可说天下第一。

站在湖边高地，环顾湖面，眼前的当惹雍错上圆中细下长，四面群山环抱，形似一把神

当惹雍错

圣的金刚杵，湖南岸的达尔果雪山一列七峰，山顶积雪终年不化，远观酷似 7 座排列整齐的金字塔。它们和当惹雍错一起被西藏最古老的雍仲苯教奉为圣地。

“达尔果”和“当惹”都是古象雄语，意为“雪山”和“湖”。它们一个是神山，一个是圣湖。坐落在当惹雍错不远处的玉本寺，是一座建于悬崖山洞的寺庙，为雍仲苯教最古老的寺庙之一。据考证，“中象雄”的中心就位于达果雪山和当惹雍错以及文布乡一带。时至今日，人们仍然可以在这里看到一些有关古象雄国的遗迹，听到有关当惹雍错美丽的传说，看见按照苯教遗俗逆时针方向转山转湖的藏民。

在西藏，当惹雍错是苯教崇拜的最大圣湖，过去很少有人知道，只是偶尔在民间神话中被提及，到过这里的外地人就更少了。千百年来，当惹雍错在藏北高原护佑着当地的人民，静静地等待着那些与它有缘的人来此一睹令人窒息的湖蓝色。

新建的柏油路在湖边的高山上盘旋延伸，当惹雍错一直就在眼前，估计不久这条环湖公路将被打造成一条观光路线。翻上一道山梁，在挂满经幡的山口，便可以远远看见坐落在湖另一边山坡上的文布南村。

文布南村，位于西藏那曲市尼玛县文布乡的当惹雍错湖畔，离县城近 200 公里，海拔 4600 多米。

通向村子和湖边的路还没有修好，颠簸难行，尘土飞扬。这一段路，让我们体会到过去到文布南村是多么的艰难。这时山腰的土路上出现了一辆摩托车，车手向我们挥手。领队老丁说他是从文布南村来接我们的顿珠，今晚我们就在他家吃饭。

在藏北，每一次看到与我们打招呼的人都会感到格外的亲切。摩托车在我们身旁停了下来，车把上色彩缤纷的经幡随风舞动。顿珠黝黑的脸上透着天然的质朴，黑白分明的眼睛明亮清澈。“扎西德勒”，顿珠和我们一一握手。跟着顿珠，我们走进了寂静的文布南村。

这个偏僻、神秘的村落，给人第一眼的印象就是古朴、寂静，在无边、深蓝的当惹雍错和白雪皑皑的达果雪山陪伴下，在藏北高原上顽强地生长。村后山坡上，面对苯教圣湖和神山矗立的一排白塔，更彰显出文布南村灵魂中的无尘无埃。

过去，不论是从东向西，还是从西向东穿越藏北高原的人，都对依偎在当惹雍错湖畔的文布南村有着一种难以言喻的情怀，外面能够来到这里的人非常少，自驾穿越来此的人食物主要靠自给自足，可提供住宿的农家也非常少。

坐落在当惹雍错旁的文布村是一个不小的村落，被一条沟壑分为南村和北村，是藏北的原生态村落。随着与县城尼玛相连的 205 省道的修通，如今通往文布南村异常难走的山路，已经变成通途，到此旅行的人逐渐增多，这里的名气也越来越大。2019 年 7 月，文布南村入选首批全国乡村旅游重点村名单。

跟着顿珠走进他家的院落。他的妻子旺姆（藏语意为“自在女”）在大门口和每一个人互致着“扎西德勒”，迎接我们的到来。她黝黑、清瘦的脸庞，明亮的眼睛，高高的个子，艳丽的藏袍上交织着红、黄、白、黑、绿的条

坐落在当惹雍错旁的文布南村

纹。她身后跟着大女儿。她的两个小儿子仰起带着高原红的小脸蛋，瞪大眼睛望向我们。我们向他们招手，他们吐了一下舌头，报以腼腆的笑脸。一只藏獒在院子角落处的笼中冲着我们吼叫着，顿珠过去不知道说了几句什么，它很快便安静下来。

在院子里停好车，我们就开始逛村，这样可以更加近距离地感受一下这个藏北知名村落的风土人情。因为新冠疫情，外来的人很少，午后，整个村子里静静的，牛、马在村子里自由自在地踱着步。村子里的房舍、院落，大多用不太规整的砖石砌成。村后山坡上一块块青稞地层层叠叠，10 月的田间已是一片土黄的颜色。离湖边不远，散养的牦牛、马匹在悠闲地吃草，老人们坐在房前晒着太阳。几个孩子在街道上玩耍，看见我们，冲着我们一边敬礼打招呼，一边天真烂漫地笑着。这一幕在西藏会经常遇见，他们的笑容如当惹雍错的蓝色那么纯粹，那么干净。这些上学的藏族小朋友，汉语说得不错，很多孩子在村里读到小学四年级后，会去尼玛县城读书，去看外面的世界。

近些年，因旅游开发，村子里的农家乐和饭馆、茶吧一家接着一家，传说中的那份宁静被冲淡了不少，想到这些，我心里顿时升起一种莫名的失落感。队友老吴说：“藏族人民也有追求幸福、分享改革开放成果的权利。”他如此一说，顿时让我们豁然开朗起来，如今的文布南村太阳能、路灯、无线网络、自来水一应俱全，可以让人深切地感受到，这里的生活发生着翻天覆地的变化。

根据文献记载与考古发现，新石器时代以后，西藏经历了一个漫长的小邦时期，最后逐步发展融合为象雄（羊同）、苏毗、吐蕃三大部落。象雄古国曾经一度拥有西藏北部和西部为中心的辽阔地域，它有极高的文明程度，有自己独特的象雄文，还是西藏最古老的宗教苯教的发源地，对苏毗、吐蕃都产生过深刻的影响，7世纪以前，吐蕃各代赞普更是“均以苯教护持国政”。

现在文布南村、文布北村和距离文布南村20公里的“穷宗”遗址，则被视作“中象雄”的都城所在地，与位于今天阿里札达县境内的“上象雄”都城“琼隆银城”遗址一样，除了有“当惹”“达果”这些词语来自古象雄外，还保存了早期人类活动的洞窟遗址和岩画。据当地传说，象雄文字、医学、历算和本土宗教苯教创始人辛饶弥沃，就诞生于中象雄的中心之地。

10世纪前后，象雄王朝在这里与日渐强盛的吐蕃进行过一场最后的抗争，但终没能逃脱被合并的命运。不过，在这山湖之间定是有象雄的灵魂在徘徊，千百年来，苯教徒依然将当惹雍错以及湖畔的达尔果雪山奉为圣湖和神山，沿湖朝拜的人竟踩出一条环湖山路。至今，在当惹雍错及文布南村的藏族人依然笃信苯教，信徒们逆时针转山、转湖、转经时，仍然诵念辛饶弥沃所传的“八字箴言”——汉语注音“嗡嘛智牟耶萨列德”，因此，这个坚守在羌塘高原无人区边缘的文布地区的部落，被称为最后的苯教部落，当惹雍错和文布南村则在当地很多人的心中，成为“藏北唯一能被称为故乡的地方”。

人生路上总会有突如其来的惊喜和始料不及的运气。

村里一群村民围坐在一起，把自己家里剩余的羊毛弹成羊毛被褥。我们驻足观看时，与身边一位骑着摩托的藏族汉子聊了起来。他向我们介绍，全村共有290户、1080人，其中90岁以上3人、80岁以上28人，而且由于这一带四面群山环抱的特殊地形，以及南面高耸的达尔果山山顶积雪终年不化，便形成了一个相对温暖湿润的小气候；文布南村的土地可以种植青稞，这在平均海拔4600米的藏北高原是极其罕见的，也使得这里在藏北变得相对富庶。他指着村子背后的大山告诉我们，文布寺和文布南村所坐落的这座山，当地人称作象山，因为山的形状酷似一头大象的脑袋，“象鼻”一直深入到当惹雍错之中。说到此，他清澈的眼睛里透着自豪的神情。站在远处，经他指点，仔细一看，象山还真的像一头在湖边喝水的大象。

仔细一问，原来他是文布南村的村干部尼玛·扎巴，他听说我是为创作《看见西藏》而专程来探访的，于是热情地邀请我们参观位于文布南村中“中象雄”的石屋遗址——据说距今已有1500多年的历史。这可真是天赐的缘分。

跟随尼玛经过文布寺，来到文布南村的老村子中。整个石头屋建筑遗址规模比较大，保护得相对完好，分为地上、地下两层——首领住得相对“豪华”、宽敞舒适，而且有窗口对着当惹雍错；下等人住的石房子则比较简陋，石头屋里面还存有一些石器打造的生产劳动工具，以及石盆、石锅、石碗、石板、石斧等生活用品等。此时，落日余晖的金色光芒正好从冲着当惹雍错的窗口射进来，那一束阳光照亮了石墙上的苯教符号。尼玛兴奋地告诉我，这么多年，他也是第一次在石屋看见这样吉祥的景象。

离开古石屋建筑群，尼玛领着我登上村子后面矗立着一排佛塔的小山，站在这里，文布南村一览无余。这里也是观赏当惹雍错日出日落的最佳地点，最后一抹越过西面山脊的阳光，将佛塔旁随风翻飞的五色经幡映照得通透、鲜艳。刻有苯教八字箴言的玛尼石，一块块整齐地摆放在山腰。这刻有八字箴言的玛尼石，以及眼前正在逆时针转塔的村民，让我真切地看到，无论怎样发展变化，文布南村人对苯教文化传统的坚守与传承，永远不会改变。依然是原来那个不惹尘埃、远离喧嚣、拥有像当惹雍错和达果雪山一样圣洁的文布南村，唯一改变的就是消失了的贫困——我们这些过客的忧虑是多余的。

太阳落山时，10 月的文布南村刮起了风，天气变得十分寒冷。由于大多数藏家客栈是面向当惹雍错而建，因此，到村后小山坡上看日

● 文布南村的“中象雄”的石屋遗址

落的人并不多，大多数人早早跑回客栈平台上观湖景去了，山坡上只有我、尼玛、老吴和三四个摄影爱好者。

黄昏时的当惹雍错，一袭碧蓝上笼罩了一层辉煌，显得深邃而神秘。达尔果雪山就像一串白色的珍珠，始终如一地守护着圣湖。五彩的云朵从远处绵延的雪山上飘来，湖水纯净得仿佛可以穿透到底。眼前，美轮美奂，无与伦比。

人一生能有几次面对眼前呈现出这样明暗变幻的彩色世界和绚丽的天空，又能有几次如此刻的心绪在寒冷中平静得只能听到心跳的声音，铭记下这一刻的风情，高原的壮观、湖泊的湛蓝、草原的苍茫，还有藏北牧民那清澈的眼睛。老吴拍拍我的肩说道，怎么，你想在这里盖间房子住下来吗。回过神来，我笑了，心里真的这么想过，可是，我知道，我们这些人终归不属于这里，只能用眼睛看，在心里记下这个地方，多年后，当我们翻看照片时，还能够回忆起有关文布南村的一切。那一刻，竟然有了一丝即将离别的伤感。

● 落日映照下的当惹雍错和文布南村

● 文布寺的佛塔与转经道

天光渐渐暗了下来，收拾相机走下山坡。回到村子里，看见顿珠的大女儿和很多妇女背着筐子也回到村里，筐里装满从湖边草地上捡拾的牛粪。她们会把牛粪做成饼状，贴在自家牛马圈的围墙上晒干，这是她们赖以生火做饭的燃料，天然环保，所以，在藏地的空气中总是飘荡着一种特别充满人间烟火气的味道。

邀请尼玛在顿珠家一起晚餐——吃月饼，赏月亮。这是我第三次在西藏过国庆节，第一次过中秋节，也是最有意义的一次，令人感慨万千。

远远看见顿珠家的屋顶升起了炊烟，一进屋就已经闻到了青稞面和酥油奶茶的香味。顿珠在院子里擦洗他的摩托车，妻子旺姆给每个人端了一碗新酿的酸奶，原汁原味。藏族同胞每天都会喝一碗酸奶，他们认为这样一天都会有好运相伴，对于客人则是一种祝福。

大家在客厅和尼玛聊起了天，我洗了把脸，便跑到厨房看女主人旺姆做晚饭。桌子上放着一锅已经炖好的牦牛肉，香味扑鼻。只见她和着青稞面，在炉灶上熟练地烙着青稞饼。帮忙的大女儿在另一个炉灶的铁锅里，倒上油，把鸡蛋磕进去，然后放盐……没有语言交流，就那么津津有味地注视她俩做饭。她们没有感觉到任何不自在，时常还会转过头来，带着温和的眼神向我微笑，可能在想：这汉人好可笑，怎么连做饭也看，没见过吗?

“每逢佳节倍思亲”。当皎洁的月光透过云朵洒向当惹雍错的湖面和文布南村时，万家团圆，我们只能面对圣湖、神山，在海拔 4500 米的藏北高原，端起青稞酒，遥祝远方的亲人和朋友——中秋节快乐。

国庆、中秋之夜，这里的藏家早已经生起了卡式藏炉，屋子里格外暖和。饭后，大家围坐在炉边，旺姆烧起一大壶水，煮上黑茶，火苗映红了每一个人黝黑的脸庞，欢声笑语中，听顿珠用不太熟练的汉语讲述有关当惹雍错、达尔果雪山和象雄古国的传说，尼玛时常加以翻译，旺姆安静地坐在一旁，给大家加着热水。此刻，温暖弥漫在当惹雍错这间极普通的藏式小屋里。

那一夜，大家抛开手机、微信、邮件和心中的杂念，你一言我一语，将已经走过的阿里大北线上的点点滴滴仔细回味一番，几天来在藏北戈壁草原上的孤独感荡然无存。不知不觉中已是深夜，天空晴朗深邃。望着窗外夜空中的满天繁星，顿珠念叨着：“明天应该是个好天。”

时间过得飞快，不知不觉已是晚上 10 点多，月上中天，面对着窗外蔚蓝的湖水，谁也没有立刻就走的意思，坐下起来，起身又坐下，有一点儿恋恋不舍，又有一点儿焦躁不安。

因为，我们计划第二天先到班戈，然后在黄昏前赶到天湖纳木错和圣象天门，所以，必须连夜赶路到尼玛县城。大家眼神里充满了对这里的眷恋和不舍，有些人可能这辈子不会再次来到文布南村，不会再次看见当惹雍错，往后余生，只有对这段路途的深深怀念。

顿珠送我们出院门，妻子旺姆双手合十为大家祈福——“扎西德勒”。车开了，老丁打开车窗和尼玛说，明年我们再来就住你家的客栈。大家把手伸出窗外，朝顿珠一家使劲地挥，挥手告别这纯朴的藏民一家，回头看见他们一直目送我们的车子离开很远。那一刻，我心里知道，自己有一天还会回到这里走一走、看一看的。

告别文布南村，我们一行沿当穹错翻越海拔 4870 米的扎卡拉山和海拔 4900 米的波浪蒙山，经 205 省道，在午夜时分赶到海拔 4500 米的尼玛镇。尼玛，藏语意为“太阳”。当我们在黑夜中看见尼玛镇的灯光时，心里真的就像看见了明亮的阳光。

27 纳木错与圣象天门

"天湖"纳木错

从尼玛县城出发，走 317 国道前往班戈，然后转 207 省道，希望在落日以前赶到圣湖纳木错和圣象天门，想碰碰运气，看见落日余晖映照下纳木错北岸恰多朗卡岛上的圣象天门，然后连夜翻越海拔 5210 米的那根拉山，抵达当雄，全程 700 余公里——又将是披星戴月、紧张奔波的一天。

凡是到过西藏的人，对大名鼎鼎的西藏三大圣湖之首的纳木错都不会陌生，与大多数来过西藏的人一样，在 2016 年夏，第一次到达西藏时，我就翻越海拔 5190 米的那根拉山口，慕名来到位于纳木错南岸的扎西岛。第一次看见纳木错的情景，一直记忆犹新。

纳木错地处唐古拉山南坡和念青唐古拉山北麓，是仅次于色林错的西藏第二大湖泊、中国第三大咸水湖，海拔 4718 米，面积 1920 多平方公里，最深处超过 120 米，蓄水量 768 亿立方米，为世界上海拔最高的大型湖泊。

在第三纪末和第四纪初，纳木错是一个经喜马拉雅造山运动凹陷而成的巨大湖盆，为断陷构造湖，有冰川作用的痕迹，后因西藏高原气候逐渐干燥，纳木错面积大为缩减。纳木错湖中有 3 个较大的岛，这些岛很少受到外界的干扰，栖息的鸟类繁多，它们保持着自然、原始的生态。

纳木错的藏语意思为"天湖"，位于当雄县和班戈县之间，远古时期，这里应该属于古象雄的领地，如今，这里也成为每一个朝圣者和每一个来西藏的人心目中的圣地。

纳木错曾经是古象雄雍仲苯教的第一神

湖，吐蕃王朝以后，纳木错成为著名的藏传佛教圣地之一。12世纪末，藏传佛教达隆噶举派创始人达隆塘巴·扎西贝等高僧，曾在这里修习密宗要法，“始创羊年环绕纳木灵湖之举”。传说，每到羊年的时候，佛、菩萨、护法神会在纳木错扎西岛设坛大兴法会，如果此时前往朝拜，转湖念经1次，胜过平时转湖念经10万次，福德无量。所以，每到藏历羊年，成百上千的僧俗信徒不惜长途跋涉，来到这里转湖朝圣，以寻求灵魂的超越和净化；同时纳木错每年也吸引着喜欢西藏的旅行者，迢迢千万里来到这里。

从拉萨到纳木错有230公里的路程。第一次到纳木错时从拉萨出发，走109国道，沿途风光令人赏心悦目。出拉萨城不久，首先会路过地热资源丰富的羊八井，可以看见中国最早的地热发电厂。在这里需要下车接受检查。站在路边远远望去，地热的蒸汽似井喷，直冲蓝天，特别壮观，这场面不亚于著名的黄石公园里地热喷涌的场面。途中还可以看见神山念青唐古拉。我们的运气不错，一路上没有雨雪和云雾，能够清晰地看见海拔7117米的念青唐古拉雪山挺拔英俊的身姿，这对于初次到西藏的人来说是一种幸运。

通过当雄县检查站，便开始进入比较险峻的山路，一路翻山越岭，昏昏沉沉，不知走了多久，终于来到海拔5190米的那根拉山口——这里是去往纳木错的必经之路。走在海拔5000多米的高地，有一点儿气喘，脚步略微发沉。站在海拔5190米的山口，远远便可看见一望无际的草场和纳木错，苍茫、辽阔、壮美和那片深蓝色，顿时在心中涌起波澜。

在西藏诸多古老的神话故事中，念青唐古拉雪山和纳木错是西藏最引人注目的神山和圣湖。相传念青唐古拉山是最具权威的拥有广大无边的疆域和丰富财宝的北方神灵，唐古拉山藏语意为“高原上的山”，蒙古语意为“雄鹰飞不过去的高山”，纳木错则是念青唐古拉的妻子。他们的造像为：念青唐古拉骑白马，头戴盔甲，右手举着马鞭，左手拿着念珠；纳木错腾云驾雾地骑着飞龙，右手持龙头禅杖，左手拿佛镜。念青唐古拉高大挺拔，如同一个威武的勇士，忠诚地守候在纳木错湖旁，而纳木错湖则是腾云驾雾地骑着飞龙、道不尽风韵的神奇女子。在西藏有关他们二人的传说很多也很长，而且非常曲折。

在纳木错北岸约30公里处有一座山叫保吉山，与念青唐古拉山遥遥相对。传说，当年威严峻拔的保吉常与念青唐古拉美丽的妻子纳木错窃窃私语，缠缠绵绵，并生下一个儿子唐拉扎杰，保吉和纳木错为了不让念青唐古拉发现唐拉扎杰，便把唐拉扎杰藏在保吉山以西约6公里处。在纳木错以北无论从什么角度都能目睹念青唐古拉山的尊容，只有站在唐拉扎杰山看不到念青唐古拉山。而念青唐古拉常年在外，也早就不是一个恪守爱情承诺的神灵，沿着纳木错南岸向西有一个像蓝宝石一般的小湖泊卓玛拉错，据说这就是念青唐古拉的婚外女儿，他害怕被自己美丽的妻子纳木错发现，便把女儿藏在这里，站在卓玛拉错岸边自然也看不到纳木错，至于她的母亲是谁，念青唐古拉从来没有告诉过任何人。尽管唐拉扎杰没有被念青唐古拉发现，可神力无边的念青唐古拉还是发现了自己的妻子与保吉幽会。念青唐古拉挥长刀砍断了保吉的双腿，也斩断了他与纳木错的私情。而念青唐古拉的私生女，最终也被纳木错发现，她一怒之下，赶走了周围所有的女人。经过这一番曲折经历，两人都幡然醒悟，重归于好，发誓从此相依相伴、相守相望。

多么可爱的藏族人民，他们借助想象的翅膀，创造了丰富多彩的神灵世界，同时，还给那些看似冰冷的雪山和湖泊赋予了强烈的生命色彩。

有趣的是，据说很多初次上西藏的年轻女性，在海拔 5000 米以上的岗巴拉山、米拉山、唐古拉山没有或者只有轻微的高原反应，可一到海拔 4700 米的纳木错旁，就会头痛欲裂、恶心呕吐、浑身无力。民间传说，这是神女纳木错为防止念青唐古拉再次被勾走魂魄所施的法力，要让来到这里的年轻女人痛苦不堪，放弃在此地逗留或再次前来的念头——当然，这些都只是民间美丽的神话。

在通往纳木错的路上，看到很多气喘吁吁、叉着腰缓慢行走的人，有的人甚至要靠吸氧，互相搀扶着前行。我走到湖边的那一刻，眼泪差一点儿就要流出来，不是激动，也不是伤感，而是一种无法表达的情感。也许是关于纳木错的传说故事听得太多，也许是对纳木错向往已久，蓝天、云朵、雪山、湛蓝的湖水在高原上交融在一起，显得特别的高远和安详，东西走向的念青唐古拉山倒映在湖水中，让纳木错变得更加绮丽动人，美不胜收。

纳木错与念青唐古拉雪山相依相伴

那一年，第一眼所看见的念青唐古拉与纳木错的英姿和神韵，化作了永恒的记忆，深刻在脑海里，融化于心海中，铭心刻骨，耳边响起仓央嘉措那首潜入人心的诗歌《那一天》：“那一天，我垒起玛尼堆，不为修德，只为投下心湖的石子；那一月，我摇动所有的经筒，不为超度，只为触摸你的指尖；那一年，我转山转水转佛塔，不为修来生，只为途中与你相见 。”就像人生旅途中所有能让人记住的遇见一样，一旦相见就无法忘怀。

随着进藏次数的增加,从老藏们口中得知,圣象天门是纳木错一个更神秘的去处，它静静藏匿于纳木错的北岸，隔着圣湖与白雪皑皑的神山念青唐古拉对望，这是很多藏迷心中深藏的秘境。很多藏迷会告诉你，这里是西藏美景的终极之地，因此，纳木错北岸的圣象天门，一直令我魂牵梦绕。

一杯酥油茶、一碗小米粥、一块青稞饼，这样的早餐我越来越喜欢了。揣着一颗激动的心，带着魂牵梦绕的向往，没有时间多看一眼这个被称作“太阳”的藏北县城尼玛，便赶往海拔 4700 米的班戈，全程 400 余公里。

大北线走的时间比较长，每天见到的景致大体一样——雪山、湖泊、草地、戈壁、蓝天、白云、藏羚羊、藏野驴，实话实说，大家已经开始审美疲劳，只是一心为了完成穿越大北线的夙愿，还在坚持着每天赶路。

从尼玛到班戈，途中会遇见错鄂错、色林

湖边结队成行的藏羚羊

错、班戈错。这一路上看见的错实在太多了，有些小错连名都记不住。真的是有些审美疲劳了，就连看见西藏第一大湖色林错，也只是感觉它真的像是浩瀚无边的大海，再找不到其他什么特别的地方。

海拔 4530 米的色林错，东西长 72 公里，平均宽 22.8 公里，是目前西藏最大的咸水湖，也是中国第二大咸水湖，位于冈底斯山北麓，申扎、尼玛、班戈、双湖四县的交界处，是国家级自然保护区，内有藏羚羊、黑颈鹤等珍贵的野生动物。

色林错在西藏还有“最大的魔鬼湖”之称，这来自一个古老的传说。

传说色林是居住在拉萨西面堆龙德庆的魔鬼，每天要贪婪地吞噬上万生灵，包括人和所有的禽兽，谁都束手无策。一个雷雨过后的良辰，一路降妖除魔的莲花生大士终于找到了色林，在莲花生大士的紧追下，色林逃到岗尼，也就是羌塘南面的一个浩瀚、浑浊的大湖里。莲花生大士命令色林永远不得离开此湖，在湖中虔诚忏悔，不许残害水族，并把这个大湖命名为色林堆错，意为“色林魔鬼湖”。

既然是“鬼湖”，大家决定只在路边远远观望。当视线离开色林错，离班戈县城就不远了。

午后到达海拔 4700 米的班戈县城，这里

● 色林错

已经位于羌塘高原的东端。班戈隶属那曲市，位于藏北高原的纳木错和色林错两大湖之间，因附近一个小湖泊班戈错得名。班戈和所有藏北的县城一样，高寒缺氧，气候干燥，县城不大，人烟稀少，屋顶上的风马旗随风飘舞，街道上自然少不了藏香的味道。我们抓紧时间修补穿越无人区时扎破的轮胎，匆匆忙忙补充物资，然后继续翻山越岭赶往位于班戈县青龙乡境内的圣象天门。

进入湖区，往北到达保吉乡后，沿着纳木错西岸坑洼不平的环湖沙土路，继续走 30 多公里，便到达位于纳木错北部恰多朗卡岛上的圣象天门了。

传说 8 世纪，应藏王赤松德赞迎请入藏弘法的莲花生大士降伏了念青唐古拉后，把纳木错许配给念青唐古拉，结为夫妇，在恰多朗卡岛举行了隆重的结婚典礼。婚礼前一天晚上，由 108 个神仙用一夜的工夫，专门为念青唐古拉神山的过道修建了一座石门，石门形状似一头圣象从东北走向西南，被称为圣象天门。

第一眼看见圣象天门时，在碧水蓝天下，它果真如一只天然形成的巨大石象，站立在辽阔的纳木错岸边，象鼻恰恰深入湖面，仿佛正在汲取来自雪域高原的神圣之水，石象的身体与象鼻之间的巨大石门，好似一道通向天堂的圣门。

圣象天门

圣象天门，作为藏传密宗的一处圣地，千百年来，很少有人能够到达这里，过去就连本地人也有很多从未听说过这里的，由于路途遥远，以及藏北无人区的荒芜，只有真正虔诚的人才能到此朝拜这世间少有的美景。2015年藏历羊年，随着环湖道路的修通，这一隐秘在圣湖北岸的圣象天门于静静地矗立千百年之后，终于浮现在人们的眼前。

纳木错与圣象天门是那种第一眼就能让人爱上的地方，所有来过这里的人，不论遇上的是阴天还是晴天、雨天还是雪天，都会告诉你，圣象天门是你到西藏必须来的神圣之地。

穿过圣象天门的那一刻，仿佛站在苍茫的大海面前，已无法分清眼前的水天一色，湖对岸白雪皑皑的念青唐古拉雪山，顶立在天地之间，眼前的圣湖纳木错、神山念青唐古拉和圣象天门所构成的画面惊世骇俗——从未见过如此震撼人心的场景。从象征吉祥如意的圣象天门上飞过的棕头鸥和燕鸥，更为圣湖增添了几分生命的灵气。

黄昏时分，登到湖边海拔5000米的高崖之上，绝大部分人因为看见天空密布的云层而失望下山离去后，小李我们几个依然坚持在山崖上等待，希望最后一分钟发生奇迹。与很多喜欢高原的人一样，只有在西藏高原时，才会听到自己的心声。它会告诉你，这高原圣地之上什么奇迹都可能发生，这个世界比你想象中的还要绚丽多彩。

黄昏时分的圣象天门与纳木错

生活中很多事情的结果是需要耐心等待的，作为光影艺术的摄影，在西藏虽然有很大的运气成分，但更需要耐心等候上天的赐予。终于，我们的耐心等待得到回报，在海拔 5000 米之上，落日的最后几分钟，看见纳木错与圣象天门在蓝天、白云、碧水和霞光万丈中，浑然一体。这就是摄影的缘分，耐心等候，天上西藏总会把最美的风情，恩赐给爱它并坚持到最后一分钟的人。

落日余晖把圣湖和圣象天门的上空映照得火一样红，把独一无二的图案镶嵌于蔚蓝色的湖面，铸就了天地间少有的景象。我们站在那里，惊叹从未见过眼前这史诗般的灿烂辉煌，千山万水，跑了这么远的路，就为看上这么一眼，自然与人文在壮丽的天地间相互映衬，圣洁的雪山、纯净的湖水、火红的晚霞、神奇的传说，此刻，在雪域高原之上，构成了天地间最美的画卷。

天湖纳木错，风光四季不同，六时也不同。一个朋友对我说，他曾经去过两次纳木错，跋涉万千里，却没有看见让他魂牵梦萦的湖光水色。我告诉他，其实，任何时候，当下即为好时光，不要遗憾什么天气不好，一切都是最好的安排，雪域高原上的纳木错和圣象天门，在任何时候都可以展现它的神圣和多姿多彩。

位于藏北、海拔 4800 米之上的纳木错，不仅是西藏的三大圣湖之一，亦是西藏的颜值

● 纳木错上空的火烧云

圣湖之上来自天边的一束光

担当，我曾翻山越岭三次来到纳木错，每一次看见圣湖，看见矗立在湖边的圣象天门的那一刻，不同的季节，不同的天气，不同的时间，不同的光影，都会被眼前天水之门的景象所震撼，每一次都会想到仓央嘉措那首“最好不相见，如此便可不相恋；最好不相知，如此便可不相思……”，句句戳心。仓央嘉措，你究竟是一个被情所困的高僧还是一个被佛所误的凡夫？纳木错与圣象天门，只要你来过，心里就真的不曾离开，有时真的会想“相见何如不见时，免教生死作相思”，独站山巅，万里浮云一眼看开，一个充满神圣而神奇的地方，不管你来与不来、见与不见，它都会静静地在高原上等待和它有缘的人。

真的是恋恋不舍，告别纳木错，告别圣象天门，下山走到一个三岔路口，沿北岸绕湖60多公里，一路颠簸到纳木错乡，从这里走上新修建的柏油路。

中秋节刚过，“十五的月亮十六圆”，在月光的照耀下，翻越海拔5190米的那根拉山，悬挂在山口的经幡在风中呼呼作响。大家再次回望银色月光下闪烁着耀眼波涛的圣湖纳木错，那一刻，再一次被眼前天水之间的景象所打动，不知这令人心之所向的圣地，此生是否还能再次相见。那一刻，一种莫名的惆怅涌上心头。

驱车下到那根拉山半山腰一拐弯处，遇上一辆重庆牌照的车辆出了事故。小两口利用国庆带老人自驾到西藏旅行，可能连续拐弯，加上道路湿滑，又不熟悉路况，汽车冲下了道路，幸好车轮被石块阻拦，没有翻滚下山。领队老丁和司机张师傅毅然决定停车救援。深夜的山上寒风刺骨，大家下车，分头截停上山和下山的车辆，避免二次事故，好不容易才把出险的SUV拉上公路，耽误了不少时间；检查发现只是前保险杠和机器盖受损严重，叮嘱他们先联系保险公司，然后缓慢下山后尽快找修理厂检查车辆。一家人千恩万谢。

当我们看见海拔近4300米的拉萨市当雄县城时，已是零点时分。虽然很疲惫，但全体队员毫无困意，举杯相庆，阿里及藏北高原的穿越路程到此顺利结束，穿越中北线的梦想也就此实现。

如果按照传统的穿越线路，离开纳木错，翻越的那根拉山，经当雄、羊八井，很快便可返回拉萨市区。我们这一次对行程做了调整，决定不返回拉萨市区，而是在当雄县转向，经那曲向东前往比如，去探访神秘的“生命感悟天梯”骷髅墙和静谧的萨普神山，然后经川藏北线返程，只是这样一来，整个路程又多出了500公里，但，317国道上的丁青“天空之城”孜殊寺、密境萨普神山、金沙江、德格印经院……众多的藏地经典之地充满诱惑，在等着我们到来。

在空气稀薄的阿里高原、藏北无人区走了半个多月，虽然让所有人的反应变得有些迟缓，但每一个人都表现得格外平静，仿佛经历了一次再平常不过的旅途。感谢阿里高原和藏北草原戈壁的接纳，这一路走来，就像一场梦，心中感慨万千。大家唱起歌来：“像梦一样的自由，在这曲折蜿蜒的路上，体验生命的意义，在这艰辛放逐的路上，点亮生命的光芒。”

在圣象天门留下自己的身影

28 比如萨普神山

从拉萨市当雄县出发，沿着 109 国道，经那曲转 317 国道到达索县，再向东南转 303 省道，就可到达比如。

在那曲镇午餐时，想起第一次坐着火车去拉萨，当火车在青藏铁路那曲站停靠时，走到站台上，两脚发飘、高反袭来的情景。

那曲位于西藏北部，地处唐古拉山南坡和念青唐古拉山北麓，位于羌塘高原的东端，平均海拔 4500 米以上，那曲藏语即“黑色的河流”，因怒江上游的那曲河流经域内而得名。从那曲镇向东南走 300 公里，就是位于怒江上游的比如县比如镇。比如藏语即“母牦牛角”的意思，传说这里原是一个“母牦牛部落”定居的地方。比如在吐蕃统一西藏以前，隶属苏毗部落。

进藏多次，对于比如闻名遐迩的达姆寺神往已久，到达距离比如镇还有 50 公里处的怒江边，终于见到这座有着“生命感悟天梯”之称的达姆寺。

达姆寺位于比如县茶曲乡，是怒江与黑河交接的地方，怒江从比如这里转了一个大弯，被称为“怒江第一弯”，第一弯开始才正式叫作“怒江”，第一弯的上游则叫作“黑河”，也就是那曲。

唐贞观十五年（641 年），唐太宗将文成公主嫁给吐蕃赞普松赞干布。文成公主一行从长安出发，途经西宁、玉树、囊谦入藏。相传当年文成公主途经茶曲乡，见此地风水灵韵，便建议在此地修建寺庙，并由达普活佛主持修建，名为达姆寺（也有称达尔木寺），至今已有 1300 多年的历史。

据说当年文成公主到比如停驻时，看见老百姓常患有眼疾和鼠疫，心生怜悯，便停下为老百姓医治，并命人在寺庙的后山开了一眼温泉，让当地百姓用温泉水洗净身体，病情会慢慢好转。因文成公主也常用此温泉水沐浴，温泉水和着公主的汗液流入了怒江，因此，这段河水被人们叫作“嘉母吾曲”，藏语意为“汉族女子洗浴后的汗液”。

黄昏时分，抵达达姆寺。坐落在江边的文成公主像手举哈达，似在欢迎每一位来此拜访的人。

第一眼看见坐落在怒江边的达姆寺和山坡上一座别致的小院，给人一种神秘之感，让人心存敬畏。这里分生、死两门。台子正对着的方向便是死门，逝者皆过此门。平日这座门是紧闭的。

来到小院旁，从院子西边的生门可以进入。这里有一位喇嘛负责看护。红白相间的小院，四周挂满经幡，庄严肃穆。院内有三间北房，两侧各建一座尼泊尔式佛塔，门前、窗前挂着代表“天、地、水、火、云”的五色经幡。这是一个高约两米的三面围墙组成的小院落，有 20 多平方米。

当年达普八世丹巴图库乌珠（白玛白扎）活佛定下寺规，告诫人们多行善事，少起贪念，让人们明白生死轮回的道理。“在这里，可以感知肉身的无有实义；在这里，可以通达寿数的无常不定；在这里，可以洞彻生命的不可依靠。在这尸陀林里，可以了悟一切生与死的真理。”这大概就是当年白玛白扎活佛的本意，同时，这处文化遗迹不仅是研究西藏丧葬文化的一处真实例证，对人类学研究也有着重要意义。为了尊重本地宗教信仰和藏族人民的习俗，

● 文成公主像

没有拍摄任何内部的照片，只能用四个字来表达对这里的感受：庄严肃穆。

在一定意义上，死亡并不意味着生命的终结，精神与肉体的脱离只是一个过程。对笃信生死轮回的藏民而言，生不可喜，死不可悲；生于尘土，死于天际，生死是最平常的事。他们一生热爱和崇敬养育自己的山川、河流、草原和其他生灵，即使肉体消失了，也要把虔诚的信仰全部沉淀进修行的路上，他们认为这是自己舍身布施、天人合一的最好归宿，也是他们对自然赐予他们一生的最后感恩。藏族人看重的这种生命离世后的仪式，与我们汉族人的 “入土为安”观念，其实有着相似之处，都是人类对于“回归自然”的向往，以及对人生谢幕后“精神永存”的追求。

达姆寺守着生命中最后的夕阳，绝对是一处感悟、体验生命情感的

达姆寺中的院子

目的地。站在这里，反思人生的归宿，你会顿悟生命的意义是什么，我们从哪里来又将到哪里去。其实，所有的人在生命的终点都是一样的，没有高低贵贱之分，殊途同归，功名利禄生不带来死不带去，还有什么放不下的。中国佛教协会研究员、中国科学探险协会会员宗同昌先生和我提到生死观时曾这样说，如果有人在生活中有什么想不通的，就让他到达姆寺站一站，想一想，不出半天，应该什么都可以想明白了，一切烦恼都会随风而散，生命的意义就在一呼一吸之间，能够简单快乐地活着就好。

如今，充满神秘庄严和生命哲学色彩的达姆寺，已然成为著名的殊胜之地，所有站在这里的人，应该无不被眼前的一切所震撼到灵魂觉悟。

金色的光芒洒落在达姆寺和怒江上，结束了一堂有关生命是什么的教育课，沿怒江而下，在小雨中抵达华灯初上的比如县城。小城的繁华出乎我们的意料。

在那曲地区，辽阔的羌塘草原和神秘的藏北无人区，有很多地方人迹罕至，没有过度开发，仍然处于比较原始的自然状态，比如县羊秀乡的萨普神山和冰川，就是这样的地方。

在西藏，缘分是件非常奇妙的事，你可能会随时遇见。多次进藏，看见不少神山圣湖，但很少听人说起萨普。最初，对于比如萨普的了解，来自一位河北到西藏支教的老师的介绍。她有一个很好听的藏族名字“格桑梅朵”，藏语意思是“幸福的花朵”。她告诉我在达姆寺有一处体验、感悟生命的绝佳之地，以及被尊为当地“神山之王”的萨普神山。“第一次看到冰湖前几座完美的金字塔形雪峰，立刻被震住了。”她说，那就是萨普冰川。从此，这里成为我的一个神往之地。

萨普神山（色浦岗日）也称萨普冰川，矗立在比如县羊秀乡普宗沟，周围群山环绕，主峰萨普被尊为当地的域内“神山之王”，海拔6956米，也称“萨普棍拉嘎布”，是念青唐古拉山东段最高峰。

隐秘于藏东南的雪山深处、鲜为人知的萨普冰川，目前还是一片基本上没有被开发过的土地，被誉为“藏东秘境”。比如县的旅游开发是近两年的事，因为2017年一位爱好户外旅行和摄影的人的到访，才让世人看见它绝美的面容。过去由于周围群山环绕、谷大沟深、交通不便，要在当地的保护工作站换乘摩托车才能进入。

萨普神山距离比如县城大约有150公里。上午睡到自然醒，从县城出发，沿303省道向东，翻越海拔5072米的夏拉山垭口。虽然是省道，垭口上下却有十几公里沙石路，十分难走和危险。一路颠簸盘旋向上，到达垭口时飘起雪花。下山行驶到羊秀乡，离开303省道，向南进入乡道。路口的标牌标明距离萨普神山冰川核心区域还有45公里，其中近30公里是乡道，目前大部分是铺好的水泥路面。离开乡道向东沿普宗沟上行的十几公里则依然是超级“烂路”，山路险峻，有些路段就修在崖边。在普宗沟中还要多次过河，山路遍布石块，崎岖狭窄，两车相遇，如车技不行，错车都很困难，可以说这是一段纯越野线路，如果没有有经验的向导领队肯定是进不去的。

10月的藏北，已经开始下雪，积雪融化使得很多路段变得湿滑不堪。车子一路颠簸，

萨普神山

翻山过河，走走停停，十几公里的路程竟然用了 1 个多小时，才到达萨普神山脚下、海拔 4800 米的接待站。接待站是几个由铁皮加固的简易房子，晚上我们将在这里宿营。接待我们的管理员是一位阿佳，她告诉我们，这里夜晚常有熊等动物出没，一定要注意安全。

进入萨普冰川核心区，在路上，看见牧民在挤奶，便把车停下，想买一点儿新鲜的牛奶，晚上煮着喝。挤奶的阿佳冲我们笑了笑，摆手示意不卖，却让我把杯子给她，直接给装了满满一大杯——在藏区总会遇见善良、简单、质朴的牧民。几个女队员看蒙了。站在一旁吃奶酪的小男孩天真可爱，用明亮的大眼睛注视着我们。

跨越千山万水，终于抵达神往已久的萨普冰川脚下。萨普神山的入口以及山坡上小小的萨普拉康寺挂满经幡，萨普神山群峰在云中若隐若现，第一眼远远地看见这座隐秘在藏东群山之中、终年白雪皑皑的萨普冰川上依次排列开的雪峰和冰川下的湖泊，眼前一亮——果真名不虚传。当萨普揭开它神秘的面纱时，眼前的画图绝对令人惊艳，不愧“绝世秘境”“雪山深处的伊甸园”盛誉加身。

萨普神山主要由 7 座山峰和附近的湖泊及冰川组成，山顶终年冰雪皑皑，云雾缭绕。与大多数西藏的神山圣湖一样，萨普神山圣湖也

普宗沟是前往萨普秘境的必经之路

有一个有关情感的传说，有美好的婚姻，有“三角恋”，有萨普复仇的故事。

传说中萨普群峰被藏族人民赋予鲜活的生命，从左至右依次是萨普的妻子（雪漠峰）、萨普妻子的私生子、萨普的小儿子、萨普的大儿子、萨普的女儿、萨普本尊（色浦岗日）及萨普的私人医生等山峰，其中，“小儿子”和“私生子”的山形为罕见的正三角形金字塔山形，第一次见到，特别喜欢。

萨普神山脚下的萨普圣湖由冰雪融化所形成，分为两部分。靠近神山脚下的冰川湖泊叫作“撒木错”，为湖冰覆盖。每年藏历五月十五日在萨普神湖附近，会举行隆重的转湖祈福宗教活动，圣湖在每年的这一天在一夜之间全部解冻，又在藏历九月十五日一夜之间全部冻结，这一现象神奇无比。

近两年来，随着比如县大力宣传文化旅游，在藏东矗立了千万年的萨普神山逐渐声名远扬，日益受到喜欢西藏的旅行者和摄影爱好者的追捧，他们会千里迢迢纷至沓来，而且萨普神山大部分地方有徒步线路可以通行，萨普独特的冰川，现在也吸引了不少户外登山、徒步爱好者来此探险，成为西藏名副其实的“网红”冰川。

这里实在是一片令人惊叹的神奇土地，千百年来，这些山峰、湖泊、冰川一直在藏东高远的秘境中，等待着喜欢它的人不辞辛苦地到来。这里没有手机信号，正好可以安静地欣赏萨普神山，而不被外界的纷繁所打扰——真的不希望有太多的人来打扰神山的静谧。

坐在湖边，静静地注视着眼前的萨普神山，在阳光照耀下变幻莫测。湖边的五彩经幡随风飘舞，把人们的祝福带上神山。那近似等边三角形的金字塔造型，足以让你看上一眼便会永远刻在心上。太阳将要西落时，一直笼罩在云雾中的萨普王，渐渐露出它神圣而威严的尊容。那一刻，眼前洁白的雪山和清澈的湖水，让人觉得所有的凡尘俗事，都变得不那么重要了。

老天给了我们3个多小时的时光，萨普家族就又躲进了云层之中，盖上了它神秘的面纱——高原上的天气总是忽阴忽晴。10月初的萨普冰川，落日以后气温就会立刻下降至零度以下。简易宿营地设在海拔4800米的接待站里，二十几个人，不分民族，不分男女，挤在一间大板房里，生起火炉，依然很冷。睡床基本上是藏式木椅和两块木板拼

萨普雪山的金字塔形山峰别具一格

接而成。晚上天空飘起零星小雪，吃完队友贵州老吴做的饭菜，在室外冰冷的水桶里打了一点儿水，简单洗漱，和衣躺下，等待天明。营地里的灯光一直亮着，阿佳说开盏灯，晚上下山觅食的狗熊等动物就不敢靠近营地了。

藏北高原之夜，睡到半夜感到有些憋气，只好坐起来，半靠着床头深呼吸，才好受一点儿。辗转反侧，熬到早上6点，天还有些黑，赶紧起床烧水，收拾行李，喝了一大杯酥油茶，揣上一块青稞饼，包裹严实，背起相机，便赶到湖边。有些人徒步去山上看冰湖和萨普拉康寺，大部分人则在湖边等待日出。

晨曦中，萨普冰川前的湖面上，凝结了一层薄薄的冰。当东方旭日的光芒从云层中透出洒向湖面时，圣湖上的冰层瞬间融化，升腾成一团团雾气。冰山倒映在泛着粉红色的平静湖面，恍如隔世仙境。

时间匆忙，告别萨普。大家相约将来一定找时间再来萨普神山，慢慢体会这里的静谧。

晨曦中的萨普湖

29 从『天空之城』到不得不说的德格

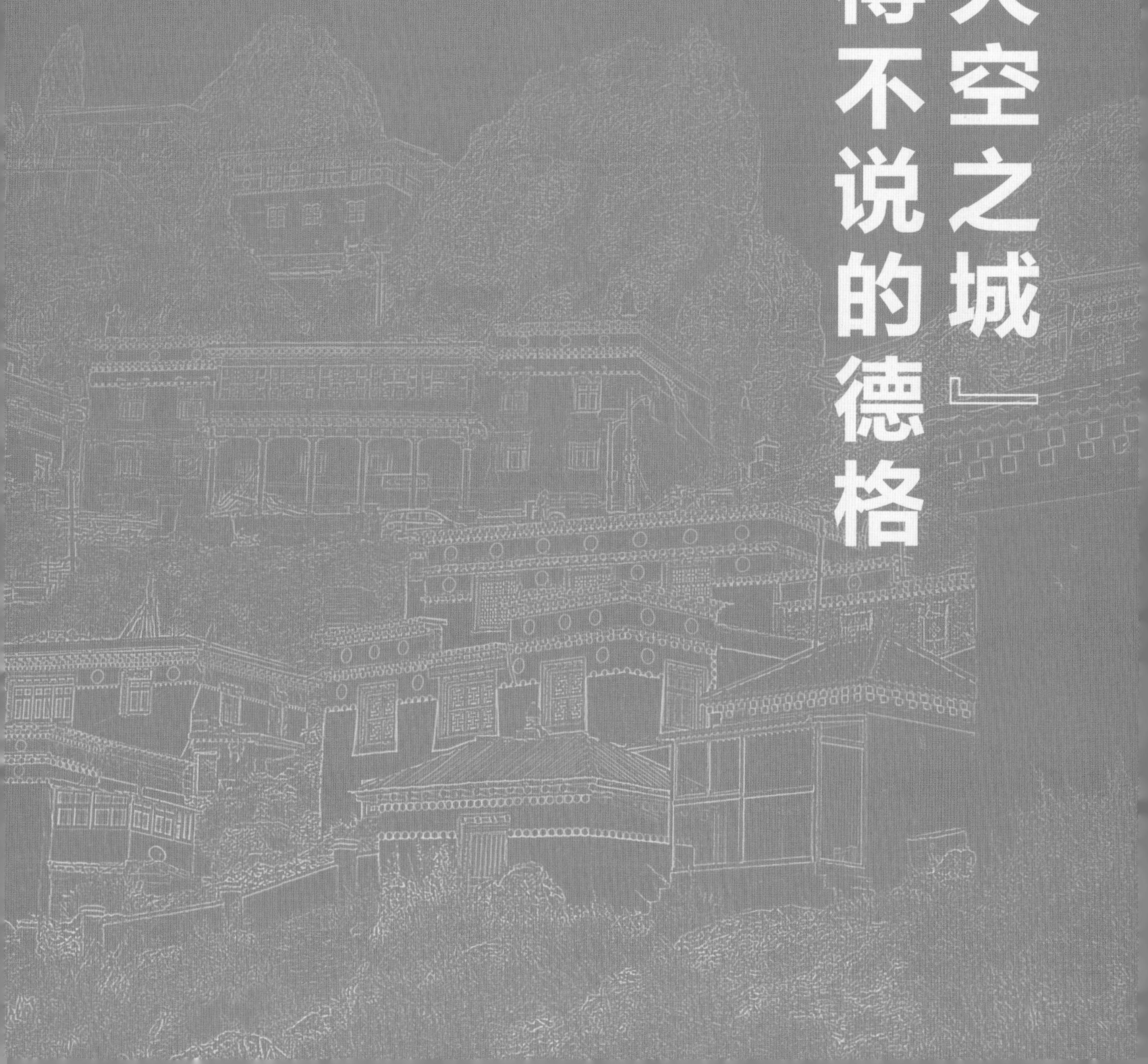

离开萨普冰川，出山后经 303 国道转 558 国道，沿姐曲河而上，冒着峡谷山路上随时可能发生的落石、塌方风险，翻越海拔 4998 米的嘎的拉山，到达边坝县草卡镇。加满汽油，沿 302 省道继续翻山越岭，一路上经过都瓦乡、热玉乡、当堆乡，在夜色中抵达丁青县域。

丁青坐落在藏东地区的大山峡谷之中，藏语意为“大台地”，古称“琼布”，历史上称为东女国，现隶属昌都市，地处西藏东北部、昌都市西部的他念他翁山麓。

丁青县吸引我们的原因，是位于海拔 4800 米的孜珠山上那座造型独特、如今是西藏现存规模最大的苯教寺院的孜珠寺，还有丁青是热巴舞的故乡，被誉为“热巴艺术之乡”，以及历史上以女性为中心的历史。

据《新唐书》对东女国习俗的记载，“俗轻男子，女贵者咸有侍男”，可见在当时重女轻男的东女国，女性通常可以拥有多个男人。历史上在当地人的观念中，一夫一妻制的婚姻关系，其致命弱点就是不能使家庭兴旺，而一夫多妻的婚姻，在他们看来，最大的缺点就是妻子越多，生孩子也越多，容易使家庭变得贫穷，因此，他们认为“一妻多夫”是最理想的婚姻形式，主要是因为几兄弟共娶一个妻子，

嘎的拉山盘山公路

家里人多，不用分家，劳动力强，家庭财产不会分散，家境越来越兴旺，由于分工的不同，家庭成员的情感关系也很好协调。其实，历史上这样的婚姻状况远不止丁青地区。

丁青县城的海拔高度3600米，常住人口8000多人，只有一条主要的大街。没有想到，一路风餐露宿，来到这里，宾馆却十分豪华舒适，而且可以吃到比较正宗的四川胖婶蹄花，大家乐坏了。在丁青的寒夜中，第一次进藏的陕西队友天空为感谢大家一路的帮助，请大家吃了一顿热乎乎的蹄花，而且是每人两份。

深夜，阴云密布的丁青下起了雨夹雪，原本席间的一句玩笑话“明天上孜珠山如果能遇上一场雪，那才是个美”，没有想到，很快就变成现实了。

在丁青度过了一个漆黑的夜晚——这里还会停电是之前没有想到的。清晨，天空阴沉着，夜里开始下起的雨夹雪，不知道什么时候停了下来，远处山峦上云雾缭绕。打开窗户，空气中透着雨后清新的味道，夹着一丝寒意扑面而来。倦意全无，收拾好行装，驱车前往西藏雍仲苯教最重要的寺庙之一、闻名遐迩的孜珠寺。

孜珠山与普兰的冈仁波齐、林芝的苯日神山、德钦的梅里雪山一同被称为“苯教四大神山”，是藏地最古老、海拔最高的寺庙之一。位于昌都市丁青县沙贡乡的孜珠山，距离丁青县城30多公里。

沿317国道到孜珠山脚下，海拔4800多米的山顶与山下的317国道之间，有1000米左右的落差。举目望去，下过雨雪后的山顶笼罩在云雾之中，给孜珠山披上了一层神秘的面纱。沿着10多公里陡峭险峻的盘山土石路上行。快到孜珠寺时，看见山坡上站着一只藏岩羊，眼神中透着温柔的目光看着我们，好似在欢迎我们的到来。在西藏，看见羊是一种吉祥之兆，大家十分欢喜。站在孜珠山上巨大的石门之下，顿感云雾缭绕中的孜珠寺真的犹如一座天空之城。

古象雄雍仲苯教创始人辛饶曾预言，“孜珠山的火种将大放光芒，照亮世界”。相传孜珠寺的历史可上溯至3000年前。现存的寺庙由第二代藏王穆赤赞普倡导，大成就者第一世穆邦萨东大师创建并传承，至今已是第四十三世，现任住持为丁真祖普俄色活佛。孜珠寺如今已经成为研究西藏雍仲苯教历史的重要场所。

据传说，孜珠寺是观音菩萨的道场，“孜珠”藏语意为“六座岩峰”。这里异峰突起，挺拔险峻，怪石嶙峋。六座山峰分别为如意珍宝峰、无垢水晶峰、能见空性峰、遂心所嘉峰、不变庸仲峰、极大顶端峰。孜珠山的六座山峰，象征观音菩萨用慈悲和智慧度化所有六道众生，帮助信众从烦恼中走向解脱之路，代表六度万行中的布施、持戒、忍辱、精进、禅定、般若，以及对众生的贪婪、愚痴、嗔怒、傲慢、嫉妒、邪见的对治之道。

由于孜珠寺地处险峻高山，远离世俗社会，使其一直保持着纯净的修法氛围，3000年来，无论灾荒、法难、战争还是动乱，苯教的火种始终能在这里薪传不灭。至今，许多发源于象雄古国的苯教经典、仪轨，在孜珠寺得到了比较完整的保存和继承，其中，每逢鸡年，十二年演出一次的“孜珠神舞”法会《极乐与地狱》，是孜珠寺最为隆重的法事。丁真祖普俄色活佛

● 藏岩羊

说:“神舞使我们发觉，无论今生与来世，可以坦然地面对自己和他人，而没有自责和内心的恐惧便是极乐，内心的邪念与不可示人的自我折磨就是黑暗的地狱。”

穿行在古老的庙宇之中，向天空之门攀爬，一路上圣迹随处可见，岩壁、洞穴和悬空的寺庙里，神迹、佛像、坛城、箴言令人目不暇接。在孜珠山代表六道轮回的绕山道上，有许多苯教信徒虔诚地朝拜着他们心中的信仰。

孜珠寺由于地处海拔 4800 多米的高山上，自然条件极为恶劣，僧人们是在非常艰苦的情况下修炼苯教佛法的。有幸在山上结识了一位小师父益西，他同意我们进入他悬于半空中的修行屋里参观。

益西的汉语水平不错。喝着益西煮的酥油茶，唇齿之间顿时泛起一股熟悉的清香。大家一边喝茶，一边饶有兴致地聊天。听益西简单介绍了一些有关苯教的历史知识和孜珠寺的现状，当看到他抄写的特别整齐美观的经文时，大家被他为了修习十多年不曾下过山的毅力所

孜珠寺

折服——很难体会这是一种怎样的信仰。不知不觉已经是中午，从益西修行的房屋中走出来时，发现外面的天空已云开雾散，阳光洒在孜珠山上，让人感觉特别舒适。秃鹫不时从空中飞过山顶。山腰间一片空地上，十几个年轻的僧人分成两队踢着足球，这里是他们的快乐之地。他们能在海拔 4800 多米的高山上自由奔跑，令人十分佩服。

午后，天空放晴，告别益西，告别孜珠寺，沿着崎岖的山路，下到山脚。回头仰望山峰上的“天空之城”，阳光、白云、山峦、白塔、庙宇、禅房以及迎风翱翔的鹰，交织在一起，构成一幅壮美的高原画卷。镜头中的孜珠山和我们渐行渐远，转过一道河谷，孜珠山消失在视线之中。大家的思绪却一直没有离开这座神秘的大山，从上山时的云雾缭绕、寒风阵阵，到下山时的云开雾散、阳光普照，恍如轮回在前世今生里。此时，张师傅又放起那首由仓央嘉措诗歌改编的歌曲：“第一最好不相见，如此便可不相恋；第二最好不相知，如此便可不相思……”那一刻，知道真的该说“再见，孜珠山”了，但这一见，

孜珠山

就真的再无法忘怀。想起益西小师父的话:“人生充满了各种各样的痛苦,但是没有一种痛苦,不能依靠菩提心来解除。”

离开丁青,经类乌齐,沿 317 国道转 214 国道抵达昌都,全程 300 多公里。跨过扎曲河,进入昌都市区,已是黄昏时分。正好赶上昌都解放 70 周年的喜庆日子,整座山城被装扮得流光溢彩,霓虹闪烁,分外妖娆。虽然早就听说过昌都的样子,但眼前这座西藏山城的现代化程度,还是出乎我的意料。内地有的这里几乎一样也不少,藏汉交融,古老文化与现代文明在这里交汇。

昌都坐落在藏东的群山怀抱之中,被称作从四川和云南入藏的门户,古称“康”或“客木”,以区别于卫藏、阿里等地区。7—9 世纪,昌都是东女国和苏毗部落王国的所在地,也是康巴文化的发祥地。

昌都,藏语意为“两水汇合处”——扎曲和昂曲在昌都相汇为澜沧江源头,这也是昌都这一名称的由来。这里平均海拔 3500 米,而昌都镇的海拔只有 3200 米,在这里搬运行李、上楼、走路,已经如履平地。找到一家川菜馆,点了拉萨啤酒和重庆鸡公煲——这是我们此行在西藏最后的晚餐。川味入口的那一刻,说不出来的感觉,恍惚间这里已不是西藏。望向窗外,矗立在马拉山上的强巴林寺的灯火又把思

向益西学习藏文的书写

绪拉回，分明告诉我们这里依然是西藏。

第二天早上前往昌都的强巴林寺，该寺位于昌都镇内的昂曲和扎曲两水交汇处，巍峨地依附在横断山脉之下，耸立在古冰河切割而成的马拉山之上。

强巴林寺是由宗喀巴弟子喜饶松布于1444年创建的，寺内主供未来佛强巴佛，即弥勒佛，故该寺被命名为强巴林寺。强巴林寺围绕正殿大经堂建有护法殿、度母殿、辩经院、格朵拉章、噶丹颇章、根日扎仓、桑德扎仓、印经院、扎仓修行院、八大吉祥塔等建筑，是藏东地区第一大寺，也是西藏规模较大的寺庙之一。我们到达这里时，赶上刚下早课的僧众前往辩经院，其场面之宏大令人叹为观止。参观完独具特色的护法殿、度母殿、辩经院等之后，随朝拜的人群来到强巴林寺食堂吃牦牛肉包子、喝甜茶，在这里再一次感受到浓浓的西藏味道。

从昌都市出发，沿扎曲河一路向东，经江达县，翻越海拔4481米的宗拉夷山、海拔4240米的雪季拉山，穿过矮拉山隧道，大约6小时的车程，到达位于金沙江边的江达县岗托镇岗托村。

岗托村，是经317国道进入西藏的第一站，也是317国道出藏的最后一站，“解放第一村”的牌坊就立在进村的道口。1950年10月，解放昌都的战役在金沙江边打响，西藏第一面五星红旗在金沙江边的岗托村升起，就此掀开了解放昌都、进军西藏的重要一页。

70 多年过去了，岗托村已成为全国生态文化村。一栋栋藏族传统民居独具康巴特色：一楼用石头或者土坯垒起来，保留了早先土石的本色；二楼则是木制的红色小屋；三楼一般是佛堂。这种建筑在藏语里叫作“崩旺”，建筑学上叫“崩空”，是藏族建筑中十分具有民族特色和地域特色的木结构建筑。这些藏族传统民居鳞次栉比，保存完好，成为金沙江边一道亮丽的风景，在江边，与金沙江十八军渡口、“西藏”巨石、桥边炮楼、岗托村民俗等为代表的景观组合相辉映。

1956 年金沙江上建起吊桥，1974 年 12 月金沙江大桥建成通车，2008 年 8 月岗托金沙江大桥新桥建成通车，天堑变通途。我们一行选择了在此地下车，从岗托金沙江大桥新桥上走过。桥下奔腾的金沙江，让我想起毛泽东“金沙水拍云崖暖”的著名诗句。跨过大桥，回望金沙江大桥的另一端，心中有太多太多的不舍。

老张似乎很了解我们此刻的心情，他没有走穿越隧道的新路，而是拐弯走了原来 317 国道沿江的老路，在江边停下车。当我看见金沙

强巴林寺

江对岸岗托村中的巨大山石上刻着的遒劲有力的“西藏”二字时，忽然发现，真的要离开西藏，该说再见了。那一刻，每一个人都深信自己迟早会回到西藏。在西藏，所有的美好都是不期而遇，你看见西藏，却不能拥有，你能做到的就是不再忘记。西藏会把最美的风情留给爱它和懂它的人，这也是西藏的魅力所在。

离开金沙江边，继续沿着 317 国道向东，一路细雨霏霏。夜色降临，终于抵达与西藏隔江相望、海拔 3260 米的德格县，雨，也恰到好处地停了下来。走在德格窄窄的街道上，感觉人还没有走出西藏，此刻，这座以格萨尔王家乡著称的山城湿漉漉的街道上，异常寂静，街灯映照下的小城，飘着浓郁的藏香气味。这里依然充满了藏地的神秘色彩。

德格距离四川甘孜藏族自治州州府康定 588 公里，隔金沙江与西藏相望。刚从西藏跨江过来，眼前的一切，不论从地理位置还是街道建筑，以及历史文化古迹上看，都让我感觉似乎还置身西藏，以至于在我心中，德格成了看见西藏中一个虽不在西藏，却又不得不说的地方。

过去很长一段时间里，对于大多数进藏旅行的人来说，德格是一个陌生的地方，因为走川藏北线经德格抵达昌都，必须翻越海拔 6168 米的雀儿山——雀儿山是以“飞鸟难渡”的险

金沙江边的巨大山石上刻着“西藏”二字

峻而闻名的。在位于海拔4350米的雀儿山隧道修通之前，需要一路盘旋至海拔5050米的垭口，道路异常艰险——悬崖峭壁，弯多坡陡，雨雪冰霜，所以，很少有人选择从这条线路进出西藏，自然也就无法看见德格。如今，随着雀儿山隧道的贯通，川藏北线的风险已经大大降低。

德格，因德格土司得名。德格藏语意为“吉盛”，清时称德化州，1914年改名德化县。德格县政府驻地是更庆镇，这个位于四川省甘孜藏族自治州最西部的小山城，因著名的德格印经院，以及格萨尔王出生地德格阿须草原，成为藏民族精神信仰和藏族历史文化的中心之一。

清晨的更庆镇，街道上的行人已经熙熙攘攘。随着人流，我们直奔依山而起的德格印经院。到达时，在这里转经祈福的藏族人早已络绎不绝，排起长长的队伍，遍地虔诚的场景，与西藏境内一模一样。屏息凝视，对这座佛教殿堂更增添几分敬意。

据《德格世德颂》记载，印经院系德格四十二世土司却吉·丹巴泽仁创建，始建于清雍正七年（1729年），于乾隆二十一年（1756年）完工，占地面积近3000平方米，总建筑面积9000余平方米，已有260多年的历史。

德格印经院与拉萨布达拉宫印经院、日喀则印经院并称藏区三大印经院。德格印经院又称“德格吉祥聚惠经院”，以藏书丰富、门类齐全、各教派兼容并蓄著称于整个藏区。德格印经院收藏了当今国内近70%的藏文文献印版，拥有藏文印版近30万块，其藏书之丰富、经典之齐全居藏区三大印经院之首，也是世界上最大的印版博物馆，素有“藏文化大百科全书”“雪山下的宝库”的盛名，被誉为世界传统印刷术的活化石，亦被奉为神圣的精神圣地和藏族文化中心。1996年德格印经院被列为全国重点文物保护单位；2009年作为传统技艺的德格印经院雕版印刷技艺，被联合国教科文组织列入人类非物质文化遗产代表作名录。

眼前的德格印经院，是一座大型的藏式四合院建筑，红墙高耸，构造独特，具有典型的藏式建筑风格，分藏版库、纸库、晒经楼、洗版平台、裁纸齐书室、佛殿和经堂等。跟随当地从事文物保护宣传工作的青麦翁姆，进入坐落在更庆寺内的德格印经院，她为我们进行了详细的介绍。在藏区这样的文化宝库内，如果没有比较了解的人讲解，至多是看个热闹。

青麦翁姆信奉萨迦派，她有一个好听的汉语名字叫“浅秋”。她为人热情，汉语水平很高。她给我们介绍，1729年在八邦寺大喇嘛司徒·却吉穷乃的鼓励下，却吉·丹巴泽仁在他52岁时决定修建德格印经院，到他61岁去世时印经院尚未建成，他离世后，他的儿子彭措登巴、索朗贡布和洛珠加措三人继承父志，继续扩建印经院，历经27年才告竣工。

在德格并存着藏传佛教的五大教派祖寺，即藏区噶举派（白教）创建于1179年的祖寺八邦寺，康巴区萨迦派（花教）创建于1448年的祖寺更庆寺，康巴区宁玛派（红教）创建于1685年的祖寺竹庆寺（这里也是格萨尔王藏戏的发祥地），康巴区格鲁派（黄教）创建于1654年的祖寺更沙寺，康巴区本波派（黑教）创建于587年的祖寺丁青寺。创始人丹巴泽仁虽信奉红教，但并不排斥其他教派的经典，这使德格印经院超过其他印经院，形成兼收并蓄的特色。

1950 年德格和平解放后，更庆寺及印经院受到政府保护。1959 年甘孜藏族自治州民主改革完成后，更庆寺仍为保留寺庙之一。“动乱”年代中，印经院主体建筑和藏经版得到群众的保护，因此损失很小。

由于气候的原因，每年德格印经院的印经时间只有半年——从藏历三月十五日至九月二十日。在此期间，人们可到印经院朝拜书版，称为“巴尔恰东”。我们来的时候，正好可以进入参观。

印经院里弥漫着一种酥油和墨香混合的奇特气味，亮光透过一个个小窗映照着印版收藏库房。经版库里光线暗淡，一层一层的木架子上边整齐有序地插满书版。每块书版都有一个手柄，这也是德格印经院的特色之一。30 万块经版依照门类，分作丹珠尔经、甘珠尔经、大宝佛藏经、般若八千颂、名人经典、萨迦经书、版画、小经版等，经版数量最多的是甘珠尔经库。

德格印经院还收藏有一些珍本、孤本，如《印度佛教源流》在佛教的发源地印度早已

德格印经院

失传，《汉地宗教源流》一书则是研究汉地佛教和考察历史上汉、藏关系的珍贵资料，而有300年历史的梵文、尼泊尔文、藏文对照的般若经八千颂雕版，更是目前世界上的孤版。我和队友们站在这些珍品前，聆听着浅秋的介绍，低头仔仔细细地欣赏这些用生命保护下来的经版，感叹不虚此行。

浅秋告诉我们，最初搜集书稿时，在司徒·却吉穷乃的帮助下，派出大批有学问的人到桑耶、萨迦、拉萨、阿里等地遍寻手抄本或木刻印本，然后请著名学者曲格旺曲等人认真分类校勘定稿；定稿后，由精于藏文楷体书法的数十人缮写书版，并由几位学者核审；然后由经过培训、从中挑选出来的能工巧匠刻版，经过4次反复校对，确认无误后，再经过对经版的防腐、防裂技术处理，一块经版才算制作完毕。每道工序都有严格的质量标准，规定十分细致、严密，完成的经版字迹清晰准确，经久不变。除此之外，印经院还特别规定：《大藏经》一律用朱墨（朱砂研细、搀胶，成红墨）印刷，以示尊敬，其余用黑墨。印书用的纸专门采用一种叫“阿交如交”的草根皮制成，这种纸韧性强，虫不蛀，鼠不咬，久藏不坏，而造纸工艺基本沿用了汉地古老的手工造纸技

● 德格印经院保存的般若经八千颂雕版是目前世界上的孤版

术。

跟着浅秋，走过刻版间、印刷室、印版收藏室、晾纸晒纸室、晒经楼以及洗版平台等各种工序的工作场地，发现这里所有的工作基本上是在自然光线下完成的。浅秋告诉我们这主要是为了防火。刻本的人腿上盖着棉被，在艰苦的条件下，坐在光线比较好的平台前，专注于刻版的样子，尤其让人感动。

在设在印经院二层的印刷场地，印经的人一字排开，两人一组，高矮相对而坐，印版就放置在两人之间的斜板上。坐在高处的人负责接纸并固定印版与印纸之间的拓面，在印版上滚墨；坐在低处的人则一边递纸，一边持卷布干滚筒，自上而下双手推过，然后迅速扬起已印的书页放置一旁。如此周而复始，在按数量印完一面后，再将印版翻面拓印另一面。其他人负责来回取送书版。根据熟练程度和印书份数多少，每天每组大约可以印 700 至 1000 多页不等。印好的书页晾晒在各组固定区域的绳子上，干后收起，由“巴本”（印经院总管）等人进行最后一次检视校对，质量合格的，才能送齐书室理齐、磨平，四周涂上红色，捆扎成品。印经人一起一伏，娴熟流畅，非常默契，一气呵成的熟练印刷动作，令我们在一旁叫绝。

印经人

登上印经院的金顶，两个法轮泛着金光，两侧安放有一对铜质镏金孔雀，栩栩如生，非常特别，给整个印经院增添了几分祥瑞的气氛。这对镏金孔雀，是清朝皇帝对德格第六代法王却吉·丹巴泽仁的嘉许。从印经院的金顶下来，再一次经过刻版人工作的地方，浅秋停下脚步，与一位刻版老人高兴地说起了话，并向我们介绍，这位就是目前藏传佛教萨迦派雕版非遗传人彭措泽仁先生。老先生拿出几块刻好的经版，给我们简单讲解了一些刻版的技巧。我们听说老先生 70 多岁了，敬佩之情油然而生。

告别彭措泽仁先生和浅秋，再一次从放满经版版架的狭窄通道和晾晒着经版的平台上走过，好似通往历史的长廊，岁月在这里无声地流淌着，那些珍贵的雕版，在一抹绛红色与黑色中显得格外厚重。

除了印经院，德格还有很多的历史遗迹和自然风光值得前往，由于时间关系，只能留待以后有机会再来了。

● 雅拉神山

离开德格，继续沿川藏北线317国道翻过海拔4350米的雀儿山隧道垭口，经玉龙拉措（新路海）—甘孜镇—炉霍—鲜水河—道孚—八美—塔公草原—雅拉神山，然后转350国道抵达新都桥宿营。第二天，沿川藏南线318国道，经康定—泸定—雅安，途中翻越海拔4300米的折多山。折多山是川藏南线上第一个需要翻越的高山垭口，因此有“康巴第一关”之称。

折多山，亦是川藏线上的一个重要标志，它既是大渡河、雅砻江流域的分水岭，也是汉藏文化的分界线——西出折多山，就正式进入康巴藏区。“折多”在藏语中是弯曲的意思，折多山的盘山路九曲十八弯，来回盘绕，就像“多”字一样。当地有句话叫“吓死人的二郎山，翻死人的折多山”。从折多山经雅安抵达成都，完成了《看见西藏》中穿越“大北线”的全部行程和考察拍摄任务，一路向东，踏上回家的路。

“康巴第一关”折多山

30 唐蕃古道

唐蕃古道和茶马古道、古丝绸之路被称为“中国三大古道”，其中，唐蕃古道的形成和畅通至今已有1300多年的历史。这条大道的起点是唐王朝的国都长安（今陕西西安），终点是吐蕃都城逻些（今西藏拉萨），跨越今天的陕西、甘肃、青海和西藏四省区，全长3000余公里。这条古道后来因为继续向南延伸，贯通了中国与印度、尼泊尔等南亚诸国，也被很多历史学者认为是南丝绸之路的重要组成部分。唐蕃古道在历史上，不仅是一条汉藏交好的和亲古道，也是一条承载着汉藏经贸交流、文化传播的路。

如今随着进藏旅行的兴盛，川藏南线、川藏北线、青藏线、新藏线、滇藏线等进藏路线早已被人们所熟知，而这条唐蕃古道仍然鲜为人知，似乎被人们所淡忘。其实，恰恰是这条被称为“中国三大古道”之一的唐蕃古道，承载了太多汉藏两族人民密切交往的历史文化，在汉藏千年交往的历史上有着特别重要的作用，个人觉得在看见西藏的过程中，更值得去关注。而且，当我们全程走完这条唐蕃古道后，发现这条古道上的自然风光和人文景观，不亚于其他任何一条进藏的路线，且具有更加丰富的历史文化。

唐贞观十五年（641年），从长安到逻些，大唐王朝的皇宗室女文成公主奉唐太宗李世民之命，沿着唐蕃古道远嫁吐蕃和亲，在吐蕃都城逻些城与吐蕃赞普松赞干布结成姻亲之好。继文成公主之后，金城公主又一次沿唐蕃古道入蕃，远嫁吐蕃赞普赤德祖赞，进一步巩固了文成公主进藏后的唐蕃“舅甥之盟”，而在文成公主和后来的金城公主入藏前，这条由唐朝都城长安通向“世界屋脊”吐蕃都城逻些的“唐蕃古道”，熟悉的人并不多。

千年前的唐蕃古道在关中西部，与汉代古丝绸之路的关中段大致吻合。从长安出发，沿渭水北岸西行，越过陕甘两省界山陇山到达秦州（今甘肃天水），然后沿渭水继续西上，到达临州（今甘肃临洮）；从临州西北行，经河州（今甘肃临夏）渡黄河进入青海，再经龙支城（今青海民和柴沟北古城）西北行到鄯州（今青海乐都），然后抵达西宁和赤岭（今日月山），可以称为唐蕃古道东段。然后从西宁经共和县、同德县、玛沁县、达日县、玛多县，翻越巴颜喀拉山口，过通天河，来到现今青海的玉树市，再经囊谦县进入今天西藏境内的类乌齐县、丁青县、巴青县、索县、那曲市，最后经当雄，绕道山南的墨竹工卡，抵达终点逻些城，这一段可称为唐蕃古道西段。

为重走唐蕃古道，我们确定的路线大致为：西安—咸阳—天水—临洮（或兰州）—临夏—乐都—西宁—湟源—日月山—青海湖—玛沁—达日—玛多（黄河沿）—巴颜喀拉山口—清水河—通天河（玉树）—囊谦—类乌齐—丁青（孜珠寺）—巴青一索县—那曲—当雄—拉萨。

从唐蕃古道的起点西安出发，经陕西、甘肃、青海，进入西藏，抵达拉萨，穿越历史时空，体会文成公主进藏路线上的千年景致与历史文化，成为自进藏以来的一个梦想，终于，2021年的夏天，在西藏和平解放70周年之际，为了使《看见西藏》变得更加完满，这场期待已久的旅程开启了。

说到唐蕃古道，自然无法绕开有关文成公主进藏和亲的那段历史。

松赞干布时代吐蕃日益强大，在统一西藏高原以后，为了进一步巩固吐蕃政权，松赞干布最终选择了与周边国家睦邻友好。唐贞观十二年（638年）松赞干布向南部邻国泥波罗（现今尼泊尔）求婚和亲，唐贞观十三年，鸯输伐摩决定把女儿尺尊公主嫁给松赞干布。

根据《旧唐史》列传记载，松赞干布为了避免与大唐王朝的战争，引进中原先进技术和文化，决定向唐朝求婚和亲。贞观八年（634年）他派出使者赴长安与唐朝通聘和亲，唐太宗李世民当时没有允许。贞观十二年求婚使臣禄东赞带着一尊用6公斤黄金塑造的绿度母像、5000两黄金及大量其他珍宝，作为见面礼，来到唐朝国都长安求婚和亲。唐太宗见到这尊面带微笑、婀娜多姿、头略微侧倾的绿度母坐像时，顿时心生欢喜，立刻下旨将这尊殊胜而美妙的绿度母像供奉在当时最大的皇家寺院开元寺中。

鉴于唐朝周边几个国家当时也派出使臣前来求婚，大唐太宗皇帝决定让各国使臣比试智慧，于是，出了“辨认一百匹骒马和一百匹马驹的母子关系”等六道题目，要求全部答对才能被许婚，最终禄东赞全部答对胜出。唐太宗李世民同意将文成公主许配给松赞干布，禄东赞也因此在历史上被称为“六难婚使”。松赞干布获悉后，下令在逻些城红山上修建宫殿，迎娶文成公主。

在2018年2—7月由首都博物馆、西藏博物馆承办的“西藏历史文化展”中，有一件来自故宫博物院的重量级文物，被称为“中国十大传世名画”之一，直接反映的就是禄东赞接受松赞干布派遣，向唐太宗请求和亲史实的著名历史画卷《步辇图》。这段和亲的故事，也被生动地描绘在布达拉宫的壁画上。

我们选择了从西安广仁寺出发，因为这座坐落在西安城墙内西北角、坐北朝南、建筑布局奇特、整体形似一条卧龙的寺院，在唐蕃古道上是一处特别重要的地方。

1300多年前的贞观十五年（641年）正月十五，唐太宗令族弟江夏王、礼部尚书李道宗护送文成公主入吐蕃。出发前，文成公主请求将开元寺内供奉的镇国之宝、释迦牟尼十二岁等身像请入吐蕃。唐太宗为汉蕃和好予以批准，只是把等身像的莲花宝座留在了开元寺，如今这尊汉白玉莲花宝座供奉在西安广仁寺。在唐朝送亲使者江夏王李道宗和吐蕃迎亲专使禄东赞的伴随下，文成公主携带释迦牟尼等身像以及大量的金银珠宝、丝绸、布匹、种子、药品、器皿等物品，出大唐皇都长安，向西北行，踏上前往吐蕃的“唐蕃古道”。

广仁寺目前是中国唯一的绿度母主道场，也是陕西地区唯一的一座藏传佛教格鲁派寺院，是清康熙四十四年（1705年），康熙皇帝到陕西巡视时拨专款敕建，并亲书“慈云西荫”横匾，撰写《御制广仁寺碑》铭。寺院内不仅供奉有世界上仅有的两尊佛祖十二岁等身像之一，以及佛骨舍利宝塔，同时是文成公主的奉地，而且当年文成公主走唐蕃古道带往西藏、现在供奉于大昭寺的释迦牟尼十二岁等身佛像的汉白玉莲花宝座，也从最初的唐朝开元寺辗转来到广仁寺。因此，走唐蕃古道选择从这里出发，有着特别的意义。

当年文成公主一行，出西安，沿着渭河北岸西行，首先经过古道上著名的“马嵬驿”，

● 广仁寺供奉着拉萨大昭寺释迦牟尼十二岁等身像莲花座和文成公主像

在唐代，这是西出长安的一个大驿站，也是大唐王朝外事活动中迎来送往的重要门户。离开马嵬驿，经过武功驿，便到了扶风，这里有一座盛于唐代的法门寺，唐代由于皇家的重视，法门寺成为中国佛教九大寺院之一。641 年，文成公主到达扶风驿，笃信佛教的文成公主专程到位于咸阳的法门寺，烧香礼佛、布施，瞻仰佛骨，寺院还专门为文成公主一行做了三天道场，祈求祷祝公主进藏一路平安吉祥。

离开扶风，文成公主一行过岐山，到达陕甘交界的陇山大震关；然后过清水县，向西南行 60 公里，便到达陇东重镇天水；继续西行，到达唐蕃古道上另一个大驿站渭源，至此，唐蕃古道与汉代古丝绸之路的重合路段结束。

第一天，我们出西安，沿京藏线经街亭抵达唐蕃古道上的重要一站——天水。

位于甘肃省天水市的麦积山，是小陇山中的一座孤峰，高 140 多米，因山形酷似麦垛而得名。“中国四大石窟”之一的麦积山石窟，始建于 384 年，现存有 221 座洞窟、10 632 身泥塑石雕、1300 余平方米壁画。麦积山石窟如唐蕃古道上的一颗耀眼明珠，令人拍案叫绝。它不仅体现了不同时代佛教塑像的特点，也反映了中国泥塑艺术发展和演变过程。它以其精美的泥塑艺术闻名世界，为研究中国佛教文化

麦积山石窟佛像

传播提供了丰富的史料，具有深厚历史文化价值，被誉为“东方雕塑艺术陈列馆”。

黄河上的风林关是唐代唐蕃古道的要隘之一，不远处有著名的炳林寺石窟，从这里开始，文成公主一行便进入青海地界，大地也变得越来越广袤苍凉。

现在甘肃与青海边界处的大河家古渡口，曾是唐蕃古道上的一个重要渡口。文成公主和后来的金城公主从这里渡过黄河继续西行，越过祁连山支脉拉脊山，到达古龙支城（今青海民和）域内，西北行到鄯州（今青海乐都），然后到达青海东部门户民和。

从民和一带至日月山下，400 多公里的河湟地区称为青海东部，属青藏高原与黄土高原的过渡地带，海拔在 1600—2600 米，气候相对湿润。这里是青藏高原多民族的聚居区，加上丝绸之路和唐蕃古道贯穿其间，在汉唐时期，便已成为中原文化与高原文化交会与融合的地带。

送亲的队伍继续往前走，便抵达唐朝西部重镇西宁；离开西宁，到达日月山，当时称作赤岭，属祁连山支脉，位于拉脊山的西端。日月山北山坡麦田青青、油菜花金黄，南坡则是望不到边际的茫茫雪山，这里曾是唐朝与吐谷浑、吐蕃国的分界线，在这里以前，可称为唐蕃古道的东段，全部在当时的唐王朝境内。

我们在第二天的途中，获悉兰州出现了新冠疫情，从安全角度考虑，临时决定改变路线，沿现在的京藏线，快速通过西北重镇兰州，翻过祁连山支脉拉脊山，经临夏跨过黄河，直抵西宁。

西宁的称谓从 1100 多年前宋徽宗时沿用至今，取西边安宁之意。西宁位于青藏高原东部，湟水及支流北川河、南川河三江交汇的盆地上，是目前青藏高原上最大、最繁华的城市。这里不仅是一个确保西部边陲安宁的重镇，也是唐蕃古道上的重要枢纽。

第三次到访位于西宁湟中城区藏传佛教格鲁派（黄教）六大寺院之一的塔尔寺。塔尔寺众多的艺术珍品与文成公主有关，比如酥油花作品“文成公主进藏”，以长安太和殿和拉萨大昭寺为背景，塑造了六难婚使、太宗许婚、辞别京都、过日月山、柏海迎亲、拉萨完婚等场面，共包含 200 多个栩栩如生的人物。除塔尔寺外，在布达拉宫、大昭寺、文殊寺、雍布拉康、文成公主庙等很多地方都供奉文成公主。此外，在西藏还有一个广为流传的民间传说，观世音菩萨因看到人民的痛苦，流下两滴眼泪，化身为二位度母，来到西藏以解除人民的苦难，这就是大唐王朝的文成公主和泥波罗的尺尊公主，其中文成公主为绿度母的化身，尺尊公主为白度母的化身。在吐蕃，文成公主被尊称为“甲木萨”——藏语中甲的意思是“汉”，木的意思是“女”，萨的意思为“神”，由此可见，在藏族人看来，来自汉地的文成公主早已和“神”联系在了一起，备受尊重。

塔尔寺

塔尔寺创建于明洪武十二年（1379年），得名于大金瓦寺内为纪念黄教创始人宗喀巴而建的大银塔，藏语称为“衮本贤巴林”，意思是“十万狮子吼佛像的弥勒寺”，是中国西北地区藏传佛教的活动中心。历代中央政府都十分推崇塔尔寺的宗教地位，清康熙帝赐有“净土津梁”匾额，乾隆帝赐“梵宗寺”称号，并为大金瓦寺赐有“梵教法幢”匾额。每一次来到塔尔寺，都会被“塔尔寺艺术三绝”——酥油花、壁画和堆绣所吸引，更会为那株树根扎在大殿之内树干却长在殿外的菩提树赞叹不绝。

从西宁西行30多公里，便可抵达日月山，海拔3520米的日月山是唐蕃古道上一个标志性的地方，是进入青藏高原的必经之地，故有“西海屏风”“草原门户”之称。它不仅是当时唐朝与吐蕃国的分界处，也是现在青海的内陆河与外流河的分水岭、青海农区和牧区的分界线。

传说当年文成公主来到赤岭山顶，举目四顾，只见雪峰连绵，不禁愁丝万缕，潸然泪下；她想起行前唐王太宗赐给她一面日月宝镜，告诉她如果想念家乡，从宝镜中便可以看到，于是在赤岭上取宝镜照看，可是哪里有长安的影子；伤心之时日月宝镜从手中滑落山下，摔成两半，赤岭也自此更名为日月山。

日月山西边山脚下有一条流向独特的河，一股碧流向西而去，流入浩瀚的青海湖。天下河水往东流，偏有此河向西淌，所以此河被称为“倒淌河”。

关于倒淌河有这样一段民间故事。文成公

塔尔寺讲经场

主临行前，唐王赐给她能够映照出家乡景象的日月宝镜，途经赤岭，公主思念家乡，便拿出宝镜，果然看见了久违的家乡长安，她泪如泉涌，泪水一路向西形成了倒淌河，然而，公主想起自己远嫁吐蕃和亲联姻的使命，便毅然决然地将日月宝镜扔出，没想到那宝镜落地时闪出一道金光，变成青海湖，倒淌河也流入了青海湖；文成公主在赤岭之上，面向大唐王朝做了最后的告别，继续走向吐蕃，从此再也没有返回家乡。

从日月山向西，沿 109 国道，经小镇倒淌河，大约 80 公里，便可抵达青海湖畔。盛开的油菜花海，把青海湖畔装点得分外妖娆。青海湖，藏语名为“措温布”，意为“青色的海”，位于青藏高原东北部，是中国最大的内陆湖，也是最大的咸水湖，湖长 105 公里，宽 63 公里，湖面海拔 3196 米，面积达 4456 平方公里，环湖周长 360 多公里。

此次行走唐蕃古道，已是第三次来到美丽的青海湖畔，在黑马河镇班禅大师祭湖的殊胜之地，策马驰骋在青海湖畔，人仿佛在青藏高原上融入了天水之间，心里格外欢喜。

青海湖一带所产的马匹，在春秋战国时期就很出名，当时被称为“秦马”，《诗经》中就曾描写过“秦马”的雄壮和善驰。隋唐时代，这里产的骏马经过与“乌孙马”“汗血马”交配改良，发展成独具特色的良马，它不仅以神骏善驰闻名，而且以能征惯战著称。

从日月山出发，经共和向南行 80 多公里，便可到达当年唐蕃古道上的暖泉驿，现在更名

矗立在日月山上的文成公主像

为温泉，因有一股温泉从镇边流出而得名。自温泉西南行30公里，有一个水色湛蓝的湖泊，唐时称烈漠海，因其风光优美而被载入《新唐书》，今人称之为苦海，是因湖水苦涩不能饮用，但奇特的是岸边水草丰茂、牛羊遍地。沿苦海西行50公里，便到达黄河源之北门花石峡，这里是通向黄河中原地区的咽喉。

自花石峡西南行75公里，到达黄河第一城——玛多。玛多藏语意为“黄河沿”，从唐代至今，这个地名一直沿用。玛多也是唐蕃古道上的重要驿站和渡口，如今一座钢筋水泥大桥横卧黄河上，称为“黄河第一桥”，连接着青康公路，北上西宁，南下玉树。

唐蕃古道西段，基本上是沿现在的214、317和109国道展开的。我们一路风尘，从青海湖赶到果洛藏族自治州玛沁县的大武镇。玛沁县地处青海省东南部、果洛藏族自治州东北部，水源丰沛，草原占到92%，属国家级“三江源”生态保护区，平均海拔4100米。县城大武镇海拔3730米，是果洛藏族自治州的首府所在地。

2021年6月27日，玛多发生7.4级的大地震，当时仍然有余震发生，当地政府人员和居民还住在帐篷里，所以，我们只能修改原本在玛多宿营的计划，从玛沁出发，途经素有“天上玛多黄河源头”的玛多直接赶往玉树，这样就使得这一天的路程变得特别遥远。

清晨，从大武镇出发，走227省道，翻越海拔4384米的青珍山垭口，下山后转219县道，经过果洛藏族自治州达日县当洛乡时，在这里遇见藏族同胞举行庆祝活动。这里的藏族人热情好客，大多会讲一点儿汉语，听说我们来自遥远的河北，便热情地邀请我们观看表演。藏族同胞身穿节日的盛装，伴随着欢快的锅庄旋律，载歌载舞。引起我们格外关注的是一段有关格萨尔王传奇故事的说唱歌舞表演。格萨尔王的传说故事在藏北、藏东地区家喻户晓。虽说我已数次走进青藏高原，还是第一次欣赏格萨尔王传奇故事片段的歌舞，尽管语言不通，但从牧民们质朴、认真的表演中，同样可以感受到他们在歌颂格萨尔王的英勇善战以及战胜妖魔的故事。草原上藏族小朋友们纯真的笑容、天使般的眼神，着实令人感动。这是一个能歌善舞的民族，在海拔4200米的高寒缺氧地区，仍然可以快乐地生活。置身于这样欢乐的气氛中，让人流连忘返，我们一行几乎忘记了还要穿越前方玛积雪山下的无人区，赶往唐蕃古道上的花石峡。

一路上遇见很多的牦牛群，它们是高原上的生灵。遇见这些高原上的生灵，就只有停下等待它们通过，这在进藏的路上成为人们津津乐道的话题。

翻越海拔4677米的玛积雪山垭口，中午只能在干燥荒芜的无人区路餐。穿越一段崎岖颠簸的山路，到达花石峡镇，这里也曾经是唐蕃古道上的一个重要驿站。我们抵达花石峡时，在沿途看见许多倒塌的房屋，这里的一切还都处于灾后重建中，生活和工作基本上是在帐篷中进行。

距离花石峡镇西北约16公里处的冬格措纳湖，意为“一千座山围成的湖”，蒙古语称为“托索湖”，意思为黑海，地处海拔4117米的高原之上，长45公里，宽10公里，面积450平方公里。冬格措纳湖的水呈深蓝色，是

● 准备表演歌舞的藏族小朋友

一个可饮用的淡水湖泊。站在湖边，遥望湖面，如同一块跌落人间、千山环抱的碧玉翡翠，湖光秀丽，水天一色，栖息着多种鸟类，被当地藏族群众奉为“神湖”；因为它为黄河提供了不尽的水源，又被称为“黄河源”。

在前往花石峡的山路上，可以近距离地仰望神山阿尼玛卿的雄伟壮丽，是一件特别令人惬意的事。阿尼玛卿山势巍峨，气势磅礴，坐落在青海省的东南部，属昆仑山脉东段中支，位于果洛藏族自治州玛沁县西北部的雪山乡，距自治州州府大武镇80公里，黄河上游绕山而过，山体平均海拔5000—6000米，主峰玛卿岗日海拔6282米，终年积雪。阿尼玛卿和西藏的冈仁波齐、云南的梅里雪山以及玉树的尕朵觉沃并称“藏传佛教四大神山”。阿尼藏语意为“先祖老翁”，并含有“美丽心房”“幸福”或“博大”之意，玛卿藏语意为“雄伟壮观”的大山，阿尼玛卿被当地藏族人视为主宰山河大地、威力无比、神通广大的山神。

从花石峡继续沿214国道，翻越海拔4542米的长石头山，便抵达唐蕃古道上一处非常重要的地方——玛多。

玛多，藏语意为“黄河源头”，地处青海省南部、果洛藏族自治州西北部，是青海海拔最高的县，全县平均海拔4500米，年均气温零下4℃，全年无四季之分，只有冷、暖两季

● 阿尼玛卿雪山

之别，是国内人类生存环境最恶劣的地区之一。同时，玛多位于三江源国家级自然保护区核心腹地，是青藏高原重要的生态屏障，也是黄河中下游地区重要的生态功能平衡区。玛多作为黄河发源地，素有“黄河之源”“千湖之县”“中华水塔”的美誉，境内河流密集、湖泊众多，主要河流有玛曲、热曲、勒那曲、多曲等，共有大小湖泊 4000 多个，其中，扎陵湖、鄂陵湖（柏海）两“姊妹湖”被联合国《湿地公约》列入国际重要湿地名录。

据《新唐书》记载，当年松赞干布亲率迎亲的队伍从吐蕃远道出行，抵达玛多。迎接文成公主的迎亲队伍，便是在玛多境内的柏海，即坐落在巴颜喀拉山下、黄河上游最大的两个淡水湖扎陵湖、鄂陵湖两湖地区，与唐朝送亲队伍相会。松赞干布谒见李道宗，行子婿之礼，与文成公主第一次相见。这次文成公主与松赞干布的两湖相会，也在汉藏人民之间成为流传千年的佳话。

两湖相会之后，松赞干布陪同文成公主与迎亲队伍一道，沿着唐蕃古道，翻越巴颜喀拉山口，渡过通天河，来到现在青海省的玉树市，经囊谦、类乌齐、丁青、巴青、索县、那曲，经过千山万水，长途跋涉，继续前往逻些城。

因为地震、救灾等原因，玛多无法住宿，不便久留，只能沿 214 国道继续赶路，争取在黄昏前翻越巴颜喀拉山垭口，连夜赶往玉树。

离开玛多黄河沿，海拔继续升高，214 国道因地震波的冲击，变得如波浪般高低起伏，同时，地震造成三江源野马河一、二号大桥全部垮塌，可见当时 7.4 级大地震所造成的严重破坏。此时当地余震不断，地震也造成这一段的道路异常难行。途经星星海、三江源中华水塔湿地，稍作停留，翻越海拔 4326 米的大野马岭和海拔 4302 米的小野马岭，到达海拔 4824 米的巴颜喀拉山口时，风雪交加，7 月初的气温竟然下降到 −6°C—−7°C，异常寒冷。巴颜喀拉山脉位于青海省中部偏南，旧称巴颜喀喇山，巴颜喀拉（喇）蒙古语的意思是“富饶青色的山”，藏语叫“茶拉”，意为华丽的山。巴颜喀拉山脉属褶皱山，是昆仑山的南支，西北—东南走向，西接可可西里，东接松潘高原和邛崃山，全长 780 公里，主峰年宝玉则海拔 5369 米。巴颜喀拉山也是黄河与长江河源段的分水岭。

翻越黄河与长江分水岭的巴颜喀拉山山口，下山的路因下雪变得非常湿滑。从玛沁县大武镇出发，经达日县当洛乡和玛多县黄河沿，翻过巴颜喀拉山，连夜跨过清水河、通天河，经竭武，历经 15 个小时、600 多公里的跋山涉水，终于在晚上 10 点抵达玉树结古。人车劳顿，很难想象出当年松赞干布和文成公主的车马队伍是如何走到此地的。

玉树市位于青海省的西南部，地处青藏高原东部，位于玉树藏族自治州最东部，平均海拔 4493 米，通天河、扎曲、巴曲在玉树域内

三江源中华水塔湿地

流过，93% 的人口为藏族。玉树，系藏文音译，意为“遗址”，相传玉树第一代头人垦布那钦初建部落的地区是格萨尔王妃珠姆的诞生地，故把此地称为“遗址”。据《玉树县志》记载，玉树古为羌地，魏晋南北朝时属苏毗王国，隋、唐称之为“女国”“东女国”，唐时属吐蕃辖地。

结古飘了一夜的雨，我们一觉醒来还没有停的意思，只好边吃早餐边等待雨过天晴。

结古，在藏语中是“货物集散地”的意思。结古地处青海南部高原扎曲河谷地，扎曲自西北向东南从城中流过，汇入长江通天河段。这里也是唐蕃古道上的交通、军事、贸易重镇，历史悠久，自古以来便是青海西宁、四川康定、西藏拉萨三地之间的贸易集散地，如今的结古是玉树藏族自治州的首府、玉树市政府的驻地。

一直等到上午 10 点钟，雨终于停了，云雾开始渐渐散开，山腰间飘浮着吉祥的“哈达云”，我们立即驱车前往位于镇子中央的结古山。山上不仅坐落着闻名遐迩的结古寺，而且站在山上可以俯视整个城镇的面貌，以及穿城而过的扎曲。结古寺，藏语称“结古顿珠楞”，意为“结古义成洲”，为萨迦派（花教）在青海内的主寺，寺院依山而建，殿堂建筑宏伟，寺僧众多，文物丰富，僧舍错落有序，主要建筑讲经院、大昭殿、弥勒殿和文保活佛院各具特色。

离开结古山，前往结古街道的另一处负有盛名的地点——嘉那玛尼石经城，也称新寨玛尼石堆，因为它位于距结古街道 3 公里的新寨村。这里也是我们在唐蕃古道上特别期待看见

玉树结古寺

的地方。

嘉那玛尼石经城建于18世纪末，由结古寺三大活佛之一的第一世嘉那木扎佐盖活佛倡导创建，现存玛尼堆东西长275米，南北宽82米，高4米，占地面积2万余平方米，体积近9万立方米。其玛尼石单体数量达数十亿块之多，是迄今世界上最大的玛尼堆，全部玛尼石上刻的经文有近200亿字，而且在不断增加，可以称得上“世界第一石刻图书馆”。

每天到石经城朝拜的人络绎不绝，他们围着石经墙一步一拜，还有人磕着长头，表达着对自己神圣信仰的无限景仰和崇敬。随着朝拜的人群走在石经城下，遇见藏族同胞与我们相视，大家总会双手合十，报以微笑，“扎西德勒”。雨后从云层中透出的缕缕阳光，洒落在石经城上，一切都让人感到特别的安静。

玉树的文成公主庙是此次唐蕃古道上特别重要的一站。文成公主庙坐落在距结古街道约25公里的贝纳沟，别名“加萨公主庙”，也称“贝大日如来佛石窟寺”，这是唐蕃古道的重要文化遗存之一。相传玉树贝纳沟是文成公主沿唐蕃古道进藏途中停留时间最长的一个地方。

文成公主庙始建于唐代，规模不大却格外灵巧，庙内供奉大日如来佛。该庙是一座既有唐代艺术风格又有藏式平顶建筑特点的古代建筑，坐北朝南，面临山谷溪流，依崖而建，设计巧妙。寺院内有一碑石，记载了文成公主庙修建的历史。在庙堂正上方的岩壁上，供奉着

玉树嘉那玛尼石经城

大日如来佛像，以及松赞干布和文成公主像。在佛堂后面的岩壁上刻有佛经、佛塔、六字箴言等，距今已有1300多年的历史。

与寺里的慈诚然丁等僧人交流得知，目前的文成公主庙属于噶举噶玛派禅古寺（创古寺）。一直以来，很多人误以为文成公主庙所供奉的就是文成公主。其实，文成公主与松赞干布在扎陵湖会面之后，翻过巴颜喀拉山，跨过通天河，来到玉树境内的贝纳沟，文成公主为自己的一行人马能够平安地通过天然屏障巴颜喀拉山和天堑通天河而高兴，她认为这是神帮助的结果。信佛的公主在玉树梦见了一尊佛像——大日如来佛，为了表达对佛的虔诚，亲自率领工匠，在贝纳沟的岩壁上刻下了数十尊佛像并建佛塔，称作大日如来佛堂。当时，文成公主还亲笔在岩石壁上用汉字楷写了16行颂词，藏文的发明者吞弥·桑布扎在左侧写了18行“尕恰”（说明），可惜这些珍贵的手迹大都被风雨剥蚀得残缺不全，难以辨认了。但无疑这座大日如来佛石窟寺，成为文成公主进藏时沿途留下的弥足珍贵的历史文化遗迹，1300多年来，这里一年四季香火不断，酥油灯长明，前来朝拜的藏汉人民从未间断过。

离开贝纳沟文成公主庙，山体上用石头砌成的“玉树千年唐蕃古道”的大字格外醒目。继续寻着当年文成公主进藏在唐蕃古道上留下的痕迹，经214国道，一路穿行觉隆尕峡谷，翻越海拔4493米的尕拉尕山垭口、海拔4118

● 文成公主庙文保碑

米的甲黑丫合山垭口和海拔 4324 米的尕日拉尕山垭口，跨过扎曲河，到达素有“青海南大门”之称的囊谦秘境。

囊谦，藏语意为“内大相”，是吐蕃时期的职官名称，据《囊谦王世系谱》记载，珠氏家族的后裔直哇阿路携其家眷及部分属民，由今四川甘孜藏族自治州康定折多山一带迁入玉树南部，其祖先吉乎·祜隆荣布曾担任过内地某朝的内大臣一职，为纪念祖先的荣耀，遂以“囊谦”作为部落名称。

囊谦县在魏晋时属羌地，唐朝属吐蕃辖地，现隶属青海省玉树藏族自治州，位于青海省玉树藏族自治州的东南部，与西藏昌都市的类乌齐县为邻，平均海拔 4500—5000 米。抵达囊谦县海拔 3660 米的香达镇，已近黄昏，吃完晚饭，便跑到县城的文化广场，欣赏藏民们简单热情的锅庄广场舞，偶尔也会跟着跳上几步——这几乎成为进藏路上的保留项目。

第二天清晨，从香达镇出发，沿 214 国道前往昌都的类乌齐县，途中穿越巴龙沟峡谷，前往尕尔寺。这里也是青海与西藏的交界处。在峡谷深处的尕尔寺，有一只与文成公主有关的经轮。

自 214 国道 1024 公里处，走过白扎盐厂一段泥泞难行的沙石路，在山路上继续前行 30 公里，穿越巴龙沟（尕尔寺大峡谷），到达峡

● 玉树千年唐蕃古道

谷尽头——位于山腰处只有十几户人家的巴麦村。继续盘旋上山到达海拔 3700 多米，便可看见被称为“镶嵌”在悬崖上的尕尔寺，从香达镇到尕尔寺 70 多公里的这一段山路上风光绮丽，集中了峡谷、高山草场、古老的晒盐池、原始森林、林间溪流、湖泊，如梦如幻，被誉为囊谦的“人间仙境”。

位于囊谦县白扎乡巴麦村的尕尔寺，属于藏传佛教直贡噶举派（白教）最大的一座寺院，全称尕尔菩提洲。1200 年左右，遵照藏传佛教直贡噶举派创始人觉哇久丁桑贡的旨意，由高僧噶尔当巴秋登修建了尕尔寺，寺内拥有著名的金经轮加南玛、莲花生自然像等，传说在公元 700 年前，莲花生大士到此修行。

一进寺院便遇见可爱的藏族小姑娘才丁卓玛，笑容天真烂漫。她常年跟着在寺院当厨师的哥哥生活在寺院中，会讲简单的汉语。她主动给我们领路登上寺院的观景平台，指着山腰的巴麦村，告诉我们那里就是她的家。临别时，队员拿出一些糖果、饼干送给她，她坚持要拿出 10 元钱答谢我们，欢迎我们再来。她活泼可爱的样子让所有人满心欢喜。

寺院山顶的蓝天白云上盘旋的老鹰、飞翔的小鸟，寺院里游走的野兔、山鸡，自由自在的岩羊，彰显一派人与动物和谐相处的景象。中午在山上巧遇年轻的僧人，名字叫“少年”，

觉隆尕峡谷

他热情地向我们介绍了寺院的来历，并带我们参观寺院大殿。大殿正上方悬挂的一排经轮正中，一座24小时常转的金经轮显得非常特别，据说那就是当年由文成公主沿唐蕃古道进藏，路过囊谦送给寺院供奉的礼物。

虽然时间短暂，但这座建在悬崖之上的寺院给我们留下了深刻的印象。下山途中，有一点儿依依不舍，几次回头仰望，直到寺院消失在视线之外。 也许从此我们都不会再来到这个美丽而偏僻的地方，再也不会见到“少年”和可爱的藏族小姑娘才丁卓玛。这也是每一次进藏心中留下最多的遗憾和无奈。因为，不论多么的喜爱，我们终究不属于这片土地，只能把它深深地记在脑海里——好在如今可以互加微信，保持联系。

离开尕尔寺，再一次穿越巴龙沟返回214国道，进入昌都市类乌齐县。

类乌齐，藏语意为“大山”，位于西藏东北部、昌都市北部，地处念青唐古拉山余脉伯舒拉岭西部、唐古拉山余脉他念他翁山东端的群山峻岭之中，唐蕃古道从此地进入西藏，翻越海拔4322米的然代拉垭口、海拔4499米的俄亚拉垭口、海拔4499米的谢尕拉垭口和海拔4408米的吉拉山，黄昏时抵达类乌齐县政府驻地桑多镇。

又一次看见西藏，这一段路的风光给人以特别气势磅礴之感，雪山、草原、白云、喇嘛庙、纯净的湖泊、湛蓝的天空、清新的空气和风中飘动的经幡，眼前的一切都变得特别的西藏。

在俄亚拉垭口遇见一位牧民和他放牧的一大群悠闲自在的牛羊。他看见我们十分高兴，冲我们招手致意，于是停车和他站在山路边聊了一会儿，没有想到他竟然可以用简单的汉语和我们交流。他告诉我们家里有6个孩子，其中两个孩子在县城读书，享受政府提供的免费义务教育，由于受高原气候的影响，每年从5月开始，他就要在高山草原上放牧，直到10月才能下山回家。可以体会到，为了生活，他真的非常辛苦，雨雪风霜，风餐露宿，48岁的他黝黑的脸上刻满了游牧的时光，但依然充满了阳光般的笑容，一点儿也看不到他对艰苦生活环境的愁苦，更看不到孤寂和忧伤。这样的生活环境，如果没有一点儿精神信仰，恐怕真的坚持不下来，因为，这里并不是我们很多人想象中的“藏东天堂”，说说可以，真的让你来住上半个月试试看——反正我们这些人在这样的环境中肯定是无法生活下去的。

离桑多镇还有30公里的地方，一个转弯处过来，查杰玛大殿(也称类乌齐寺)映入眼帘。查杰玛大殿是藏传佛教噶举派的寺庙，为全国重点文物保护单位。查杰玛大殿外观呈正方形，一向以雄伟壮观的气势、珍藏众多的佛像经典而闻名，它长56米，宽51米，面积2856平方米，红殿和白殿逐渐向里收，饰以飞檐金顶，呈飘逸升腾之势，殿内供有众多佛、菩萨塑像。大殿底层绕寺一周设有无数的转经筒，供信众转经朝圣，远远望去给人以沉稳庄严和神圣之感。过去，在西藏流传着“先去朝拜拉萨的大昭寺，而后再去查杰玛大殿”的说法，可见查杰玛大殿在藏东地区的名气之大。

清晨，天空飘着小雨，我们离开类乌齐转道317国道前往丁青县。

在出发前研究路线图时，发现目前对于文成公主进藏抵达囊谦后的线路有两种说法：一

● 囊谦县尕尔寺

是从囊谦出发，经杂多，翻越查吾拉山口，到达那曲，然后前往拉萨；另一条则是从囊谦出发，经类乌齐、丁青、巴青，到达那曲，然后前往拉萨。我们从路况和沿途的地理环境及生产生活状况综合分析，感觉后一条路线可能更接近唐蕃古道的历史，于是选择了经类乌齐到丁青转317国道，经巴青到达那曲，最后经过当雄抵达终点拉萨。

而前往丁青还有另一个去处，便是孜珠山上有着“天空之城”之称的孜珠寺。

丁青，藏语意为“大台地”，古称“琼布”，唐代隶属吐蕃。翻越海拔4652米的斜嘎拉山，在离县城丁青镇还有30多公里的地方，那座山形独特的孜珠山，矗立在雨后云雾缭绕的空中，好似仙境。隔山隔水，来一趟孜珠山可不是件容易的事，第二次看见这座海拔4800米的神山倍感亲切，在这座山上坐落着有3000多年历史、雍仲苯教最古老最重要的寺院孜珠寺，高山仰止，从山脚下盘旋而上的沙石路崎岖艰险，108个弯带你直上云端，1000米的海拔落差更是让人叹为观止。

9个月前走317国道返回成都时，在孜珠寺结识的僧人益西，手捧洁白的哈达早已在山上等待我们的到来。益西热情地带领我们沿着小转山的路线，一边转山一边介绍孜珠寺的历史以及孜珠寺的经典人物、传说故事。一路上的神迹和箴言令人目不暇接。在大雄宝殿中，有幸第一次看见古象雄苯教的创始人辛饶祖师的塑像。

孜珠寺地处险峻高山，远离世俗社会，保持着纯净的修行氛围，其中的一部分僧舍和修行室就建在岩峰峭壁间，益西修行居住的地方也在其中。在他修行、居住的房间休息时，益西拿出阿妈做的酥油饼，亲自煮了地道的奶茶。我们用酥油饼蘸着奶茶边吃边聊，不知不觉已经到了黄昏。

因担心第一次进藏的队员住在海拔 4800 的孜珠山上出现高反状况，只好选择下山，起身告别孜珠山和益西。益西坚持送我们到山门，临别时告诉我们，每年 6 月下旬到 8 月中旬是孜珠寺最佳朝拜时间，一年一度的法会上，会跳起最具特色的“金刚”神舞，欢迎我们到时来看神舞。再一次回望孜珠山，以及建在海拔 4800 米群山之巅的宏伟寺庙群，宛如天空之城，只看上一眼便会让人震撼，铭记在心，终生难忘。

离开丁青，继续沿 317 国道前往藏北高原的那曲，途中将经过巴青、索县等地，从丁青前往巴青的山路两旁风景如画，耕地、村寨、草地、油菜花、寺庙美不胜收，而在巴青吸引人的还有一座人迹罕至、海拔 6328 米的布加雪山。

巴青县隶属那曲市，位于藏北高原东部、

查杰玛大殿

怒江上游的南羌塘区，平均海拔在 4500 米以上。布加雪山位于丁青县、巴青县、索县三县交界处，在 2016 年发现了五条发育完整的巨型悬冰川，其中最长的一条从海拔 6328 米的布加雪山峰顶延伸到海拔 4200 多米的冰碛湖，落差达 2100 多米。根据以前的资料记载，四川省海螺沟的悬冰川落差是 1080 米，而布加雪山的这条悬冰川应该是有记录的世界之最，实属罕见。

坐落于巴青荣布镇瓦多嘎村的布加雪山，是距离 317 国道最近的雪山，从 317 国道进去大约只有 13 公里的山路。在布加雪山的五条冰川中，最壮观的一条是炳茸冰川。沿着布加雪山上的融水所形成的河流，一路颠簸向上，当炳茸冰川呈现在眼前时，立刻被从海拔 6328 米高的布加雪山峰顶倾泻而下所形成的坡面大约 70 度的悬冰川体所震撼。

冰川表面幽蓝，外形颇似洗衣板上的棱脊，因来自冰川的垂直挤压，形成冰皱褶和冰裂缝，呈现凹凸不平的形态。冰川底部是一个冰碛湖，由于夏季气温升高，冰面大部分已融化，湖水溢出流到山底，形成一条湍急的河流。湖面上留下很多大小不一的冰块，在光线的照射下晶莹剔透，如同绿色的宝石。冰川下的冰湖水质纯净，被藏民视为具有布加雪山“魂”的湖泊水，在当地苯教中有着极其重要的地位。苯教

7 月的 317 国道巴青段风景如画

教徒视之为“圣湖圣水”，每年都会有很多人到此朝拜。

在湖畔我们遇见一家正好到此朝拜、野餐的藏民，与他们在湖边席地而坐，顿感心旷神怡。因为这里地处偏僻山区，虽然离317国道不远，但少有外人进入，眼前的布加雪山、冰川和冰碛湖显得更加寂静、清澈和神秘。

藏北高原的天气阴晴不定，不知道哪片云彩飘过来就带着雨雪，布加雪山冰川上空突然到来的雨雪夹冰雹，让我们只得匆匆离开。

重新回到317国道，翻越海拔4472米的恰拉山口，以及走唐蕃古道以来海拔最高的地方——5069米的安乌拉山垭口。因为雨季，317国道部分路段塌方断交，只能绕行崎岖且泥泞不堪的唐蕃古道位于山间的故道抵达索县。

索县位于藏北高原与藏东高山峡谷的接合部，地处怒江上游的索曲河流域，为那曲市“东三县”之一。索县境内的赞丹寺是藏北地区最早的黄教寺庙，也是藏北最大的佛教古建筑群，寺院依山而建，分红、白两个建筑群，远看外形酷似布达拉宫。位于索县西面的亚拉山，曾经是划分青、藏、康三区的重要分界，而在索县不远处怒江边上的比如县茶曲乡，是文成公主进藏时逗留时间较长的地方之一，并在比如有着1300多年历史的达姆寺等多处地点留有遗迹。

巴青布加雪山冰川

在索县317国道边简单路餐，然后翻越海拔4824米的岗拉山，继续赶路。在雨后藏北高原绚丽夺目的光芒映照下，抵达藏北高原的经济重镇和交通枢纽、素有西藏“北大门”之称的那曲市。由于长江、怒江、拉萨河发源于那曲地区，这里还有西藏三大圣湖之一的纳木错，西藏三大雍错之一的当惹雍错，以及色林错、班戈错、错鄂错、乃日崩错等星罗棋布的湖泊，因此，那曲地区亦有“江河源”的称号。

那曲市是唐蕃古道上一个古老而又让人望而生畏的城市，这里人烟稀少，很多地方是寸草不生的“生命禁区”，从那曲市被称为“一个没有树的城市”这一点来看，就可想而知这里的气候环境有多么恶劣。

那曲，因境内那曲河（怒江上游）而得名，藏语意为“黑河”，清朝称此地为喀拉乌苏，为蒙古语和满语中对“那曲”一名的意译，汉语中则直译此地为“黑河”。那曲地区在7世纪以前属象雄古国，7世纪前后，那曲地区的东部归属苏毗部落，8—9世纪吐蕃部落统一全藏，建立吐蕃王朝，那曲被纳入吐蕃。

那曲地区平均海拔约4530米，高寒缺氧，空气中氧含量不到内地一半，躺着睡觉时，心脏负荷相当于在内陆地区负重20公斤，因此，在西藏你时常会听见老藏们说，西藏高远在阿里，吃苦在那曲。“风吹石头跑，氧气吃不饱，

落日映照下的那曲绚丽夺目

冬天暴风雪，夏天穿棉袄”，这几句话把那曲的艰苦条件非常形象地描绘出来。常常会听到有人说，“我要去西藏”和“坐上火车去拉萨”，却很少听到有人说“我要去那曲”，尽管每一个走青藏线进藏的人，每一个坐上火车去拉萨的人，都会路过那曲。在这样恶劣的环境中，那曲虫草的品质在西藏却是数一数二的。

在海拔 4510 米的那曲市府所在地那曲镇色尼区宿营。这里应该是全国海拔最高的地级市和最高的镇了。从西安出发，沿唐蕃古道第一次进藏，一路都未出现高反症状的队员，竟然在这一夜出现了憋气、头痛、失眠等高反症状，不得不吸起了氧气。

第二天，离开那曲，从川藏北线 317 国道转上青藏线 109 国道，经当雄前往拉萨，这也将是我们走唐蕃古道的最后一站。当雄，藏语意为“挑选的草场”，海拔 4290 米。当雄草原上的赛马会在藏北享有盛誉。当我们经过闻名全国的羊八井地热电站以及国际登山小镇时，原本阴沉、飘雨的天空变得晴朗起来，这里距唐蕃古道的终点拉萨已是一步之遥。

和平解放后,西藏发生了翻天覆地的变化，唐蕃古道同样焕发了新的生机。如今从拉萨到那曲的准高速公路已经修通，羊八井到拉萨路段已经实现通车，限速 100 公里，算是升级版的 109 国道吧。想到马上就到圣地拉萨了，这趟唐蕃古道之行也就要到终点了，我驾车时有一点儿小兴奋，竟然超速了。

跨过拉萨河直接抵达布达拉宫脚下的停车场，终于完成了走唐蕃古道进藏的愿望。与每一位来到拉萨的人一样，每一次回到拉萨，第一眼就会去眺望坐落于红山之上的巍峨的布达拉宫。布达拉宫出现在眼前的那一刻，唐蕃古道一路走来的辛劳，立刻烟消云散。

在雄伟的布达拉宫里，至今保留着 1300 多年前文成公主沿着唐蕃古道抵达逻些城后与藏王松赞干布大婚时的婚房。在吐蕃《贤者喜宴》一书中记载着“松赞干布登临欢庆的宝座，为文成公主加冕，封作赞后”的隆重场景。大唐王朝与吐蕃自此结为姻亲之后的 200 多年间，基本上再没有发生过战事，凡吐蕃新赞普即位，亦必请唐天子“册命”。

文成公主在西藏一共生活了 40 多年，没有返回过大唐王朝。松赞干布离世后，文成公主依然受到尊重，余生她几乎在甘南泽当扎西日山的西藏第一座王宫雍布拉康不远处的珍珠寺礼佛居住。这里曾经是文成公主非常喜欢的地方，每年夏天她会和松赞干布回到雍布拉康度夏。文成公主去世后与松赞干布长眠于琼结藏王陵。

文成公主和后来入藏的金城公主，无疑是汉藏民族和亲的使者，她们不仅播下了汉藏友好的种子，也将大唐王朝先进的农业种植、制丝、织布、酿酒、建筑技术等中原文明传播入藏，促进了大唐王朝和吐蕃王朝经济、文化的交流和发展，在历史上产生了巨大的影响，揭开了唐蕃古道上最重要且影响深远的一页。从此，唐蕃古道不再仅仅是一条和亲、贸易交流、文化传播之路，更是一条承载汉藏交好的千年古道。

“先有大昭寺，后有拉萨城。”此行，非常郑重地通过布达拉宫广场西侧佛塔下的“拉萨之门”，来到位于藏族人精神信仰的核心之地大昭寺。当年，由文成公主从长安带来的佛

羊八井地热电站

祖十二岁等身佛像，就一直供奉于大昭寺的祖拉康（佛堂）内，从此佛教逐渐在吐蕃盛行，人们开始把这个城市视作圣地。“拉”在藏语中为佛的发音，“萨”为土地，作为佛的土地“拉萨”的名字，从此出现并沿用至今。大昭寺内壁画中的《文成公主进藏图》，更是详细地描绘了文成公主沿唐蕃古道进藏的艰辛历程。

在大昭寺门前，那座823年刻立、耸立了千年的唐蕃会盟碑，在文成公主和金城公主先后经唐蕃古道远嫁吐蕃和亲之后，由“大唐文武孝德皇帝与大蕃圣神赞普舅甥二主”商议确立，用汉藏文字记载，“结立大和盟约，永无沦替，神人俱以证知，世世代代使其称赞，是以盟文节目题之于碑也”。唐蕃会盟订立后，唐朝与吐蕃之间的纠纷与战事基本结束。唐蕃会盟碑不仅记载了唐蕃结盟永世友好的条约，也是唐蕃友好的象征，更是汉藏民族千百年来团结友好的历史见证。

在围绕大昭寺的八廓街转经道上漫不经心地走了几圈。每一次回到拉萨，穿行于八廓街的街巷之中，都会有一种灵魂被安顿下来的舒适感。走累了，便坐到“公主柳”下乘凉。这些与内地不同的柳树，传说便是当年文成公主栽下的唐柳，它们在阳光下随风飘摇，婀娜多姿。看着坐在公主柳下长椅上歇息聊天的老人，看着那些神情自若跟随自己的灵魂在这一片静谧安详的天地里穿行的转经人群，突然有一种醍醐灌顶的感觉：生活不就应该是这个样子吗！我们平日里走得太急了，什么“只争朝夕”，以致我们的灵魂跟不上自己的脚步。

来拉萨多次了，已经习惯这座城缓慢而舒适的生活节奏。又一次走进极具烟火气的光明港琼甜茶馆，要了一壶甜茶，静静地坐下，体会拉萨这座城的市井和甜蜜，享受拉萨这座城的舒适和温度。不知不觉已经暮色降临，青稞酒和拉萨啤酒混搭，吃上一碗纯正香醇的藏面，觉得爽得不行。在拉萨河畔，在唐蕃古道边，举杯，告别拉萨，告别青藏高原，奔向四面八方，重回自己的生活，但和很多来过西藏、来过拉萨的人离开的时候一样，大家都会说自己早晚还会回到这里。的确，西藏的风情以及拉萨老城的历史文化氛围，有一种让人无法忘怀的情愫。

离开拉萨前的一天，依然是依依不舍，天刚微微发亮，便起床和老丁跨过拉萨河，爬上拉萨的南山，再一次看看雄伟的布达拉宫。面对折射在如镜湖水中的布达拉宫，心中有一种不愿离去的依恋，回望一路走来的唐蕃古道，那些高耸的雪山、辽阔的草原、平静的湖水、湛蓝的天空、洁白的祥云、川流不息的江河、纯朴的面容、美丽的喇嘛庙和悠久的历史文化，是那样的波澜壮阔又和蔼可亲。唐蕃古道，这条进藏的路，不仅从此必将成为我和队友们脑海中抹不去的记忆，也可以安慰我那一颗为了行走唐蕃古道而一直不曾安分的心了。

在“公主柳”下歇息的藏族老人

拉萨之门

● 晨曦中的布达拉宫

31 写在最后——关于帕邦喀

帕邦喀，亦称“普隆喀”，藏语意为“巨石宫”。

在第八次走进西藏之前，我与大多数来到拉萨的人一样，关注的焦点主要集中在布达拉宫、大昭寺、小昭寺、色季拉寺、哲蚌寺、噶丹寺、扎基寺和八廓街等这些万众瞩目的地方，而对于帕邦喀，虽然也曾听说过这里与藏文的创制有关，但，的确被忽略了。

直到2023年的4月，长期生活、工作在拉萨的山友曲珍，在朋友圈发布了几张帕邦喀宫的照片——鲜艳的野桃花与红、白、黄相间的帕邦喀宫交织在一起，显得格外的古朴和静美，至此，帕邦喀这个名字，才真正引起我的关注。

正好2023年4月28日至5月4日，西藏自治区体育局、拉萨市人民政府、中国西藏登山队为纪念人类登顶珠穆朗玛峰70年，举办第20届中国西藏登山大会。我接到西藏高山向导户外探险公司的邀请后，欣然报名，前往拉萨，除了参加这次盛会，就是想利用这次机会前往帕邦喀宫实地考察，并拍摄一些这座有着“拉萨第一宫”之誉的宫殿的照片。

于是，选择从青藏铁路坐着火车去拉萨。抵达拉萨的第二天上午，跟随登山大会承办

在南山前眺望整个拉萨城

方——西藏登山队前往海拔 3957 米的南山适应海拔。从山脚下仰望山顶，可以清晰地看见“祖国万岁”几个大字。登上山顶，第一次用 180 度的视角俯视拉萨河，第一次用 180 度的视角环视布达拉宫、药王山和整座拉萨城。更让我惊喜的是，站在这里竟然可以眺望到那座令我心心念念的帕邦喀宫。

中午稍作休息，顾不得疲劳，在西藏高山向导次旺阿律以及曲珍和队友老吴的陪同下，迫不及待地前往帕邦喀。

我们一行人，经过西藏军区总医院后，沿着山路上行，很快便来到位于拉萨市北郊约 8 公里处的乌都日（宝伞山）。一眼望去，山坡南面一块巨大山石突兀雄奇，形状如伏龟，一座古堡式的建筑直立于龟背之上，构成了帕邦喀特有的风貌，帕邦喀宫也正是因此得名。

帕邦喀宫依山而建，至今已有 1300 多年的历史，是西藏最古老的寺庙之一。帕邦喀宫虽然规模较小，但在藏传佛教的历史上却曾声名赫赫。如今，由于帕邦喀宫鲜为游人所知，所以，这里相比拉萨的其他地方安静了很多。从这里可以看到山下不远处的色拉寺以及整个拉萨城。

帕邦喀宫最早由吐蕃第三十三任赞普，也

帕邦喀转经道

就是吐蕃王朝立国之君松赞干布主持建造。相传，松赞干布依据五行图推算出北有玄武（神龟），为此曾亲自到拉萨北郊察看，果真发现娘热山沟有一巨大石块，形状好似伏龟。据《西藏王臣记》载：藏王松赞干布“心中大喜，在磐石上用红炉铁水灌凝大砖，建筑起九层高的碉堡”，并亲自把在古印度学成归来的亲信大臣吞弥·桑布扎送到这里，让他集中精力在此地创制藏文字。

在布达拉宫修筑完成之前，松赞干布除在这里修行外，还在此召见大臣商议大事，接待外国使节，并拜吞弥·桑布扎为师，学习藏文、文法等。相传宗喀巴大师也曾在帕邦喀宫附近的山洞中修行，取名大乘洞，因此，帕邦喀宫成为松赞干布时代重要的政治、宗教活动场所。这里至今还保存着松赞干布修行的山洞以及由吞弥·桑布扎亲笔书写的六字箴言“唵嘛呢叭咪吽”石刻。文成公主沿唐蕃古道自长安进藏后，和松赞干布曾在帕邦喀宫居住很长一段时间。巨石北侧有一废墟，相传是当年文成公主的住宅，所以，帕邦喀宫在历史上也被誉为“拉萨第一宫”。

帕邦喀最初有九层建筑，现仅存三层。次旺介绍说，在 841 年吐蕃王朝末期，吐蕃赞

● 帕邦喀宫

普朗达玛毁佛灭法，焚烧了帕邦喀宫，拆毁了松赞干布时期修造的108座佛塔和所有的建筑。

帕邦喀宫在历史上经过数次修复，其中规模较大的有两次。第一次是11世纪中叶，博多瓦·仁钦赛和弟子扎嘎到帕邦喀朝圣，看到一片废墟时非常痛心，便命弟子修复。扎嘎遵从师命，召集僧人修复了两层殿堂，此后，噶当派僧人陆续修复了原有的佛塔、佛像，修建了佛殿。第二次是五世达赖喇嘛阿旺·罗桑嘉措执掌西藏政教大权后，再次对帕邦喀宫进行了维修扩建。而且自五世达赖喇嘛后，历代达赖喇嘛转世后都要到帕邦喀宫礼佛受戒，获得“格西”学位后也都要来这里举行庆贺仪式，因此帕邦喀也被誉为“佛教二十四胜地之第二殊胜之地”，在藏传佛教中享有尊荣。

在帕邦喀宫巨石西侧下部的石头凹入形成石洞，石头外侧略加石墙、门窗，洞内石壁上有传为自显的护法神白拉姆浮雕像——在帕邦喀宫白拉姆女神备受崇敬。殿内还有一座八角莲石灯台和一些经书刻版。

帕邦喀宫南面坡下坐落着历史悠久的“日松贡布”（怙主三尊殿），这也是帕邦喀的重要组成部分。怙主三尊浮雕像，即密宗事部三

● 帕邦喀内传说公主当年种下的古桃树

怙主，为佛部之文殊、金刚部之金刚手、莲花部之观音，雕刻略显粗糙，应该属西藏早期的作品。更重要的是藏文创制者吞弥·桑布扎最早书写的六字箴言，刻石长 1.22 米、宽 0.66 米，因当年嵌于门廊外的石壁内得以幸存。

从怙主三尊殿出来，在古佛塔前的一棵野桃树下，看见有 10 余位僧人正在进行一场“辩经”，于是停下脚步，站在一边静静地看着。帕邦喀的辩经，与在拉萨色季拉寺、山南桑耶寺、昌都强巴林寺看见的辩经会有一些不同：首先是规模较小，形式也比较随意；其次是僧人在一问一答中比较放松，好像在探讨一件非常值得高兴的话题，欢喜洋溢在每一个人的脸上，僧人们形态各异，像是在开一场小型的“派对”，雅致、欢喜又不失宗教的庄重。

在观看辩经的过程中，在作为藏文诞生地的帕邦喀，我想到了那些与吞弥·桑布扎创制藏文有关的事。

帕邦喀“辩经”

据史料记载，吐蕃王朝时期，7 世纪由吐蕃赞普松赞干布派遣亲信吞弥·桑布扎前往古天竺（印度）求学，经过 7 年的努力，学习、研究了梵文、诗学以及佛经，直到 641 年回到拉萨，并在帕邦喀宫潜心钻研了 3 年，引用梵文字母，结合藏文声韵，创制藏文正楷字体。藏文作为一种拼音文字，属辅音字母文字型，分辅音字母、元音符号两个部分，其中有 30 个辅音字母、4 个元音符号以及 5 个反写字母（用以拼外来语）；另外，藏文标点符号形体简单，种类极少，共有 6 种形式，其使用规则也与其他文字的标点符号有别，其中音节之间的隔音符号使用频率最高。

吞弥·桑布扎创制藏文后，又著有《三十颂论及相转论》《文字变化法则》等语言文法著作 8 种，目前幸存《三十颂》和《性入法》两种，是最早的藏文文法经典。可见，吞弥·桑布扎在藏语言学、文字学和文法学上颇有建树。他还是一位翻译家，翻译了《二十一显密经典》《十善经》《般若十万能颂》《宝云经》等 20 多部梵文经典，开藏译佛经先河，有很多译经后来被收入《大藏经·甘珠尔》中，成为藏族文化的基础知识和重要组成部分。

目前，关于藏文的起源有两种说法：一种是吞弥·桑布扎受藏王松赞干布之命，在引用梵文的基础上创制了藏文；另一种说法是可能在吐蕃松赞干布时代之前就有古代文字，或“藏文是依据古象雄文创制演变而来的”。

但无论何种观点，有一点是毋庸置疑的，就是在中华各民族的文字中，藏文的历史和其丰富的文献史籍，都仅次于汉文。

其实，关于藏文创立，我在写“为什么说‘无阿里不西藏’”时，就曾经推想过与其相关的话题：在吐蕃藏王松赞干布创造藏文之前，整个藏地使用的是什么文字呢？个人以为，从文化传承的角度来看，藏文的创立必然与古象雄国文字有着千丝万缕的联系。当年松赞干布命大臣吞弥·桑布扎创造藏文字，在学习、借鉴和改造古印度梵文的基础上，同样不可避免会对主要用于苯教经典书写的古象雄文字加以利用和改造——毕竟在统一西藏之前，吐蕃各代赞普“均以苯教护持国政”。

终于要离开帕邦喀了，回望矗立在龟背之上的帕邦喀宫，犹如一座史碑。不难想象，吐蕃时期的帕邦喀，曾经是何等热闹和殊胜之地，而随着世事更迭，帕邦喀昔日的繁华已消失在历史的尘烟里，但在西藏历史的长河中，帕邦喀宫一直住在众多的信徒心上，不曾被遗忘。帕邦喀宫曾经的辉煌和地位也是其他地方不可替代的。

穿行于帕邦喀之中，有一种灵魂被安顿下来的轻松与舒适之感，暮色中，眼前一片寂静的帕邦喀宫显得那样平静、祥和。曲珍告诉我，如果想在春天来西藏看野桃花，而且想找个人少的地方，静静地坐下来欣赏和冥想，那可以选择帕邦喀。的确，来到拉萨，除了布达拉宫、大昭寺、八廓街等地，作为有着“拉萨第一宫”美誉的帕邦喀，虽然远不及布达拉宫那样的雄伟，但它的精致之美和深厚的藏文化底蕴，以及那些历史悠久的故事和传说，绝对值得一来。

好了，《看见西藏》到此也算一个了结了。最后，要感谢西藏高山向导次旺阿律以及曲珍的全程陪同和讲解，带我认识了一个特别的帕邦喀，也让《看见西藏》变得更加充实。扎西德勒！

● 曲珍、次旺、我和老吴在帕邦喀

后记：最忆是西藏

在这个繁杂喧嚣的世界，如果有一个地方能让你真正喜欢和安心，那么这个地方一定比任何地方都迷人。于我来说，这个地方就是天上西藏。从初见、相识到相知，至今已数次进藏，但依然初心如磐，西藏绝对是一个可以让人铭心刻骨、为之沉沦的地方，但你无法拥有它，只能好好收藏。

西藏又是一个能够把与它有缘分的人的魂魄轻易勾住的地方，来一次，不由分说地就会让你属于它，就会让你无法忘记它。的确，蓝天、雪山、草原、湖泊、美丽的喇嘛庙，第一次去西藏，我就被磁铁般吸引住了，在它的身上看见了最美的风情，在它的怀抱发现了属于自己的奇迹，在它的眼中找到了供养灵魂的殿堂。

当年，一首《青藏高原》深深地吸引了我："是谁带来远古的呼唤，是谁留下千年的祈盼，难道说还有无言的歌，还是那久久不能忘怀的眷恋。"好似听懂了融会着浓郁藏族气息的优美旋律和歌词，从那时起，随着岁月，它们沉淀在心里。去西藏的梦想，成为长在心里的种子，生根发芽。

读到仓央嘉措的诗歌《见与不见》时，那颗长在心中的种子，终于破土而出。我迫不及待地走进西藏，看见了布达拉宫的博大与雄浑，看见了雪山的巍峨，看见了遍地虔诚，看见了“玛吉阿米”的纯真笑容。见到高原上第一缕阳光时，那亘古与神奇一起在眼前汇集，蒙尘的双眼似乎被顷刻洗净，昏睡的灵魂被唤醒，好像漂泊的人回到了家。而圣城拉萨大昭寺前的那座唐蕃会盟碑，让我更深切地感受到藏汉和亲的历史渊源，以至于汉人与藏人有一种天生的亲近感。

西藏高原，很多地方人迹罕至，却美丽至极。因为这里的高寒和稀薄的空气，把过多的脚步挡在了门外，而正是因为如此，又保住了这一方千万年来的宁静与纯洁，这绝对是上天对西藏的恩宠。

到过西藏的人都知道一句话——“眼睛上天堂，身体下地狱，灵魂回故乡”。可见，其景色独一无二，其路途充满艰险，其精神至高无上。但是，有些路，明知艰难险阻，你此生却必须走。因为，这世上真的没有什么来日方长，只有遗憾终生。

当决定走上天上西藏的那一刻，便深知需要有坚强的毅力，克服缺氧、高反等所有的困难。

第一次站在米拉山口——一个海拔超过 5000 米高度的地方，感叹人生的转折点不过如此；第一次登上海拔 5030 米的岗巴拉山顶，俯视美丽的神湖羊卓雍错；第一次走进雄伟的布达拉宫，被它的雄伟和神奇所震撼；第一次站在雅鲁藏布江大峡谷边，看见中国最美的雪山——海拔 7782 米的南迦巴瓦峰；第一次走进工布江达普通藏民扎西顿珠家做客，品尝女主人亲手烧制的香气四溢的酥油茶；第一次听见藏族汉子们用藏语唱起《青藏高原》； 第一次站在海拔 5190 米的那根拉山口，望见挺拔的念青唐古拉雪山和美轮美奂的圣湖纳木错；第一次来到八廓街那充满浪漫色彩的米黄色小楼，见到温暖且韵味十足的“玛吉阿米”；第一次站在珠峰大本营仰望世界屋脊珠穆朗玛；第一次来到山南，第一次走上高高的阿里高原，追寻西藏文明之根；以及第一次学会说藏语“贡卡姆桑”（你好）、“拉索，突及其”（好的，谢谢）、“尼玛”（太阳）、“次仁”（长寿）、“罗布”（宝贝、贵重）、“洛桑”（善良、智商高）、“顿珠”（诸事可完成）、“秀丹加”（再见）、“几苏杰雍”（请留步，不用送了）、“卓玛”（仙女）、“央金”（智慧）、“呷哒”（干杯）等时，兴奋地每天都会念叨。在西藏经历了太多的第一次，从此，西藏不再只是心中的诗和远方。

走在天路上，不断变化的五彩天空、挺拔千年的雪山、深蓝色的湖泊、碧绿的草原、成群的牛羊、起伏的山峦、流淌的江河，一路的风光让人目不暇接，兴奋不已。当然，前提是你要适应高反，战胜一路的艰辛，不至于晕乎乎地一路而行。每一篇用心走西藏的日记，总是能在回味和述说中，准确无误地记起旅途中的点滴，并用不精彩亦不华丽的文字，以及水平不高的摄影技术，记录下那些美丽的风光、悠久灿烂的文化和令人感动的故事，记录下那些旅途中难以忘记的艰辛、震撼、快乐与感动。为此，实在是要感谢一下上苍，赋予人类的记忆触角，让我真切感受到了西藏之行的情怀，在离天最近的地方感受天堂般的画卷、虔诚的灵魂和质朴的面容。

西藏，被很多人视为心中的净土，不仅仅是因为它有着“天上西藏”的美誉，有着无限旖旎的风光，还因为它有着灿烂的历史文化和虔诚的精神信仰。

从玛尼石到民间挂在腰间的九宫护牌、金刚结，到珍贵的唐卡，到文字、服装，再到饮食、生活用品、民居建筑，无不体现出藏民族自己独有的特色与迷人魅力，更可贵的是他们能够一直保持至今，不曾被物质、利益熏染，从未改变。

藏族人对本民族文化、生活、信仰的传承已深入骨髓，他们是西藏原生态和精神家园最虔诚的守护者，这也许就是全世界许许多多人膜拜西藏的原因吧。的确，如果一个民族眼睛里只剩下物欲和金钱，没有了精神信念，就永远不会被世人尊敬和崇拜，也永远无法真正屹立于世界民族之林。

第一次从西藏返程，飞机从拉萨贡嘎机场顺着拉萨河起飞，飞过雪山，飞上云端，越飞越高，此刻，拉萨已经变成了一个点，这才意识到真的是踏上回家的路了，心中有一些伤感。于是贴近舷窗，俯视西藏的山水，那一刻心里便已知道，这个迷人而神奇的地方，一定会再见到。因为，这片神秘而美丽的土地，隔山隔水并不遥远，“那里有高高的唐古拉山，那里有远古的呼唤，美丽的西藏，你是我向往的地方”。

过去，每当旅行归来，随着时光的流逝，一切都很快会烟消云散。也曾经想用文字记录下一些经历和感受，总觉得不知从何下手，但西藏却是个例外。每一次从西藏回来，魂牵梦绕的愿望虽然终于成真，但心里却有着很复杂的情感，心情总是无法平静下来，在西藏的所见所闻，总是不由自主地浮现在眼前，平日里也总是在说西藏的一草一木，电脑里、汽车上、书桌旁也都是有关西藏的照片、歌曲和图书，头脑里一直在回忆西藏的美丽、淳朴、雄伟、神奇和悠久。

2021年新年伊始，猫在家里整理《看见西藏》摄影作品和文字时，仿佛又看见那一座座山川和梦幻般的独特色彩，自从进藏以来，就一直固执地认为，从地理位置和气候分界线上划分，西藏以西的高原才能称为“西藏”。

从拉萨到阿里首府狮泉河，然后进入藏北羌塘草原，“飘”在平均海拔4500—5000多米的空气稀薄、条件异常艰苦的地带，气喘吁吁，感受高原上最炙热的阳光，捕捉高原上最光怪陆离的旖旎且炫目的画面，那一幅幅无法忘却的画面，成为生命中抹不去的色彩。这是上苍恩赐的视觉盛宴，在离天最近的地方，让我看见西藏，看见阿里。

羊卓雍错、玛旁雍错、拉昂错、班公错、仁青休布错、扎布耶茶卡、扎日南木错、当惹雍错、纳木错……知名或不知名的湖泊，如同镶嵌在藏北高原上的一颗颗蓝色明珠，构成了藏西北高原上“一错再错”的独特风光，天湖纳木错和圣象天门的绝美画面，以及当惹雍错天下第一纯正的湖蓝色，让人无法用语言表达出来。

在几乎无人的藏北高原，生活着众多的野生珍稀动物，藏羚羊、藏野驴、藏牦牛、藏原羚、野马和斑头雁、棕头鸥等。这些生活在高原上的生命，构成了藏西北高原上另外一道独特的风景线。这些高原上的精灵，在这片属于它们的乐园里，自由自在，乐在其中，让这片高远、辽阔、苍茫、人迹罕至的土地充满了生机，不再孤寂。

从西安到拉萨，在唐蕃古道上的每一天，与美好不期而遇，那些风光无限好的画面，那一张张质朴的面孔，与眼前的西藏共同勾勒出一个绚丽多彩、生生不息的青藏家园。

因为看见西藏，这几年不仅喜欢上风光摄影，还喜欢上徒步登山，2018年陆续攀登了十几座山，并有幸结识了王铁男、罗静、麦子·马丽娅姆、唐杉、张梁、罗日格西等知名登山者，他们永远向上攀登的精神以及在高原活动的丰富经验，给了我去西藏更高地方的勇气和胆量。

在攀登西藏洛堆峰时，因为冲顶问题产生了一些不快，记得张梁先生笑着对我说：你就想自己是在享受西藏，感谢西藏就释怀了。享受西藏、感谢西藏，这是一位攀登者的胸怀，也体现出对西藏的热爱。他这句话就像一束光，照亮了我的心头。自己对山野的热爱好像与生俱来，从隐藏的血液里喷薄而出，在2019年又攀登了十几座山，其中，6月在雨雪交加中，艰难地完成了自己的第一座5000＋入门级雪山——海拔5025米的四姑娘山大峰的攀登，紧接着于11月攀登了云南海拔5396米的哈巴雪山。2020年徒步完成了冈仁波齐50多公里的转山路线，2021年攀登了海拔5021米的奥太娜雪山，2022年登上海拔5276米的四姑娘山二峰，以及青藏高原上的昆仑山东段最高峰——海拔6178米的玉珠峰。这一切都源于对高原的热爱，希望余生在路上、在山上，遇见更多属于自己的故事和奇迹。

如果有一天你也要到西藏，不论是4月还是10月到访，请带上爱和虔诚，因为唯有爱和虔诚，才会让你用心走西藏。当有一天，如果你觉得自己的灵魂追赶不上脚步的时候，也可以到西藏走一走、看一看。一路上映入眼帘的不仅仅有世界上最纯净的光影，还有灿烂的历史文化和神圣的信仰，西藏会告诉你很多放慢脚步的理由，或许还会让你跟随灵魂找到真正的自己。

最忆是西藏。你无法拥有它，只能好好收藏那一幅幅的画面。此生能看见西藏，于我来说已经是上上签，是上辈子修来的缘分。当每一次凝视在路上看见的西藏，总觉得该写点什么，留点念想给老了的自己作回忆，于是提起笔来，记录下了这段生命中刻骨铭心的旅途。一场相遇，一生铭记，感恩遇见。

感谢那些陪我一起走过西藏、看见西藏的人，感谢那些和我一起去山南之南的人，感谢那些和我一起去冈仁波齐转山的人，感谢那些和我一起走唐蕃古道的人。没有你们，每一次的西藏之路都会寸步难行，与西藏在一起的那些难忘时光相比，你们更是人生旅途上最宝贵的记忆。

感谢诸位友人，当初的抬爱与建议，使得这本书孕育出最初的生命力；感谢邓一鸣先生承担起大量的修改、编辑工作，他所付出的辛勤劳动，使得这本书少了很多的毛病；感谢保定市摄影家协会副主席佟忠生先生对摄影技术的耐心指导，大量图片为这本书添光增色不少；感谢长期在阿里普兰工作的业余历史民俗文化研究者周文强老师对古象雄文明和古格王朝历史知识点的讲解，使得这本书容纳了一些阿里地区古老历史民俗文化的元素，使其内容更加翔实；感谢华北电力大学校友、国家电网西藏电力有限公司的洛桑顿珠先生对书中所涉及藏文字的翻译和讲解，使得这本书平添了几分西藏原始的味道；感谢成都发现者户外运动有限公司的丁大勇先生，每当进藏有老丁的保驾护航，便使得充满曲折危险的路途，变得有惊无险，丰富多彩；感谢同美家传媒平台最初刊登的部分文稿，使得更多的人知道了这本《看见西藏》；感谢美编王占梅老师，让这本书有了它应有的模样。

感谢新疆户外探险第一人王铁男先生，感谢故宫博物院摄影师、中国佛教文化研究所研究员、中国科学探险协会会员宗同昌先生，感谢中国民间首支女子珠峰登山队队长、登山者麦子·马丽娅姆女士，感谢知名户外媒体人陈湘君女士，感谢同美集团董事长康敬学先生，感谢保定市摄影家协会副主席佟忠生先生，给予《看见西藏》的指正和寄语，对我提出了更高的要求。

感谢领导、同事、朋友，以及华北电力大学和河北省哲学社会科学研究基地和软科学研究基地给予《看见西藏》的支持与帮助。

感谢我的父亲母亲，你们给了我生命，让我今生有幸和西藏结缘，看见西藏；感谢我的家人们，没有你们的理解与帮助，就不会有《看见西藏》。

看见西藏，真的与众不同，真正可以让人情有独钟。一次西藏路，终生西藏情。

感谢世界屋脊！

感谢西藏！

感谢生命中遇见的每一天，每一件事，每一个人！

扎西德勒！

杜平

2021 年 5 月 19 日（农历四月初八）初稿

2022 年 2 月 18 日（农历正月十八）修改

2023 年 9 月 5 日（农历七月二十一）终稿